HEAVEN

HEAVEN

ALEXANDRA ADORNETTO

Tradução

Carolina Caires Coelho

A

AGIR

Título original: HEAVEN

EDITORA NOVA FRONTEIRA PARTICIPAÇÕES S.A.
Rua Nova Jerusalém, 345 — Bonsucesso — CEP 21042-235
Rio de Janeiro — RJ — Brasil
Tel.: (21) 3882-8200 — Fax: (21) 3882-8212/8313
www.ediouro.com.br

CIP-BRASIL. CATALOGAÇÃO NA FONTE
SINDICATO NACIONAL DOS EDITORES DE LIVROS, RJ

A185h Adornetto, Alexandra.
Heaven / Alexandra Adornetto ; tradução Carolina Caires Coelho. - Rio de Janeiro : Agir, 2013.
(Halo ; 3)

Tradução de: Heaven
Continuação de : Hades
ISBN 978-85-220-1408-8

1. Anjos - Literatura infantojuvenil 2. Ficção infantojuvenil australiana. I. Coelho, Carolina Caires. II. Título.

CDD: 028.5
CDU: 087.5

Para quem acredita.

Não quero ir para o céu. Nenhum de meus amigos está lá.

— Oscar Wilde

Se o céu não for como Dixie, não quero ir para lá
Se o céu não for como Dixie, é em casa que quero ficar.

— Hank Williams Jr., "If Heaven Ain't a Lot Like Dixie"

SUMÁRIO

1

ATÉ A MORTE

Tudo começou a chacoalhar.

Segurei a beirada da mesa e observei minha aliança de noivado cair no chão quadriculado do Sweethearts. O tremor durou apenas alguns segundos, mas o jukebox parou de tocar e as garçonetes assustadas hesitaram, tentando equilibrar as bandejas cheias.

Do lado de fora, vi o céu escurecer como hematoma na pele e o topo das árvores tremer como se estivesse sendo sacudido por uma mão invisível. A expressão distante e satisfeita de Xavier desapareceu, sendo substituída pelo olhar áspero e combativo que tenho visto muitas vezes ultimamente. Segurei a mão dele com mais força, fechei os olhos e esperei pela luz ofuscante que com certeza viria para me levar de volta à minha prisão no Céu.

Mas, depois de um instante, a terra estava parada de novo e as atividades normais tinham sido retomadas ao nosso redor. Todos estavam esperando por algo pior e juntos suspiraram de alívio ao perceber que nada grave tinha acontecido. Agora, estavam rindo, comentando sobre a imprevisibilidade da Mãe Natureza, enquanto as garçonetes se apressavam a limpar a sujeira causada pelas bebidas derrubadas. Ninguém daria muita atenção ao que havia ocorrido: provavelmente seria notícia por um dia ou dois, e então seria esquecido. Mas eu e Xavier não nos deixaríamos enganar. Problemas estavam surgindo no Reino, conseguíamos sentir. Pensei em dizer a Xavier que talvez aquela não fosse uma ideia muito boa, que deveríamos devolver o anel de sua avó, voltar para Bryce Hamilton e assistir ao restante da cerimônia de formatura. Se corrêssemos, provavelmente chegaríamos a tempo de ele fazer seu discurso. Porém, quanto mais eu o observava, mais incerta ficava sobre o que fazer.

O meu lado responsável reconhecia que o mais inteligente a fazer seria obedecer ao aviso, agir de acordo com as regras e não brincar com o Céu. No entanto senti uma revolta que me dizia ser tarde demais para voltar. Deixei a menina tímida que existe dentro de mim se recolher a um canto e permiti que a nova Beth tomasse o controle. Não a conhecia muito bem, mas, de certa forma, tinha a sensação de que ela sempre estivera ali, escondida, uma atriz substituta pronta, esperando o seu momento de brilhar.

Foi essa Beth que ficou de pé e pegou a bolsa.

— Vamos.

Xavier jogou algumas notas em cima da mesa e me seguiu na rua. Olhou para cima, estreitando os olhos sob o Sol, que reaparecera discretamente, e soltou um longo suspiro.

— Você acha que isso foi direcionado a nós?

— Não sei — respondi. — Podemos estar exagerando, interpretando de um jeito errado.

— Talvez — disse Xavier. — Mas nada assim tinha acontecido antes e vivo aqui desde que nasci.

Olhei para os dois lados da rua principal. As pessoas pareciam levar a vida normalmente. Notei o delegado ali fora, tranquilizando alguns turistas nervosos. Ele ergueu a voz para nós.

— Não precisa ficar assustada, menina. Os tremores são esparsos por essas bandas, não há com o que se preocupar.

Os turistas pareceram se acalmar com as palavras dele, mas eu sabia que o tremor não podia ser mera coincidência. Com certeza foi um aviso lá de cima, não havia a intenção de causar nenhum dano, mas, sim, de chamar a nossa atenção. E conseguiu.

— Beth? — chamou Xavier. — O que faremos agora?

Olhei para o Chevy estacionado do outro lado da rua — demoraríamos cinco minutos para chegar à praia, onde o padre Mel estava à nossa espera na capela. Eu me lembro de tê-lo visitado com Gabriel e Ivy quando chegamos a Venus Cove, e, ainda que não tivéssemos declarado abertamente, ele sabia o que éramos. O seu olhar nos dissera tudo. Pensei que, se um homem tão correto como o padre Mel havia concordado em nos casar, ele devia acreditar na nossa união. Era reconfortante saber que tínhamos pelo menos um aliado.

Fiquei pensando nisso por um momento, mas logo vi um casal de idosos sentado em um banco de madeira na praça. O homem segurava a mão da esposa e sorria sozinho enquanto o vento bagunçava o seu cabelo branco e o sol esquentava a sua nuca. Tentei imaginar desde quando eles estavam juntos, quanto do caminho da vida eles tinham compartilhado. A tarde estava ensolarada e as bétulas na calçada brilhavam ao sol. Observei um corredor passar, ouvindo seu iPod, e um menininho fazendo caretas para os pedestres pela janela de um carro. Posso não ter nascido neste mundo, mas sei que ganhei o direito de estar nele. Não iria abrir mão desse direito facilmente.

Segurei o rosto de Xavier.

— Se me lembro bem... você acabou de me pedir em casamento.

Ele me observou com incerteza por um tempo até compreender o que eu dizia. Então abriu um sorriso. Segurou a minha mão com um fervor renovado e atravessamos a rua em direção ao Chevy. No banco de trás, estavam as becas da formatura que havíamos deixado ali mais cedo, mas nenhum de nós as notou. Não conversamos enquanto Xavier acelerava e corríamos em direção à praia. Qualquer dúvida que tínhamos desapareceu. Independentemente do que acontecesse, manteríamos o nosso plano.

A capela de São Marcos era feita de pedras e foi construída por colonos europeus logo depois da Guerra Civil. Uma cerca de ferro forjado a cercava e um caminho de pedras pontuado por jacintos azuis levava às portas abobadadas de carvalho. Era a primeira igreja católica da região, e uma parede de memorial contornava a lateral do jardim, em homenagem aos soldados confederados mortos. São Marcos significava muito para Xavier e sua família. Ele fazia estudos bíblicos ali desde a infância e participou de todas as peças de Natal até crescer e começar a sentir vergonha. Padre Mel conhecia cada um dos filhos da família Woods pessoalmente. Em poucas semanas, ele casaria a filha mais velha, Claire. Por ser irmão dela, Xavier seria um dos padrinhos.

Assim que entramos, o barulho do mundo lá fora ficou totalmente abafado. Os nossos passos ecoavam no mármore vermelho do chão da capela e pilares de pedra iam até o teto abobadado. Uma estátua de Cristo crucificado dominava o espaço, com Sua cabeça coroada abaixada, mas com os olhos Dele olhando para o Céu. Mosaicos de santos mártires olhavam para nós do teto. Uma luz dourada preenchia a capela, refletindo no tabernáculo que mantinha os consagrados. Nas paredes, pinturas das 14 estações da Via Crúcis eram expostas em molduras pesadas e entalhadas.

Os bancos eram de madeira escura polida e o cheiro de incenso tomava conta do ar. Os vitrais acima do altar mostravam um Gabriel de cabelo dourado, com rosto sério e roupa vermelha, passando a sua mensagem a Maria, ajoelhada e surpresa. Foi estranho ver a interpretação do meu irmão arcanjo feita por um artista. O verdadeiro Gabriel era tão lindo e encantador que a sua beleza não podia ser transmitida com fidelidade. Ainda assim, as cores dos vitrais se destacavam, fazendo as figuras ganharem vida diante dos nossos olhos.

Paramos na entrada, para molharmos os dedos na água benta de uma pequena fonte, e fizemos o sinal da cruz. O ruído suave do tecido da roupa do padre Mel anunciou a sua presença. Quando apareceu, percebemos que ele emitia um som enquanto descia os degraus acarpetados, para nos receber. Era um homem calvo com olhos brilhantes e que não pareceu surpreso ao nos ver. Abraçou Xavier com afeto e segurou a minha mão como se fôssemos velhos conhecidos.

— Estava à espera de vocês — disse ele, de modo encorajador.

O padre nos levou para a frente da igreja, onde nós dois nos ajoelhamos diante do altar. Ele analisou nossos rostos, procurando a sinceridade de nossa intenção.

— O casamento é um compromisso sério — começou. — Vocês dois são muito jovens. Já pensaram com cuidado sobre o que estão prestes a fazer?

— Sim, padre, pensamos — respondeu Xavier, em um tom que teria convencido até mesmo a pessoa mais descrente. — O senhor vai nos ajudar?

— Hmmm — murmurou, preocupado. — O que a família de vocês tem a dizer sobre isso? Com certeza eles querem estar presentes em um momento tão importante, não é? — O olhar do padre Mel ficou mais sério quando encontrou o meu.

— Esta é a nossa decisão — respondeu Xavier. — Gostaria que eles estivessem aqui... mas eles não entenderiam. — O padre assentiu ao considerar o sentido das palavras de Xavier.

— O que temos não é um namorico adolescente — interrompi, acreditando que talvez ele precisasse de mais argumentos. — O senhor não faz ideia das coisas pelas quais passamos para chegar aqui.

Por favor, não podemos passar nem mais um dia sem pertencer um ao outro sob os olhos de Nosso Pai. — Percebi que o padre estava tendo dificuldades em ignorar a nossa urgência, mas sua intuição devia estar lhe recomendando cuidado. Eu precisava ser mais incisiva para convencê-lo. — É a vontade de Deus — disse, de repente, e vi que os olhos dele se arregalaram. — Ele nos uniu por um motivo. O senhor, mais do que ninguém, deve saber que Ele tem um plano para todas as pessoas, e este é o nosso. Não devemos questioná-Lo, apenas queremos assumir o que Ele criou entre nós.

Minhas palavras pareceram decidir a questão. Ele não podia rejeitar o que parecia ser uma ordem direta dos Céus. O padre ergueu as mãos em um gesto de consentimento.

— Muito bem, então. Não vai adiantar deixar vocês esperando mais. — Fez um sinal para alguém que, até então, estava escondido. — Tomei a liberdade de pedir à sra. Alvarez que servisse como testemunha.

Nós nos viramos e vimos uma mulher rezando em silêncio em um dos últimos bancos. Quando ficou de pé e se aproximou do altar, a reconheci como a faxineira do presbitério. A sra. Alvarez alisou vincos imaginários de sua blusa estampada. Não conseguia esconder a animação por participar, ainda que com um pequeno papel, do que poderia ter-lhe parecido uma aventura maluca e romântica. Quando começou a falar, até pareceu meio ofegante.

— Você é o filho de Bernadette, não é? — perguntou com um sotaque hispânico carregado. Xavier assentiu e olhou para o chão, esperando uma reprimenda. No entanto, ela apenas segurou o braço dele. — Não se preocupe. Em breve todos ficarão felizes por você.

— Podemos começar? — perguntou o padre Mel.

— Por favor... *un rato*. — A sra. Alvarez balançou a cabeça e me observou com tristeza antes de se afastar. Ficamos confusos por um momento, e então ela voltou e me presenteou com um buquê de margaridas que ela colheu rapidamente no jardim da capela.

— Obrigada. — Sorri para ela de modo agradecido. Na nossa pressa de chegar lá, não havíamos pensado muito nos detalhes. Ainda estávamos com nossos uniformes de escola.

— De nada — disse ela, e seus olhos se semicerraram em um sorriso. A luz do Sol que passava pelos vitrais iluminou Xavier com tons dourados. Não teria importado se ele estivesse usando seu short velho da academia. A sua presença era maravilhosa. Pelo canto dos olhos, vi rapidamente o meu cabelo castanho, com um toque de cobre e bronze. Eu parecia estar brilhando. Uma parte de mim quis interpretar isso como um sinal de que, talvez, a nossa união pudesse estar agradando aos Céus. Afinal, a terra havia parado de tremer e o teto não indicava sinal de abalo. Talvez, quem sabe, o nosso amor fosse tão grande que até o Céu tivesse que aceitar.

Quando olhei para Xavier, percebi que algo dentro de mim havia mudado. Não estava tomada pela onda de emoção de sempre — um amor tão intenso que às vezes tinha a sensação de que o meu corpo não podia contê-lo. Eu me senti totalmente em paz, como se o meu universo estivesse se formando exatamente como deveria. Apesar de conhecer o rosto de Xavier como a palma da minha mão, sempre que olhava para ele, era como se o estivesse vendo pela primeira vez. Nas lindas linhas do seu rosto, encontrei muita profundidade e complexidade: os seus lábios esboçavam um sorriso, o seu rosto bem-desenhado e olhos amendoados da cor azul, como a profundeza do mar. Feixes de luz do Sol dançavam pelo seu cabelo loiro, fazendo-o brilhar como ouro. O uniforme dele, blusa azul-escura com o brasão da Bryce bordado no bolso, parecia adequado para a solenidade da ocasião. Xavier levantou as mãos para ajeitar a gravata pela última vez. Eu não soube dizer se ele estava nervoso ou não.

— Preciso ficar muito bonito hoje — disse ele, piscando para mim, brincalhão.

O padre Mel estendeu as mãos e as manteve separadas.

— Vocês vieram juntos para esta igreja para que o Pai possa consagrar e selar o seu amor por meio do matrimônio sagrado. Que vocês dois assumam as obrigações do casamento com respeito mútuo e fidelidade duradoura. E assim, diante da Igreja, peço a vocês que expressem as suas intenções. Vocês amarão e honrarão um ao outro como marido e mulher pelo resto da vida?

Nós olhamos para a frente de repente, como se tivéssemos tomado consciência da importância daquele momento. Não hesitamos e respondemos juntos, como se já estivéssemos unidos.

— Sim.

— Unam as mãos direitas e afirmem diante de Deus e de Sua Igreja. Xavier, repita comigo.

Xavier pronunciou cada palavra com cuidado, como se cada uma delas tivesse um peso e não pudesse ser apressada. A sua voz parecia música. Fiquei tão animada que precisei segurar as suas mãos com mais força, com medo de sair flutuando. Ele não tirou os olhos dos meus enquanto falava.

— Eu, Xavier Woods, aceito você, Bethany Church, como minha legítima esposa, e prometo amá-la e respeitá-la, a partir de hoje, na alegria e na tristeza, na saúde e na doença, na riqueza e na pobreza, até que a morte nos separe.

E, então, foi a minha vez. Acho que estava nervosa, porque percebi a minha voz tremer ao dizer as mesmas palavras, com o padre Mel me observando. A sra. Alvarez pegou um lenço de renda que mantinha guardado em uma das mangas e secou os olhos. Enquanto eu falava, não consegui conter as lágrimas. Mas só naquele momento descobri o que era chorar lágrimas de felicidade. Senti Xavier acariciando a minha mão com o polegar e, por um momento, me perdi nos seus olhos profundos. A voz do padre Mel me trouxe de volta ao presente.

— Está na hora das alianças, que vocês devem dar um ao outro como símbolo de amor e fidelidade.

Xavier segurou minha mão e colocou a aliança da avó no meu dedo. Serviu muito bem, como se estivesse se prendendo a mim para sempre. Chateada por não termos tido mais tempo para planejar, tirei o meu anel de formatura e tentei colocá-lo no dedo anelar de Xavier. É claro que era pequeno demais e só entrou no dedo mínimo. Paramos, pensando que podíamos ter estragado tudo. Mas nós dois relaxamos quando a sra. Alvarez cobriu a boca com a mão e começou a rir.

— Que a união de vocês seja aprovada pelo Senhor — concluiu o padre Mel. — Que ela traga paz e harmonia a suas vidas. Eu os declaro marido e mulher.

Pronto. A cerimônia terminou e estávamos casados.

Durante toda a minha vida, me senti como alguém de fora, analisando um mundo do qual nunca fiz parte. No Reino eu existira, mas nunca vivera nele, exatamente. Conhecer Xavier mudou tudo. Ele havia me deixado entrar, havia me amado e cuidado de mim. Nunca se importou com o fato de eu ser diferente e deu vida a meu mundo apenas com a sua presença. Eu sabia que ainda teríamos batalhas pela frente, mas minha alma, agora, estava intrinsecamente ligada à dele, e nada, nem o Céu nem o Inferno, poderia nos separar.

Nós nos esquecemos de esperar pela orientação do padre Mel e instantaneamente nos beijamos. Havia algo totalmente diferente na essência da nossa união. Ali, parecia sagrada. As minhas asas começaram a tremer sob a camiseta e a minha pele toda começou a formigar, espalhando um brilho quente pelo meu corpo. Então, a luz da minha pele se fundiu com a luz do Sol que passava pelo vitral. Explodiu em um flash, prendendo eu e Xavier dentro de um prisma brilhante. Padre Mel e a sra. Alvarez se surpreenderam, mas, um segundo depois, o prisma se desfez e o Sol se escondeu atrás de uma nuvem.

A sra. Alvarez ficou tão animada que começou a nos parabenizar em espanhol e a nos beijar sem parar, como se fôssemos parentes que ela não via fazia muito tempo. Só parou quando padre Mel nos levou discretamente ao altar para assinar o papel.

Eu havia acabado de soltar a caneta quando as portas da capela se abriram com um estrondo, fazendo todos se sobressaltarem. Um adolescente de andar relaxado, rosto afeminado e cabelo penteado parou na porta. Ele vestia um roupão preto de capuz, e três pares de asas pretas se abriam atrás dele. Fez uma reverência formal, não tirando os olhos do padre Mel, e aproximou-se do altar com um andar ensaiado, como se estivesse em uma passarela. Levava uma foice brilhante na lateral do corpo. Logo de cara, o reconheci: o Ceifador de Almas, treinado pelo próprio Anjo da Morte. A sra. Alvarez começou a gritar, histérica, enquanto buscava se proteger atrás do altar. Orações rápidas proferidas em espanhol podiam ser ouvidas do local onde ela se escondia. Tradicionalmente, os ceifadores só são visíveis por aqueles que eles buscam, mas, naquela situação, os bons modos tinham sido deixados de lado.

Todos os movimentos pareciam meticulosamente pensados, feitos para passar uma mensagem clara a todos nós. A morte estava nos rondando. Por instinto, puxei Xavier para o chão. Nesse mesmo instante, as minhas asas se abriram e o protegeram — um ceifador não pode levar uma alma que esteja sob os cuidados do seu guardião. Mas logo descobri que o Ceifador não queria levar Xavier.

O seu olhar intenso estava fixo no padre Mel, e o seu dedo fino apontava diretamente para ele. O padre hesitou, confuso, e logo começou a recuar, até ficar pressionado contra o altar, com os óculos de aros grossos tortos no rosto.

— Só queria ajudar. Só queria ajudar — repetia ele.

— A sua intenção é irrelevante — retrucou o Ceifador, com frieza. O padre Mel parou por um momento, e então se endireitou. — Fui chamado pelo Senhor e atendi.

— Você sabe o que ela é? — perguntou o Ceifador. — Ela não é um ser humano.

O padre não pareceu surpreso. Desde o começo, percebeu que eu era diferente, apesar de nunca ter feito qualquer pergunta ou me tratado de modo diferente.

— Deus age de maneiras misteriosas — respondeu ele, com coragem.

O Ceifador inclinou a cabeça.

— De fato.

Observei, assustada, quando ele ergueu uma das mãos e o padre Mel instantaneamente dobrou o corpo para a frente, sentindo dor, levando a mão ao coração. Tentou respirar caído no chão.

— Deixe-o em paz! — gritou Xavier, tentando se livrar dos meus braços. Eu o prendi usando uma força que não sabia ter. O Ceifador pareceu olhar para nós pela primeira vez e virou os olhos sonolentos e lânguidos para Xavier. O seu sorriso era quase insolente.

— O meu problema não é com você — respondeu. Então, encurtou a distância entre ele e o padre, que se encontrava deitado no chão de mármore, prostrado. Xavier tentou se soltar, mas o meu poder angelical o manteve no lugar.

— Beth, me solte — pediu ele. — O padre precisa de ajuda!

— Não podemos ajudá-lo agora!

— O que há com você? — perguntou ele, olhando para mim com uma expressão esquisita, como se não me reconhecesse.

— Não se pode lutar contra um Ceifador — sussurrei. — Ele está agindo conforme orientações que recebeu. Se você entrar no caminho dele, também será levado. Não me torne uma viúva minutos depois de ter se casado comigo.

Isso pareceu fazer com que ele se acalmasse. Xavier parou de tentar escapar e ficou em silêncio, mas os seus olhos estavam tomados de angústia enquanto olhava para o padre e seu mentor. O corpo do padre Mel se remexeu um pouco e então ficou parado. O Ceifador se afastou e se reposicionou perto da cabeça do corpo. Eu sabia pelo que ele esperava. Uma sombra parecida com fumaça saiu da boca entreaberta do padre e pairou no ar — uma réplica do corpo sem vida no chão.

— Siga-me — ordenou o Ceifador. Ele pareceu quase entediado. A alma do padre Mel pareceu perdida por um momento, à procura de direção, e então obedeceu. Juntos, o Ceifador e a alma mortal subiram para o teto abobadado da igreja.

— Para onde vai levá-lo? — perguntei, temendo que o padre fosse jogado na cratera por ter tentado nos ajudar.

— Os motivos dele eram puros, então o lugar dele no Céu permanece intacto — respondeu o Ceifador sem olhar para trás nem parar. — Mas os seus dias na Terra acabaram.

2

CORRA, QUERIDA, CORRA

Só QUANDO O CEIFADOR desapareceu me senti segura para soltar Xavier. Ele correu e se ajoelhou ao lado do corpo inerte do padre Mel. Os olhos do homem ainda estavam abertos, agora parados e vidrados.

A sra. Alvarez, sem fôlego, apareceu de trás do altar, tremendo e com cara de espanto. Parou no corredor, com as mãos inquietas segurando o crucifixo incrustado de joias pendurado em seu pescoço.

— *Santo cielo*! Que Deus tenha piedade de todos nós — disse ela antes de sair desesperada da capela.

— Espere! — gritei, indo atrás dela. — Sra. Alvarez, por favor! — Mas ela não olhou para trás. Estava determinada a sair dali o mais rápido possível, fugir do que havia acabado de testemunhar.

Quando ela se foi, Xavier olhou para mim, com o rosto transformado pela dor.

— Beth, o que fizemos? Matamos uma pessoa.

— Não, não matamos. — Eu me ajoelhei ao lado dele e segurei as suas mãos. — Escute bem, Xavier, isto não é sua culpa.

— Eles o levaram por vingança — murmurou Xavier, virando o rosto para que eu não visse sua reação. — Por ter aceitado este casamento. Se ele não tivesse tentado nos ajudar, ainda estaria vivo.

— Não sabíamos disso. — Segurei o seu queixo, tentando fazer com que ele olhasse para mim. — Não somos assassinos.

Passei a mão em cima das pálpebras do padre Mel, fechando os seus olhos. Senti a raiva crescendo no meu peito por toda aquela injustiça, mas sabia que nada resolveria nutrir tal sentimento. Então, fiz uma prece silenciosa, pedindo para que o padre Mel encontrasse a paz.

Xavier continuou olhando, boquiaberto, para o corpo no chão.

— Eles só interromperam a vida dele aqui na Terra — disse eu.

Xavier concordou com a cabeça e tentou afastar as lágrimas que se reuniam em seus longos cílios. O barulho de um carro cantando pneu ao estacionar chamou a nossa atenção e foi seguido imediatamente pelo som de portas batendo e pés pisando no chão de cascalho.

Quando Ivy e Gabriel entraram correndo na igreja, demoraram um pouco para entender o que havia acontecido. Atravessaram o corredor rapidamente, e só consegui vê-los direito quando já estavam bem na nossa frente. O belo rosto de Gabriel expressava dor e ele passou uma das mãos pelo cabelo loiro, frustrado. O cabelo loiro e solto de Ivy estava molhado e a sua expressão era sombria.

— O que vocês fizeram, pelo amor de Deus? — perguntou ela em um tom que eu nunca havia escutado. A sua voz estava mais baixa e parecia vir do fundo do seu peito. Gabriel abria e fechava a boca, sem conseguir falar.

— Chegamos tarde demais — disse ele, por fim. Viu a nossa aliança de casamento e o corpo no chão. Não demonstrou surpresa ao ver a primeira baixa do nosso complicado caso de amor.

— Isso é um absurdo. — Ivy balançou a cabeça, abismada. — Não podemos aceitar essa rebelião. — Seus olhos calmos e acinzentados de sempre ganharam um tom amarelado estranho e acreditei ter visto pequenas chamas dentro deles.

— Não agora. — Gabriel fez um gesto indicando a saída. — Precisamos sair daqui.

Eles nos pegaram pelos ombros e foram nos arrastando pelo corredor. Estávamos assustados demais para resistir. O jipe preto estava esperando do lado de fora da igreja. Ivy abriu as portas com mais força do que o necessário. Por um momento, o carro balançou para a direita.

— Entrem — ordenou ela. — Agora.

— Não — respondi, tentando me afastar dela sem muita força. — Estou cansada de ver todo mundo nos dizendo o que fazer!

— Bethany, você deveria ter conversado comigo antes — disse Gabriel, com a voz carregada de decepção. — Eu poderia ter ajudado você a tomar a decisão certa.

— Esta é a decisão certa, Gabe — disse de modo firme.

— Vocês desobedeceram às leis do Céu e causaram a morte de um homem de Deus — disse minha irmã, com raiva. — Não se arrependem?

— Não sabíamos que isso aconteceria!

— Claro que não — disse Ivy, e de repente eu compreendi como era ser esfaqueada com o olhar. — Vocês esperam que continuemos defendendo vocês independentemente do que fizerem?

— Não, só queria que vocês conseguissem ver as coisas da maneira como vemos!

— Só queríamos ficar juntos — disse Xavier. — Só isso.

A explicação dele pareceu apenas irritar ainda mais a minha irmã.

— Entrem no carro! — gritou. Sua grosseria pegou todos nós de surpresa. Então, ela deu as costas para nós e se recostou na porta do passageiro com os ombros tensos de raiva.

— Vamos com vocês — disse eu, com calma, tentando restaurar certa tranquilidade em meio a toda tensão. — Mas diga para onde vamos.

— Vocês dois precisam sair de Venus Cove. Agora. Não temos tempo a perder — disse Gabriel. — Vamos explicar no caminho.

De repente, percebi as veias do pescoço de Gabriel pulsando. Ivy estava remexendo as mãos e olhava nervosa para a rua. Será que eu havia perdido alguma coisa? Entendi por que eles estavam irritados com a nossa decisão impulsiva de nos casarmos, mas também vi que havia mais coisa por trás. Se não os conhecesse bem, poderia dizer que estavam com medo.

— Gabe, o que está havendo? — Toquei o ombro dele com medo.

Nunca tinha visto aquela expressão no seu rosto. Era um olhar de derrota.

— Não é mais seguro para vocês ficar aqui.

— O quê? — Xavier me abraçou automaticamente. — Por quê?

— Sei que causamos um problema — disse eu. — E nunca vou me perdoar pelo que aconteceu ao padre Mel, mas não compreendo! Isto não deveria envolver ninguém além de nós. Só queríamos nos casar. Por que é tão errado?

— Aos olhos do Céu, é errado — disse Ivy, com os olhos intensos encontrando os meus com calma pela primeira vez.

— Não é justo — protestei, e ao mesmo tempo senti lágrimas ameaçando cair. Entrei no banco de trás, arrasada por ver que a nossa felicidade tinha sido destruída tão cedo.

No banco da frente, Gabriel se virou. Olhou para Xavier com intensidade.

— Escutem bem o que vou dizer.

O rosto de Xavier ficou pálido, e ele hesitou.

— Vocês não têm só que partir — disse ele. — Têm que correr.

O meu irmão dirigiu para longe da cidade, em direção às montanhas, a toda velocidade. Ivy mordia com força o lábio inferior e se segurava no painel. Apesar de terem prometido explicar, nenhum dos dois disse nada. Xavier e eu ficamos abraçados e tentamos não pensar no pior. Aquela não era exatamente a lua de mel que eu imaginava. Só esperava que Xavier não estivesse arrependido. Estiquei o pescoço e vi a minha querida cidade desaparecendo pelo espelho retrovisor. A última coisa que vi foram as pontas da torre do sino da Bryce Hamilton por cima dos montes antes do meu irmão entrar à esquerda em uma rua de terra e Venus Cove desaparecer de vista. O único lugar que já havia chamado de lar na vida estava ficando para trás. Não sabia quanto tempo demoraria para vê-lo de novo, se é que o veria. Pensar nisso fez a minha cabeça girar.

De repente, percebi o motivo pelo qual Gabe estava com tanta pressa. Ele queria nos tirar de vista. Ele não desacelerava. A estrada era cheia de buracos; pedregulhos voavam por baixo dos pneus e galhos baixos raspavam nas laterais do jipe. Até mesmo as árvores pareciam se chocar contra nós. Observei as nuvens se estenderem, torcendo e formando imagens estranhas. Uma massa de nuvens pesadas se estendia até dar a impressão de que uma mão a atravessava, com o dedo indicador esticado apontando diretamente para nós. Um segundo depois, o dedo se retraiu e se tornou uma massa de nuvens de novo. Imaginação minha ou não, eu sabia que aquele era um símbolo do julgamento. O meu casamento com Xavier sem dúvida seria visto como um ato de rebeldia, de ataque contra o Reino, digno de punição pelas leis que eu não tinha idade suficiente para entender. Além disso, as minhas características humanas eram dominantes agora, e todas as leis do Céu pareceriam estranhas. Conhecer Xavier havia transformado minha lealdade; eu não sentia mais nenhum elo com minha casa.

Percebi que estávamos ganhando altitude, pois o vento que entrava pela janela estava mais leve. Tentei contar o número de cavalos pastando nos campos para não pensar no que nos esperava. Torci para que os meus irmãos direcionassem a raiva que sentiam a mim, e não a Xavier. Sabia que pediria desculpas e que admitiria que nós havíamos cometido um erro. Mas não estava arrependida pelo que havíamos feito. Ainda não.

O dia que parecera tão perfeito horas antes agora estava destruído. Estávamos dentro do carro havia tanto tempo que fiquei tentando imaginar quantas horas fazia que pegáramos a estrada. Será que já havíamos cruzado os limites do estado? Tinha a sensação de que já tínhamos saído de Georgia. O terreno havia mudado, com certeza. As árvores estavam mais grossas e mais altas. O ar estava fresco como maçãs recém-colhidas. Estávamos seguindo para o norte; consegui ver os contornos azuis das montanhas à distância, mas não tive coragem de perguntar o que eram. Xavier olhava pela janela sem dizer nada. Eu sabia que continuava pensando no padre Mel, repassando a cena na mente e tentando descobrir se podia ter feito algo diferente. Eu queria muito poder confortá-lo, mas nada do que dissesse faria diferença agora nem aliviaria a dor e a culpa que o tomavam.

Enfim, paramos diante de uma casinha de madeira que combinava tanto com o ambiente ao redor que só a notei quando ficamos diante da sua porta verde.

— Onde estamos? — perguntei, sentindo cheiro de pinheiro no ar.

— Nas Montanhas Fumegantes. — A voz do meu irmão era um ronco baixo. — Carolina do Norte.

Só tive tempo de ver o nome da casa de madeira: Chalé Salgueiro, e as duas cadeiras de balanço na varanda, porque Gabriel rapidamente pegou algumas chaves do bolso e nos levou para dentro. Havia pinhas espalhadas pelo chão e uma fogueira aberta com lenha e grelha.

Sabia que deveria me sentir grata a Gabriel por ter nos socorrido, mas estava cansada naquele momento e fui percebendo que as atitudes dele só me irritavam cada vez mais. Ele estava agindo da maneira como agia antes, olhando para nós como se fôssemos criminosos, repreendendo-nos como se fôssemos crianças. Eu podia ser uma de suas servas, mas qual era o direito que o Céu tinha de ditar a vida de Xavier? Ele era humano e no seu mundo, nossas atitudes eram verdadeiras, até louváveis. E o mundo dele era o único com que eu me preocupava. Talvez tivéssemos sido apressados e impulsivos, mas isso não justificava os olhares de reprovação que estávamos recebendo. O que dava aos meus irmãos o direito de nos julgar? Não precisávamos nos sentir envergonhados.

Dentro da casa de madeira, foi a vez de Gabriel perder a compostura. Ele me segurou pelos ombros e me sacudiu.

— Quando você vai crescer? Quando vai perceber que está vivendo uma vida roubada que não pertence a você? Você não é um ser humano, Bethany! Por que não consegue enfiar isso na cabeça?

— Calma, Gabriel. — Xavier deu um passo adiante, de modo defensivo. — Ela não é mais sua responsabilidade.

— E quem é responsável por ela agora? Você? Como pretende protegê-la?

— Não sou responsabilidade de ninguém — afirmei. A última coisa de que precisava era um confronto entre o meu irmão e o meu marido de poucas horas. — Tomei uma decisão e estou disposta a lidar com as consequências. Nós nos amamos e não permitiremos que ninguém nos impeça de ficar juntos.

Eu me senti forte por dizer isso em voz alta, mas ouvi Gabriel grunhir irritado.

— Você está delirando.

— Não posso viver como você — respondi. — Não posso enterrar minhas emoções e fingir que elas não existem.

— Você não sente as emoções, Bethany... Você se afoga nelas, é controlada por elas, e tudo o que você fez foi totalmente baseado nos seus próprios interesses.

— Só porque você não entende o amor não quer dizer que ele é errado!

— Não estamos mais falando de amor, mas, sim, de obediência e de responsabilidade. Dois conceitos que você parece não compreender.

— Será que todo mundo pode se acalmar? — sugeriu Ivy. Eles pareciam estar se revezando para extravasar a frustração. Agora que Gabe estava mais alterado, Ivy se mostrou mais calma, como se para equilibrar os sentimentos dele. — Brigar não nos levará a lugar algum. O que está feito está feito. Precisamos encontrar uma maneira de ajudar Beth e Xavier agora.

O seu comportamento mais calmo fez com que parássemos e analisássemos o que ela dissera. Gabriel olhou para ela, confuso, e vi que os dois se entreolharam, como se guardassem um segredo. E, então, o momento passou. Quando Gabriel voltou a falar, foi de um modo muito mais comedido.

— Eu e Ivy precisamos partir, mas voltaremos logo. Enquanto isso, fiquem escondidos, e, Beth, fique longe da janela. A sua presença será facilmente percebida pelos... — Ele parou.

— Quem está à minha procura? — quis saber.

— Conversaremos mais tarde. — A maneira irritada com que ele disse isso me deu um sinal de que a situação estava ruim. E, quando nos entreolhamos, vi que realmente estava preocupado. Senti uma pontada forte de culpa. Não podia julgá-lo por sua irritação. Ele sempre dava um jeito de reparar os meus erros, consultando autoridades e pedindo desculpa pelos deslizes de outra pessoa. A nossa decisão de fugir e nos casarmos criou um drama que ninguém precisava no momento, quando as coisas estavam começando a se estabilizar.

— Mais uma coisa — acrescentou Gabriel, com a mão na maçaneta da porta. — Se não for muito difícil de controlar, sugiro que vocês evitem... o contato físico.

Ele falou como se esse pedido fosse a coisa mais natural do mundo! Como se estivesse pedindo que não nos esquecêssemos de apagar as luzes.

— O quê? — perguntei, fazendo cara feia. — Podemos, pelo menos, saber o motivo?

Gabriel franziu o cenho, hesitando.

— Pode ser que eles sejam mais benevolentes se o casamento não for consumado — respondeu Ivy por ele.

— Pode não fazer diferença — disse Gabriel. — Mas a minha intuição diz que seria inteligente se Bethany e Xavier dessem a impressão de... — Ele parou, buscando a palavra certa. Mais uma vez, Ivy completou seu pensamento.

— Penitência? — perguntou ela, e Gabriel balançou a cabeça, indicando que ela estava correta.

— Isso seria uma mentira! — disse eu, sem pensar. — Não estamos arrependidos. — Eu me lembrei do padre Mel e parei. — Mas não queríamos que ninguém sofresse.

— Sejam espertos — disse Gabriel. — É um sacrifício pequeno.

Estava claro que ele não queria discutir o assunto.

— Não acho que você possa opinar sobre isso, não é? — disse Xavier lançando-lhe um olhar desafiador.

— Estamos tentando ajudá-los — disse Ivy, irritada. — Mas para isso precisamos descobrir o que está havendo. — Esse comentário me irritou mais do que qualquer coisa que havia acontecido até então.

— Quer dizer que não sabem? — disse eu, surpresa. Eles sempre sabiam tudo sobre a vontade do Céu.

— Não temos precedentes nesse caso — explicou minha irmã. — Só aconteceu uma vez antes e foi há muito tempo.

Eu e Xavier não entendemos nada. Se deveríamos adivinhar a que Ivy se referia, ela teria de ser mais clara. Inesperadamente, Gabriel nos ajudou:

— Ivy está se referindo aos Nefilins — disse, de modo direto.

— Ah, por favor! — respondi. — Isto é totalmente diferente.

— Quem diabos são os Nefilins? — perguntou Xavier.

— Eles foram filhos criados há muito tempo quando os "filhos de Deus" vieram do Céu e ficaram encantados com a beleza das "filhas dos homens" — expliquei. — Eles mantiveram relações sexuais e criaram uma raça meio humana, meio anjo.

— É sério? — disse Xavier, erguendo as sobrancelhas. — Devem ter pulado essa parte, nas aulas de catequese.

— Não é uma doutrina aceita por todos — explicou Gabriel de modo seco.

— E o que isso tem a ver com a gente? — perguntou Xavier.

— Nada — respondi enfaticamente. — Não é a mesma coisa. Aqueles anjos que se deitaram com as mortais não eram obedientes. Eles se rebelaram contra Deus. O Céu não deveria ter considerado a nossa atitude uma transgressão grave... não é?

— Não sei — respondeu Ivy com calma. — Você se prendeu ao mundo mortal, assim como eles.

Tive que admitir que Ivy estava certa. Era ao mundo mortal que eu sentia mais lealdade agora. Gabriel me viu passar o dedo pelos contornos da aliança em minha mão esquerda. Dei uma olhada nela, e vi o brilho suave dos diamantes refletido na luz fraca. Já parecia ser parte de mim, como se eu tivesse nascido para usá-la. Sem dúvida eu não abriria mão dela, não facilmente.

— Você provavelmente deveria colocar essa aliança em uma gaveta — sugeriu Gabriel.

— Como é?

— Pode ser melhor não exibi-la — disse, permanecendo sério.

— Não vou tirar a minha aliança — disse a ele com firmeza. — Não me importa se o Reino todo ficará irritado.

Gabriel começou a discutir, mas Ivy passou por ele e murmurou algo no seu ouvido, baixinho para que não ouvíssemos. Só ouvimos o final.

— Deixe, Gabe — disse ela. — Tirar a aliança não mudará nada.

Apesar da minha coragem, percebi que havia começado a tremer. Xavier, que me abraçava de modo protetor pela cintura, também sentiu.

— Você está bem? — perguntou, preocupado. Ele não sabia, mas eu havia acabado de me lembrar que os anjos responsáveis por criar os Nefilins tiveram um destino muito cruel. Será que eu havia acabado de assinar uma sentença de morte... para nós dois? Os meus irmãos entenderam exatamente a mudança dos meus pensamentos.

— Não seja apressada nas conclusões — disse Gabriel, mais gentil dessa vez. — Nada é definitivo ainda.

— Você só precisa esperar e ser paciente — aconselhou Ivy. — Descobriremos tudo o que pudermos e contaremos assim que voltarmos.

Ela pegou as chaves do carro na mesa do corredor, mas Gabriel colocou a mão sobre a dela.

— Deixe o carro com eles. — Ele deve ter lido a mente de Xavier, porque olhou para ele. — Não se preocupe. Saberemos se vocês tiverem qualquer problema. Qualquer coisa, saiam depressa. Vamos encontrá-los.

— Entendido — disse Xavier, mais disposto a aceitar as orientações deles do que eu. Ele atravessou a sala e fechou as cortinas.

— Voltaremos assim que pudermos — avisou Gabriel. — Lembrem-se: fiquem longe das janelas e tranquem a porta quando sairmos.

— Ei, espere — chamou Xavier ao pensar em algo. — O que devo fazer com os meus pais? Eles já devem estar preocupados.

Gabriel olhou para o chão por um momento e eu sabia que ele estava pensando com arrependimento na família Woods. Será que eles voltariam a ver o primogênito?

— Já cuidei disso — respondeu ele.

— Uau, como? — Xavier deu um passo à frente, alterado. Até aquele momento, a sua família não sabia dos nossos dilemas e eu sabia que ele queria que as coisas continuassem assim. — Eles são a minha família. O que você fez?

— Até onde eles sabem, você foi visto pela última vez na Bryce Hamilton antes da formatura — disse Gabriel com seriedade. — Você desapareceu e não há qualquer registro do seu paradeiro. Em 24 horas, a polícia vai considerá-lo desaparecido. Daqui a duas semanas, eles acreditarão que você não quer ser encontrado.

Xavier parou.

— Você só pode estar brincando... Você quer que eu permita que meus pais pensem que simplesmente saí da cidade?

— É para o bem de todos.

— De jeito nenhum.

— Pode telefonar para eles, se quiser — disse Ivy, mais fria do que de costume. — Mas vai colocar todos em risco. Não é seguro para ninguém saber onde você está.

— Eles estão correndo perigo? — Xavier arregalou os olhos, assustado.

— Não, desde que você não dê informações a eles — disse a minha irmã. — Se eles descobrirem alguma coisa, acabarão se tornando úteis. Você compreende? Neste momento, eles não têm qualquer informação que valha a pena ser obtida.

Pela maneira com que Gabriel e Ivy falavam, pareciam personagens de um filme de espionagem. Nada fazia sentido. Por mais confuso que estivesse se sentindo, Xavier engoliu em seco e não disse nada. Não tinha opção além de aceitar o que eles diziam. Não colocaria a própria família em risco... ainda que fosse muito doloroso deixá-los preocupados e sentindo a perda que acreditariam ter sofrido.

— Você os verá de novo — disse Gabriel. — Quando tudo isso terminar. — Então, ele e Ivy passaram pela porta e desapareceram.

— Tomara — murmurou Xavier. Eu sabia o quanto Xavier me amava, só queria que ele não tivesse que pagar um preço tão alto por isso. A sua voz parecia muito embargada, queria poder fazer alguma coisa para acabar com o seu sofrimento. Tentei me aproximar, mas Xavier me deu as costas e ficou olhando para o relógio sobre o mantel.

Percebi que estava preso na sua tristeza.

Fiquei curiosa para saber aonde Ivy e Gabriel estavam indo e se pretendiam voar à vista de todos. Eu me agachei perto da porta e espiei pelo buraco da fechadura. Vi os meus irmãos desaparecerem de mãos dadas entre as árvores que cercavam a casa de madeira. Entre os troncos retorcidos, percebi um brilho no ar e, de repente, dois feixes brilhantes apareceram no céu e sumiram entre as nuvens carregadas. Gabriel e Ivy eram vistos apenas como raiozinhos de luz aqui e ali, como aqueles emitidos por vaga-lumes. Um instante depois, desapareceram por completo. Eu me virei e me apoiei na porta, desejando poder desaparecer. Sem os meus irmãos para nos proteger, me sentia exposta, como se a casa de madeira fosse uma placa brilhante de neon, anunciando a nossa presença.

3

HOMENS DE PRETO

DE REPENTE, me senti um tanto zonza e me sentei numa poltrona perto da lareira. Perdi o controle e algumas vezes pensei que pudesse acabar vomitando. Rangia os dentes e não conseguia parar de tremer. O barulho deve ter tirado Xavier dos seus pensamentos, pois se virou e olhou para mim como se tivesse acabado de se lembrar da minha presença. No mesmo instante, ele se ajoelhou do meu lado.

— Ei, você está bem?

— Estou.

— Não parece estar. — Xavier me olhou com atenção.

— Tudo vai ficar bem — disse, e repeti a mesma frase para mim, em silêncio, como um mantra.

— Você sabe como Ivy e Gabriel são — disse Xavier, esforçando-se para parecer otimista. — Eles sempre preveem a pior situação.

Fiquei tensa quando ouvi o farfalhar de folhas do lado de fora. Até mesmo o barulho do velho relógio do mantel parecia exageradamente ameaçador.

— Beth — Xavier tocou em minha testa com as costas da mão —, você precisa se acalmar... vai acabar doente.

— Não consigo evitar — retruquei. — Tudo está saindo terrivelmente errado. Deveríamos estar na nossa lua de mel agora. Mas estamos presos aqui, no meio do nada, com alguém, ou algo, à nossa caça.

— Eu sei. Vem aqui. — Xavier se sentou na ponta da cadeira e me puxou para perto dele, e recostei a cabeça no seu peito. — Linda... você não está se esquecendo de algo? Você já esteve no Inferno, voltou e sobreviveu. Já viu os seus amigos morrerem e quase morreu muitas vezes. Nada deveria assustá-la. Você não sabe que é forte... muito forte?

Engoli em seco e apertei o rosto no tecido da camiseta dele, deixando que os seus batimentos cardíacos e também o seu cheiro familiar me acalmassem. Estava dando certo, consegui fazer a minha coragem voltar. As minhas emoções estavam à toda, mudando a cada minuto.

— Amo muito você, Xavier — sussurrei. — E não me importo que o universo todo esteja contra nós.

Ficamos sentados dentro da casa e observamos a luz começar a desaparecer pela fresta sob a porta. Por fora, podíamos parecer tranquilos, mas, por dentro, estávamos nos preparando para enfrentar outra batalha, uma nova luta para preservar o que era nosso.

Essa parecia ser a história das nossas vidas. Será que o destino nos ajudaria, mesmo que fosse por um dia?

Os primeiros dias passados no Chalé Salgueiro foram alguns dos mais nervosos da minha vida. As horas passavam, os dias terminavam e permanecíamos presos ali. Normalmente, aquele teria sido o tipo de lugar que eu sonharia visitar com Xavier: faríamos chocolate quente, trocaríamos carinhos diante da lareira e teríamos a sensação de que o restante do mundo não existia. Mas agora desejávamos voltar para a civilização e fugir daquela prisão surreal. Tínhamos perguntas demais sem resposta para sentirmos qualquer prazer que fosse naquele ambiente perfeito.

O Chalé Salgueiro ficava atrás de muitas árvores, com beiral baixo e uma varanda confortável. Cortinas de tecido estampado com barras esgarçadas cobriam as janelas. Na sala de estar havia sofás macios e xadrez e lenha muito bem-organizada em um cesto. A cozinha continha móveis de madeira de pinheiro com panelas de cobre penduradas em ganchos compridos, presos a uma trave acima do balcão. No banheiro, uma banheira de ferro forjado e papel de parede de margaridas. Vários degraus levavam ao mezanino, no qual havia uma grande e aconchegante cama com dossel e uma janela com vista para os topos das árvores, cobertos pela névoa.

Mas não reparamos em nada daquilo. Em outra situação, poderia ter sido o melhor retiro romântico. Porém, naquele momento, mais parecia uma prisão.

Nós nos sentamos juntos em uma das grandes poltronas de linho. Eu sabia em que ele estava pensando: que sua imprudência havia nos colocado naquela situação. Olhou para mim e fez uma careta, como que se desculpando. Mas não era preciso. Eu não estava arrependida de nada.

— Pare com isso — disse a ele com seriedade. — Pare de culpar a si mesmo.

— Foi ideia minha — respondeu ele.

— Foi ideia *nossa* — retruquei. — E culpa nenhuma vai fazer com que me arrependa de ter me tornado sua esposa. Se tivermos que lutar, lutaremos.

— Nossa! Você está se tornando uma soldadinha, não é? — brincou ele.

— Você era quem dizia: *lute ou vá para casa.*

— Eu me referia ao futebol — disse Xavier. — Mas acho que esta frase pode ser usada aqui.

— Podemos encarar tudo como um jogo — respondi. — Estamos disputando o direito de ficarmos juntos... é o nosso objetivo, e estamos jogando contra uma equipe difícil. — Xavier sorriu ao ouvir a minha analogia.

— Você acha que podemos vencê-los? — murmurou ele, prendendo uma mecha de cabelo atrás da minha orelha. O seu toque quente fez com que me esquecesse dos medos.

Fechei os olhos, distraída pelo toque de seus dedos contra a minha pele.

— Claro — disse. — Eles não têm nenhuma chance.

Os nossos corpos ficaram mais próximos e Xavier passou o polegar pelo contorno da minha boca. Percebi que os meus lábios se entreabriram automaticamente. O clima estava prestes a mudar. O ar estava a segundos de se tornar incandescente. Percebemos isso e nos afastamos depressa. Xavier se balançou para a frente e para trás apoiado nos calcanhares, abrindo uma distância segura entre nós. *Nada aumenta mais o desejo do que o medo,* pensei. *Ainda mais quando o medo nos faz pensar que a pessoa amada pode ser prejudicada.*

— Que droga — disse eu. — Gabriel não deveria ter pedido o que pediu.

— Não é nada que não possamos controlar — respondeu Xavier.

— Você tem tanto autocontrole! Acho que você deveria ser o anjo da relação.

— Não, obrigado — disse, sorrindo. — Tenho medo de altura.

— É mesmo? Nunca me disse isso.

— Estava tentando impressionar você. Precisei guardar alguns segredos.

— E agora não precisa mais me impressionar? Está meio cedo para relaxar. Estamos casados há apenas alguns dias.

— Na alegria e na tristeza, lembra?

— Não pensei que a tristeza viria tão depressa.

Xavier acariciou o meu cabelo para me acalmar, mas isso deu espaço a outros sentimentos.

— Quero beijar você — disse eu, de repente. — Quero beijar o meu marido.

— Acho que você precisa pensar em outra coisa — disse Xavier, suspirando.

— Concordo totalmente.

— Não *nisso*...

Xavier ficou de pé e começou a mexer nos armários dos dois lados da lareira. Eles estavam repletos de edições antigas das revistas *National Geographic* e *Reader's Digest*, além de um trem de madeira antigo. Deitei no sofá e resmunguei. Xavier continuou, decidido a encontrar algo que nos fizesse esquecer a tensão pairando no ar.

— Deve ter alguma coisa útil por aqui — resmungou, e pegou dois jogos de tabuleiro com aparência de velhos e os ergueu ab-ruptamente. — Master ou Banco Imobiliário? — perguntou ele, animado.

— Master — respondi, sem empolgação.

— Ah, não é justo. Você parece uma enciclopédia ambulante.

— As suas irmãs me disseram que você sempre rouba jogando Banco Imobiliário.

— Financiar propriedades quando o seu fluxo de caixa é baixo não é roubar. As minhas irmãs detestam perder.

Do lado de fora, uma garoa começou a cair, acompanhada pelo rufar de um trovão distante. Não consegui ver a chuva, mas escutei as gotas batendo nos degraus lá fora. Eu me ajeitei no sofá, brincando com as almofadas de franja.

— Não sabemos nem mesmo quem está atrás de nós — sussurrei.

— Não importa — disse Xavier com firmeza. — Eles não vão nos encontrar. E, se encontrarem, fugiremos.

— Eu sei — respondi. — Só queria saber exatamente o que está acontecendo. Ninguém nunca nos conta nada. Não consigo tolerar a ideia de alguém querendo nos separar de novo...

— Não vamos pensar nisso agora — Xavier me interrompeu para que o clima não ficasse pesado demais.

— Tem razão. Vamos jogar.

Xavier assentiu e começamos a jogar Banco Imobiliário em silêncio. Por um tempo, o jogo conseguiu nos distrair, mas percebi que estávamos agindo de modo pouco natural. Nós levantávamos a cabeça juntos quando escutávamos qualquer farfalhar de folhas ou um galho se quebrando. Em determinado momento, Xavier ligou o telefone e viu que havia 12 ligações perdidas e diversas mensagens de texto preocupadas de seus pais e irmãs. A mensagem de Claire era: "Xav, não sei onde você está, mas precisa telefonar para nós quando ler esta mensagem." A mensagem de texto de Nicola refletia perfeitamente a sua personalidade mais impaciente: "Porra! Cadê você? A mamãe está ficando doida. Telefone para ela." Xavier jogou o telefone no sofá, frustrado, e o aparelho escorregou entre as almofadas. Eu sabia que devia ser muito difícil para ele ignorar a sua família, uma vez que poucas palavras poderiam acalmar todo o sofrimento.

Não soube o que dizer a ele, por isso não disse nada. Joguei os dados e movi minha peça para a praça Trafalgar.

Só quando escutamos o jipe parar do lado de fora, percebemos como estávamos com fome e frio. Por sorte, Ivy e Gabriel haviam trazido comida.

— Está congelando aqui dentro. Por que não acendem a lareira? — perguntou Ivy.

Dei de ombros. Não consegui dizer a ela que a nossa energia havia sido direcionada apenas para nos mantermos distraídos e não consumarmos o casamento, não aumentando ainda mais a fúria celestial.

Gabriel balançou a mão por cima da lenha e o fogo pegou. Eu me aproximei e esfreguei os braços, que estavam arrepiados de frio. Tinham trazido comida chinesa, e comemos diretamente das caixas, que apoiamos no colo, e bebemos cidra. Não fosse pelos rostos sérios e pelo silêncio carregado, quem visse poderia pensar que éramos um grupo de amigos divertindo-se em um fim de semana. Todos sabíamos que havia um assunto a ser tratado esperando para ser abordado, mas ninguém quis começar. Eu poderia apostar que Ivy seria a primeira a quebrar o silêncio.

— A Sétima Ordem assumiu o controle — disse ela, apoiando os braços nas coxas, como se precisasse se controlar fisicamente. — Eles estão sempre se metendo onde não são chamados!

Eu sabia vagamente a que ela se referia. A Sétima Ordem era uma facção de anjos criada para atuar como cuidadores dos países do mundo todo, mas não estava conseguindo entender o que eles tinham a ver conosco.

— Não acredito que isto está acontecendo. — Meu comentário foi direcionado a ninguém em especial.

Gabriel virou a cabeça para me encarar.

— O que você esperava? Uma suíte de lua de mel em um hotel bacana?

— Não, mas é difícil imaginar que eles estejam vindo para cá. Por nossa causa.

— Eles não estão vindo — disse Ivy com seriedade. — Já estão aqui.

— O que eles querem? — perguntou Xavier de uma vez. — Independentemente de quem sejam, não permitirei que eles se aproximem de Beth.

— Continua um cabeça-dura — murmurou Gabriel, olhando para o fogo. Ivy continuou sem ele:

— Vocês dois precisam ficar abaixados e escondidos. Dizem que eles já começaram a caça.

— Caça? — repetiu Xavier. — Ainda estamos falando sobre anjos, certo?

— Antes de mais nada, eles são soldados — disse Ivy. — E têm um único objetivo: encontrar a renegada.

O meu cérebro precisou de um tempo para entender que a renegada era eu.

Eu me esforcei para lembrar o que sabia sobre os Setes. Era esse o apelido que os Guardiões tinham dado a eles, e pegou. Formalmente, eles eram conhecidos como os Principados — ou, às vezes, príncipes —, por causa do seu status. Depois de alguns anos como os Guardiões, os anjos receberam a permissão de serem treinados como os Setes, mas não eram todos. Era mais ou menos como a versão do Céu para o serviço militar — uma existência estrita de treinamento rigoroso com pouca ou nenhuma interação com as almas humanas —, por isso, o seu apelo era limitado.

Falar sobre eles me fazia lembrar de algo muito forte de muito tempo atrás. Não havia pensado em Zach desde que descera para a Terra, mas, no Reino, ele já tinha sido meu amigo. Zach tinha sido um

Guardião talentoso. Brincávamos de chamá-lo de O Flautista, porque ele só andava seguido por um monte de almas de crianças. Por motivos que ele não revelava a nós, Zach logo ficou decepcionado com o seu papel e estabeleceu padrões mais altos. Talvez tenha sido a atração pelo prestígio que fizera com que se unisse aos Setes. Ele nunca me contou. E nunca mais o vi depois daquilo. Eu não conseguia parar de pensar que a sua partida tinha sido uma grande perda para nós. Zach fazia parecer que a transição da existência terrena para a celestial era algo fácil, e as crianças confiavam totalmente nele. Poucos Guardiões podiam se gabar disso. E, ainda assim, ao que parece, não tinha sido o suficiente para deixá-lo satisfeito. Eu ainda conseguia ver a sua pele branca coberta de pequenas sardas e seus olhos claros, como se estivesse bem na minha frente. Zach não parecia um soldado convencional, e eu não conseguia imaginar como podia estar agora.

A voz de Gabriel me trouxe de volta à realidade.

— A nossa única chance é confundi-los — disse ele. — Continuemos a nos mover, a mudar de lugar.

— Essa é a sua solução? — perguntei sem acreditar.

— Por um curto período — respondeu o meu irmão, com frieza. — Tem alguma ideia melhor?

Eu conhecia Xavier bem o suficiente para saber que ele não ficaria contente com aquilo. Precisava conhecer todos os fatos, e os meus irmãos pareciam estar escondendo algo.

— Não estou entendendo muito bem — disse Xavier, esforçando-se para não demonstrar a sua frustração. — Olha, sei que não obtivemos a permissão dos Céus para isso, mas eles nos deram sinal verde para ficarmos juntos certa vez. Nós só demos um passo além.

— O problema é que vocês não tinham o direito de dar esse passo — disse Ivy. Eu quase não a reconheci. Ela parecia um serafim falando, não a minha irmã. — O relacionamento de vocês foi tolerado. Vocês não deveriam ter dado o passo que deram sem pedir autorização.

— A Beth cometeu uma transgressão grave — disse Gabriel, para o caso de precisarmos de mais explicação. — O casamento é um compromisso indissolúvel entre uma mulher e um homem. Vocês dois se atreveram no passado, mas agora ultrapassaram todos os limites. Não podem ir contra a ordem da Criação sem sofrerem as consequências. Então, preparem-se para uma reação. E não acho que vai ser legal.

4

A PROTEÇÃO DAS ÁRVORES

Apesar das palavras duras, os olhos de Gabriel demonstravam piedade. No fundo, tive a sensação de que se culpava por minhas atitudes. Eu me lembrei do olhar confuso que ele lançara a mim poucos dias antes, no gramado da Bryce Hamilton, enquanto eu e Xavier nos afastávamos dos alunos vestidos com suas becas. Um dos seus mais jovens coristas o distraiu com uma pergunta e ele voltou a ser o professor de música, não dando mais atenção a nós dois. Quando deve ter procurado, já estávamos longe. Gabriel gostava de pensar que era infalível. Sem dúvida, se sentiu um fracassado por não ter percebido o que estava ocorrendo bem debaixo do seu nariz.

Xavier olhou para o meu irmão com irritação.

— Estou de saco cheio dessa porcaria — disse, enfim.

— Você não é o único — respondeu Gabriel com frieza. — Mas Bethany, como você insiste em se esquecer, não pertence a este mundo.

— Ah, não me esqueci. — Algo no seu tom de voz me incomodava. Será que ele já estava se arrependendo da sua decisão?

— Se vocês tivessem sido razoáveis e tivessem nos procurado antes, poderíamos ter encontrado outro jeito — disse meu irmão.

— Não somos crianças — retrucou Xavier de modo enfático. — Podemos tomar as nossas próprias decisões.

— Bem, vocês não são muito bons nisso — retrucou Gabriel. — Por que não pensam melhor da próxima vez?

— Por que você não cai fora das nossas vidas?

— Adoraria, se as suas decisões não afetassem todos ao redor.

— Pelo amor de Deus! — disse Ivy. — Estamos todos do mesmo lado aqui. Precisamos parar de acusar uns aos outros e nos concentrar na melhor maneira de lidar com isso.

— Você tem razão. Sinto muito — disse Xavier. Depois de um momento, ele voltou a atenção para Gabriel. — Acho que a grande pergunta aqui é: seria possível derrubar um desses Setes, se fosse preciso?

Uma coisa de que me lembrava ter ouvido sobre os Setes é que se consideravam um grupo de elite; se reuniam e trocavam informações até encontrarem a sua presa. Não podíamos iludi-los para sempre, em algum momento eles nos pegariam. Torci para que Gabriel tivesse um plano de longo prazo.

— Se viessem um de cada vez, os meus poderes os venceriam — respondeu Gabriel. — Mas é bem provável que eles venham juntos. Existem dezenas deles, e são guerreiros bem-treinados.

— Que ótimo.

— O que exatamente vai acontecer se eles nos encontrarem? — perguntei.

— Boa pergunta — respondeu Ivy. Pela cara que fez, percebemos que ela não tinha uma resposta.

— Vocês não podem esperar que simplesmente fiquemos sentados aqui esperando a vinda deles! — disse eu.

— Vocês não conseguirão ficar aqui muito mais. Estamos apenas ganhando tempo até decidirmos o que fazer — explicou Gabriel. — Enquanto isso, não há nada que possamos fazer exceto ficarmos em alerta. — Vi as possibilidades percorrendo a mente de Xavier.

— Podem, pelo menos, dizer como esses Setes são? Seria possível reconhecer um deles na multidão? — perguntou Xavier.

— Eles costumavam aparecer vestindo roupões e cintos dourados, mas isso foi há muito tempo — explicou Ivy.

— Parecem meio bobos — murmurou Xavier.

A minha irmã suspirou, impaciente.

— Eles se adaptaram aos tempos modernos. Atualmente, aparecem vestindo preto.

— Então, não há nada que possamos fazer para nos preparar? — perguntou Xavier.

— Há sinais que geralmente precedem a chegada deles — respondeu Ivy com seriedade. — Fiquem atentos à Lua vermelha ou quando virem um cavalo-fantasma branco. Se virem um, um Sete não estará longe.

— Uma Lua vermelha ou um cavalo branco? — perguntou Xavier, desconfiado. — Sério?

— Você duvida da veracidade disto tudo? — questionou Gabriel, sentindo-se afrontado.

— Não quero desrespeitá-lo, Gabriel, mas você não pode achar que vou deixar um cara qualquer que usa um cinto, em cima de um cavalo branco, levar a Beth, não é?

Gabriel bufou exasperado. Ele estava prestes a dizer mais coisas, mas Ivy levantou o braço para nos calar. Ela olhou para Xavier.

— A sua coragem é admirável, mas prometa uma coisa: se vir um deles, não tente lutar; apenas leve Beth para o mais longe que conseguir.

— Tudo bem — disse Xavier, com muita seriedade. — Prometo.

Alguns minutos depois, Gabriel e Ivy partiram de novo. Disseram que sairiam para investigar e procurar informações que pudessem ser úteis. Mas não tínhamos ideia de para onde estavam indo ou quais eram os seus planos. Éramos como duas crianças, seguindo ordens, sem saber de nada. Eu sabia que era para a nossa proteção, mas, ainda assim, era ruim.

Passamos aquela noite com o coração apertado. Ficamos sentados no sofá de veludo verde diante da janela, olhando para o topo das árvores que balançavam na floresta prateada. Um vento forte havia começado a soprar, fazendo coisas caírem no telhado e os galhos se curvarem sobre as cercas.

— Pelo visto, não vamos conseguir dormir muito bem esta noite — disse eu.

— Duvido — respondeu Xavier, beijando a minha cabeça. Eu me ajeitei, observando o contorno escuro das árvores pela janela. À luz azulada da Lua, o rosto de Xavier estava pálido, como se fosse de outro mundo, e a cor dos seus olhos se destacou quando olhou para mim. — Você não merecia passar por isso. Não depois de tudo o que aconteceu no Dia das Bruxas.

— O que podemos fazer? Não há como prever as coisas ruins.

— Gostaria que tivesse algum lugar para onde pudesse levar você — disse ele, olhando para cima, frustrado. — Onde sei que você ficaria segura.

— Você não deve se preocupar comigo. Já vi muita coisa na vida. Não sou mais tão frágil.

— Eu sei. — Ele ajeitou a manta no sofá para poder cobrir os meus ombros nus. — Nunca conversamos sobre isso, não é? — continuou com cuidado. Eu sabia que ele não queria me pressionar. — Sobre o tempo que você passou no... — hesitou, mas não tive medo de dizer:

— No Inferno? Não tem muito o que contar. Foi tudo como dizem que é.

— Algumas pessoas dizem que não dá para lembrar de uma experiência traumática — disse ele. — Dizem que o subconsciente a bloqueia. Estava torcendo para que esse fosse o seu caso.

Balancei a cabeça com tristeza.

— Eu me lembro — disse a ele. — Eu me lembro de tudo.

— Quer falar sobre isso?

— Não saberia por onde começar. — Eu me ajeïtei, tentando me encaixar nele como se fosse uma peça de quebra-cabeça. O calor do seu corpo fez com que me sentisse confiante o bastante para continuar. — A pior parte é que deixei os meus amigos para trás... Hanna e Tuck. Aposto que você acha ser impossível fazer amigos no Inferno, certo? Mas eles eram como a minha família. Hanna foi a menina mais gentil que conheci, e Tuck foi quem me ensinou a me projetar, para que pudesse vir e visitar você.

— Gostaria de poder agradecê-lo por isso — disse Xavier.

— Odeio me lembrar do que fizeram com ele. — Eu me retraí involuntariamente. — Quando estão irados, são capazes de qualquer coisa. — Xavier engoliu em seco.

— Eles... eles fizeram alguma coisa com você?

— Tentaram me queimar na estaca.

— O quê? — O corpo todo de Xavier ficou tenso e ele se endireitou. O seu rosto mudou de repente e percebi que minhas palavras devem ter trazido lembranças dolorosas. Alguns anos antes, a sua namorada, Emily, havia morrido em um incêndio nas mãos dos demônios.

— Tudo bem. — Eu o puxei com delicadeza de novo para perto de mim. — As chamas não me tocaram. Acredito que alguém estava me protegendo, alguém do Céu.

— Nossa! — disse ele, suspirando alto. — Não é fácil entender uma coisa dessas.

— Eu sei. Mas essa não foi a pior parte.

— Você quer dizer que tem coisa pior do que ser queimada na estaca?

— Vi o Buraco.

— O Buraco? — repetiu, com os olhos arregalados. — Está se referindo ao fosso medieval onde...

— As almas são torturadas — completei para ele.

— Beth, sinto muito...

— Não se preocupe — disse eu, interrompendo-o. — Não é sua culpa e não se trata de um problema que você possa resolver por mim. É só algo que aconteceu e com que tenho que lidar.

Xavier olhou para mim, uma expressão estranha dentro dos seus olhos azuis.

— Você é muito mais forte do que as pessoas pensam.

Sorri para ele.

— Se o meu período no subterrâneo me ensinou alguma coisa, é que nada é permanente. Tudo e todos que você conhece podem mudar a qualquer momento. É assim que vejo as coisas agora... Menos você, a única constante em minha vida.

— Você sabe que isso nunca vai mudar, não é? Sempre estarei aqui. — Xavier encostou a testa na minha. — Pode apostar. Além disso, afastar esses Setes deve ser brincadeira de criança depois das coisas pelas quais você passou.

Pensei nisso por um segundo e concluí que ele tinha razão. O que poderia ser pior do que ser arrastada para o Inferno e ficar presa em um submundo onde os seus entes queridos não podiam encontrá-la? Podia haver montes de Setes à nossa procura, mas eu e Xavier continuávamos juntos. E tínhamos Gabriel e Ivy quebrando a cabeça para encontrar uma solução.

— Precisamos tentar dormir um pouco — sugeriu Xavier. Fomos para a cama, tiramos os sapatos e nos deitamos. Depois do que Gabriel dissera, não nos sentimos confortáveis para nos cobrirmos. Fechei os olhos, mas minha cabeça estava a mil. Não consegui desligá-la. Eu me senti sufocada dentro do quarto e quis abrir um pouco a janela para deixar o ar da noite entrar, mas sabia que não podia fazer isso. Será que os Setes podiam sentir o nosso cheiro? Sentiriam o cheiro do medo e da incerteza em nós? Eu não sabia, mas não queria arriscar. Quando a manhã chegou, não conseguia me lembrar se tínhamos dormido ou não, no entanto, foi um alívio não mais precisar lutar contra a consciência. Além disso, o escuro apenas aumentava a minha sensação de claustrofobia. Como saber o que havia ali fora... esperando por nós?

Os dias e as noites seguintes passaram da mesma maneira. Perdemos a noção do tempo. Ficar alerta nos deixava ansiosos e agitados, mas uma letargia mortal também tomou conta de nós. À noite, conseguíamos cochilar um pouco, mas aquilo de que precisávamos — um sono de verdade, reparador — continuava a nos escapar. Não era de surpreender, já que passávamos o dia todo ali dentro com muito pouco o que fazer além de esperar notícias de Ivy e Gabriel. Eles geralmente apareciam de repente no meio da tarde, trazendo mais comida e poucas notícias. Eu estava ficando impaciente e a opinião de Gabriel de que o fato de não haver notícias já era uma boa notícia não me acalmava muito. Xavier, que havia se acostumado a fazer exercícios físicos todos os dias durante grande parte da sua vida, também já estava enlouquecendo.

Estar presa me trazia lembranças dolorosas. Nas poucas vezes em que conseguia dormir, acordava aos prantos por ter tido um pesadelo. Sonhava que a casa na floresta era subterrânea e que estávamos ficando sem ar. Quando tentava abrir uma janela, uma avalanche de terra entrava, ameaçando nos enterrar vivos. Ao mesmo tempo, sabia que não faria diferença fugir, porque o que esperava por nós lá fora não era nem um pouco melhor. Os meus soluços sempre me acordavam. Xavier também despertava e me confortava, acariciando o meu cabelo até eu adormecer de novo.

Na nossa terceira noite juntos, o pesadelo mudou: grupos de Setes sem rosto galopavam pelos céus empunhando espadas em chamas. Os olhos dos cavalos reviravam enquanto as patas batiam no ar. Os cavaleiros de capuz os guiavam até a nossa casa de madeira, onde eles se alinharam como peças de dominó. Havia tantos que perdi a conta. Eles atacaram e, no mesmo momento, abri os olhos. Segurei a manga da camisa de Xavier, acordando-o imediatamente. O seu braço, que já estava sobre meus ombros, ficou tenso na hora. O peso dele fez com que me sentisse protegida e aninhada ao lado dele.

Pensar nos novos pesadelos que estavam à minha espera fazia com que tivesse dificuldade para me acalmar, e não parava de me mexer na cama para encontrar uma posição confortável.

— Sei que é difícil, mas, por favor, tente relaxar — pediu Xavier. — Vai ficar tudo bem, Beth. — Mesmo à luz da Lua que passava pela janela, eu conseguia ver os seus olhos azuis. A maneira firme com que ele olhava para mim me fazia lembrar de que estava preparada para acompanhá-lo até o fim do mundo.

— E se algo acontecer enquanto estivermos dormindo?

— Ninguém vai encontrar este lugar no escuro.

— Talvez não seres humanos... mas e os soldados-anjos?

— Precisamos confiar que Gabriel cuidou disso. Se tivermos cuidado, ficaremos bem.

Queria muito acreditar nele, mas e se Deus não estivesse olhando nesse momento? E tomar cuidado estando sozinhos não era garantia de que ficaríamos bem. A verdade era que não sabíamos o que ia acontecer de um dia para o outro. Naquele mesmo instante, tomei a decisão de me concentrar no futuro e de não me estressar com coisas que não pudesse mudar. Tentei pensar na nossa vida quando tudo terminasse. Eu me forcei a imaginar que tipo de conversa teríamos em circunstâncias normais e decidi tentar.

— Xavier? — Eu me aconcheguei a ele, pressionando o rosto em seu ombro macio e quente. — Você vai dormir?

— Estou tentando.

— Amo você.

— Também amo você. — As coisas sempre ficavam melhores depois de ouvir essas palavras.

— Xavier?

— Sim? — respondeu ele com voz de sono.

— Quantos filhos você quer ter? — Aquela pergunta assustaria qualquer outro rapaz adolescente. Mas, como sempre, Xavier permaneceu tranquilo.

— Provavelmente não mais do que 12.

— É sério.

— Certo. *Falando sério,* você acha que é um bom momento para falarmos disso?

— Só estou curiosa. Além disso, pode ajudar a me distrair.

— Tudo bem. Acho que três é um bom número.

— Também acho. Adoro quando estamos em sintonia.

— Que bom.

— Você acha que há chance de isso acontecer?

— Do que acontecer?

— Termos filhos.

— Claro. Sem dúvida. Um dia.

— O nome do primeiro pode ser Waylon, se for um menino?

— Não.

— Por quê?

— Porque as outras crianças vão rir dele, só por isso.

— Certo. De que nomes você gosta?

— De nomes comuns, como Josh e Sam.

— Tudo bem, mas quero escolher os nomes das meninas.

— Mas teremos que fazer uma lista antes.

— Acho que quero nomes fortes para as minhas filhas... Fortes, mas bonitos, sabe?

— Que bom. Podemos dormir agora? — Xavier se virou e deitou de conchinha comigo. Escutei a sua respiração ficar mais profunda, mas eu ainda estava bem desperta. Sabia que deveria deixá-lo dormir, porém não estava pronta para ficar sem sua companhia ainda.

— Se eu falar alguns nomes de menina, você me diz se eles entrariam na lista?

— Se você insiste... — Xavier piscou e se apoiou no cotovelo para me olhar, tentando levar a brincadeira a sério.

— Caroline?

— Sim.

— Billie?

— De jeito nenhum. Vão pensar que ela é menino.

— Isadora?

— Ela é da Terra Média?

— Tudo bem. E Dakota?

— Não quero nomes de lugares.

— Não é justo — disse, fazendo bico. — A maioria dos nomes que mais gosto são lugares.

— Então tenho o direito de incluir alguns lugares também.

— Por exemplo? — perguntei com curiosidade.

— O que acha de Ohio? — perguntou Xavier. — Ou, melhor ainda, Milwaukee?

Tive que rir.

— Certo, vamos deixar de lado os nomes de lugares.

— Obrigado. — Quando Xavier bocejou e se deitou de costas, fingi estar indignada.

— Você bocejou? Os nossos filhos, que ainda nem nasceram, causam tédio?

— Não, mas me dão sono.

— Tudo bem — ri. — Vou parar. Boa noite.

— Boa noite, sra. Woods.

Isso me fez lembrar: eu era a sra. Woods agora. Esposa de Xavier. Senti uma vontade enorme de me aproximar e me aconchegar a ele, sentir o seu calor e encontrar conforto no seu toque. Mas me controlei, sabendo que era muito arriscado. Não queria tornar as coisas mais difíceis do que já eram. Então, me virei e ajeitei o travesseiro. Já tínhamos feito muitos sacrifícios. Por quanto tempo mais conseguiríamos viver como irmãos?

Antes de fechar os olhos, olhei para o céu escuro pela janela. Alguns raios brilhantes iluminavam as nuvens. Fiquei pensando que uma tempestade podia estar se aproximando. Então, vi um feixe de luz que não parecia um raio. Pensei em acordar Xavier, mas ele havia acabado de cair num sono profundo e eu sabia que não seria justo. O feixe de luz demorou e passou lentamente pelas árvores, varrendo a floresta... à procura de algo.

5

CAMINHANDO SOBRE A ÁGUA

De manhã, acordei com pássaros cantando e cheiro de pinheiro. Num estado de semiconsciência, procurei Xavier na cama e me assustei ao ver que não estava ali. O som da chaleira apitando me acalmou, pois percebi que ele estava no andar de baixo preparando o café da manhã.

Ele havia ligado o rádio e sintonizado em uma emissora de rock clássico.

— Bom dia — cumprimentei, sem conseguir conter um sorriso ao vê-lo bater ovos ao som de "Blue Suede Shoes". Ele vestia um short e uma camiseta branca, e o cabelo ainda estava despenteado. Por ter vivido sob o mesmo teto que ele nos últimos dias, pude ver um lado seu que só conhecia parcialmente. Desde que o conhecera e antes de ele ser arrastado para dentro da nossa confusão sobrenatural, a vida de Xavier tinha sido lotada de atividades, e quase não restava tempo para mais nada. Agora, eu estava percebendo que ele também era muito caseiro.

— Espero que esteja com fome.

Mesmo usando uma calça de flanela grande, ainda tremia de frio. Peguei uma manta do sofá mais próximo, joguei-a sobre os ombros e me sentei aconchegada na cadeira da cozinha. Xavier me serviu uma caneca de chá e eu a segurei para esquentar os dedos.

— Como pode não estar com frio?

— Está na hora de você saber a verdade. Sou um lobisomem — brincou, curvando os ombros e semicerrando os olhos.

— Um lobisomem bem caseiro — provoquei. — Por que não me acordou?

— Achei que você precisava dormir. Os últimos dias foram difíceis. Como está se sentindo?

— Bem.

Xavier me olhou com atenção.

— Vai se sentir melhor depois de comer.

— Não estou com muita fome — disse, esperando não parecer mal-agradecida.

— Você vai rejeitar a famosa omelete dos Woods? — perguntou. Não tive coragem de acabar com o entusiasmo dele. Além disso, já fazia um tempo que não via Xavier tão à vontade e não queria que isso mudasse tão cedo.

— Não ousaria fazer isso — sorri. — Posso ajudar com alguma coisa?

Olhando ao redor, vi bacon sendo frito numa panela e a mesa arrumada com pratos e talheres.

— Não, senhora. Apenas sente-se e aproveite o atendimento.

— Não sabia que você gostava de cozinhar.

— Claro que gosto. E cozinhar para a própria esposa deixa tudo ainda mais divertido.

Ele quebrou outro ovo e deixou que escorresse para a frigideira.

— Um bom marido não faria ovos fritos quando a esposa gosta deles mexidos — disse brincando, tamborilando no balcão.

Xavier olhou para mim, divertido.

— Uma boa esposa sempre aprecia a especialidade do marido e não reclama.

Sorri e me balancei na cadeira, pensando que adoraria poder abrir as janelas e deixar o ar fresco entrar. A casa estava ficando bem abafada.

— Você me chamou de sra. Woods ontem à noite — disse de repente, relembrando a nossa conversa.

— É? E daí?

— Ainda estou me acostumando. É estranho pensar que esse é meu nome agora.

— Você não precisa usar o meu sobrenome se não quiser — disse Xavier. — Fica a seu critério.

— Está brincando? Claro que quero. Não faz muito tempo que sou Bethany Church. Além disso, mudei tanto que não sei mais quem ela é.

— Mas eu sei — disse ele. — É a moça com quem me casei. Ainda que você se esqueça dela, nunca me esquecerei.

O fogo não havia conseguido afastar o frio, por isso fui para a sala de estar me aquecer. Não queria enfrentar mais um dia sentada no sofá, sem fazer nada.

— Acha que podemos ir para a cidade de carro hoje? — perguntei a Xavier, tentando parecer tranquila. — Quero muito sair desta casa.

Ele entrou na sala de estar, franzindo a testa.

— Beth, você não pode estar falando sério! É perigoso demais para nós sermos vistos em público. Você sabe disso.

— Não precisamos sair do carro. Vou cobrir a cabeça com um cobertor, se você quiser.

— De jeito nenhum. É arriscado demais. Além disso, o Gabriel vai enlouquecer quando souber.

— Seria bem feito para ele — resmunguei, e Xavier relaxou.

— Por mais que seja verdade, acho que não devemos dar chance ao azar neste momento. Não se preocupe, vamos encontrar algo para fazer aqui dentro.

— Como o quê?

— Por que você não dá uma procurada por aí enquanto termino de preparar o café da manhã?

De repente, percebi que eu estava sendo muito petulante.

— Está bem.

— Essa é minha garota.

Pensei que Xavier tinha muito mais facilidade de se manter otimista do que eu, que não conseguia parar de reclamar por estar presa. Não deveria estar choramingando pela perda da vida "normal", já que esta vida não era minha, mas era irritante ficar isolada. Desde a minha chegada à Terra, sempre tive pessoas por perto, na praça, levando os cachorros para passear, tomando sorvete no píer, acenando para o outro lado da rua enquanto cortavam a grama. Agora, a ausência delas me deixava desconfortável. Queria desesperadamente ouvir a voz de um ser humano ao fundo ou observar as pessoas ao longe, mesmo que não pudesse falar com elas. Mas as orientações de Gabriel tinham sido claras: ficar longe de vista.

Era terrível ver que depois de tudo o que havíamos passado, ainda não podíamos ser um casal normal, e isso era tudo o que queríamos. Mas tentei me lembrar de que, por mais difíceis que as coisas fossem, pelo menos estávamos juntos. Quando Gabriel e Ivy nos encontraram na capela, tive quase certeza de que nos separariam. Eu não poderia discutir com eles, por isso fiquei feliz por não terem chegado a nos afastar. Deviam saber que nenhum de nós lidaria bem com a distância.

Decidi seguir o conselho de Xavier e encontrar algo para preencher as horas e pelo menos passar impressão de normalidade. Conferi a pilha de revistas sobre o mantel da lareira de pedra, mas a maioria era antiga e sobre decoração de interiores. Então, vi um velho baú de viagem na sala de estar que servia como mesa de canto. Até aquele momento, não havíamos pensado em abri-lo, mas, quando levantei a tampa, vi alguns DVDs escondidos sob uma pilha de jornais velhos amarelados. Os filmes eram, em sua maioria, desenhos da Disney, então concluí que a família proprietária da casa tinha filhos pequenos. Tentei imaginá-los sentados naquela sala, bebendo chocolate quente e assistindo aos filmes preferidos.

— Ei, Xavier, encontrei uma coisa — chamei. Ele espiou pela porta antes de se aproximar.

— Nada mau.

— Não é? Como ficaremos entediados se podemos assistir a um filme sobre... — Virei um dos DVDs com ansiedade. — *Peixes?*

— Não subestime *Procurando Nemo* — provocou Xavier, pegando o DVD da minha mão. — É um clássico contemporâneo.

— É mesmo sobre peixes?

— Sim, mas sobre peixes bem bacanas.

— E este? — Levantei uma cópia velha de *A Bela e a Fera*. — Parece romântico. — Xavier franziu o cenho.

— Disney... Acho que não.

— Por que não?

— Porque se alguém descobrir, seremos motivo de piada para sempre.

— Não conto se você não contar — disse, e Xavier balançou a cabeça, vencido.

— O que não faço por você? — perguntou, suspirando exageradamente.

Depois do café da manhã, enfim conseguimos fazer o aparelho de DVD funcionar, quando encontramos um dos cabos que estava faltando. Pausei o filme toda hora, fazendo um monte de perguntas que Xavier foi respondendo com a maior calma do mundo.

— Quantos anos a Bela deve ter?

— Não sei, provavelmente a nossa idade.

— Você não acha a Fera carinhosa?

— Tenho que responder?

— Por que as louças falam?

— Porque elas são os servos do príncipe que foram enfeitiçados pela mendiga. — Xavier franziu o cenho de repente e se mostrou assustado. — Não acredito que sei isso.

Apesar de ter ficado encantada com a magia da história e de ter gravado a letra das músicas permanentemente em minha memória, fiquei inquieta de novo quando o filme terminou.

Eu me levantei e fiquei percorrendo a sala como um pássaro enjaulado. Assim como a Bela, queria ir para o mundo e viver a minha vida. Ivy e Gabriel não tinham aparecido, como de costume, e não conseguimos informações sobre as *negociações*. Sabia que estavam se esforçando ao máximo para aliviar as coisas para mim. Era grata por tudo o que estavam fazendo, mas queria poder saber o que iria acontecer, para o bem ou para o mal. Se soubesse qual seria o meu destino, pelo menos poderia me preparar para ele.

— Queria que a minha vida fosse mais parecida com um filme da Disney — disse.

— Não se preocupe, ela é. Você não viu o tanto de coisas pelas quais aqueles dois tiveram que passar para poderem ficar juntos?

— Verdade — disse, sorrindo. — E sempre tem um final feliz, não é?

Xavier olhou para mim com os olhos brilhando.

— Beth, quando tudo isso terminar, viveremos muitas aventuras. Prometo.

— Espero que sim — respondi, tentando parecer mais otimista.

Um feixe de luz atravessou as cortinas como uma barra de ouro caindo sobre a mesa da cozinha. Parecia me atrair, tentando fazer com que eu saísse da casa.

— Xavier, olha só... Está sol lá fora... — comecei.

— É... — Xavier não se interessou muito, mas eu sabia que ele detestava me ver infeliz.

— Preciso muito sair daqui.

— Beth, já conversamos sobre isso.

— Só quero caminhar um pouco. É tão simples.

— Mas a nossa vida não é simples. Pelo menos, não neste momento.

— Que coisa ridícula. Não podemos sair por alguns minutos?

— Não acho que é uma boa ideia — disse ele. Mas vi que não estava tão certo assim. Ele queria tomar decisões e exercer controle sobre as nossas vidas tanto quanto eu.

— Quem vai nos ver aqui? — insisti.

— Acho que ninguém, mas não interessa. Gabriel e Ivy foram muito claros.

— Vamos até o quintal e voltamos — propus.

A ideia de ter um pouco de liberdade, por mais breve que fosse, me animou tanto que Xavier não pôde dizer não.

— Tudo bem — disse, suspirando. — Mas, se vamos sair, você precisa se cobrir para não ser reconhecida.

— Por quem? — perguntei com sarcasmo. — Pelos *paparazzi*?

— Beth...

— Está bem, está bem! O que você estava pensando em fazer?

Ele não respondeu, mas saiu da sala e escutei os barulhos que fazia lá em cima, procurando algo no armário. Quando voltou, trazia uma jaqueta militar grande e um boné de caçador.

— Use isto. — Olhei para ele meio insegura. — E não reclame.

Eu sabia que Xavier estava apenas sendo cuidadoso, mas até aquele momento nada de anormal havia acontecido. É claro que eu tinha visto aquelas luzes misteriosas no céu, mas convenientemente deixei de mencionar esse fato. Xavier já estava tenso o suficiente e, além disso, havia a possibilidade de não ser nada de importante. Não havíamos visto cavalos brancos nem ninguém havia batido à porta. Na verdade, os últimos dias tinham sido tão normais que era difícil acreditar que corríamos de fato perigo. Até comecei a me perguntar se os meus irmãos não tinham entendido errado. Talvez os seus contatos não entendessem tanto das leis do Céu como acreditavam.

Mas eu deveria saber que na nossa vida qualquer período de calma geralmente precede uma tempestade.

Chegamos ao quintal nos fundos da casa de madeira, onde encontramos plantas em vasos e um balanço feito com pneu preso a um galho forte de carvalho. Havia uma pinguela coberta por lodo levando a um lago que atravessava a parte de trás da propriedade. Respirei fundo, sentindo o corpo tremer com a energia. Nós nos agachamos na beira do lago, onde havia muitos trevos, e passamos a mão pela água. Estava muito fria e era tão límpida que conseguíamos ver as pedras no fundo. Havia um zumbir de abelhas no ar e uma brisa suave soprava ao nosso redor. O sol esquentava o nosso rosto e, depois de ficarmos trancados por tanto tempo, a luz estava tão clara que quase fazia os olhos doerem.

Caminhamos sem pressa. Naquele momento, era difícil acreditar que estávamos sendo procurados, a ideia de que eu era um anjo sendo caçado parecia quase absurda. Por um instante, fomos apenas um casal apaixonado. Olhamos ao redor como se víssemos o mundo pela primeira vez. Xavier pegou algumas pedras para ver até onde conseguia lançá-las pelo lago. Tentei imitá-lo quando fez uma pedra quicar na superfície da água, mas a minha afundou com um *splash*. Eu não tinha a menor dúvida de que trocaria num piscar de olhos a minha imortalidade pela chance de envelhecer com Xavier. Queria muito que Ivy e Gabriel compreendessem isso. É claro que não esperava que os Setes entendessem. Nunca conseguiria explicar isso a eles. Na minha cabeça, os via como uma matilha de lobos à espera do prêmio. Quem conseguisse me encontrar e me entregar em troca da recompensa sem dúvida seria considerado um herói no Reino.

Apesar de todos os anjos terem sido criados sem ego, os Setes eram uma exceção. Alguns diziam que eles eram movidos pela necessidade de serem reconhecidos. Ao me lembrar de como Zach havia mudado um pouco antes de sua promoção, confirmei essa teoria. Eu sabia que as hierarquias existentes na Terra eram refletidas no Céu e até onde algumas criaturas — humanas ou angelicais — eram capazes de chegar em busca de poder. Já havia lutado contra demônios e vencido. Mas esses eram seres fundamentalmente simples. As suas motivações eram claras: manipular os seres humanos e tirá-los do caminho do bem. Um grupo de anjos ambiciosos guiados pela sede de justiça podia ser bem mais difícil de lidar.

Estávamos caminhando havia menos de dez minutos quando vi Xavier olhar para o relógio. Percebi que o Sol nascia e se punha cedo naquela parte do mundo e, de repente, a luz foi ficando mais fraca.

— Vamos, Beth. É melhor voltarmos.

— Já?

— Sim, estamos fora há bastante tempo.

— Tudo bem, estou indo.

Apesar de saber que Xavier me esperava um pouco adiante, resolvi aproveitar o local mais alguns instantes, antes de voltar à prisão que nos esperava na casa. A vegetação densa ao nosso redor tinha uma atmosfera mágica e eu queria explorá-la. O Sol que driblava as nuvens claras enviava feixes de luz que dançavam sobre a água. Olhei ao redor pela última vez. Não sabia quando poderíamos passar mais tempo cercados pela beleza da natureza de novo. Se Gabriel soubesse da nossa saída, poderia decidir que não poderíamos ficar sem supervisão.

Dei as costas para a linda paisagem e caminhei até onde Xavier estava. Ele estendeu o braço para me ajudar a subir a parte íngreme do barranco, me puxou na direção do seu corpo e ajustou o boné sobre minha cabeça.

— Acha seguro tirar o boné agora? — perguntei, brincando.

Xavier não respondeu. A princípio, pensei que não concordasse com a sugestão, mas, logo em seguida, vi o seu rosto ficar pálido e a mandíbula tensa quando algo do outro lado do barranco chamou a sua atenção. Quando falou, quase não mexeu os lábios.

— Não se vire — advertiu.

— O quê? Por quê? — Segurei a mão dele com mais força quando o pânico tomou conta de mim.

— Tem alguém do outro lado do lago.

— Um morador da região?

— Acho que não.

Fiquei de joelhos, fingindo pegar algo caído no chão. Quando me endireitei, virei a cabeça um pouco e dei uma olhada no lago. Balancei a cabeça, pensando que podia estar tendo alucinações. A certa distância de nós, entre as árvores frondosas, havia um cavalo branco. O seu pelo e crina tinham um tom etéreo prateado, diferente dos cavalos comuns, e os cascos, que batiam no chão, eram dourados.

— Um cavalo branco. — As palavras pareceram sair da minha boca repletas de choque.

— Onde? — Xavier pareceu não acreditar ao espiar pela mata.

Ele não havia visto o cavalo, porque estava concentrado demais na pessoa que o montava. Muito bem-paramentado, o indivíduo parecia vestido para um velório. Apesar de as órbitas dos olhos serem vazias, senti que olhava bem para mim. Eu nunca tinha visto um Sete antes, mas sabia que a criatura que estava me olhando era um deles. Não havia a menor dúvida.

Aquele era o momento que pensei que nunca viria. Enfim, estava cara a cara com um membro da Sétima Ordem, seres sobre quem, até aquele instante, eu só tinha ouvido falar.

Desmontou do cavalo e ficou de pé, perto da água, na parte mais larga, onde o rio fazia uma curva. As palavras de Ivy ressoaram na minha mente e eu sabia que deveria fugir, mas não consegui me mexer. Estava congelada. Percebi que o Sete tinha mãos muito brancas, pousadas uma sobre a outra enquanto ele nos observava. Então, de repente, começou a se aproximar. Um pouco antes, ele estava de pé do outro lado da água. Agora, se aproximava cada vez mais, e os seus pés perturbavam a superfície do lago.

— Beth, estou sonhando ou ele... — Xavier parou de falar e deu alguns passos para trás, levando-me com ele.

— Você não está sonhando — sussurrei. — Ele está andando sobre a água.

6

PRECISAMOS CONVERSAR

O Sete estava vindo na nossa direção. Foi como ver algo acontecer em um sonho: em um minuto, ele estava do outro lado do lago e, no seguinte, estava a poucos metros de nós. A distância, o cavalo branco-prateado relinchava e jogava a cabeça para trás, mas o dono não prestou atenção.

Eu me lembrei do que Gabriel havia nos dito: os Setes eram caçadores, treinados para perseguir a presa. Mas aquele parecia não estar preocupado com o fato de o termos visto. Continuou caminhando com calma. Era como se soubesse que não havia necessidade de se apressar, porque não tínhamos chance de escapar. Se eu não estivesse tentando desesperadamente encontrar uma saída, talvez teria me incomodado com a sua presunção. O Sete apenas parou uma vez e inclinou a cabeça para o lado, como se estivesse confirmando a minha identidade. Percebi algo mecânico no movimento, como se um equipamento estivesse sendo ativado. Fiquei imaginando o cérebro sendo programado para analisar tudo, desde o formato do meu crânio ao cheiro da minha pele. Não havia nada de humano nele, mas também nada de angelical.

Como os outros de sua espécie, esse Sete não tinha rosto. Os lábios e nariz se misturavam tão bem que era quase impossível distingui-los. Não tinha olhos, apenas órbitas vazias cobertas por uma membrana branca e leitosa de pele. Os contornos perfeitos do rosto me fizeram lembrar dos manequins que havia visto nas vitrines das lojas de departamento.

De repente, os meus pensamentos começaram a ficar borrados, fundindo-se como manteiga derretida no pão. Tentei, mas não consegui me livrar. O Sete parecia ter me prendido com uma garra invisível. Felizmente, ele não podia exercer o mesmo tipo de poder sobre Xavier, que rapidamente percebeu o que estava acontecendo. Ele não tentou me tirar do transe. Apenas me pegou no colo, me colocou sobre o ombro e saiu correndo. Depois de alguns instantes, senti que a pressão do Sete sobre mim tinha ficado mais leve. Escorreguei das costas de Xavier e, tomados pela adrenalina, corremos sem olhar para trás.

Eu e os meus irmãos há muito tempo conseguíamos nos comunicar telepaticamente, e estávamos sempre atentos às necessidades uns dos outros. Em silêncio, pedi ajuda ao meu irmão.

— Gabriel, eles estão aqui! Eles nos encontraram! — Não obtive resposta.

Assim que chegamos ao caminho de cascalho do lado de fora da casa, Xavier parou e começou a procurar o celular dentro do bolso. Procurou na sua lista de contatos, os dedos atrapalhados pela tensão. Estava prestes a apertar o botão para fazer uma ligação quando paramos de repente. Eu já estava subindo os degraus da varanda, então recuei, bati em Xavier, que estava de pé logo atrás de mim, e derrubei o celular de sua mão. Antes de um de nós tentar pegá-lo, a porta da frente se abriu. O Sete já estava ali, esperando por nós.

Olhei ao redor, desesperada, procurando um lugar para me esconder, mas sabia que de nada adiantaria.

— Deixe-nos em paz! — gritei, afastando-me da figura imaculadamente vestida. Em resposta, ele deu um passo adiante, como se quisesse me fazer lembrar que não recebia ordens. Uma tábua da casa rangeu sob os seus pés e aquele som me pareceu incrivelmente alto na tarde silenciosa.

Onde Gabriel e Ivy estavam? Por que não tinham atendido ao meu apelo? Será que tinham sido interceptados? Senti um arrepio quando percebi quanta coisa poderia mudar nos próximos segundos. Manter a calma era a nossa única chance. Só esperava que Xavier não fizesse nada precipitado para tentar me proteger. O Sete o mataria num piscar de olhos. As membranas brancas e úmidas que cobriam os olhos tornavam impossível saber exatamente para quem ou para o que ele olhava. Fiquei surpresa quando ele, gentil, estendeu o braço para mim.

— Precisamos conversar — disse ele. A voz não tinha um tom definido, era apenas uma vibração simples no ar. — Importa-se em entrar? — Moveu-se para o lado, abrindo espaço para que eu passasse. De perto, o seu rosto era tão liso que parecia ser feito de gesso. O cheiro me pareceu esquisito; era como perfume de colônia barata misturado com um pouco de gasolina, e fazia as minhas narinas arderem.

— Se liga, amigo — disse Xavier. — A Beth não vai a lugar algum com você.

— Xavier, por favor — sussurrei. — Eu cuido disso.

O Sete não parecia ter percebido que Xavier dissera algo. Apesar de nunca ter visto um Sete antes, senti que seria perigoso demonstrar muito resistência.

— Não vai demorar — continuou o Sete, fingindo educação. Nós dois sabíamos que, se eu entrasse, nunca mais sairia. Dei um passo à frente, hesitante, os pés pesados como blocos de concreto.

— Beth, espere! — Xavier segurou o meu braço e olhou para mim, os seus olhos azuis tomados de terror. — Você não está pensando mesmo em acompanhar esse... *maluco*, não é? — Se o Sete ficou ofendido, não deixou transparecer, pois o seu rosto permaneceu perfeitamente inexpressivo.

— Não tornem isto mais difícil do que já é — avisou ele. Manteve o rosto virado na minha direção. Eu tinha que pensar depressa. Precisava fazer algo para surpreendê-lo, pegá-lo desprevenido. Tentei pensar no que Gabriel diria. Sabia que ele diria algo sem precisar refletir. Talvez fosse esse o segredo.

— Você está se voltando contra um dos seus — disse eu, de repente. — Sabe disso, certo? — Tentei imaginar se o Sete era astuto. Será que perceberia a minha artimanha? Se eu conseguisse prolongar a conversa com ele, mesmo que apenas por alguns minutos, talvez Gabriel e Ivy conseguissem chegar a tempo.

— Sinto muito, srta. Church, mas não fui eu que me virei contra a minha espécie. — Ele falava com tanta autoridade que minha confiança ficou abalada, mas não podia permitir que ele percebesse isso.

— Na verdade, agora sou a sra. Woods — disse corajosamente.

Ele pareceu esboçar um sorriso, o primeiro sinal de emoção até aquele momento. Será que estava rindo de mim?

— Eu a aconselho, *sra. Woods*, a atender o meu pedido, para que sangue não tenha que ser derramado — respondeu ele, lançando um olhar breve na direção de Xavier. Eu sabia que, por baixo da fachada cortês e formal, havia um soldado que não tinha outro objetivo além de cumprir a sua missão... independentemente do que fosse preciso.

Mais uma vez, tive a sensação de que os meus pensamentos ficaram embaçados.

— Claro — disse eu, mecanicamente. — Entendo.

Xavier segurou a minha mão.

— Não permitirei que você se vá.

— Tudo bem — menti. — É só uma conversa. — Xavier não pareceu convencido, mas antes que pudesse reagir, afastei a minha mão da dele e me virei para o Sete. Sabia que Xavier não podia me proteger. Agora era a minha obrigação protegê-lo. Se eu não tivesse escolha, a não ser acompanhar o Sete, teria que cuidar para que Xavier não fosse ferido. Mas ele também não queria ver a minha vida em risco. Xavier se adiantou e me colocou atrás dele, ficando cara a cara com o Sete.

— Se quer conversar com alguém, converse comigo. — O Sete foi obrigado a se dirigir a ele.

— Garoto, o que faz você pensar que pode lutar contra a vontade do Céu?

— Sou simplesmente arrogante, acho.

— Com licença, não tenho nada a tratar com você.

— Os assuntos de Beth são meus também.

O Sete suspirou, impaciente, ou talvez entediado.

— Não diga que não avisei.

— Não o machuque, farei o que você quiser! — gritei, mas era tarde demais.

O Sete levantou a palma da mão e um raio de luz saiu dela. O feixe fino, que eu sabia ser duro como aço, enrolou-se no pescoço de Xavier. Vi quando arregalou os olhos e levou as mãos ao pescoço, mas o esforço era em vão... ele estava sendo sufocado. Aquela não era uma luta que ele pudesse vencer. Xavier caiu de joelhos e vi o seu corpo relaxar, ele perdeu a consciência depressa.

— Ninguém pode ser contra a vontade do Céu — disse o Sete.

Enquanto observava a cena diante de mim, senti que a névoa na minha mente começava a desaparecer, substituída por algo muito mais forte: a ira. A raiva fervia pelo meu corpo, afastando tudo no seu caminho. Percebi que ela se acumulava, como água em uma barragem depois da chuva torrencial. Em poucos momentos, arrebentaria as comportas.

— Disse que você não devia machucá-lo. — Não aumentei o tom de voz, mas percebi a raiva nela. Algo dentro de mim havia mudado.

A ira costuma distorcer a percepção que se tem da realidade, porém, naquele momento, vi as coisas com extrema clareza. Ela me libertou do poder do Sete sobre mim. Quase senti o cérebro maquinando e, por um momento, vi o mundo com lentes de aumento. Consegui ver a composição molecular da casa, indicar com exatidão quais eram os seus pontos fracos e sentir os lugares onde a umidade penetrava as paredes. Sabia de coisas que ninguém poderia saber, até onde a última gota de chuva da tempestade de verão havia caído. Continuava olhando para o Sete, mas agora conseguia enxergar através dele. Naquele momento, tudo em mim que era humano pareceu se dissolver e me senti em harmonia com o Universo — eu era o ar, a rocha, a madeira, a terra. Soube ali o que precisava fazer, o que era capaz de fazer.

Rapidamente, me abaixei para pegar um tijolo solto entre alguns que eu sabia haver no último degrau. Eu o lancei como um *frisbee*, tentando acertar o pescoço do Sete antes mesmo de ele se dar conta. Os seus reflexos aguçados deveriam ter permitido que ele o tivesse pegado no meio do ar e lançado de volta sem força suficiente para me derrubar. Se ele fosse capaz de expressar sentimentos, com certeza teria feito cara de surpresa. Mas ele não estava preparado para a minha reação e o ataque o pegou desprevenido.

A sua cabeça parecia ter sido lançada para trás, e ele deu alguns passos incertos em direção à casa. Com uma explosão repentina de força, estiquei o braço e puxei a porta para fechá-la. As pontas dos meus dedos começaram a formigar e, quando me dei conta, havia fumaça escapando pelo teto. O que aconteceu em seguida quase saiu do meu controle. O fogo se espalhou diante dos meus olhos, envolvendo a madeira da varanda e explodindo os vidros das janelas. Em questão de segundos, o Chalé Salgueiro ficou tomado pelas chamas. Quando as paredes começaram a cair, vi o Sete, de pé, tomado pelo fogo. As chamas não o matariam... provavelmente nem sequer deixariam uma marca. No entanto, temporariamente, fez com que ele se atrapalhasse. Eu não sabia por quanto tempo e não pretendia ficar por perto para descobrir.

Só pensava em uma coisa: proteger Xavier. Se o Sete nos alcançasse agora, ele provavelmente o mataria. Corri para o lado de Xavier; ele estava desmaiado, mas continuava respirando. Não poderia despertá-lo nem carregá-lo sozinha. Pela janela, pude ver que o Sete já caminhava em direção à porta como uma tocha viva.

As minhas asas se abriram fazendo barulho. O som ecoou pela floresta e os pássaros voaram do topo das árvores. Abracei Xavier por trás, envolvi o seu peito com os braços e o ergui do chão. As asas eram tão fortes que quase não sentia o peso dele nos braços. Segui em direção à estrada, voando baixo para evitar ser vista. Os pés de Xavier resvalavam nos galhos dos topos das árvores.

Os meus pensamentos ainda não estavam muito coerentes, mas eu pretendia pousar em algum lugar e pegar um carro. Porém, o meu coração acelerou quando vi o conhecido jipe preto descendo a trilha de terra que levava às montanhas. Os meus irmãos me viram no mesmo instante. O carro balançou até parar e Gabriel logo apareceu do meu lado, pegou Xavier no colo e o deitou com cuidado no banco de trás.

— Onde vocês estavam? — perguntei, com lágrimas correndo pelo rosto sujo de cinzas.

— Viemos o mais rápido que conseguimos — disse Ivy, sem fôlego.

— Vocês podem ajudá-lo? — disse, apontando para Xavier.

Ivy colocou a mão fria na testa de Xavier, que logo começou a recobrar a consciência. Ele gemeu e instintivamente levou a mão à cabeça.

— Você está bem — disse a ele. — Estamos bem.

Ao se lembrar dos últimos acontecimentos, ficou tenso e se endireitou.

— Aonde ele foi? — perguntou ele. — Onde estamos?

— Ivy e Gabriel estão conosco. Nós fugimos — disse eu.

— Como? — perguntou Xavier. — O Sete ia levar você...

— Acho... — hesitei. — Acho que coloquei fogo nele.

— *Sério?* — Xavier mostrou-se surpreso por um momento e então não conseguiu mais controlar o riso. — Que maravilha. Ele mereceu.

Ivy teve uma reação levemente diferente.

— Você ficou maluca? — Os seus olhos prateados estavam quase metálicos de choque. — Não pode usar os seus poderes dessa forma contra um Sete. É uma ousadia contra o Reino!

— Não queria fazer isso — protestei. — Ele estava tentando matar o Xavier!

— Bem, agora que você colocou fogo nele, tenho certeza de que estamos no caminho certo para a reconciliação — disse Gabriel, com ironia.

O vento balançou a copa das árvores e, de repente, tomei consciência de que o Sete ainda poderia estar ali.

— Você acha que ele vai tentar nos seguir?

— Não, ele perdeu o faro agora. Vai precisar começar de novo. Mas devemos sair daqui de qualquer jeito. — Gabriel virou a chave na ignição e atravessou a trilha de mato alto.

Eu me senti um tanto orgulhosa. Havia conseguido estragar os planos dos agentes mais formidáveis do Céu. Gabriel deve ter lido a minha mente, pois disse:

— Não fique tão confiante. Você conseguiu afastar *um* deles. Há grupos de Setes. Não podemos lutar contra todos eles.

— *Como* lidaremos com eles?

— Nós nos reunimos com os serafins — disse Gabriel. — Por isso nos atrasamos para voltar para a casa.

— E qual foi o veredicto?

Soube que as notícias eram ruins quando Gabriel permaneceu calado.

— Os Setes estão em busca de sangue. Não estão dispostos a fazer acordo — disse Ivy. — Querem que vocês desfaçam o casamento.

— Pensei que os anjos fossem justos e ponderados — disse Xavier. — Desde quando eles correm por aí tentando matar pessoas? Desde quando o Céu concorda com isso?

— O que faz você pensar que o Céu concorda com isso? — perguntou Gabriel no mesmo instante.

Xavier não conseguiu ficar calado.

— Ele não está fazendo muito para impedi-los.

— Você precisa saber que os Setes foram criados para serem os cães de guarda do Céu, lutam para preservar a ordem. Não têm qualquer entendimento acerca do comportamento humano, por isso é fácil passarem do ponto.

— Você está defendendo os Setes? — Xavier ficou surpreso. Eu não podia culpá-lo por isso. Tudo o que ele havia aprendido a respeito do Céu e dos seus habitantes estava sendo transformado na sua mente.

— Não estou os defendendo — respondeu Gabriel. — Estou tentando explicar como agem. Para eles, estão fazendo apenas o seu trabalho.

— Então alguém precisa demiti-los.

— A Aliança está procurando uma maneira de limitar o poder deles.

— E, enquanto isso, ficarão descontrolados? — perguntei, incrédula.

— Essencialmente, sim — respondeu Ivy. — A percepção que têm da justiça é distorcida. Quando têm uma missão, nada mais importa.

— Pensei que tivessem coisas melhores para fazer — disse Xavier. — Pensei que se preocupassem com a paz mundial, coisas assim.

— Exatamente. — Eu o apoiei. — Por que estão dando tanta atenção ao nosso casamento?

— Não sei — disse Ivy. Mas tive a impressão de que ela escondia algo de nós. Ela uniu os dedos longos e pálidos e fixou o olhar no assento à sua frente.

Gabriel se concentrou na estrada, com o rosto sério, lutando contra um conflito interno. Eu me coloquei entre os dois assentos da frente e o observei. Por fim, ele desviou o olhar da estrada e olhou para mim. Quando vi sua expressão, adivinhei o que ele não queria me contar.

— Pediram para vocês nos entregarem, é isso?

Gabriel franziu o cenho e fechou os olhos por um momento. Eu teria lhe pedido para ficar de olho na estrada, mas sabia que ele era capaz de dirigir perfeitamente mesmo com os olhos vendados.

— Sim — admitiu Gabriel, contraindo os lábios. — Foi exatamente isso o que pediram.

— Como eles ousam? — disse, revoltada.

— Eles dizem que os servos obedientes do Reino não pensariam duas vezes.

— Então, estão questionando o comprometimento de vocês agora?

— Disseram que entregar você é a nossa única opção.

— Não acredito que colocaram vocês nessa situação — disse eu, irada.

— Espere. — Xavier ergueu as mãos, com a voz trêmula. — Gabriel, o que você disse a eles?

O meu irmão ficou calado.

— Gabe? — repetiu Xavier, com a voz tomada de dúvida. Quando voltou a falar, a voz de Gabriel estava carregada de pesar.

— Disse que obedeceria.

Fez-se um silêncio mortal.

— Você o quê? — perguntei baixinho.

— Estão à nossa espera agora. Acreditam que estou levando você a eles.

Em um segundo, o pânico se instalou.

— Não! — gritei. — Como pôde?

Percebi que as portas do carro tinham se trancado automaticamente. Não havia como sair, a menos que tentássemos quebrar uma janela.

— Beth, por favor. — A voz do meu irmão estava calma. — Você não é minha prisioneira. — Ele virou a cabeça e vi que o seu rosto perfeito demonstrava mágoa por eu ter duvidado dele. Senti uma onda de culpa.

— Então, você não está... — hesitei.

— Não vou entregar você à Aliança. Não traí você.

— Espere. — Levei a mão diante da boca. — Isso quer dizer que você mentiu para eles? — A ideia era incompreensível. Ia contra tudo o que eu pensava sobre o meu irmão. Não acreditava que ele havia, por livre e espontânea vontade, se colocado em uma situação tão comprometedora.

— Não tive escolha.

Fiquei surpresa com o sacrifício que ele havia feito.

— Podem expulsá-lo por isso. Não posso permitir.

— Já está feito. — Ele disse isso com seriedade, como se alguém tivesse acabado de morrer... Talvez uma parte dele tivesse, de fato. Só consegui pensar que nunca tinha visto tamanho vazio nos seus olhos.

Até onde me lembrava, Gabriel sempre fora um dos arcanjos mais dedicados e fiéis do Reino. Já se dedicava ao Céu há milhares de anos. O tempo já tinha testado a sua lealdade, e ele sempre se manteve fiel. Ele e Miguel representavam dois alicerces sobre os quais o Arco havia sido fundado. Será que estava mesmo disposto a dar as costas a tudo isso apenas para me proteger?

Como eu retribuiria isso?

— Então, você pretende renunciar a eles? — sussurrei. Não conseguia imaginar qual destino Gabriel teria se abrisse mão de sua identidade angelical. Não quis pensar nisso.

— Não — respondeu ele. — Mas eles renunciarão a mim quando eu não obedecer.

7

UNIVERSITÁRIOS

— Não acredito que isso está acontecendo — disse eu. — Não acredito que Deus ficaria tão irritado conosco a ponto de lançar os seus soldados contra nós. — Não conseguia encontrar um sentido para aquilo na minha mente.

— Beth — disse Ivy, com o rosto oval tomado por tristeza. — Não se trata de uma ação de Deus. Tenho certeza de que você sabe disso.

— Como? — perguntei, confusa. — Tudo o que acontece só acontece porque Ele quis.

— Na Terra, sim — disse a minha irmã. — Mas as hierarquias angelicais estabelecem as suas próprias disputas; não pedem o conselho Dele.

— Principalmente os Setes — interrompeu Gabriel. — Eles são uma facção de rebeldes. A Aliança luta para mantê-los sob controle.

— Está dizendo que Deus não faz ideia do que está acontecendo? — perguntou Xavier.

— Não posso falar por Ele — disse Gabriel. — Mas vocês não devem culpá-Lo por esses problemas. São os Setes que buscam vingança.

Gabriel se recostou no volante e esfregou as têmporas, jogando para trás os cachos loiros que caíam diante do rosto bem-desenhado. Ivy também estava séria. Eu sabia que ela estava preocupada com o futuro. Aquele não era o resultado que os dois esperavam.

— Você não precisa fazer isso, Gabe — disse eu. — Sei quanto isso está custando a vocês.

— Você é da minha família, Beth — respondeu Gabriel. — Não posso simplesmente entregá-la a um destino incerto.

— Obrigada — disse eu de modo modesto. — Nunca me esquecerei disso. Você é, de longe, o melhor irmão que alguém pode ter, humano ou anjo.

Gabriel não soube bem como reagir a tal elogio, mas vi que esboçou um sorriso.

— E agora? — perguntou Xavier, mudando de assunto, tratando de coisas mais práticas.

— Creio que vamos continuar fugindo — disse Gabriel.

Aquele não parecia o meu irmão. Desde quando Gabriel deixara de ter certeza das coisas? Era ele quem eu consultava quando tinha perguntas sem respostas. A vida podia ser um grande mistério para todos os mortais, mas Gabriel conhecia o motivo por trás de tudo. Entre os anjos, sua sabedoria era inquestionável. A sua incerteza fortalecia os meus maiores medos. Os Setes tentariam separar eu e Xavier, e tudo, até então, indicava que conseguiriam. Não havia tantos lugares assim para se esconder nem tantos caminhos pelos quais fugir. Se fosse levada, sabia que só teria Xavier de volta quando a sua alma subisse ao Céu. Isso se eu conseguisse encontrá-lo... o Céu era enorme. E, quando isso acontecesse, talvez eu não passasse de uma lembrança um tanto antiga para ele. Sabia que deveria ficar arrasada, porém estava cansada. Cansada de lutar, cansada de brigar, cansada de sempre errar.

— Então, se você não está nos levando à Aliança... para onde estamos indo? — perguntou Xavier, quebrando o silêncio incômodo que se instalara entre nós.

— Vocês precisam se esconder de novo — disse Ivy.

— Ai, não — resmunguei.

— Mas, dessa vez, precisa ser em um lugar mais difícil de eles encontrarem vocês.

Xavier perguntou:

— Será que existe um lugar assim?

— Ainda não tenho certeza — respondeu Ivy.

— Não me importa onde, desde que Beth não tenha que ficar trancada. Ela não lida muito bem com isso.

O comentário de Xavier parece ter acionado algo na mente de Ivy. Um brilho repentino apareceu nos seus olhos, e uma nova ideia se formou.

— Talvez seja preciso fazer o contrário — murmurou ela, com ar de mistério.

— O contrário? — repeti. — Em que está pensando, Ivy?

— Os Setes pensam que vamos nos esconder em algum lugar afastado. São os lugares onde procuram primeiro. Talvez seja melhor nos misturarmos à multidão.

— Pode ser que dê certo — disse Gabriel, entendendo o que Ivy dizia antes de mim ou de Xavier. — Os Setes têm sensores muito aguçados que captam correntes elétricas emitidas por seres angelicais. Quanto mais seres humanos houver por perto, mais diluídas ficarão essas correntes.

— Então, para onde vai nos levar? Para a China? — perguntou Xavier.

— Talvez um lugar um pouco mais perto de casa.

— Não entendi — disse eu, franzindo o cenho.

— Pense bem — continuou Gabriel. — Se as circunstâncias estivessem normais neste momento, para onde vocês iriam?

— Para casa? — perguntei.

— Pense mais — respondeu Gabriel. — Para onde a Molly está planejando ir no segundo semestre?

— Como vou saber? — perguntou Xavier, irritado com o jogo de adivinhação.

Toquei a mão dele de repente.

— Espere. A Molly está indo para o Alabama... para a faculdade.

— Você está brincando, não é? — Xavier se endireitou, como se a ideia tivesse despertado algo dentro dele. — Está falando da faculdade?

— Os Setes não pensarão que vocês possam estar lá — respondeu Ivy. — Vocês estarão bem debaixo do nariz deles e eles não saberão.

— Tem certeza disso? — duvidou Xavier, franzindo o cenho.

— Vocês não usarão os seus nomes verdadeiros — disse Gabriel. — Assim, não poderão ser localizados por registros e documentos.

— Isso seria como começar uma vida novinha em folha — disse eu. Senti a animação aumentar. — Podemos ser quem quisermos.

— Pensei que teríamos de deixar a faculdade de lado por um tempo — disse Xavier. Ele parecia alguém que havia acabado de retomar uma parte de sua vida.

— Bem, não se animem demais. Não sabemos até quando vocês poderão permanecer lá.

— Acho melhor vivermos um dia de cada vez — concordou Xavier.

— Importa para onde formos? — perguntei a Ivy. Ela leu os meus pensamentos.

— Por que não vão para onde pretendiam ir antes de tudo começar a acontecer?

Ir para a faculdade ainda era um sonho para mim, como um mundo perfeito dentro de um globo de neve, algo que nunca alcançaria. Na minha cabeça, a faculdade representava tudo o que havia para amar no mundo dos humanos. Nunca pensei que teria a sorte de viver aquilo.

— Bem — disse eu. — Acho que vamos para a Oxford.

Abaixei o vidro e respirei fundo enquanto o vento bagunçava o meu cabelo. Mentalmente, estava me preparando para o próximo desafio da nossa vida imprevisível. Paramos rapidamente em Venus Cove durante a noite para nos organizar, o que foi mais difícil do que pensei. Vi Phantom de novo e percebi como sentia falta dele. Xavier teve que lidar com a frustração de estar perto da família, mas não poder entrar em contato com eles. Não parava de caminhar pela sala com os punhos cerrados.

— Sinto muito que as coisas tenham acontecido dessa maneira — disse eu, tentando confortá-lo.

— Eles são os meus pais — disse ele. — Não posso simplesmente cortá-los da minha vida, fingir que os últimos 18 anos não aconteceram. E as minhas irmãs... quero estar perto delas. Quero ver Jasmine e Maddy crescerem.

— Você verá — disse eu. — Você voltará um dia, eu sei.

— E serei o irmão e filho que os abandonou.

— Eles continuarão amando você. E talvez, um dia, você possa contar a verdade a eles.

Xavier riu sem achar graça.

— Duvido um pouco disso.

— Sei que isso deve ser muito duro para você — disse, segurando a mão dele, mas Xavier se afastou de mim. Aquilo não era algo muito comum e me surpreendeu. Se eu não podia oferecer conforto, era sinal de que algo estava muito errado.

— Como poderia saber? Você nunca teve pais.

Fiquei calada por um momento enquanto pensava no que ele havia dito. Xavier cobriu o rosto com as mãos.

— Beth, sinto muito. Não quis dizer isso.

— Tudo bem — disse, sentando-me na beira da mesa de centro. Percebi que o ódio na sua voz e olhar não era direcionado a mim. Ele estava olhando pela janela, para o inimigo invisível que poderia estar em qualquer lugar. — Você tem razão. Nunca tive pais como os seus e não sei como é fazer parte de uma família de seres humanos. Mas tenho um Pai e, no momento, Ele está bem bravo comigo. Tudo o que faço O deixa mais desapontado, quando, na verdade, só quero deixá-Lo feliz. Não sei se o meu Pai um dia vai me perdoar. Pode até ser que me expulse de casa... mas o seu nunca fará isso, tenho certeza. O seu pai sempre vai amar você. — Sorri. — Na verdade, o meu Pai também sempre vai amar você. Você é filho Dele.

Xavier olhou para mim.

— E você não é?

— Tenho um relacionamento um pouco diferente com Ele — disse baixinho. — Sua raça foi criada para amar, a minha foi criada para servir. Ele sempre amou os seres humanos acima de qualquer coisa. Sacrificou o seu único filho, lembra? Ele está vendo e vai proteger você.

Xavier pôs as mãos nos meus ombros, aproximando-se.

— Então, acho que depende de mim proteger *você*.

Por fim, Xavier decidiu escrever uma carta aos pais. Não a leu para mim e não perguntei o que ele tinha escrito. Eu também nem sequer sabia se Ivy e Gabriel permitiriam que ela fosse entregue, mas acreditei que seria importante para ele escrevê-la.

Ivy logo entrou em ação, organizando e guardando o que acreditava ser necessário para a vida na universidade. É claro que precisávamos nos concentrar no essencial. Não tínhamos tempo para pensar em cobertores e quadros, como fazem os outros calouros, e sabia que poderia comprar o que fosse preciso quando me instalasse. Sabia que a nossa experiência na universidade seria totalmente diferente da de outras pessoas. Não haveria pais emocionados, despedidas demoradas nem tempo para nos preocuparmos com cartas de recomendação e inscrições em disciplinas. Mesmo assim, eu estava nervosa.

Xavier passou a vida toda se preparando para o período da universidade. O seu pai e avô tinham pertencido à fraternidade Sigma Chi e o futebol universitário era uma tradição familiar. Eu, por outro lado, não tinha experiência prévia nem histórico familiar para me guiar. Havia me acostumado com a vida no ensino médio, e a ideia de me ajustar a um mundo novo e ainda mais misterioso me deixava um pouco preocupada. Sabia que teria Xavier para me orientar, mas precisava aprender certas coisas sozinha se quisesse me virar bem.

— O que é uma república, exatamente? — perguntei enquanto Xavier colocava as nossas coisas no porta-malas do carro.

— É como uma irmandade — disse ele. — Há casas no campus e você faz a maior parte das atividades nessa irmandade. As fraternidades são grupos equivalentes, mas com rapazes.

— Dá para escolher uma?

— Não exatamente. Eles têm que escolher você e você tem que escolhê-los.

— O que acontece se uma garota escolher uma irmandade que não a quer?

— Ela não entra nela — explicou Xavier. — É preciso escolher com cuidado.

— Como saber como é cada uma?

— Na semana de apresentação. Durante sete dias, todos os calouros conhecem as irmandades e fraternidades. Você faz uma espécie de entrevista. E, então, recebe um cartão com os nomes das irmandades que a convidaram para entrar. Você precisa analisar as suas preferências e fazer o pedido.

— Não há centenas de alunos? Como poderão saber quem querem?

— Eles pesquisam sobre todas as garotas antes de permitir que elas entrem — respondeu.

— Como vou aprender se você não leva as minhas perguntas a sério?

— Não estou brincando. Eles fazem isso mesmo.

— Não é meio exagerado?

— É assim que funciona. É uma tradição antiga. Por exemplo, digamos que uma garota esteja vindo do Alabama para a Universidade do Mississippi. A fraternidade Delta Delta Delta daqui entraria em contato com a Delta Delta Delta do Alabama, que conheceria alguém que estudou com essa garota no ensino médio. É claro que eles não descobrirão muita coisa se tentarem pesquisar sobre você.

— Graças a Deus. Isso me parece malvado.

— Eles fazem um monte de coisas boas também... Ajudam instituições de caridade e atuam na comunidade. Mas você não precisa se preocupar com isso, duvido que cheguemos a nos envolver.

Eu não sabia quase nada sobre a vida nas irmandades. No ensino médio, só sabia em qual irmandade a minha melhor amiga Molly queria entrar porque ela falou sobre isso durante todo o último ano. Hallie já tinha até dito que ela precisava parar com aquilo, pois podia deixar as outras irmandades com raiva. Na época, não prestei atenção, porque era como se estivessem falando outra língua. Era engraçado ver como uma conversa totalmente ignorada no passado podia ser lembrada e se tornar útil em outro momento.

— Quem vai fazer a sua carta de recomendação para a Chi O? — perguntou Hallie a Molly.

— A mãe de Ryan. Ela era da Chi O, em Duke.

— Ela é a sua primeira opção?

— Minha única opção — disse Molly. — É a única irmandade na qual vale a pena entrar.

— Que exagero — respondeu Hallie. — Há tantas outras...

— Não para mim.

— Você sabia que a Chi O quer as alunas com as melhores notas, não é?

— Está dizendo que as minhas não são?

— Não, só estou dizendo que você deveria tomar cuidado antes de ficar espalhando por aí o que quer. Se não for aceita na Chi O, nenhuma outra irmandade vai querer você.

— Não seja boba. Vou ser aceita.

Lembro que deixei o assunto morrer. Agora me arrependo por não ter feito mais perguntas. Apesar da animação inicial, Xavier ficou calado durante o trajeto até a universidade. Por não ter podido ir para casa, foi obrigado a deixar o seu amado Chevy para trás. Eu sabia que ele não estava contente com isso, ainda que soubesse que haveria um carro novo a sua espera quando chegássemos, para compensar. Queria sua antiga vida de volta. Quis levar Phantom comigo, e chorei por ter de deixá-lo, apesar de Ivy ter me garantido que Dolly Henderson cuidaria dele enquanto estivéssemos fora. Torci para que ela encontrasse tempo de passear com ele entre as sessões de bronzeamento artificial e as fofocas com as vizinhas.

Sentiria falta de Molly na universidade. Ela tornaria a transição muito mais fácil. Foi aí que um pensamento me ocorreu.

— Ei, Gabe, não haverá alunos da Bryce Hamilton na Universidade do Mississippi? Pode ser que nos reconheçam.

— A maioria foi para as universidades do Alabama e de Vanderbilt — disse o meu irmão. — Havia um ou outro de Venus Cove, mas já demos um jeito neles.

— Ai, meu Deus, vocês não... — eu me assustei e Gabriel olhou para mim.

— Não seja ridícula. Cuidamos para que recebessem bolsas de estudo irrecusáveis em outras universidades.

— Nossa! — disse, impressionada. — Você é um gênio.

A VIAGEM PARA O MISSISSIPPI foi tranquila, exceto pela discussão sobre que música tocaria no carro. Gabriel tinha o hábito de ouvir músicas religiosas, independentemente da ocasião, mas, dentro do Chevy de Xavier, sempre escutávamos clássicos do rock. Eu queria música country, e Ivy disse preferir o silêncio. Gabriel decidiu ceder e achou que seria uma boa ideia sintonizar uma estação de country gospel do Sul. Apesar de não ter dito, gostei da ideia.

Fiquei encantada com a vegetação que cercava a estrada. Estendia-se ao nosso redor como um manto. O gado pastava nos campos, esquilos subiam em árvores, plantações de algodão eram tomadas pelo vento. De vez em quando, víamos um veado na mata.

Quando pegamos a saída para Oxford, o meu humor melhorou e senti a animação começar a me envolver. Não conhecia a cidade, mas já tinha ouvido muitas coisas sobre ela. Sabia que era a cidade natal de William Faulkner e o lar do Ole Miss Rebels. Desci o vidro e uma brisa suave do Sul entrou. O perfume era de orvalho e percebi que ia gostar de minha nova casa.

A praça da cidade era linda como em um cartão-postal. Parecia que eu havia voltado no tempo. Tudo era muito preservado, não velho, mas bem-mantido, como se as construções fossem novas. Não pensei que encontraria lojas tão bem-cuidadas. Oxford parecia um pouco com Venus Cove.

Os estabelecimentos e as ruas eram cheias de calouros animados e pais orgulhosos. Quando chegamos à universidade, olhei pela janela e vi a rua na qual ficavam as fraternidades, e admirei as construções muito bem-feitas e as letras douradas do alfabeto grego que marcavam cada uma, como um distintivo de honra. Rapazes de camisa polo se reuniam nas varandas, conversando e rindo. Era um oásis para os mauricinhos e patricinhas da elite sulista, seu mundinho particular, e nada ali parecia real. Eu me apaixonei pelo lugar quase de imediato. O ar úmido tinha um aroma doce e me deixou relaxada. Gostei de como tudo parecia mais lento. Comecei a suar assim que saí do carro, mas o ar era tão leve que não me importei. Um pouco antes de Gabe e Ivy nos deixarem sair do carro para poderem encontrar um lugar onde estacionar, deram a cada um de nós uma pasta de papel pardo.

— Estas são suas novas identidades — disse Ivy. — Tudo de que precisam está aí dentro: certidão de nascimento, carteirinha de estudante, relatórios do ensino médio...

Folheei os papéis de matrícula que Ivy havia me dado.

— Adeus, Bethany Church e Xavier Woods — disse eu. — Oi, Ford e Laurie McGraw.

— Espere — observou Xavier. — Temos o mesmo sobrenome? É sério?

— Vocês serão irmãos enquanto estiverem aqui — disse Gabriel. E fez uma cara como se pedisse desculpas. — Acreditamos que faria sentido, já que vocês passarão muito tempo juntos.

— Ótimo — disse Xavier, analisando as folhas.

— Não é o ideal — reconheceu Ivy. — Mas foi o melhor que conseguimos fazer.

— Tudo bem — disse Xavier, mostrando-me os dados nos papéis.

— Somos de Jackson, Mississippi. Somos bons alunos que acabaram de sair do ensino médio e sou um segundo-anista transferido de Bama para a Sigma Chi. — Ele parou e olhou para Gabriel. — Você lembrou?

A Sigma Chi era a fraternidade da qual o pai e o avô de Xavier tinham feito parte. Fiquei surpresa com o cuidado do meu irmão. Gabriel apenas inclinou a cabeça, como se dissesse *Sejam bem-vindos*.

— Aluno do segundo ano, né? — perguntei. — Então você tem quantos anos? Vinte?

— Vinte e um. — Xavier sorriu. — Como pode ver, sou mais velho e, consequentemente, mais sábio, por isso você deve me respeitar.

— Já cuidamos de tudo — disse Ivy. — Vocês só precisam pegar as suas chaves e os livros.

— Obrigada — agradeci. — Vocês não sabem quanto isso representa para nós dois. — Sabia muito bem que Ivy poderia ter dado as costas, mas ela decidiu nos auxiliar. Era uma atitude que eu valorizava muito. — Estão correndo um grande risco tentando nos ajudar. Graças a vocês, teremos um tempo para entender as coisas. Mas independentemente de durar meses ou apenas um dia, quero que saibam que não me esquecerei.

Ela assentiu.

— Se precisarem de nós, sabe o que fazer.

— Então, sou seu irmão? — perguntou Xavier, quando levamos as nossas malas na direção dos quartos. — Que esquisito. O que eles estavam pensando quando decidiram isso?

— Acho que estavam tomando precauções.

— Poderiam ter nos deixado como primos.

— E isso seria diferente? Não se preocupe, é só encenação, poderemos continuar sendo nós mesmos quando estivermos sozinhos.

— E você acha que passaremos muito tempo a sós aqui na universidade? — Xavier pareceu em dúvida.

— Vamos nos acostumar.

— Você acha que vai se acostumar comigo sendo um rapaz solteiro de fraternidade? — Xavier riu. — Isso pode ser um problema.

— Você é um rapaz de fraternidade fugindo de alguém. Se eu fosse você, tentaria ser discreto.

Assim que chegamos ao dormitório, percebi que me destacava. Não por ser anjo, mas simplesmente por estar vestida de um modo totalmente errado. Com o meu vestido de estampa floral com barra rendada, eu estava bem diferente das outras garotas, que usavam shorts da Nike e camisetas largas. Todos me olhavam por onde eu passava. Se o meu objetivo era me misturar às pessoas, não comecei bem. Quando encontramos o meu quarto, segurei a porta do elevador para uma mulher que carregava uma caixa de papelão cheia de travesseiros e porta-retratos entrar.

— Ah, podem ir — disse ela, simpática. — Vocês estão tão bonitos, não quero entrar no elevador e amassar as suas roupas com as minhas coisas.

Xavier sorriu quando as portas se fecharam. Com a sua camisa polo azul-marinho e bermuda creme, ele estava ótimo. Balançou a cabeça.

— Ninguém me disse que havia uma roupa-padrão — resmunguei.

— Você não está preparada para a universidade — brincou ele.

— Não pode ser mais difícil do que o ensino médio — respondi com teimosia.

Xavier apertou o botão do nono andar, onde ficava o meu quarto.

— Bem, então, defina este termo: *os cinco do calouro*.

— Bem, acho que os cinco do calouro deve ser um grupo de cinco alunos com interesses semelhantes...

— Não. — Xavier riu. — Passou longe.

— O que é, então?

— São os cinco quilos que o calouro ganha na faculdade, já que passa a comer frango frito e a beber cerveja.

Fiz uma careta.

— Quer dizer que teremos problemas com comida?

— A comida é sempre um problema na faculdade, mas não se preocupe, encontraremos algo saudável.

Percebi que não tínhamos conversado sobre os Setes e sobre a nossa situação desde que chegamos à universidade. Foi um alívio poder deixar tudo isso de lado por um momento. Xavier voltara a fazer piadas, preocupado com coisas normais, como encontrar a academia do campus. Não consegui afastar a esperança de que, ali, começaríamos um novo capítulo das nossas vida. É claro que sabia que, na verdade, nada havia mudado. Ainda estávamos fugindo, mas, por estarmos cercados por estudantes, tínhamos a ilusão de que colocaríamos a vida de volta nos trilhos. Tirando a história de sermos irmãos, tudo parecia surpreendentemente normal.

Estava absorvendo todos os detalhes — depois de ficar escondida na casa, o mundo da Universidade do Mississippi estava ganhando vida diante dos meus olhos, como um desenho preto e branco repentinamente repleto de cor.

8

A COLEGA DE QUARTO

O QUARTO NÃO ERA tão ruim quanto pensei. Não sabia como faria para usar os banheiros comunitários, mas daria um jeito nisso. As meninas ficaram admirando Xavier enquanto ele passava pelo corredor com a minha mala sobre os ombros. Fiquei feliz por ele estar ali para me ajudar. O caminhar firme e confiante dele contrastava com os olhares nervosos e as perguntas ansiosas que ouvíamos ao nosso redor. Estava feliz por termos tido a chance de frequentar a universidade juntos. Vi muitas meninas perdidas, com cara de assustadas, que olhavam esperançosas sempre que alguém passava.

— Olá. — Ele cumprimentava todas elas com um leve erguer de mão. Elas sorriram com timidez, desviando o olhar e mexendo no cabelo.

Eu havia conseguido um quarto no canto, no fim do corredor. Xavier disse que esses quartos eram sempre um pouco maiores e fiquei pensando que talvez Ivy tivesse algo a ver com isso. Mas, quando entrei, percebi que nem mesmo a sua influência angelical me ajudaria ali. Olhei ao redor, surpresa. Desde o chão de madeira até as cortinas empoeiradas, era um quarto, no mínimo, simples. As camas estavam sem lençóis e não passavam de uma modesta estrutura de madeira com colchões azul-claros. Nas paredes pintadas não havia quadros e o padrão de listras no teto dava a impressão de estarmos em uma prisão. Os meus irmãos chegaram e analisaram em silêncio o quarto.

Ivy se sentou em uma das cadeiras de plástico diante da mesa presa à parede, mas depois mudou de ideia e decidiu ficar de pé.

— Você sabe que poderia dar um jeito nisso com um estalar de dedos — disse a Gabriel, imaginando que ele poderia, com facilidade, transformar o quarto feio em uma suíte de hotel.

— Sim. — Ele sorriu. — Mas isso estragaria o propósito.

— Que seria...

— Dar a você a verdadeira experiência universitária.

Fiz uma careta e me afastei para observar uma mancha esquisita no colchão.

— Vou precisar de desinfetante.

Xavier começou a rir e me deu um beijo na cabeça.

— Espere um pouco — disse ele, e se pôs a trabalhar, reorganizando as camas, para que elas ficassem encostadas na parede, dando a impressão de que havia mais espaço.

— O que acha? Melhorou?

— Para mim, está igual. — Dei de ombros. — Não tem muito o que fazer com um lugar como este.

— Você pode se surpreender — disse Xavier. — Algumas meninas mudam tudo. Compram colchões melhores, colocam carpete no chão. Algumas até contratam decoradores.

— Que absurdo!

— Estamos na universidade.

— Ai, meu Deus. Talvez eu não esteja preparada para isso.

— Bem-vinda ao mundo dos universitários — disse Gabriel. — Boa sorte.

— Espere. Vocês já vão? — Fiquei surpresa.

— Não podemos ficar aqui — disse Ivy. — É fácil demais detectar a nossa presença.

— E a minha não?

— Você está protegida pelo mundo dos humanos.

— É mesmo?

— Claro que sim — disse Gabriel. — Você age como um ser humano, pensa como um ser humano, até tem sentimentos de um ser humano. Esse nível de interação ajuda você a se misturar a eles.

— Mas... — Eu não estava preparada para me despedir deles. — Precisamos de vocês.

— Não se preocupe, não ficaremos longe.

Ivy se virou para sair, mas Gabriel demorou-se, mordendo o lábio inferior como se quisesse dizer algo, mas estivesse procurando as palavras certas.

— Você está bem? — perguntei. Ele me ignorou e olhou para a minha irmã. Eles se entreolharam e, sem dizer nada, Ivy soube o que Gabriel estava pensando. Ele parecia muito desconfortável com o que quer que fosse, mas finalmente expirou e disse:

— Você se lembra do meu conselho de alguns dias atrás?

Será que ele estava fazendo mistério de propósito?

— Não — respondi. — Você me dá muitos conselhos.

— Sobre a abstinência — disse ele, bufando.

— Ah, sim. O que tem?

— Pode ignorá-lo. — Gabriel fingiu não perceber o olhar confuso de Xavier.

— Hmm... — Não me sentia totalmente à vontade para falar sobre a minha vida sexual com Gabriel. — Por que esse mudança?

— Não consigo ver motivos para manter o conselho. Já é tarde demais para acalmar o Céu. Está na hora de fazermos as coisas do nosso jeito.

— Mas e a estratégia de "não pôr lenha na fogueira"? — perguntou Xavier.

— Chega de estratégias. Se eles não sabem ser gentis, também não devemos ser.

Eu e Xavier observamos boquiabertos quando Gabriel se virou e atravessou o corredor, desaparecendo de vista um pouco depois. Com a partida dos meus irmãos, o clima entre nós dois, de repente, ficou esquisito. Xavier sentou-se um tanto desconfortável na ponta da cama, com as mãos nos joelhos; eu caminhei até o armário e me concentrei em pendurar as roupas para evitar a conversa que agora pairava no ar. Queria saber o que ele estava pensando. Era como se uma greve de fome tivesse terminado, mas estávamos com muito medo de dar a primeira mordida. Não porque a tentação havia nos envolvido ali no quarto, mas, sim, por ter sido um tabu por muito tempo e, por isso, não sabíamos como falar sobre aquilo. Fiquei aliviada por ter sido Xavier o primeiro a tocar no assunto.

— Só eu fiquei com essa impressão ou aquela declaração foi mesmo muito esquisita?

— Não foi só você — disse eu, e me sentei com as pernas cruzadas ao lado dele na cama.

— O que aconteceu com Gabriel?

— Não sei bem. — Franzi o cenho. — Mas acho que ele deve estar muito bravo com alguém.

— Acha que ele estava falando sério? — Ele hesitou. — Sobre nós?

— Estava falando sério, sim — respondi. — Gabriel não sabe fazer brincadeiras desse tipo.

— Certo. — Xavier ficou pensativo. — Então ele disse que não haveria problema?

— Não necessariamente. Acho que estava querendo dizer que já estamos tão encrencados que não vai fazer muita diferença.

— Então, você acha que devemos?

— Você acha?

Xavier suspirou profundamente e olhou para o teto.

— Estamos nos controlando há tanto tempo que não sei como ser diferente disso.

— Acho que entendo. — Devo ter parecido um pouco desanimada.

— Mas podemos tentar — disse ele com mais ânimo —, para ver o que acontece. Se você quiser, claro.

— Eu quero. Acho que já esperamos tempo demais.

Xavier analisou o quarto, com as luzes fluorescentes e as paredes claras. Eu tinha que concordar que aquele não era um lugar muito romântico.

— Aqui, não — disse eu, rindo. — Ainda quero que seja perfeito. — Xavier pareceu aliviado.

— Eu também.

— Oi, pessoal! Sou a Mary Ellen, é um prazer conhecer vocês!

Xavier e eu olhamos para a frente, na direção da garota que havia aparecido na porta. Era mais alta do que eu, com cabelo liso e claro e grandes olhos castanhos. Era bronzeada, tinha um porte atlético e usava o mesmo short da Nike e a camiseta larga que eu vira o dia todo.

— Você é a minha colega de quarto? — continuou. Ficou calada por um instante e então abriu um sorrisão. — Estava morrendo de curiosidade para conhecer você! Procurei no Facebook, mas não encontrei nada! De onde vocês são? Qual o seu nome? E o seu curso?

Antes que eu conseguisse formular uma resposta adequada, pessoas começaram a aparecer atrás dela na porta. Diferentemente de nós, que tínhamos poucos pertences, aquela menina havia chegado carregada de coisas, e também com o que parecia ser uma equipe de assistentes para ajudá-la a aprontar tudo.

— Me chamo Mary Ellen — repetiu. — Já disse isso? E estes são a minha mãe, o meu pai, o meu irmão, Jordan, e as minhas primas gêmeas, Jay e Jessica.

Fiquei tão surpresa com a sua desenvoltura e com o excesso de informações que não soube o que dizer. Xavier decidiu romper o silêncio repentino.

— Oi — disse ele. — É um prazer conhecer todos vocês. Sou Ford e esta é a minha irmã, Laurie. Vim ajudá-la com as malas e tudo o mais.

Fiquei contente por ele ter falado antes. Já havia me esquecido dos nossos disfarces e teria nos apresentado com os nomes verdadeiros, estragando o plano logo de cara.

— Ah, não se preocupe — disse a mãe de Mary Ellen. — Deixaremos esse lugar aconchegante em pouco tempo. — Descobri que eles tinham muitas ideias para dar um ar caseiro ao quarto simples. Tinham comprado um carpete macio cor-de-rosa, um minirrefrigerador que também servia de lousa, cortinas de bolinha para as janelas e cestos de papel combinando. Mary Ellen também tinha feito quadros com colagens de fotos de centenas de amigos, que tomaram a maior parte da parede quando foram pendurados.

— Espero ter deixado bastante espaço para você — disse ela.

— Não preciso de muito — respondi. — Pode pendurar o que quiser.

— Viu, querida? — disse a mãe dela. — Eu disse que a sua colega de quarto seria um encanto.

Mary Ellen estava aliviada. Devia estar esperando uma garota infernal que não deixaria a decoração combinando e tocaria heavy metal até de madrugada.

— Sou de Germantown — disse ela, animada. — E vocês?

— Jackson — disse Xavier, com um erguer de ombros adorável e um sorriso tímido. — Como metade da população dessa universidade. Eu estava no segundo ano da Universidade do Alabama, mas decidi pedir transferência.

Fiquei surpresa ao ver a facilidade com que ele vestiu o personagem e a sua naturalidade para falar. Mas, então, me lembrei de que a Universidade do Alabama e a Universidade do Mississippi tinham feito parte da sua vida antes de eu aparecer e virar as coisas de cabeça para baixo. Percebi que Mary Ellen parecia encantada ao conversar com ele.

— Que bom que veio para cá — disse ela em um tom estridente. Revirei os olhos sem que ela visse. Já estava começando. A atenção que as garotas davam a Xavier logo me irritaria, principalmente porque não podia segurar a mão dele nem fazer nada que deixasse o nosso relacionamento claro para todos.

— Pois é, maninha. — Xavier me abraçou casualmente, jogando o braço por cima de meu ombro. — Não está feliz com a minha presença?

Mary Ellen riu e olhei para ele com os olhos semicerrados.

— Não muito — respondi, dando de ombros. — Como poderei paquerar com você por perto?

— Ah, você não vai paquerar ninguém — disse ele. — Nenhum cara vai chegar perto da minha irmãzinha.

— Concordo com você, cara — disse Jordan enquanto ajudava o pai a abrir as malas de roupas de Mary Ellen. Ele era bonito e estava usando uma viseira do Alabama e uma camisa polo azul-marinho. Tinha os mesmos olhos grandes e castanhos da irmã. — Os caras das fraternidades só querem uma coisa. — Jordan analisou um dos vestidos de Mary Ellen que estava no cabide que ele segurava. Era um minivestido tomara que caia jeans, com um zíper de cima a baixo: com uma manobra estratégica, a peça cairia no chão sem maiores problemas. — O que é isso? — quis saber, segurando a peça. Mais parecia um top do que um vestido e vi Xavier disfarçar um sorriso. — Você não vai usar isso.

— Você está falando igual ao vovô — resmungou Mary Ellen quando o seu irmão colocou a peça embaixo do braço. — O que vou usar nas festas?

— Vou confiscar esse vestido. — Jogou para ela uma blusa de moletom larga e uma calça grande. — Pode vestir isso nas festas.

Mary Ellen atravessou o quarto com a cara fechada, colocou um espelho sobre a sua mesa e começou a ajeitar o cabelo. Pegou um frasco de uma das bolsas e, um momento depois, uma nuvem espessa de spray a envolvia. Olhei para Xavier sem entender.

— Cabelo armado. — Ele deu de ombros. — Acho que é uma tendência aqui no Mississippi.

— Então — a mãe de Mary Ellen se recostou na cama e olhou para Xavier com curiosidade —, se você fez o primeiro ano no Alabama, deve conhecer Drew e Logan Spender; eles são de Madison.

— Hmm. — Xavier fingiu pensar. — Não me lembro deles.

— Não? — A mãe da menina pareceu confusa. — Mas todo mundo conhece os dois! Sou a madrinha deles e a tia dos dois é casada com o melhor amigo da minha irmã. Além disso, Logan está namorando uma garota chamada Emma, cuja mãe é da minha cidade natal.

— Vou perguntar a alguns amigos. — Xavier abriu um sorriso muito charmoso. — Com certeza já os vi. — Ele passou os lábios bem perto da minha orelha quando se abaixou para colocar a minha mala sobre a cama.

— Todo mundo conhece todo mundo aqui.

— Mais uma coisa típica do Mississippi? — perguntei.

— Você é muito sabidinha. — Xavier piscou. — Parece uma grande família.

Eu sabia que as vidas interconectadas daquelas pessoas não se limitavam a Mississippi, era algo comum do Sul. Pensei em Dolly Henderson, a nossa vizinha em Venus Cove. Independentemente de quem ou de onde, ela conseguia encontrar uma ligação distante. Conhecia todo mundo da cidade e tudo sobre a vida deles. Eu gostava do modo como a cidade era unida. Os segredos não permaneciam secretos por muito tempo, mas o lado bom é que todos se ajudavam. Queria muito fazer parte de uma comunidade assim, e ser Laurie McGraw, de Jackson, me dava a chance de tentar... ainda que estivesse vivendo a vida de outra pessoa. Sabia que, mais cedo ou mais tarde, teríamos que enfrentar o passado e seríamos forçados a fugir de novo, provavelmente sem dizer adeus ou obrigado às pessoas que, por pouco tempo, tinham tocado o nosso coração.

— Este fim de semana vai ser fantástico. — A voz de Mary Ellen interrompeu os meus pensamentos. — Haverá uma rave no Lyric e a Levee e quase todas as fraternidades vão participar.

O irmão de Mary Ellen olhou para ela com os olhos arregalados.

— Acho que seria melhor se você fosse dormir cedo.

— Não enche, Jordan. — Ela revirou os olhos e se voltou para mim. — Acho que começamos na Sigma Nu e seguimos o pessoal.

— Tudo bem. — Tentei imitar o seu nível de entusiasmo. — Gostei da ideia.

— Mas precisamos ter cuidado!

— É? Por quê? — Fiquei tensa no mesmo instante.

— Tudo o que fizermos será repassado para as irmandades. Então, não se misture com pessoas que não sejam calouros. O fato de um garoto dizer que é solteiro não significa que seja verdade e, se ele namorar uma menina da irmandade, você estará em apuros. Ah, e fiquei sabendo que a Pike teve alguns casos de "boa noite, Cinderela" na Carolina do Norte, por isso é melhor ficarmos espertas.

— Certo — assenti. — Vou me lembrar disso.

Xavier e Jordan fizeram cara feia ao ouvirem o assunto, pensando na possibilidade de as suas "irmãzinhas" caírem nas mãos de rapazes embriagados. Mary Ellen brincou com uma mecha de cabelo nos dedos e olhou para Xavier.

— E então, Ford, você estará aqui esta noite?

— Com certeza — respondeu ele.

— Droga! — Tentei parecer irritada, mas, por dentro, estava me sentindo muito aliviada. Xavier não poderia me deixar sozinha com aquelas meninas. Elas estavam praticamente falando outra língua e eu precisava que ele traduzisse tudo. Todas as meninas da Universidade do Mississippi vinham se preparando para a faculdade havia anos. Eu e Xavier dividimos experiências na Bryce Hamilton, mas eu ainda não sabia quase nada sobre as expectativas dos universitários.

As outras meninas se preocupavam com a vida no campus e com boas notas, mas eu não estava pensando nisso. Apesar de estar ali havia apenas algumas horas, já percebia como era diferente em todos os aspectos. Não que não quisesse me adaptar; mas a minha situação simplesmente não permitia. Como podia me sentir intimidada por garotas da irmandade depois de todas as coisas que havia testemunhado? Como podia me importar se seria julgada pelas minhas colegas quando o Céu e o Inferno já tinham me julgado?

— Está animada? — perguntou Mary Ellen, com um gritinho. — Este é o primeiro dia do resto das nossas vidas.

A primeira coisa que pensei foi que a minha vida já tinha começado. Não precisava entrar em uma viagem de autodescoberta. Mas, pensando bem, talvez a universidade me ajudasse — afinal, já não sabia muito bem quem eu era.

Quando fui buscar mais cabides em uma caixa no corredor, vi um pôster numa porta no qual estava escrito NÓS AMAMOS OS NOSSOS REBELDES. Parece que era assim que chamavam todos que frequentavam a faculdade: rebeldes. Parei por um momento e pensei naquilo. Talvez me encaixasse ali porque havia me tornado outra pessoa. Uma fugitiva. Uma rebelde. Só que com causa.

9

BRILHA, BRILHA, ESTRELINHA

A NOITE VEIO DEPRESSA e, em determinado momento, Xavier precisou me deixar para conhecer os seus colegas de quarto. Por ser do segundo ano, moraria num apartamento fora do campus, mas era bom saber que não estaria muito distante.

Depois do isolamento na casa na floresta, era estranho escutar o barulho que vinha dos corredores repletos de adolescentes. Fui ver os banheiros e descobri que não eram tão ruins quanto tinha pensado, apesar de serem muito diferentes das torneiras douradas e pias de mármore com as quais eu estava acostumada na Byron, a minha casa em Venus Cove. Mas consegui me isolar do ambiente que me cercava, focando no meu interior — Hades havia me ensinado isso.

Enquanto enchia a pia com água quente para lavar o rosto, vi o meu reflexo no espelho da parede. Achava que poderia me fazer passar por uma universitária se despenteasse um pouco o cabelo e fizesse bronzeamento artificial. A única coisa que não se encaixava era o meu olhar... aquele olhar dizendo que eu sabia algo que os outros não sabiam. Era uma expressão distante, como se a minha mente estivesse em outro lugar. Alguns podiam confundi-lo com tédio e outros, simplesmente, concluir que eu vivia no mundo da Lua.

Apesar do meu forte elo com a Terra, a verdade era que ainda estava muito presa à vida sobrenatural, e a minha alma — a minha essência — não era humana. Era impossível esconder.

Quando voltei ao quarto, descobri que Mary Ellen não havia perdido tempo e convidara as nossas vizinhas para conhecer nosso quarto. As meninas, Missy e Erin, eram da mesma cidade, Fort Worth, Texas. Estavam muito animadas para começar a vida de universitárias e dispostas a deixar uma boa impressão. Missy era alegre e sorria muito, e Erin declarou que estava ali apenas para encontrar um marido. Mary Ellen decidiu, naquele momento, que todas elas seriam melhores amigas e imediatamente passou a entrar no quarto delas sem bater.

Eu não tinha roupas adequadas para uma festa de fraternidade e, por isso, precisei pegar algumas peças emprestadas com Mary Ellen. Se as meninas se vestiam de um jeito simples durante o dia, à noite, compensavam, usando saltos altíssimos e saias bem acima do meio da coxa. Mary Ellen me emprestou um vestido de seda azul-escuro e sapatos de salto com tiras. O corte folgado do vestido me fazia parecer alta e esguia e o meu cabelo caía em cachos castanhos pelas costas.

— Você está linda — disse Erin. — Vamos fazer com que esta seja uma noite para ficar na memória.

As garotas ficaram muito tempo se arrumando na frente do espelho e já passava das dez quando saímos. Eu já estava cansada e com sono, mas nunca admitiria isso. Fingi que mexia no cabelo e reaplicava o batom, e também reclamei do meu corpo, assim como elas.

— Minhas coxas ficam enormes nesse vestido.

— Ah, pelo menos você não é pálida como eu, que praticamente brilho no escuro.

— Ah, parem com isso, já viram a foto da minha carteirinha de estudante? E vou ter que ficar com ela durante todo o ano!

— Não consigo fazer o meu cabelo parar quieto — disse. Todas as meninas assentiram de modo compreensivo, e Mary Ellen logo me atacou com um frasco de spray fixador.

Quando enfim partimos para a rua em que se concentravam as fraternidades, descobri que as casas onde elas ficavam eram muito bonitas. Paramos na frente de uma casa branca com letras douradas na qual se lia Σn no beiral. Havia cadeiras de balanço na varanda, onde garotos comiam pizza e bebiam cerveja. Lá dentro havia a sala de jantar com uma mesa comprida de carvalho e uma escada branca que levava aos quartos e à área comum. Havia universitários por todos os lados, sentados nos sofás, conversando nos corredores, deitados nas camas e de pé na varanda dos fundos. Havia um barril de cerveja embaixo da mesa da piscina e copos de plástico vermelho espalhados no chão, que já estava grudendo de cerveja derramada.

As calouras eram identificadas com facilidade. Pareciam apavoradas, de pé em círculos, com medo de beber ou mesmo de falar, temendo irritar as meninas mais velhas da irmandade. Conversavam entre elas, endireitando a postura e mexendo no cabelo sempre que os rapazes passavam. Não havia como não se divertir com elas. Problemas que pareciam tolos para mim eram enormes para elas. Até desejei poder trocar de lugar com essas meninas... Se ao menos a vida fosse tão simples...

— Olá, meninas, como estão? — Os rapazes da varanda nos cumprimentaram com sorrisos encantadores, e as garotas riam com nervosismo e se aproximavam um pouco mais umas das outras.

Quando Xavier chegou, estava totalmente diferente. Eu já tinha me acostumado a vê-lo numa postura defensiva, com todos os problemas do mundo para mantê-lo ocupado. Mas num período de poucas horas, ele tinha mudado, e vi que estava agindo normalmente. Chegou com um grupo de garotos, todos bem-vestidos, com camisa polo e perfume caro. Era fácil ver que aqueles rapazes não sentiam medo, sabiam quem eram, o que queriam e sem dúvida estavam ambientados. As pessoas paravam de falar para observá-los passando. Eles gritavam com os seus amigos como se estivessem ali há anos e não há apenas algumas horas.

— Minha nossa! — disse Mary Ellen, segurando o meu braço. — Eles são do segundo ano. Você precisa pedir ao seu irmão para nos apresentar a eles.

— Quem é o seu irmão? — Missy e Erin esticaram o pescoço.

— Aquele de branco... com cabelo castanho-claro. — Mary Ellen ergueu as sobrancelhas de modo travesso.

— Caramba! É o seu irmão? — Missy suspirou. — Uau.

— Pois é! — respondeu Mary Ellen. — E ele é da Sigma Chi.

Xavier acenou e se aproximou de nós.

— Oi, mana. — Ele me cutucou de leve nas costelas e sorriu para as outras. — Como vocês estão? Estes são os meus colegas de quarto, Clay e Spencer.

— Não acho vocês dois parecidos — disse Spencer, olhando para mim.

— Nós achamos que ela foi adotada — brincou Xavier, e as meninas riram como se ele tivesse acabado de contar a piada mais engraçada do mundo.

Um rapaz que carregava uma caixa de isopor passou e parou para conversar com os garotos.

— Vocês querem alguma coisa? — perguntou.

— Não, obrigada. Não bebo — disse a ele.

Missy e Erin aceitaram cerveja, mas insistiram em beber em copos de plástico para fazer as meninas da irmandade pensarem que estavam bebendo refrigerante.

Demorou um pouco, mas eu e Xavier acabamos conseguindo uma chance de sair da festa sem sermos notados. Pegou um molho de chaves do bolso e se aproximou de uma caminhonete grande e preta.

— Hmm... você vai roubar esse carro? — perguntei.

— Sim... mal entrei na universidade e me tornei um criminoso.

— Xavier!

— Relaxa, Beth! — Ele riu. — É minha. Ivy e Gabriel a deixaram para mim.

— Verdade?

— Sim, eles se sentiram mal por eu ter tido que deixar o Chevy. E, se precisarmos sair correndo daqui, não podemos contar com a Rebel Ride.

— Com o quê?

— Não importa, vamos sair daqui.

Xavier deu a partida, saiu do campus e dirigiu pela estrada pontuada por vegetação densa. Quando teve certeza de que estávamos longe, entrou numa rua de terra batida, parou a caminhonete e desligou os faróis no mesmo instante, tomando o cuidado de manter o veículo às sombras das árvores. Sempre cavalheiro, saiu e deu a volta para abrir a porta para mim.

— Aonde vamos? — perguntei.

— Não sei. Para algum lugar onde ninguém nos encontre.

Estava quente e escuro entre as árvores, e o chão da floresta, coberto de musgo, abafava os nossos passos. De vez em quando, eu via os faróis entre os troncos e sorria ao pensar que ninguém teria como saber onde estávamos. Fiquei feliz por termos nos distanciado do barulho da festa.

— Está gostando de ser Ford McGraw? — perguntei.

— Normal — Xavier se colocou atrás de mim e senti as suas mãos esfregando os meus ombros. Qualquer tensão sentida se derreteu no mesmo instante. — Mas acho que tenho mais vantagens sendo Xavier Woods.

— Por exemplo?

Ele abaixou a cabeça e senti os seus lábios roçarem o meu pescoço.

— Isto...

— Não é um comportamento muito adequado para um irmão... — disse eu, enquanto passava os dedos no seu cabelo. Senti a sua respiração ficar mais pesada quando os nossos corpos se aproximaram, então Xavier escorregou as mãos para a minha cintura. — Tem certeza de que devemos fazer isso? Espero que não estejamos ultrapassando os limites.

— Não ligo mais para isso — murmurou Xavier no meu ouvido, fazendo os pelos das minhas costas se arrepiarem. — Quero mostrar à minha esposa quanto a amo.

Ele parou por um momento, segurando o meu rosto nas mãos. Os seus olhos azuis estavam tomados por algo tão intenso que não consegui olhar para eles.

— Do que me chamou? — sussurrei, desejando ouvir de novo.

— De minha esposa — repetiu ele baixinho.

Xavier tirou uma das alças do vestido do meu ombro com cuidado. O toque, sempre tão familiar, me assustou. Era como se estivesse me tocando pela primeira vez e percebi como ele vinha sendo cuidadoso até aquele momento. Havíamos nos esforçado para evitar contato íntimo. Agora, com os nossos corpos unidos, percebi como teria sido fácil ceder. Não sabia como havíamos aguentado tanto tempo e mostrado tanto controle. Como conseguimos ignorar o incêndio que tinha início sempre que nos tocávamos? Como havia conseguido fingir que eu não ardia por dentro? Era estranho sentir o clima quente e saber que dessa vez não precisávamos ignorá-lo. Segurei a mão de Xavier e a coloquei no meu peito para que ele pudesse sentir as batidas do meu coração. Ele fechou os olhos e pensei ter visto uma expressão de quase dor cruzar o seu rosto.

Ao nosso redor, os carvalhos majestosos subiam ao céu e o ar perfumado parecia nos envolver. A brisa contra a minha pele quente era agradável. Eu estava tão emocionada que pensei que acabaria desmaiando nos braços dele.

— Tudo bem — sussurrou ele. — O céu não vai se abrir e desabar nas nossas cabeças.

Os nossos peitos estavam unidos, então eu conseguia sentir os dois corações batendo. Xavier encostou o rosto no meu pescoço e senti quando respirou profundamente. O meu corpo pareceu derreter, e Xavier me segurou no colo, colocando-me deitada sobre o chão coberto de limo. Estava macio e imaginei que lençóis de seda não poderiam ser mais suaves. Xavier desceu delicadamente, e nossos corpos se encaixaram como peças de um quebra-cabeça. Eu sabia que nunca mais me sentiria completa sem ele. Pela primeira vez na minha vida, angélica e humana, me sentia verdadeiramente inteira.

— Droga! — Xavier se afastou de mim ab-ruptamente e se sentou.

— O que foi? — De repente, voltei à realidade. Será que tinha feito algo errado? Tentei entender, lembrar de todos os meus movimentos até então, mas estava tão envolvida no momento que não consegui perceber.

— Não temos proteção. Pensei que não precisaríamos.

— Esqueça. — Eu o puxei na minha direção, à procura dos seus lábios, sem querer acabar com o clima. Momentos antes, tudo tinha sido perfeito, mas percebi que a atmosfera estava prestes a se desfazer. Xavier resistiu bravamente às minhas investidas.

— Beth, não podemos simplesmente esquecer. Precisamos ser responsáveis.

Suspirei profundamente e me sentei. Estava tão envolvida que não pensei em nada. Detestei a rapidez com que a nossa noite perfeita se desfez.

— Será que isso importa mesmo? — perguntei.

— Claro que sim. Você quer engravidar agora? Não acha que precisamos resolver algumas questões antes?

— Xavier, provavelmente eu nem posso engravidar!

— Você tem um corpo de ser humano, Beth — explicou ele. — É uma possibilidade muito real.

— Tudo bem — concordei. — Você tem razão. — Parei quando um pensamento mais preocupante me ocorreu. — Desde que o motivo não seja outro...

— Como assim? Que outro motivo poderia ser?

— Bem, evitamos isso por tanto tempo... Você ainda... você ainda me quer?

Xavier resmungou.

— Está maluca? É claro que ainda quero você. Tive que tentar não querer.

Ergui o queixo e olhei dentro dos seus olhos.

— Quero que me mostre.

— Beth, pare... — começou Xavier, mas encostei um dedo nos seus lábios.

— Não — disse. — Sem desculpas. Sou a sua esposa agora, lembra? Quero que me mostre quanto me ama.

Xavier olhou para mim por um momento e então, com um rápido movimento, me levantou e me colocou em cima dele. Dessa vez, o seu beijo foi profundo e intenso. Apesar de eu não ter alma, era como se a dele estivesse se unindo à minha, e uma sensação de formigamento se espalhou pela minha pele, onde ele me tocou. Senti os seus músculos tensos e a respiração mais ofegante. Esse beijo durou muito. O tempo parou enquanto nos abraçamos. Por fim, as bocas se separaram e ele correu os lábios pela curva do meu pescoço, dando beijinhos.

— Ainda está em dúvida? — sussurrou ele.

Balancei a cabeça, negando, e o beijei de novo. Os seus lábios eram quentes, macios e perfeitos. O beijo, suave e provocante. Como sempre, me deixava querendo mais. O tempo e o espaço pareciam se fundir quando nos perdíamos num abraço. Senti a intensidade da nossa paixão aumentar, ameaçando bloquear o mundo e todos os seus problemas.

— Não quero que você pare — murmurei.

— Também não quero parar. — Xavier se afastou um pouco e olhou para mim, com os olhos azuis brilhantes e lindos. Dessa vez, pareceria bobagem resistir à atração de algo tão forte.

— Mas... e... — Não quis terminar a frase com medo de Xavier voltar a ser cuidadoso como sempre. Estava tão envolvida que não conseguia pensar direito. Xavier manteve o olhar no meu rosto e então disse:

— Vou tomar cuidado.

A nossa primeira noite como marido e mulher foi como explorar um mundo mágico no fundo do mar, onde nada além de nós dois existia. Só sentia a sua pele quente sob os meus dedos e a pressão dos seus lábios explorando o meu corpo. A floresta parecia um reino particular onde ninguém mais podia entrar. Tudo ganhou vida diante dos meus olhos naquela noite; os galhos das árvores cobertos de orvalho e a mata da floresta estavam repletos de brilho prateado dos reflexos da luz da Lua. O ar ganhara vida, dançava ao nosso redor, trazendo com ele os aromas da terra. Depois, quando abri os olhos, vi uma série impressionante de estrelas tomando o céu como fogos de artifício. Ao pensar naquela noite, me lembro de imagens gloriosas e fragmentadas, e não de uma sequência completa de acontecimentos.

Lembro do meu braço esticado e pálido como uma pedra contra o chão. Lembro dos dedos de Xavier percorrendo os meus ombros e de ter sentido as veias pulsarem com energia sobrenatural. Lembro da camiseta dele amassada no chão e das minhas mãos no seu peito macio. Lembro de ter me sentido cheia como um balão, até ficar prestes a explodir. Acima de tudo, lembro que não sabia onde a pele de Xavier terminava e a minha começava.

Quando uma represa se rompe, o que fazer para conter o fluxo de água? Talvez ela possa ser redirecionada, mas não pode voltar para onde estava. Foi assim que me senti naquele momento: livre das regras celestiais e ligada a Xavier por elos que nem a morte romperia.

10

AMOR

QUANDO ACORDEI, eu e Xavier estávamos abraçados no chão da floresta, mas me sentia totalmente confortável. Ergui os braços acima da cabeça e me espreguicei, sentindo uma sensação boa. Havíamos dormido profundamente, sem sonhar, à base de um carvalho antigo, enquanto a Lua enorme nos observava, espiando entre o topo das árvores.

Suspirei ao observar o céu tingido de rosa. Antes do nascer do Sol, os montes eram silhuetas escuras e tudo estava silencioso, um silêncio interrompido apenas pelos cantos dos pássaros. Os moradores de Oxford ainda estavam na cama e, sem o barulho do trânsito, o local parecia ainda melhor. Eu me apoiei nos cotovelos e observei Xavier. Ele parecia diferente. O seu rosto era ainda mais lindo enquanto dormia, pois não franzia a testa nem se mostrava o tempo todo preocupado. Satisfação não era algo comum de se ver no seu semblante. Queria que aquele momento durasse para sempre.

— Não gosto que me observem enquanto durmo — murmurou Xavier, mudando de posição. Os olhos continuavam fechados, mas ele já esboçava um sorriso.

— Que azar — disse, voltando a me aconchegar ao lado dele. — Gosto de observar você. Além disso, deveríamos ir logo embora, antes que as pessoas comecem a acordar.

— Por quê? — Xavier piscou os olhos de modo travesso. — Ninguém sabe que estamos aqui.

Permanecemos deitados, deixando de lado todos os pensamentos sensatos. Havia menos urgência no beijo de Xavier dessa vez, mas ainda me dava a impressão de estar caindo de uma altura enorme. As mesmas sensações da noite anterior me tomaram quando voltei ao mar de cores vívidas e sensações agradáveis, um lugar onde apenas nós dois existíamos, em uma dimensão fantástica.

Quando o Sol nasceu, encheu a floresta com uma luz tão forte que machucou os meus olhos. Apesar de estarmos relutando, precisávamos voltar para o campus antes que começassem a perceber a nossa ausência. Apesar de saber que Spencer e Clay não questionariam, tinha certeza de que Mary Ellen faria muitas perguntas.

Nas primeiras horas da manhã, o campus estava deserto. Apenas os copos vermelhos vazios espalhados no salão lembravam os excessos da noite anterior. Sabia que quando os alunos acordassem e comessem algo, a festa começaria de novo até as aulas terem início, na segunda-feira de manhã. Quando cheguei ao meu dormitório, a mulher da recepção me olhou com cara esquisita. Vi o meu reflexo e percebi que pedacinhos de grama estavam presos no cabelo. Corei e passei logo por ela, decidindo subir pelas escadas em vez de esperar o elevador. Entrei no quarto do modo mais silencioso que consegui... mas não foi o suficiente.

— Laurie, onde você estava? — O tom era uma mistura de curiosidade e acusação. Mary Ellen sentou-se na cama assim que a porta se fechou. — Procurei você em todos os cantos!

— Sinto muito — disse a ela. — Você voltou bem com Missy e Erin?

— Sim. — Ela deu de ombros. — Onde você estava?

— Encontrei algumas amigas do ensino médio e saímos.

— É mesmo? — perguntou ela, tentando descobrir mais. — Quem são elas?

— Umas meninas da irmandade — respondi, e me arrependi no mesmo instante.

Mary Ellen arregalou os olhos, admirada.

— Você tem amizade com as meninas da irmandade? Mas elas não podem falar com as calouras. Que irmandade? — perguntou, curiosa.

Poderia ter cavado um buraco para me enterrar, mas, felizmente, consegui me safar. Deixei a minha mente voltar para o momento em que fiz o caminho até o prédio — as letras das casas brilharam na minha mente com uma clareza inesperada. Disse a primeira que me ocorreu: Delta Gama.

— São da DG. — Fiquei surpresa com a minha facilidade para mentir. — Poderia ter ligado para você ir com a gente, mas não tinha o seu número.

— Ah. — Ela parecia decepcionada. — Fica para a próxima. O Ford foi com você?

— Quem? — perguntei.

— Ué... o seu irmão! — disse Mary Ellen, franzindo o cenho, provavelmente pensando que eu havia enlouquecido.

Dizer os nossos novos nomes em voz alta era como vestir uma roupa nova pela primeira vez. Era estranho e não muito confortável, porque ainda não tinha se ajustado ao corpo. Pensei que ser outra pessoa me daria uma visão completamente nova da vida. Mas só me sentia confusa... eu era uma pessoa por fora e outra por dentro. Também estava com medo de me atrapalhar e dizer algo que estragasse o nosso plano.

— Claro, o meu irmão — disse, forçando uma risada. — Bloqueio mental. Não sei onde o Ford estava. Provavelmente com alguma garota. Ele é assim.

Mary Ellen ficou com o olhar perdido e quase consegui ler a sua mente: *Eu poderia ser essa garota.*

— Você acha que pode ser o nosso cupido? — perguntou ela, com olhos de cãozinho sem dono.

Fiquei um tanto surpresa com um pedido tão repentino. Pensei que ela prepararia o terreno para ele, depois de algumas semanas, quando já nos conhecêssemos melhor, mas ela não deu tempo.

— Cupido para você e Ford? — perguntei.

— É — disse ela. — Parece que ele conhece todas as pessoas interessantes e é muito bonito... Você provavelmente ouve isso muitas vezes.

— Olha. — Eu me sentei na beira da cama e fingi pensar. — Detestaria que você se magoasse. Não acho que o Ford está a fim de um relacionamento sério.

— Hmm... — Mary Ellen franziu o cenho e se afundou nos travesseiros. Percebi que ela desistiria facilmente.

— Talvez pudéssemos criar um plano — disse ela.

— Não sei.

— E se você dissesse a ele que acha que nós dois poderíamos dar certo? Ele ouviria o seu conselho.

— Acho que sou a última pessoa que ele escuta.

— Entendi — disse ela, refletindo. — Vou pensar em alguma coisa.

— E Spencer e Clay? — perguntei, tentando distraí-la com outra possibilidade. — Os dois são gatinhos.

— Talvez — disse ela, pegando o seu laptop do chão. — Vou procurar o perfil deles no Facebook.

Precisei controlar o sentimento de posse que surgiu dentro de mim. Queria dizer que um envolvimento entre eles nunca aconteceria, mas é claro que não pude. Já estava começando a sentir antipatia por Mary Ellen; ela era enxerida e exigente demais. Mentalmente, me repreendi por ser tão negativa; um dos princípios básicos do cristianismo era a tolerância. Acredito que o meu lado defensivo aparecia quando o assunto eram outras garotas atrás de Xavier. Deitei na cama e me cobri, tentando ignorar o barulho que Mary Ellen fazia digitando no laptop. Procurei me lembrar de versos bíblicos, mas parei. Será que ainda tinha o direito de buscar auxílio na Palavra? Não sabia e me senti culpada por tentar. De repente, entrei em pânico: seria possível que a lei de Deus não mais se aplicasse a mim? Se não pudesse segui-la, em que me guiaria? Não havia ninguém mais a quem eu quisesse servir. Não queria rejeitar a soberania do Senhor; só queria ficar com Xavier. Mas talvez não pudesse ter as duas coisas. Percebi que a minha respiração estava mais intensa e recitei as palavras de um hino que Gabriel entoava para me acalmar.

— Essência da minha essência, o que quer que aconteça, seja a minha visão, ó, Governador Supremo.

Os dias que se seguiram passaram voando. Logo percebi que a universidade não me dava tempo para pensar nos problemas. Reuniões, compras de vestidos para as festas, idas ao mercado para comprar itens domésticos e os passeios pelo campus para conhecer todas as dependências tomavam todos os minutos do dia. As aulas começaram na segunda-feira, e fiz anotações, mas não absorvi nada. Não conseguia parar de observar os rostos que apareciam nos corredores, sempre em alerta para identificar sinais dos Setes.

Mary Ellen me irritava cada vez mais. O seu interesse por "Ford" logo se tornou uma paixonite e, em seguida, numa completa obsessão. Ela alertou as outras meninas, dizendo que deveriam se afastar, pois ele seria "dela". Espiava o meu celular sempre que eu recebia uma mensagem de texto e aparecia por trás de mim enquanto eu lia os meus e-mails. Quando Xavier veio me visitar depois da nossa primeira noite juntos, ela não nos deixou conversar. Quando ele espiou pela porta, ela quase me empurrou e me derrubou, na sua ânsia de falar com ele. Xavier agia de modo muito educado, ainda que o comportamento dela o irritasse.

— Ford! — Ela segurou o braço dele. — Como conseguiu passar pela recepção? Eles estão muito paranoicos com a presença de rapazes aqui agora.

Xavier deu de ombros.

— Entreguei a minha identidade a eles. Está tudo bem. — Ele se virou para mim, os olhos brilhando num sorriso. — Oi, Laurie. Tudo bem?

— Oi. — Quase me descontrolei ao lembrar de fragmentos daquela noite. Desviei o olhar e escondi um sorriso com a mão. — Tudo — respondi casualmente. — Nada de mais.

— Você se divertiu ontem à noite? — perguntou ele.

Por sorte, Mary Ellen estava encantada demais para perceber um toque de intimidade na voz dele.

— Não foi... como eu esperava — disse devagar. — Foi muito melhor.

— Você não ficou nem cinco minutos na festa — interrompeu a voz estridente de Mary Ellen, pois ela estava determinada a não ficar de fora do assunto. Xavier suspirou. Percebi que ele não se sentia à vontade. — Quanto a você... — Ela apontou um dedo acusatório para ele. — Quase não o vi!

— É — respondeu ele. — Eu estava meio preocupado.

— Preocupado com o quê? — perguntou ela, sem pestanejar.

— Com uma garota da minha cidade. Precisávamos conversar e pôr alguns assuntos em dia.

Não foi a resposta que Mary Ellen queria ouvir. Ficou em silêncio por um minuto e deu uma risada forçada.

— É uma ex-namorada? Que esquisito!

— Não — respondeu Xavier. — Na verdade, eu a conheço muito bem.

— Então foi bom pôr os assuntos em dia? — perguntei timidamente.

Xavier olhou nos meus olhos.

— Bom é pouco.

— Vai voltar a encontrá-la? — perguntou Mary Ellen, tentando parecer casual.

Xavier olhou para ela com aqueles olhos azuis.

— Provavelmente não. Não quero nada sério.

Não consegui segurar o riso diante da piada que só nós dois entenderíamos.

— Você anda ocupado demais vivendo selvagem e livremente, não é? — perguntei.

— Exatamente, mana. — Xavier piscou para mim. — Você me conhece muito bem.

Conforme Mary Ellen foi ficando mais agitada, percebi manchas vermelhas se espalhando no seu pescoço e peito. Felizmente, a conversa foi interrompida pela chegada das nossas vizinhas, Erin e Missy, que bateram à porta.

Eram meninas doces e pareciam gostar de Mary Ellen, mas, em alguns momentos, vi que faziam cara de tédio pelas costas dela. Quando não estavam comentando sobre rapazes, percebi que falavam sobre possíveis irmandades. Eu tentava fingir interesse, mas em geral ficava entediada depois de alguns minutos e me desligava do assunto. Estava ocupada demais absorvendo a agitação do campus e me ajustando à nova cultura. Sempre me surpreendia com a atitude relaxada de todos. Era uma prova triste de como a minha vida com Xavier vinha sendo.

— Estou tão animada com o campeonato de futebol — disse Mary Ellen enquanto caminhávamos para a área de lazer, certa tarde. — Não vamos vencer, mas não tem importância.

— Por que não? — perguntei, um pouco surpresa com a atitude derrotista.

— A nossa faculdade nunca vence. — Ela riu. — Todo mundo sabe disso.

— Mas tenho certeza de que temos chance! — disse, sentindo-me estranhamente chateada ao pensar que a minha equipe temporária poderia perder.

— Não muita. — Ela deu de ombros de novo. — A Universidade do Alabama e a Auburn são as favoritas no futebol.

— Que nada. Talvez a nossa sorte mude este ano.

— Não ficou sabendo? — Mary Ellen sorriu para mim. — Podemos não vencer o jogo, mas nunca perdemos a festa.

Eu e Mary Ellen entramos na área de lazer, e encontramos Xavier com Clay, Spencer e um grupo de garotos da equipe de beisebol. Estavam conversando sobre esportes. Spencer olhou para a frente e acenou quando nos viu. Eu me sentei perto dele, e Mary Ellen se aproximou de Xavier. Não havia percebido antes, mas Spencer era bonito, loiro e tinha olhos azuis.

— Como foi o seu primeiro fim de semana? — perguntou ele.

— Sobrevivi — respondi. — Foi insano.

— Pois é. Aquela festa estava lotada de calouros.

Enquanto conversávamos, dois esquilos começaram a correr um atrás do outro ao redor do tronco de uma árvore, chamando a minha atenção. Os movimentos dos dois eram tão rápidos que pareciam robôs. Um estava claramente tentando pegar o outro.

— Ele não desiste, não é? — perguntei, sorrindo.

Spencer olhou para onde eu estava olhando e sorriu.

— Talvez ela não esteja sendo clara em relação às suas intenções. Ele está bem confuso — respondeu.

— Não. — Balancei a cabeça. — Acho que está na cara que ela não está a fim.

O primeiro esquilo parou de correr e o outro fez o mesmo, confuso. Então, um passou na frente do outro, como se o desafiando a pegá-lo.

— Viu? Agora ela está jogando charme — disse Spencer. — Que vaca manipuladora.

Eu ri. Gostei de Spencer logo de cara; era muito tranquilo e normal. Sentado ali, na área de lazer, eu quase não acreditava que existiam soldados do Céu chamados Setes, e parecia que tudo pelo que havíamos passado fazia parte de um terrível pesadelo.

Então, o meu telefone tocou. Havia acabado de ligá-lo, ignorando o monte de mensagens e ligações não atendidas de pessoas querendo saber onde eu estava. Mas aquele telefonema era de um número que não reconheci.

Xavier ficou tenso no mesmo instante, mas só eu percebi. O telefone ficou em cima da mesa de piquenique, vibrando e girando até Mary Ellen olhar para mim.

— Não vai atender?

— Alô? — disse de modo incerto, sentindo o meu coração acelerado.

— Beth! — A voz estridente do outro lado da linha parecia aliviada e muito familiar. — Pensei que você não fosse atender. Estou ligando há dias!

— Molly? — disse, e vi Xavier respirar aliviado. — É você? De onde está telefonando?

— Claro que sou eu, estou com um número novo — respondeu ela. — Mas quero saber onde você esteve. Você simplesmente foi embora da cidade, todos ficamos preocupados. As coisas têm estado muito esquisitas. Primeiro, você desapareceu, e então o padre Mel morreu inesperadamente. Estão dizendo que foi ataque cardíaco. Foi terrível. Todos pensamos que a sra. Woods teria um ataque.

— Sei, ficamos sabendo — disse. — E é terrível, sim. Queria estar por perto, mas as coisas andam muito complicadas agora.

— Por quê? Você está bem?

— Estou — disse, tranquilizando-a. — É difícil explicar.

— Bem, por que não tenta? Onde você está?

— Espere — disse. — Sei que você está brava, mas prometo visitá-la em breve para contar tudo. Como está aí, na Universidade do Alabama?

— Não sei. Eu saí.

— O quê? Você abandonou?

Xavier arregalou os olhos como se não estivesse acreditando.

— Sim, aconteceu uma coisa... — Molly ficou reticente. — Precisei pedir transferência.

Porque, no mesmo instante, pensei que podia ser algo a ver conosco? Provavelmente era porque o azar andava nos rondando ultimamente.

— Por quê? O que aconteceu? Para onde você foi?

— Para a Universidade do Mississippi — respondeu. — Serei uma “rebelde”.

— Minha nossa... — Olhei para Xavier.

— O que foi? — perguntou ela. — Alô?

— Onde você está agora?

— No salão depois do estacionamento. Acabei de chegar aqui.

— Certo, fique onde está — disse. — Vamos encontrá-la em cinco minutos.

— Espere, vocês... — Molly começou a perguntar, mas desliguei.

— O que aconteceu? — perguntou Xavier baixinho para mim, e sorri de modo nervoso.

— A Molly está aqui. Preciso encontrá-la.

— Quem é Molly? — perguntou Mary Ellen, concluindo que era mais uma ex-namorada de Xavier reaparecendo em sua vida. Não me dei ao trabalho de responder. Estava ansiosa demais. Precisava encontrar Molly logo e explicar a situação antes que ela telefonasse para alguém e, sem querer, nos entregasse.

— Vou com você.

Xavier ficou de pé e Mary Ellen tentou fazê-lo se sentar de novo.

— Por que você tem que ir? — resmungou ela.

Ele se livrou dela como quem se afasta de uma criança mimada e me seguiu em direção aos dormitórios. Eu estava quase correndo, com pressa de encontrar Molly. Por que ela havia saído do Alabama? Será que os Setes tinham aparecido e tentado interrogá-la? Enviei uma mensagem telepática a Gabriel e a Ivy, avisando que deveriam estar por perto para o caso de precisarmos de ajuda.

Nós quatro chegamos ao mesmo tempo e encontramos Molly de pé, sozinha, perto do seu carro. Gabriel e Ivy a rodeavam de modo protetor. Ela estava com a mesma aparência, com os olhos azuis e o narizinho arrebitado, segurando apenas o celular cor-de-rosa e uma bolsa da mesma cor.

— Molly! — Eu a abracei com força. — Estou muito feliz por você estar bem. Independentemente do que tiver acontecido, sinto muito. Não há razão para ter medo. Cuidaremos de tudo.

— Sim — disse Gabriel, a voz mais grave de preocupação. — Vamos cuidar para que você seja protegida.

— Conte o que houve e quem apareceu procurando você — pediu Ivy.

— O que eles fizeram com você? — perguntou Gabriel. — O que disseram?

Molly pousou as mãos na cintura e nos analisou com atenção.

— Sobre o que vocês estão falando?

Percebi, naquele momento, que ela não parecia assustada nem abalada.

— Está dizendo que os Setes não encontraram você?

— Os quem? — Molly olhou para mim. — Estou muito brava com você, mas, tirando isso, está tudo bem.

— Molly. — Gabriel fixou o olhar penetrante nela. — Se está tudo bem, então, por que você está aqui?

— Precisei sair da outra universidade — disse ela simplesmente, e Gabriel franziu o cenho, confuso.

— Podemos saber o motivo? Você teve alguma dificuldade?

— Não — disse ela. — Eu me apaixonei.

Por um momento, Gabriel ficou sério ao se lembrar da paixão de Molly, no ano passado, e da tensão que ela gerou. Mas Molly não estava pensando em Gabriel. Pude perceber, pela maneira com que ela olhava para ele, que havia conseguido superar a sua obsessão e forçava-se a vê-lo como amigo. Ela o olhava naquele momento de modo claro e generoso, sugerindo que as suas expectativas de antes já tinham sido controladas.

— Você mudou de universidade por causa de um *cara*? — perguntou Xavier. Ele não viu o meu sinal para que demonstrasse um pouco mais de sensibilidade. — *Ficou maluca?*

Molly estava emocionada demais para se ofender. Suspirou para Xavier.

— Não foi só um cara. Foi *o cara*.

— Quem é? — perguntei.

— O nome dele é Wade Harper e é do segundo ano. Está estudando medicina e o curso aqui na Universidade do Mississippi é mais especializado, ou algo assim.

— Ele pediu para você vir com ele? — perguntou Xavier. Percebi que estava preocupado com o fato de Molly ter tomado uma decisão tão drástica sem pensar direito.

— Não se preocupem; ele me quer aqui. Ficou muito feliz quando contei para ele. Quero que vocês o conheçam. Ele é incrível.

— Estamos muito felizes por você, Molly — disse Ivy. Gabriel ficou calado, mas franziu o cenho.

— Obrigada — disse ela, sorrindo.

— Posso dar um conselho? — perguntou a minha irmã.

— Claro que sim.

— Vá devagar com esse rapaz. — Percebi um carinho verdadeiro na voz da minha irmã. Ivy não queria que Molly se machucasse de novo.

— Ah, pretendo — respondeu Molly. — Estou fazendo com que ele vá mais devagar, acredita? Ele já está falando sobre ter filhos e tudo! É muito respeitador, frequenta a igreja e tal.

— Parece um cara legal — disse eu.

— É muito sério. Saiu da sua fraternidade porque estava perdendo tempo de estudo e ele não curte festas, mas estou cuidando disso. Olha, vou encontrá-lo agora mesmo no Grêmio. Querem vir comigo?

— Não podemos ficar — disse Gabriel.

— Tudo bem. Beth, você vai, não é? Há muito tempo não conversamos! — Ela se lembrou da presença de Xavier e lançou um olhar para ele. — Você também pode vir, se quiser. — Ela entrelaçou o braço no meu, pedindo a minha atenção.

— Uh... Molly, preciso lhe dizer algumas coisas antes de irmos.

— Sim — disse ela. — Por exemplo, o motivo que fez você desaparecer da formatura e não atender os meus telefonemas.

— É complicado — disse eu. — Nós meio que nos casamos.

— *Não brinca!* — Molly soltou um grito animado e fiz sinal para que falasse mais baixo. — Vocês não fizeram *isso*!

— Sim, fizemos — disse Xavier. — Mas esta é a melhor parte: você não pode contar a ninguém aqui, porque acham que somos irmãos.

Molly piscou, confusa.

— Hã?

Dei um tapinha no seu braço.

— É uma longa história. Vou explicar no caminho.

— Espere! — Molly balançou a cabeça, surpresa, e parou. — Vocês se casaram e não me convidaram?

Xavier olhou para trás e trocou um olhar com os meus irmãos.

— Que bom que você voltou, Molly — disse ele.

Eu me virei e vi Gabriel de pé, perto do carro de Molly. Mantinha as mãos nos bolsos e, mesmo a distância, pude ver que estava ainda mais contrariado. Eu nunca tinha visto aquela expressão em seu rosto e não sabia se estava entendendo direito. Talvez fosse coisa da minha imaginação, mas Gabriel parecia um tanto perdido.

11

OLÁ, SUMIDA

No Grêmio, Xavier se afastou de nós para ir conversar com alguns amigos. Eu não sabia quem eram ou quando ele os havia conhecido, mas Xavier sempre se comportava de um modo tão tranquilo e confiante que as pessoas pareciam sempre querer a sua companhia. Molly e eu ficamos no refeitório.

— Puxa, vocês acabaram de se casar e estão tendo que bancar os irmãos. Deve ser divertido — disse ela de modo brincalhão.

— É um horror — confessei, ignorando a brincadeira.

— Vocês não podem nem ficar de mãos dadas, não é?

— Essa não é a pior parte. O problema são as outras meninas. Vejo como elas olham para ele.

— Isso não é novidade... Xavier sempre teve muitas meninas atrás dele.

— Molly, tem muito mais garotas aqui.

— Sim — concordou ela. — E as alunas daqui foram consideradas as mais atraentes do país.

— Obrigada — disse eu. — Isso ajuda bastante.

— Poxa, não se aborreça com isso — disse ela para me tranquilizar. — Xavier nunca olhou para outra garota. Por que mudaria agora?

— Bem, algumas delas são muito bonitas e *normais*. O Xavier deve pensar, de vez em quando, que as coisas seriam muito mais fáceis se ele escolhesse uma delas.

— Ele não pensa nisso. Você está sendo paranoica.

— Gostaria que elas fossem um pouco mais discretas na paquera, sabe? Elas babam por ele, fico muito irritada! — Cerrei os punhos sem perceber.

— Bem, não tem como culpá-lo por isso. Se ele começar a demonstrar interesse por uma delas, aí, sim, você poderá ficar brava.

— Eu sei — concordei. — O que a deixou tão sábia, assim, de repente?

Molly subitamente ficou muito distante.

— Sei como é amar sem ser amada. Vejo como Xavier olha para essas meninas... ele não as vê.

— Como você sabe?

— Porque alguém já olhou para mim assim, da mesma maneira.

Não precisei perguntar de quem ela estava falando. Ainda me doía pensar na tristeza que ela sentira por causa do meu irmão. Tentei alertá-la na época, mas ela não me deu ouvidos. Meses já tinham se passado, mas senti que a ferida continuava aberta.

— E como você está se sentindo agora? — perguntei, hesitante em dizer o nome dele. — Em relação ao Gabriel?

— Foi difícil esquecer — admitiu Molly, observando os molhos de salada com atenção exagerada. — Mas estou com Wade agora.

— O que mudou?

— Acordei um dia e percebi como havia me tornado desesperada e patética. Não quero ser assim. A vida é curta demais para perder tempo amando alguém que não ama a gente. E então Wade chegou e senti que ele me faria bem.

— Nossa! Você está parecendo tão madura, agora — provoquei. — Quem é você?

— Está dizendo que eu era imatura antes?

— Não diria exatamente imatura... mas maluca.

Molly fingiu estar chocada.

— Bem, agora sou chata e estável.

— Que bom, mas, por favor, tenha cuidado, Molly. Não se precipite e faça coisas das quais possa se arrepender. Se esse cara for tão bom quanto você diz que é, vai esperar as coisas acontecerem no seu tempo.

— Ah, não se preocupe — disse Molly com tranquilidade. — O Wade não é assim. Não acredita em sexo antes do casamento. Nada físico importa para ele... Ele diz que tudo isso pode esperar.

— É mesmo? — Fiquei realmente surpresa. Esse rapaz não parecia fazer o tipo de Molly. Na verdade, ele parecia... bem, o Gabriel. Torci para que ela não tivesse encontrado um substituto humano para ele.

— E o que você acha disso? — perguntei.

— Acho que cometi muitos erros. Wade está me mostrando que passei muito tempo no caminho errado. Ele entende de verdade.

— Entende o quê? — perguntei.

— Tudo. — Molly suspirou. — Contei tudo sobre o meu passado e ele entendeu. Não há segredos entre nós.

— Você não contou sobre mim, não é? — Detestei perguntar, mas precisava ter certeza de que Molly não havia se apaixonado tanto por aquele cara a ponto de revelar o nosso segredo de família.

— Não, claro que não. Não queria que me achasse doida.

— Nossa, que... — Parei de falar ao observar duas meninas se aproximarem de onde Xavier estava com o pretexto de pegar batata frita. Uma delas esbarrou nele de propósito no caminho até o balcão.

— Ah, não. A concorrência está fechando o cerco — observou Molly.

Apesar de Molly estar brincando, me senti desconfortável com toda aquela situação... não conseguia engolir. E, para dizer a verdade, estava começando a me sentir insegura. Aquelas meninas eram lindas, com luzes no cabelo, pernas compridas e bronzeadas. Conseguia ver uma delas de longe. Eram do tipo que conhecia pessoas influentes, dirigia carrões e esquiava no inverno. Tinham o estilo da Universidade do Mississippi e observei quando as duas começaram a conversar tranquilamente com Xavier e os outros rapazes. Mesmo distante, os meus ouvidos aguçados conseguiam entender trechos da conversa: falavam sobre o primeiro jogo da temporada. Alguns detalhes me passaram despercebidos, mas Xavier parecia envolvido. Falavam a mesma língua. Percebi, logo de cara, que não poderia ser amiga delas. Elas me faziam lembrar muito das minhas insuficiências. Quando Molly viu a minha cara, caminhou até Xavier e deu um tapinha no seu ombro. Vi as meninas erguerem as sobrancelhas e se entreolharem.

— Vamos — disse Molly, mandona, direcionando-o. — Venha.

Ela não se explicou e Xavier não questionou nada. Simplesmente deu de ombros e a acompanhou.

Quando Wade apareceu, vi que era bem diferente do que eu esperava. Tinha cabelo muito bem-penteado, olhos claros e um sorriso travesso. Vestia uma camisa xadrez azul e botas de couro desgastadas. Parecia um cara que gostava de atividades ao ar livre e, perto dele, Molly parecia uma princesa mimada. Sorri ao imaginá-la fingindo gostar de acampar apenas para deixá-lo feliz.

— Este é o Ford e a irmã dele, Laurie. — Molly nos apresentou, pronunciando os nomes devagar para não errar. — São os meus melhores amigos.

— Opa, e aí? — Wade apertou a nossa mão. — Prazer em conhecê-los.

— O prazer é nosso — disse Xavier.

— Ei, amor — começou Wade —, você não ia me apresentar aos seus outros amigos que estudam aqui? Beth e... Xavier, certo?

Molly olhou para mim com preocupação e percebi que ela devia ter falado sobre nós quando não sabia do plano.

— Eles mudaram de ideia na última hora — disse ela rapidamente. — Decidiram estudar no... Wyoming. Quase não falo mais com eles.

— Por que Wyoming? — perguntou Wade com um olhar confuso.

— Sei lá. — Ela deu de ombros. — Ar fresco, coisa e tal. Vai entender.

— Você não disse que ela era a sua melhor amiga? — insistiu Wade.

— Estamos na universidade agora — respondeu ela. — Tudo mudou.

Wade não pareceu convencido, mas Xavier interrompeu e mudou de assunto.

— Ficamos sabendo que você tem cuidado bem da nossa amiga — disse ele, passando um braço pelos ombros de Molly.

— Estou fazendo o melhor que posso — respondeu ele, com a expressão séria, apesar de Xavier estar brincando. — Tenho levado Molly à minha igreja e, nesse fim de semana, vamos conhecer alguns curandeiros no Tennessee.

— Curandeiros? — perguntou Xavier, olhando para Molly. — Você está doente?

Molly abriu a boca, mas Wade respondeu por ela.

— Não fisicamente. Mas, espiritualmente, temos que cuidar de algumas coisas. Mas está tudo bem. — Ele sorriu de modo a tranquilizar Molly. — Estarei por perto o tempo todo.

Molly olhou para ele como se estivesse diante de um salvador e se aconchegou nele.

— Que tipo de coisas? — perguntou Xavier, com dúvidas.

— Todos temos problemas, irmão — disse Wade, com ar de sábio. — Só o Senhor pode nos curar. Acredito que Molly compreende isso agora.

— Aprendi tantas coisas com Wade — disse Molly, abrindo um grande sorriso. — Tudo ficará bem daqui em diante.

Os dias passavam e me adaptei a uma rotina familiar. Nada de incomum aconteceu. Nada de cavaleiros sem rosto nem cinzas e fumaça tomando o ar no campo de futebol, nenhuma aparição nos quartos. A minha maior preocupação se tornou o relacionamento de Molly com Wade. Sabia que ela acreditava que ele a salvaria e parecia mais do que disposta a seguir as orientações dele. Molly podia não ser perfeita, mas eu não acreditava que ela encontraria Deus seguindo passo a passo as instruções do namorado. Ele falava de um jeito que dava a impressão de ela ser um projeto: uma dama em apuros que ele precisava salvar. Lembrei-me de algo que Gabriel havia me dito, certa vez:

— Há pessoas que buscam Cristo apenas para conseguir o que querem. Mas Cristo não se deixa usar. É preciso procurá-Lo com total humildade, com disposição verdadeira de aceitá-Lo no seu coração e dar a Ele o poder sobre todos os aspectos da sua vida. Se tentar usar Cristo como solução dos seus problemas, não vai funcionar. É preciso servi-Lo para que Ele sirva você. Ficar dentro de uma igreja por uma hora no domingo não transforma ninguém em cristão.

Era este o meu medo: que Molly estivesse se prendendo a Wade e procurando abrigo na religião apesar de não acreditar nela de coração. Se não tomasse cuidado, não daria certo. Ela não falava mais de Gabriel. Fiquei pensando que ela podia ter trancado aquelas lembranças num lugar onde não mais a ferissem.

Quando Molly conheceu Mary Ellen, uma hostilidade mútua surgiu. Não havia espaço suficiente para as duas na minha vida e Molly tinha chegado antes na vaga de melhor amiga e confidente. Além disso, na maior parte do tempo, Mary Ellen só falava sobre meninos ou, mais especificamente, sobre Ford. Queria saber se ele havia dito alguma coisa sobre ela, que tipo de música ouvia e qual era a sua cor preferida. Só faltava me pedir uma mecha do cabelo dele para deixar embaixo do travesseiro. Havia até descoberto o número de telefone dele e enviado uma mensagem de texto para perguntar se queria bater papo no Grêmio depois da aula. Como não recebeu resposta, me bombardeou com perguntas.

— Por que o Ford não responde à minha mensagem? — Ela balançou o telefone celular na frente do meu rosto. — Olha, leia a mensagem. Não está muito desesperada, está?

— Está normal — disse, afastando-me e esperando, com isso, cortar o assunto.

— Então, por que ele não respondeu?

— Não sei — disse. — Talvez esteja ocupado.

— Fazendo o quê? Ele sempre anda com o telefone.

Eu nunca havia conhecido uma garota como Mary Ellen, que simplesmente se recusava a entender o óbvio. Estava claro que Ford não demonstrava interesse e eu não queria discutir esse assunto, mas ela continuava insistindo.

— Você acha que ele pode ter medo de se envolver emocionalmente?

— Sim, provavelmente — disse eu da maneira mais distraída que consegui.

— Você precisa me ajudar, Laurie — disse ela. — Converse com ele por mim.

— Olha — comecei, tentando disfarçar a minha irritação crescente —, procuro me manter afastada da vida amorosa de Ford. Nenhum cara escuta a própria irmã.

Eu tentava passar o mínimo de tempo possível dentro do quarto. Era chato e claustrofóbico, e sempre acordávamos e encontrávamos as pias dos banheiros sujas de vômito. Depois de viver na Byron a maior parte da minha vida na Terra, foi difícil conhecer esse lado do mundo real dos adolescentes e seus hábitos. Evitava Mary Ellen o máximo que conseguia. Mas, sempre que a encontrava, era impossível tirá-la do meu pé e, independentemente do assunto que eu abordasse, a conversa sempre voltava para o meu irmão, Ford.

MARY ELLEN NÃO ERA A ÚNICA garota que me irritava. Logo passei a ter problemas maiores para resolver.

Três semanas após o início do semestre, Xavier conheceu Peyton Wynn, uma garota perfeita em todos os sentidos e que assistia às aulas no laboratório de biologia com ele. Era de uma boa família, fazia parte da Delta Gama, cristã dedicada, boa aluna e às vezes complementava a sua renda trabalhando como modelo para a Abercrombie & Fitch. O seu currículo era impressionante e diziam que ela era forte candidata a Miss Universidade do Mississippi, indicada pelo seu trabalho de caridade e envolvimento na vida do campus. Normalmente, ela seria o tipo de garota de quem eu seria amiga... se não tivesse convidado Xavier para acompanhá-la no baile.

Ela se aproximou de nós, na tarde de uma sexta-feira, enquanto estávamos juntos no Grêmio.

— Oi, Ford.

Assim que escutamos a voz, o pé de Xavier, que brincava com o meu embaixo da mesa, se afastou. Nós dois nos viramos e a vimos de pé com a mochila sobre um dos ombros. Cada mecha do seu cabelo loiro e comprido estava onde deveria estar e ela estava linda e fresca como uma margarida, apesar da alta umidade do ar. Não era justo... não suar deveria ser uma vantagem minha.

— Oi. — Xavier a cumprimentou com simpatia. — Como vai? — Percebi que ele gostava dela de verdade e não estava apenas tolerando a sua presença, como fazia com Mary Ellen.

— Bem, obrigada. — Peyton abriu um sorriso perfeito. — Finalmente acabei tudo por hoje.

— Aposto que está pronta para o fim de semana — disse Xavier. — Esta é a minha irmã, Laurie. Laurie, esta é Peyton, ela faz biologia comigo.

— Oi! — Peyton apertou a minha mão. — Você vai se afiliar?

— Ainda estou pensando — respondi.

— Você vai conhecer algumas das suas melhores amigas numa irmandade — disse ela. — Por falar nisso, Ford, queria saber se você quer ir ao baile comigo.

Ela perguntou com muita confiança, sem qualquer sinal de nervosismo nem hesitação. Xavier pareceu surpreso.

— Não sabia que havia bailes agendados — disse ele, confuso.

— Sim, teremos um antes de escolhermos as irmandades — explicou ela. — Daqui a duas semanas.

— Ah — disse Xavier, olhando para mim. — Bacana.

Percebi que não estava falando direito, se sentia desconfortável, o que não acontecia com muita frequência. Alguém, na frente da sua esposa, o estava convidando para sair.

— E então, aceita? — perguntou Peyton.

— Claro — disse ele com uma expressão um tanto sofrida.

— Ótimo, me passa o número do seu celular? Enviarei os detalhes por mensagem.

Fiquei olhando para Peyton enquanto Xavier dizia os números. Só consegui perceber o tom de relutância na sua voz. Peyton provavelmente pensou que ele apenas estava nervoso. Eu tinha certeza de que ela estava acostumada a intimidar os garotos do campus com os seus olhos azuis e sorriso de Miss Universo.

— Obrigada — disse ela, colocando o telefone no bolso de trás. — Nós nos vemos na aula. Prazer em conhecer você, Lauren.

— É Laurie — corrigi, um pouco mal-humorada.

Quando Peyton se afastou, cruzei os braços e fiquei olhando para Xavier. Ele resmungou e encostou a cabeça na mesa.

— O que acabou de acontecer? — perguntei.

— Isso foi *bem* esquisito.

— Vai mesmo sair com ela?

— O que poderia dizer? — perguntou ele, desesperado, enquanto eu me levantava e dava a volta no banco, irritada.

— Que tal "não, obrigado"?

— Beth, não é tão fácil — disse ele. — É muito grosseiro recusar um convite sem motivo.

— É muito grosseiro chamar um cara casado para sair — disse eu, enfiando a ponta do sapato na terra, frustrada.

— Não é justo. Ela não sabe...

— Não me interessa. Não gosto dela.

— Pare com isso — disse ele. — Ela é uma menina bacana, não é culpa dela.

— Será que você não podia ter inventado uma desculpa? Podia ter dito que estava ocupado, que estaria fora da cidade, qualquer coisa!

— Fiquei sem saber o que dizer. — Xavier ergueu as mãos de modo defensivo. — Desculpa.

— Ai — disse, voltando a me sentar ao lado dele, tensa. — Isso não é legal.

— Você sabe que eu nunca faria nada. Precisa confiar em mim o suficiente para saber disso.

— Confio em você — disse. — Mas, ainda assim, é estranho.

— Eu sei — disse Xavier. — Só não sei como vou sair dessa.

Para piorar as coisas, no fim do dia, todo mundo já sabia que Ford e Peyton iam ao baile juntos. Mary Ellen enviou uma mensagem de texto arrasada para mim: *F e Peyton vão ao baile? Como isso foi acontecer? Fiquei sabendo que ela sabe ser terrível quando quer. Ele poderia ter dito não!!!!!!*

Eu a ignorei. Apesar de não ser fã de Peyton Wynn, não gostava de como Mary Ellen sempre se fazia de vítima para acalmar o próprio ego. Os rapazes, no entanto, eram só elogios.

— Muito legal. — Spencer deu um tapinha nas costas de Xavier quando este voltou ao quarto. — Ela é uma ótima garota.

Não gostei de ver que as pessoas agiam como se eles já fossem um casal.

— Isso também é bom para você, Laurie — disse Clay. Demorei um pouco para perceber que ele estava falando comigo.

— Como assim? — perguntei de modo seco.

— A Peyton pode ajudar você a entrar para a Delta Gama — explicou ele. — E ela é um ótimo exemplo.

— Verdade. — A namorada de Clay, cujo nome não conseguia me lembrar, se intrometeu. — Peyton Wynn é tipo... tudo que se quer ser como mulher. Ela vai colocar você sob as suas asas.

— Que ótimo — disse, tentando não fazer cara de ódio. — Mal posso esperar.

12

IRMÃ MALUCA

A PARTIR DAQUELE DIA, comecei a dormir mal. Sonhei com o casamento de Peyton e Xavier, cheio de convidados emocionados e buquês de flores, exatamente como deveria ser, e não com alianças improvisadas e um padre morto, como ocorrera no nosso. A família toda de Xavier estava presente e o pai de Peyton a levava ao altar. Mary Ellen também estava ali, puxando a manga do meu vestido a toda hora e chorando por Xavier não notar a sua presença. Porém, a cena mudou e vi Wade pedindo Molly em casamento. Ela aceitou sem hesitação e então ele a guiou pela pista de dança. Ela parecia dançar apoiada nos pés dele, com ele a conduzindo como quem dança com uma boneca de pano. Ela não tinha controle sobre nenhum dos seus movimentos e a sua cabeça pendia para o lado como a de uma boneca. Quando os seus olhos vagos encontraram os meus, não estavam me vendo. Ao longo do sonho, senti um formigar esquisito na nuca, como se estivesse com coceira, uma reação alérgica a algo ou a alguém do salão. Não parava de girar, procurando olhos que se escondiam nas sombras, mas só consegui ver uma figura por um milésimo de segundo, que logo desapareceu. Momentos antes de despertar, eu o vi. Era um Sete, mas diferente dos outros. Usava uma máscara de ferro para cobrir o rosto e luvas de couro sem dedos. A máscara tinha uma abertura para a boca e dois furos na altura dos olhos, dentro dos quais eu só via a escuridão. Conseguia escutar a sua respiração ofegante, mesmo a distância. Tive a estranha sensação de que o conhecia de algum lugar. O sonho me deixou assustada e receosa durante todo o dia.

ENQUANTO XAVIER estava na aula, Ivy e Gabriel apareceram com notícias. Felizmente, Mary Ellen havia ido à biblioteca e não estava no quarto. Não seria seguro para ela conhecer Gabriel; eu não sabia como ela reagiria e não tínhamos tempo para perder nos esquivando das suas investidas amorosas.

— Sonhei com eles — disse a Gabriel quando ele se recostou na cama, de cara séria. O anel do seu dedo indicador fez barulho quando ele bateu a mão na estrutura da cama. A luz do dia que entrava pela janela parecia se misturar ao cinza dos seus olhos, deixando-os com um tom prata muito bonito. Eram tão profundos e claros que às vezes eu acreditava estar olhando diretamente para a sua alma. Mas sabia que ele não tinha uma. Almas eram algo exclusivo dos seres humanos; os anjos só tinham uma essência.

— Eles estão tentando encontrar você por meio dos seus sonhos — disse ele.

— Então, quando eu sonhar com a universidade, saberão onde estou? — perguntei, assustada.

— Os sonhos raramente são específicos — disse Ivy, dando um tapinha nas minhas costas. — Se você sonhar com um quarto de república, poderia estar em qualquer quarto de qualquer universidade do país.

— Acho que sim — respondi, pouco à vontade. — Mas assim que sonhar com o liceu ou com a sala de estudos, pronto. Vou entregar tudo.

— Relaxe — disse Ivy. — O seu subconsciente está preocupado com outras coisas.

— Espero que esteja certa — disse eu. — Quais são as novidades? Souberam de mais alguma coisa?

— Até onde sabemos, os Setes continuam procurando.

— Bem, que ótimo — disse eu, fechando as venezianas empoeiradas de modo automático. — E têm certeza de que não estão seguindo vocês? — Detestava pensar que os meus irmãos poderiam ter problemas por minha causa.

— São espertos demais para fazer isso — disse Ivy. — Sabem que vamos perceber e reagir.

— Mas vocês poderiam vencê-los, não? — perguntei, desconfiada. Não duvidava da força dos meus irmãos; os braços esguios de Ivy eram fortes como aço e tinham mais força do que um caminhão em alta velocidade, mas não gostava de pensar que pudessem ter que enfrentar um exército. Nada poderia mudar o fato de que ficariam em desvantagem numérica.

— Não sei — disse ela com seriedade. — Se atacassem em massa, talvez tivéssemos problemas. Mas não correrão o risco, pois perderiam muitos dos seus.

— Então, continuamos aqui? — perguntei, aliviada por saber que não teríamos que pegar os nossos poucos pertences e fugir em breve.

— Por enquanto — disse Gabriel. — Estamos tentando entrar em contato com a Aliança para dizer o que os Setes estão fazendo. Talvez eles os detenham. Ou, pelo menos, limitem os seus poderes.

— E o Nosso Pai? Onde Ele está? — perguntei, ansiosa.

— Ocupado — respondeu Ivy, lançando um olhar nervoso a Gabriel. — Tem muitas coisas para resolver agora.

— Do que estão falando? — perguntei, confusa.

Gabriel suspirou e fechou os olhos por um momento.

— Acho que você ia acabar descobrindo... — começou ele. — O Inferno se rebelou, os demônios estão enfurecidos.

— O quê? — sussurrei, sentindo o meu coração endurecer.

— A influência deles se espalhou e eles se triplicaram nas últimas semanas — disse Gabriel. — O mundo está com sérios problemas.

A minha irmã confirmou com a cabeça.

— A morte de um Original causou uma grande revolta. Lúcifer está enviando os seus agentes em grande levas, como um doido.

Senti o meu estômago revirar. Aquilo era minha culpa? As pessoas estavam morrendo por minha causa, porque tinha sido tola o bastante para deixar Lúcifer irado? Cobri os lábios com as mãos, mas Gabriel pareceu ler os meus pensamentos.

— Você não é responsável pelo que acontece no submundo, Bethany — disse ele. — Eles não precisam de motivo para causar dor e sofrimento.

Rolei na cama e fiquei deitada com o rosto no travesseiro, desejando poder me esconder e esperar que tudo terminasse. Só me mexi quando Gabriel tocou nas minhas costas com delicadeza.

— Lembre-se: não foi a sua mão que matou Jake. Foi a minha.

As suas palavras não me consolaram muito. Não importava quem havia dado o golpe final, porque as pessoas ainda estavam sofrendo por nossa causa. Os demônios eram sádicos e cruéis quando sentiam sede de vingança. Não conseguia imaginar o sofrimento que causariam a pessoas inocentes apenas para nos afetar. E se o Nosso Pai não tinha tempo para outros assuntos, então as coisas deviam estar bem complicadas.

— Que desastre — murmurei.

— Sim — disse Gabriel, com sinceridade. — Mas não podemos perder a esperança. Pode ser que o Céu esteja ocupado neste momento, mas Ele ouvirá as nossas preces.

— E os demônios? — perguntei. — Eles também estão à nossa procura?

— Não sabemos ao certo — disse Gabriel. — No momento, não há um padrão para os ataques deles, mas parecem estar diminuindo. No entanto... — Ele hesitou, sem querer continuar.

— Tenho certeza de que não se esqueceram de nós — concluí o seu pensamento.

— Também duvido — disse ele. — Mas vamos nos concentrar em uma batalha por vez.

Quando Ivy e Gabriel foram embora, quis encontrar Xavier imediatamente, mas, antes de mais nada, precisava me desvencilhar de Mary Ellen, que havia voltado para o quarto, chata e exagerada como sempre.

— Aonde você vai? — perguntou, pulando da cama e praticamente grudando do meu lado.

— Vou encontrar uma amiga — disse, cansada.

— Ah, que legal! — Ela pegou a bolsa. — Espere, vou dar um jeito na minha maquiagem.

Tentei não demonstrar a minha irritação. Ela era muito inconveniente às vezes. O meu tom de voz deixava claro que eu não queria ser acompanhada, assim como o fato de não tê-la convidado.

— Na verdade — disse, sem jeito —, vou me encontrar com Molly, e ela está tendo alguns problemas no namoro. Acho que ela quer conversar comigo a sós.

— Mas sou boa em dar conselhos amorosos — retrucou Mary Ellen. Tentei imaginar se ela agia daquele jeito de propósito.

— Sim, mas Molly não se sente muito à vontade com pessoas que acabou de conhecer — disse eu.

— Mas...

— Desculpa! Até mais. — Eu a interrompi e saí do quarto antes que ela pudesse protestar mais ainda. Sabia que provavelmente eu estava sendo rude e ferindo os sentimentos dela, mas estava tão ansiosa para ver Xavier que não parei para pensar. Decidi me desculpar com ela mais tarde.

Corri para o campo de beisebol, onde sabia que Xavier havia ido para treinar com os garotos da fraternidade. Todos já tinham ido embora quando cheguei ali, mas Xavier esperava por mim lá dentro, no vestiário. Detestava ter que encontrá-lo escondido. Só conseguíamos ficar à vontade durante alguns minutos por dia. No restante do tempo, levávamos uma vida dupla como Ford e Laurie McGraw. Às vezes, queria poder trocar de lugar com esses personagens e viver normalmente por um tempo. Queria saber como era me preocupar com coisas simples, como notas e jogos de futebol, e poder me esquecer da ira do Céu e da revolta de Lúcifer.

Entrei logo no vestiário para não ser vista. Xavier estava sentado num banco, com uma camiseta branca. Passou os dedos pelo cabelo castanho-claro, úmido do banho que havia tomado. Olhou para mim e sorriu — o mesmo sorriso lindo que sempre tirava o meu fôlego.

— Oi, Beth — murmurou ele baixinho. Eu me aproximei e me sentei no seu colo, recostando a cabeça no seu pescoço e sentindo o seu perfume. A pele dele era muito macia.

— Você está muito cheiroso — disse a ele, abraçando o seu peito, rígido e protetor. — Cheiro de fruta.

— Obrigado. — Xavier revirou os olhos. — Isso faz com que me sinta muito másculo.

Eu ri, e logo fiquei pensativa.

— Este lugar é muito agradável, não é? Gostaria que estivéssemos aqui em circunstâncias diferentes.

— Eu sei — disse ele. — Mas as coisas nunca foram normais para nós. Acho que, assim, passamos a valorizar mais o que temos.

— Precisamos nos manter unidos — disse a ele com sinceridade. — Mesmo se as coisas piorarem antes de melhorarem.

— Claro — disse ele. — Estou nessa para sempre. Mesmo se o mundo desabar, nunca deixarei você, Beth.

— Ótimo. Porque acabei de falar com Ivy e Gabriel... e você não vai gostar do que disseram.

Xavier passou o dedo delicadamente pelo meu rosto, até os lábios. Normalmente, um comentário desse tipo o colocaria em estado de alerta. Ele desejaria conhecer os detalhes, saber exatamente o que tinha sido dito e o que precisaríamos fazer em seguida. Mas percebi que estava cansado, sem vontade de lutar.

— É um problema que Ford e Laurie têm que resolver?

— Não — disse, franzindo o cenho.

— Então, dá para esperar — disse ele. — Não vejo mais você sorrindo. Sinto falta disso.

Concordei e levantei a cabeça para poder olhar nos olhos azuis dele. Aqueles olhos antes brilhavam, como se ele estivesse rindo de uma piada que não contava a ninguém. Agora, ele parecia assustado.

— Não quero que sejamos Ford e Laurie agora — disse eu.

— O que acha de tentarmos ser quem somos? Mas vamos voltar para como éramos no começo, antes de tudo isso acontecer. Vamos voltar para aquela noite na praia, em Venus Cove, na noite da fogueira.

Lembrávamos daquela noite com clareza. Foi a noite em que saltei do abismo e deixei as minhas asas me levarem. Apesar de ter sido a revelação mais assustadora e ousada que eu poderia ter feito, ficamos totalmente à vontade depois. Deitamos na areia por horas e, no fim, sabíamos que tínhamos que ficar juntos. Nem mesmo a ira dos meus irmãos havia conseguido diminuir a sensação boa que se espalhou dentro de mim naquela noite. Apesar de conhecer Xavier tão bem, ele ainda conseguia ser incrível, o meu príncipe encantado saído das páginas dos contos de fada para incendiar o meu mundo. Quando fechei os olhos e senti o calor das mãos deles em mim, fogos de artifício e estrelas cadentes passaram pela minha mente, deixando um rastro de poeira cósmica brilhante.

Levantei a cabeça e toquei o queixo de Xavier com o nariz. Ele se abaixou e os seus lábios roçaram a minha orelha, causando arrepios. Queria ver o garoto tranquilo de 18 anos de novo, não o homem sobrecarregado pelas dores do mundo.

Levantei as mãos e abracei Xavier na altura do pescoço, sentindo o calor do seu corpo se espalhar. Quando os nossos lábios se encontraram, senti uma onda familiar de energia forte arder por dentro e os fogos de artifício explodiram no meu campo de visão. A sensação nunca diminuía, independentemente de quantas vezes beijasse Xavier, pois era sempre como se o estivesse beijando pela primeira vez.

Ele envolveu a minha cintura com os braços e me puxou para mais perto. Segurou o meu rosto e ficamos soltos num mundo onde apenas nós dois existíamos, fora do tempo e do espaço. Estávamos distraídos demais para escutar os passos no concreto do lado de fora.

Um arfar quebrou o encanto. Levantei a cabeça e vi Mary Ellen na porta, com as duas mãos diante dos lábios, chocada. Eu me levantei e me afastei, mas ela já tinha visto tudo. Deve ter desconfiado e me seguido.

— Posso explicar — disse ao bater as costas com força no armário. Senti o metal arranhar o meu ombro, mas ignorei a dor. Foi um clichê horrível, mas não consegui pensar em mais nada. Além disso, era mentira. Não podia explicar. Não acreditava que a desculpa "Ele é meu marido e estamos nos escondendo" ajudaria muito.

— Não acredito — disse ela, afastando-se de nós como se estivesse contaminada. — Que nojo!

— Mary Ellen, por favor, ouça... — Xavier ficou de pé e uniu as mãos em suplício, mas ela o interrompeu.

— Vocês são doentes! Ela é sua irmã. Como pode fazer uma coisa dessas?

— Ela não é minha irmã. — Xavier tentou fazer com que ela entendesse. — Ela é minha esposa.

— Vocês se casaram! — Mary Ellen levou a mão ao peito, como se estivesse tendo um ataque cardíaco, e achei aquela atitude exageradamente teatral. De repente, estreitou os olhos. — Então, é por isso que você não respondia às minhas mensagens e não me dava nenhum sinal. E eu pensando que estava sendo sutil demais!

— Sutil demais? — perguntou Xavier, sem acreditar, começando a se irritar. — Você foi tão sutil quanto um furacão!

— Sinto muito se não pude competir com a sua *irmã*! — gritou Mary Ellen.

— Calem a boca! — explodi, irritada. — Não fizemos nada de errado.

— Vocês podem até achar isso — disse Mary Ellen de modo triunfante. — Mas a comunidade não concorda!

— Eu e ele não somos parentes — disse, de modo enfático. — Estávanos mentindo para você, mentimos para todos.

— Olha. — Mary Ellen levantou as mãos. — Compreendo que vocês devem achar isso normal, mas só porque não batem bem da cabeça. Preciso contar isso a alguém... para o bem de vocês. Vão me agradecer mais tarde.

— Mary Ellen, espere! — gritou Xavier, mas ela já havia saído do vestiário.

Xavier cobriu o rosto com as mãos, mas eu já estava na porta, pronta para ir atrás dela.

— Precisamos falar com ela — disse eu, tentando fazer com que ele se mexesse.

— Para quê? — Olhou para mim sem reação. — Ela nunca vai nos escutar.

— Xavier, pense bem. Estamos falando da Mary Ellen... Ela vai contar *a todo mundo*.

— Deixe. — Ele deu de ombros. — Ela não tem culpa. É a palavra dela contra a nossa.

— Não importa. — Segurei a mão dele. — Ninguém consegue ignorar uma acusação dessas. Mesmo se negarmos, vai atrair muita atenção, o que não queremos. Estamos aqui tentando ser discretos. Se deixarmos Mary Ellen nos colocar no centro das atenções...

— ...eles nos encontrarão — concluiu Xavier com seriedade.

— Exatamente! — Apertei a mão dele. — Vamos.

Não era justo, pensei, enquanto atravessávamos o campo de beisebol. A Universidade do Mississippi era mais do que o nosso esconderijo. Representava tudo o que queríamos, mas não podíamos ter: um futuro juntos na Terra. Não queria ir embora e não estava preparada para deixar Mary Ellen nos expulsar. Apressei o passo e passei a correr tanto que não mais sentia os pés em contato com o chão. Estava correndo com uma velocidade que não sabia ter. Só pensava que não podia permitir que ninguém nos colocasse em perigo, principalmente alguém que nada sabia sobre a nossa história, como era o caso de Mary Ellen. Para quem visse, eu passaria como um raio. Logo deixei Xavier para trás e alcancei Mary Ellen no Grêmio. Eu a puxei para trás pelos ombros e ela gritou.

— Me larga!

— Não! — Eu a virei e a forcei a olhar para mim. — Só quando você ouvir o que tenho a dizer.

Mas Mary Ellen não seria capaz de escutar.

— Socorro! — gritou. — Alguém me ajuda!

Algo dentro de mim veio à tona naquele momento. Não permitiria que nada acontecesse. Xavier e eu havíamos passado por muitas coisas juntos e de jeito nenhum eu deixaria uma universitária fútil nos tirar do único lugar seguro para nós. Apontei um dedo para a boca de Mary Ellen e um segundo depois, uma camada grossa de pele começou a cobrir os seus lábios, fechando-os. Ela arregalou os olhos e tentou arrancá-la com o dedo por um momento, até perceber que seria dolorido romper a pele para abrir os lábios. Ela tremeu e olhou para mim com medo. Não era uma expressão que eu estava acostumada a ver direcionada a mim, mas não tinha tempo para me preocupar com isso. Naquele momento, havia conseguido fazer com que parasse de gritar.

Senti o poder percorrendo o meu corpo, fazendo os meus membros arderem. Senti o meu corpo todo se endireitar, despertado com a energia que tomava conta. Estiquei o braço e coloquei a mão, que agora brilhava, sobre a cabeça de Mary Ellen. Ela caiu de joelhos aos meus pés. Conseguia sentir os seus pensamentos e lembranças se revirando sob o meu toque. Quando fechei os olhos, consegui vê-los, senti-los, como se estivessem ocorrendo naquele momento. Vi Mary Ellen na sua festa de seis anos, vestida como princesa da Disney e percebi que havia retrocedido demais. Foi difícil escolher as lembranças, eram muitas. Na verdade, todos os momentos são lembranças, por isso precisei navegar por todos eles até encontrar o momento exato que pretendia apagar. Sabia que Gabriel fazia isso, mas era uma arte sobre a qual ele tinha domínio. Eu era nova nisso e a minha técnica não era tão refinada. Consegui chegar na semana do nosso encontro no campo de beisebol. Teria que funcionar. Senti as lembranças sendo tiradas da mente de Mary Ellen e sugadas pelas pontas dos meus dedos. Tomei o cuidado de tirar tudo, até os últimos minutos no Grêmio. Então, a soltei e retirei a pele dos seus lábios, e Xavier se aproximou.

Quando terminei, Mary Ellen caiu de joelhos.

— Ei! — gritei e me abaixei para levantá-la. — Você está bem?

Ela ficou de pé tremendo e com cara de desorientada.

— Como vim parar aqui? — perguntou ela. — Estava no quarto. Pensei que fosse de manhã...

Percebi que a última lembrança que ela tinha foi de quando acordara de manhã para as aulas. Xavier olhou para mim com preocupação, mas o ignorei e levei a mão à testa de Mary Ellen.

— Acho que você deve estar ficando doente. Melhor voltarmos para o quarto.

— O que estão fazendo aqui? — perguntou ela, ainda confusa.

— Estávamos caminhando e encontramos você — disse eu. — Você não deve ficar andando por aí sozinha a esta hora da noite.

— Mas não era...

Xavier a apoiou no ombro, o que parece ter conseguido distraí-la um pouco dos pensamentos anteriores.

— Vamos — disse ele. — Vamos levar você para o quarto. Com certeza vai se sentir melhor amanhã cedo.

— Não me sinto bem — disse ela de repente, como se Xavier não tivesse falado. Gabriel, certa vez, me disse que mexer nas lembranças das pessoas poderia deixá-las com dor de cabeça ou náusea.

— Eu sei — disse Xavier. — A Laurie tem razão... você deve estar ficando doente. Vamos levá-la ao ambulatório amanhã cedinho.

— Tudo bem. Obrigada.

Mary Ellen deu alguns passos incertos na direção do quarto, mas logo se ajoelhou e vomitou na base de um velho carvalho. Xavier a segurou antes de ela cair e tirei o seu cabelo do rosto. Ela gemeu baixinho.

Devia ser assustador se pegar andando sozinha no escuro sem ter ideia de como chegou lá.

— Tudo bem — disse Xavier, mantendo a mão nas suas costas e a outra em volta da sua cintura para impedi-la de cair. Ele lançou um olhar para mim quase de acusação.

— Isso foi realmente necessário? — perguntou ele, sussurrando no meu ouvido, enquanto ajudava Mary Ellen a se erguer.

Normalmente, teria me arrependido ou me sentido culpada pelo que havia feito, mas, naquele dia, olhei para o rosto assustado e os olhos amedrontados de Mary Ellen e não senti nada. *Sim, tinha sido necessário*, pensei. *Fiz o necessário para nos proteger*. Estava começando a pensar como os meus irmãos, menos preocupada com a pessoa e mais com a situação geral. Se Mary Ellen tivesse espalhado para todo mundo o que viu, estaríamos em sérios apuros. Olhei para Xavier com firmeza.

— Ela vai sobreviver — respondi.

13

LÁ VEM A NOIVA

Quando Mary Ellen acordou na manhã seguinte, eu estava esperando com uma xícara de café quente e uma torrada. Eu me senti mal por traumatizá-la na noite anterior, apesar de saber que ela não se lembraria. Ela despertou gemendo e enfiou a cabeça embaixo do travesseiro.

— Que horas são?

— Perto de meio-dia — respondi, colocando a comida sobre a mesa dela. — Como está se sentindo?

— Parece que um caminhão me atropelou — disse ela de modo teatral, protegendo os olhos da luz. — O que aconteceu?

— Você passou mal — disse, tentando dar o mínimo de informações para evitar perguntas que não conseguiria responder. Tive a sensação de ter feito uma cirurgia que não deu certo.

— Eu bebi? — perguntou ela, esfregando as têmporas.

Olhei para os seus olhos fundos, com olheiras, os lábios secos, o cabelo bagunçado. O álcool parecia ser uma boa explicação para o seu estado. Era a única coisa plausível que poderia tê-la deixado vagando pela universidade incoerente e sem coordenação.

— Sim — disse. — Acho que bebeu. — As mentiras saíam com muita facilidade nos últimos tempos. Não me enrolava mais nelas e minha linguagem corporal não denunciava nada. Estava me acostumando a criar uma teia de mentiras aonde quer que fosse. Mas aquele não era o momento de me repreender. Primeiro, precisava ajeitar as coisas.

— Nossa, devo ter tomado algo muito pesado — disse ela. — Não me lembro de absolutamente nada.

— Você estava bem perdida quando a encontramos — comentei, dando um pouco de informação. — Mas o importante é que chegou aqui em segurança.

— Laurie... — perguntou Mary Ellen, tímida. — Posso pedir um favor?

— Claro. — Suspirei, disposta a me redimir de alguma maneira.

— Por favor, não conte isso a ninguém. Se descobrirem, a minha imagem será muito prejudicada.

Fui tomada de surpresa, mas concordei na hora. Pensei que Mary Ellen espalharia a história por todo o campus. Com a sua tendência ao exagero, pensei que ela contaria a todo mundo sobre o que passou e que quase tinha morrido. Mas, daquela maneira, as coisas ficariam bem melhores. Na verdade, o medo que Mary Ellen sentia das meninas da irmandade foi o primeiro golpe de sorte que nos ocorria em muito tempo.

Quando tive certeza de que ela ficaria segura sozinha no quarto, fui procurar Xavier no apartamento dele. Spencer abriu a porta. Atrás dele, vi Clay esparramado no sofá, com o livro grande de biologia apoiado no peito.

— Oi, miniMcGraw — disse Spencer com um sorriso meio de lado. — Bem-vinda à caverna dos homens.

— Obrigada, eu acho. — Sorri e entrei. Com quatro rapazes vivendo ali, o apartamento de Xavier mais parecia um templo à vida numa fraternidade do que um quarto de universitários. Xavier era, por natureza, muito organizado, mas a sala de estar era uma bagunça, com caixas de pizza, latas e consoles de jogos espalhados. As peças da mobília não combinavam, tudo estava jogado e claramente só estavam ali para serem funcionais. Não havia nenhum elemento de decoração. A bandeira do estado do Mississippi estava pendurada numa parede ao lado do brasão da Sigma Chi e de uma figura de madeira do mascote da universidade, o Colonel Reb.

— Este lugar cheira a rapazes — disse eu, e Spencer riu.

— Está dizendo que cheira mal?

— Não... é apenas másculo.

— Somos homens muito másculos — concordou Clay.

— O seu irmão está no banho, mas não minta... você veio nos ver.

— Isso mesmo. Não consigo ficar longe.

— Eu sabia. — Spencer piscou para mim para mostrar que estavam brincando. — Você ficou sabendo que Ford se recusou a sair com a gente ontem? Achamos que tem uma mulher misteriosa na jogada.

— Não acredito — disse eu, fingindo seriedade. — Esse menino precisa reavaliar suas prioridades.

— Pois é. — Spencer balançou a cabeça. — Acho bom você conversar com ele sobre isso. Imagine só, colocar uma garota na frente dos irmãos da fraternidade.

— Que desgraça — concordei, e me sentei no sofá para esperar por Xavier. Alguns instantes depois, ele saiu do banheiro com apenas uma toalha enrolada no quadril. Por um momento, o seu corpo me surpreendeu e precisei parar de olhar. Já fazia um tempo que o vira sem camisa e fiquei encantada com o seu corpo firme e definido. Tive a sensação de estar sendo levada ao nosso passado, quando começamos a namorar e eu precisava me esforçar para não escancarar os meus sentimentos. Agora precisava tirar os olhos do peito musculoso antes que alguém notasse.

— Oi — disse Xavier. — Pensei ter ouvido a sua voz.

— Seria legal se você se vestisse — disse eu.

— Pois é, cara, que tipo de show você acha que está rolando aqui? — perguntou Spencer.

— Nada que vocês não tenham visto antes. — Xavier deu de ombros, mas pegou uma camiseta velha da universidade de uma pilha de roupa lavada e entrou no quarto para se vestir. Quando voltou, estendeu a mão para me puxar do sofá.

— Vamos, mana, vou pagar seu almoço. — Eu sabia que ele estava tentando encontrar uma desculpa para sair do apartamento e podermos passar um tempo sozinhos.

— Você nunca paga o almoço *para a gente* — resmungou Spencer. — Por quê, hein?

— Não vou com a cara de vocês — resmungou Xavier, olhando para trás. Spencer jogou uma almofada nele quando passamos pela porta.

Na caminhonete de Xavier, me recostei, enfim podendo agir naturalmente. Quando ele deu a partida, os acordes de Brad Paisley soaram e os meus pés começaram a bater no ritmo.

— Viu o que a universidade fez comigo? — perguntou Xavier. — Estou, por livre e espontânea vontade, sintonizando uma emissora de música country. — Tamborilou no volante enquanto cantava: — "Listenin' to old Alabama, drivin' through Tennessee..."

— Você é um caipira, no fundo, no fundo. Aceite esse fato — disse a ele.

Xavier segurou a minha camisa xadrez.

— Só tem uma caipira aqui nesse carro — disse ele de modo brincalhão.

— Sabia que pensam que você tem uma namorada secreta? — perguntei, segurando a sua mão e brincando com os seus dedos. Sentia falta de tocá-lo sempre que quisesse e queria aproveitar aquele momento o máximo que pudesse.

— Quem pensa? Eles? — Xavier usou a mão livre para apontar para trás com o polegar. — Quem se importa? Nunca vão adivinhar.

— Já sentiu vontade de contar a todo mundo? — suspirei. — Sobre nós?

— Sim — disse ele. — Principalmente depois que Spencer espalhou para a fraternidade inteira que a minha irmã é uma gata.

— Não acredito que ele fez isso! — Comecei a rir. Spencer era um palhaço.

— Fez, sim. Agora todo mundo quer conhecer você. — Xavier balançou a cabeça. — Não vai rolar.

— Deixa para lá — disse. — As coisas são piores para mim. As meninas são obcecadas por você.

— Que absurdo! Elas nem me conhecem.

— Sabem o seu signo, todos os esportes que pratica, onde trabalhou no verão passado e com quem você acampou.

— Ué?! — Xavier olhou para mim sem entender. — Como?

— Não subestime a arte da perseguição pelo Facebook — respondi.

— Que maluquice. — Ele riu.

Meu celular vibrou, olhei e vi uma mensagem de texto de Molly, querendo saber como eu estava.

— E lá vamos nós — resmungou Xavier. — Pode dizer a ela que está estudando?

— Ela disse que tem novidades...

— Provavelmente algo a respeito dos Kardashian. — Xavier revirou os olhos.

Decidimos almoçar e nos preocupar com Molly depois.

Encontramos uma mesa vazia no fundo do restaurante e nos sentamos. Passei as mãos sobre a mesa e observei as lâmpadas ovais no teto. Estava escuro e barulhento lá dentro e parecia que ali poderíamos nos esconder do mundo. As paredes eram cobertas por retratos empoeirados e variações da bandeira americana, e o teto, repleto de palitos de dente com papel brilhante nas pontas.

— Que legal — disse. — Adoro estar na universidade.

— Pois é. — Xavier se espreguiçou na cadeira. — Os dias mais tranquilos da nossa vida.

— Até quando acha que vai durar? — Tentei não parecer desanimada.

— Não importa — disse Xavier. — O que importa é que estamos aqui, juntos. Se durar um ano ou apenas mais uma semana, pelo menos vivemos a experiência. E talvez possamos voltar um dia.

— Como teriam sido as coisas se você não tivesse me conhecido? — perguntei de repente. — O que estaria fazendo?

Xavier não hesitou em responder.

— Eu seria o Xavier Woods, estudante de medicina, fã secreto da Universidade do Alabama, membro da Sigma Chi... um galinha de primeira.

— Estou falando sério! — eu o repreendi.

— Que tipo de pergunta é essa? Tudo seria diferente se não tivesse conhecido você.

— Sim, mas como? — insisti.

— Bem, para começar, nunca teria conhecido tantas coisas, o que quer dizer que não valorizaria tanto o que tenho. Provavelmente ainda estaria procurando a garota certa e acabaria arrumando um emprego de escritório, em um bairro bacana, com uma família boa.

— Não me parece tão ruim.

— Eu disse *boa* — enfatizou Xavier. — Não extraordinária. Nunca seria como o que temos.

— Acho que não — disse eu, um pouco desanimada. Não conseguia parar de imaginar a família que ele poderia ter um dia, se eu não tivesse chegado para mudar a sua vida. Não poderia lhe dar filhos. E simplesmente não poderia oferecer um ambiente estável no qual criá-los. Pelo menos não por enquanto, e talvez nunca. Aquela vida perfeita era tudo o que eu queria, e Xavier a estava jogando fora sem pensar. Será que ele estava deixando de valorizar todas essas coisas? Não podia permitir que fizesse isso.

Xavier estendeu o braço em cima da mesa e segurou a minha mão.

— Você quer saber qual é a maior diferença? — perguntou ele suavemente, e olhei para ele. Quase consegui sentir o calor dos seus olhos azuis nos meus. — Eu ainda estaria questionando a minha fé. Estaria em dúvida como todos, tentando entender o mundo. Mas, por sua causa, tenho uma convicção que nunca pensei que teria. Já vi a força do Céu; sei o que os anjos podem fazer. Por sua causa, o Inferno não é apenas um lugar sobre o qual escutei falar nas aulas de catecismo... é uma realidade. Graças a você, sei que existe um Deus e que Ele está me observando em todos os momentos. Por sua causa, agora acredito que existe um Céu e que um dia, chegaremos lá... juntos.

— O Ponto Branco — sussurrei, e senti os dedos dele apertarem os meus. — Sabe, quando olho para você, sinto essa presença... como se o Nosso Pai tivesse planos especiais para você.

Era verdade, a energia de Xavier tomava tudo ao redor, e era impossível se sentir infeliz ao seu lado. Às vezes, parecia que eu conseguia sentir o seu gosto. Tinha gosto de raio de Sol. Como o amor.

— Não tenho mais a impressão de que somos duas pessoas distintas — disse Xavier, sorrindo de modo sonhador por cima da borda do copo. — É como se vivesse dentro de você e você vivesse dentro de mim. Somos praticamente a mesma pessoa.

— Foi assim que o Nosso Pai queria que o homem e a mulher vivessem e se amassem — respondi. — Imitando o relacionamento da Trindade, em união um com o outro.

Percebi que uma menina da mesa ao lado nos olhava e afastei a mão ab-ruptamente. Era difícil lembrar que não podíamos mais ter momentos de muita intimidade em público. Xavier tossiu e pareceu despertar de um sonho.

— Bem — disse ele do modo mais distante que conseguiu. — Vamos ver o que Molly queria?

Sabíamos que era muito mais seguro ficar com Molly do que a sós. A tentação de namorar era forte demais. Enviei uma mensagem a ela pedindo para nos encontrar no refeitório, e ela apareceu 15 minutos depois, saltitante como sempre, vestindo uma camiseta da Universidade de Vanderbilt e um short cor-de-rosa.

Ela se sentou e ficou rindo de orelha a orelha, olhando para nós dois.

— Adivinhem?

— O quê? — Xavier olhou para mim como se já estivesse arrependido de estar ali.

— Tenho novidades.

— Soubemos.

— Grandes novidades — enfatizou. — De mudar a vida.

— Vamos. — Eu ri. — Diz logo.

Molly, de repente, tirou a mão esquerda do colo e a pousou, triunfante, sobre a mesa. Era impossível não ver a aliança de noivado brilhante no seu dedo. Fiquei boquiaberta e ela voltou a abrir um sorriso enorme.

— Digam oi à futura sra. Wade Harper Terceiro.

— Ai, meu Deus... — Foi a única coisa que Xavier conseguiu dizer.

— Não é maravilhoso? — Molly deu um gritinho e me deu um abraço.

— Bem... sim — disse eu, tentando parecer animada. — Mas você tem certeza de que está pronta para isso? Só tem 18 anos.

— Você também, e se casou com Xavier — protestou.

— Sinto muito, mas eu... foi... acho que você tem razão. — Não sabia como dizer a ela que Xavier e eu éramos diferentes sem parecer convencida. Mas era verdade, estávamos numa situação muito diferente, já tínhamos passado por muitas coisas juntos, o nosso relacionamento tinha sido muito testado. Não havíamos tomado decisões precipitadas. Eu me senti péssima pensando nisso, mas o noivado apressado de Molly parecia um casamento de bêbados em Las Vegas. Será que sabiam o que estavam fazendo?

— Molly... — Xavier se inclinou para a frente e começou a falar com o seu tom fraterno. — Tem certeza de que pensou bem? Você conhece o Wade bem o suficiente?

— Você parece o meu pai — respondeu Molly.

— Já contou para ele? — perguntou Xavier.

— Não, mas aposto que diria isso. Os meus pais devem criticar, os meus *amigos* devem ficar felizes por mim. — Ela ficou olhando para nós, claramente desanimada com a nossa reação contida.

— Estamos felizes por você! — disse eu, lançando um olhar a Xavier. — Só nos pegou de surpresa, só isso.

Molly ficou mais tranquila.

— Bem, Wade me pegou de surpresa. Ela remexeu uma mecha de cabelo com o dedo, como uma menininha. — Vai ser tão romântico. Vocês vão ver. Wade e eu seremos tão felizes quanto vocês.

Não contei a ela que a nossa felicidade tinha um preço. Por fora, podíamos parecer o casal mais apaixonado do mundo, mas já tínhamos enfrentado o Inferno, literalmente, lutando pelo direito de estarmos juntos. O amor não era só um sentimento, mas, sim, um compromisso para a vida. Assim era o amor. Assim era o casamento. E eu não tinha certeza de que Molly estava pronta.

14

REVELAÇÃO

— Vou acompanhar você até a sala — disse Xavier. Eu estava vestindo a camiseta larga dele da Sigma Chi, que chegava aos meus joelhos. Tive que ficar erguendo a barra, para que as pessoas vissem que eu estava de short por baixo.

— Não precisa.

— É caminho para mim. — Uma das poucas vantagens de ter que manter o relacionamento secreto era que Xavier havia voltado a me cortejar; ele me levava à sala e me buscava no quarto para podermos sair para almoçar juntos. Todo mundo acreditava que éramos irmãos muito unidos.

— Podemos ir à praça comer? — perguntei.

— Claro. Por que não chamamos a Molly?

— Está falando sério? Quer mesmo? — Xavier nunca sugeria que eu levasse Molly aonde íamos.

— Não — disse ele, suspirando. — Mas não podemos ficar juntos, só nós dois, o tempo todo. Precisamos nos lembrar disso.

— Nunca ficamos sozinhos — resmunguei.

— Em breve, teremos tempo. Muitos alunos viajarão esse fim de semana.

— Por quê?

— Haverá um jogo em outra cidade. — Olhei para ele sem entender. — Ou seja, os Rebeldes jogarão longe daqui.

— Como o futebol pode determinar tudo por aqui? — perguntei, e Xavier olhou para mim como se eu tivesse acabado de dizer algo profundamente ofensivo.

— Beth, o futebol é como uma religião aqui.

— Bem, não compreendo.

— Vou levá-la ao próximo jogo e você entenderá.

— Você sabe como me sinto em multidões.

— Não se preocupe. — Ele riu. — Serão apenas umas sessenta mil pessoas.

Fiquei boquiaberta e ele cutucou o meu cotovelo de modo brincalhão.

— Ai, Laurie, você tem muito o que aprender.

Passamos pela imponente fachada do liceu, o primeiro prédio da universidade, com as suas colunas altas e brancas, que eu sabia, pelas minhas pesquisas, ter servido de hospital durante a Guerra Civil. Os canteiros de flores ao redor estavam repletos de cor, com dentes-de-leão e amores-perfeitos lilases. Fiquei encantada com as instalações perfeitamente conservadas do campus e os esforços que deviam ser feitos para mantê-lo daquela maneira.

Fomos ao antigo anfiteatro, de assentos de madeira e chão de madeira polida. Já estava repleto de alunos tirando os laptops das mochilas e conversando casualmente enquanto esperavam pela chegada do professor de inglês. Percebi que Xavier não estava com pressa de ir embora.

— Então, procuro você quando a aula terminar? — perguntei.

— Acho que vou ficar por aqui se não se importa. Quero ver como é a sua aula.

— Você não tem trabalho em grupo?

— Tenho certeza de que eles podem se virar sem mim.

— Aconteceu alguma coisa? — perguntei, desconfiada.

— Não, só não quero me afastar de você agora.

Não discuti. Sabia o que ele queria. Depois da última conversa com Gabe e Ivy, eu também queria que ficássemos juntos o máximo de tempo possível. Se alguma coisa acontecesse, queria que pudéssemos enfrentar juntos.

Passamos pelos alunos que se reuniam em grupos e caminhamos em direção à fileira do fundo. Posso ter parecido antissocial, mas queria evitar perguntas a respeito do que estávamos fazendo ali juntos. Mesmo tendo certeza de que ninguém me conhecia bem o suficiente para prestar atenção.

Não sabia o motivo, mas estava nervosa. Algo havia mudado; às vezes, sentia o cheiro de algo podre no ar. Eu me endireitava e ficava tensa na cadeira, e o encosto dela arranhava de modo desconfortável a minha coluna. Xavier, por outro lado, parecia à vontade no assento do corredor, com as pernas esticadas e cruzadas na altura dos tornozelos.

Quando o professor Walker enfim chegou com o seu cabelo grisalho arrepiado, como a crista de uma cacatua, não trazia cadernos, mas apenas uma cópia surrada da *Antologia de literatura Norton* embaixo do braço. Olhou para nós com cara de cansado por cima dos óculos de aros grossos, que tinham escorregado para o meio do seu nariz. Assim que a sala fez silêncio, ele nos orientou a abrir o livro na página do poema "Ode on a Grecian Urn", do Keats. Ao meu lado, escutei Xavier resmungar. Algumas meninas na nossa frente se viraram, sorrindo e fazendo careta para concordar com ele.

— Poesia? — sussurrou ele. — Por que não me avisou?

— Foi ideia sua, lembra?

— É tarde demais para fugir?

— Sim. Agora, vai ter que ficar. Além disso, pode até aprender alguma coisa.

— Espero que não seja um poema sobre um baú — disse ele, franzindo o cenho ao se referir ao título.

Cutuquei o braço dele com o meu lápis para que se calasse. Xavier se encolheu ainda mais na cadeira e apoiou o rosto nas mãos como se quisesse ficar invisível. Os seus olhos azuis, que geralmente brilhavam, me lançaram um olhar de quem é traído. Sorri para ele de modo satisfeito. Por mais entediante que ele considerasse o que o professor Walker tinha a ensinar, eu ia gostar de ficar ao lado dele pela próxima hora.

Mas a aula naquele dia não foi tão normal quanto Xavier esperava.

Se tínhamos qualquer dúvida, o fato de os Setes terem escolhido um lugar público para nos atacar confirmava que não valorizavam a vida humana. Pensando bem, percebi que as atitudes deles iam contra tudo o que tinham sido criados para fazer. Deveriam manter a harmonia na Terra, não causar o caos. Mas, ao que parece, a perda de algumas vidas era um preço baixo a pagar pela captura de um anjo errante. Depois do que ocorreu, comecei a ter sérias dúvidas quanto ao envolvimento do Criador nos acontecimentos que se desenrolaram. Os eventos daquele dia foram resultado da atuação de um grupo de vigilantes celestes, uma facção rebelde que havia resolvido fazer justiça com as próprias mãos. A primeira coisa a me deixar alerta foi o estrondo no céu, que todos pensavam ser um trovão. Só eu me lembrei de como o céu estava limpo minutos antes. Esse estrondo foi seguido por um zumbido que mal se ouvia e parecia bem familiar. Aquilo me incomodou tanto que me endireitei para escutar além da ressonância da voz do professor. Queria muito acreditar que era um barulho causado por um ar-condicionado em mau funcionamento, até ver algo que fez o meu sangue gelar. Quando olhei para o teto abobadado, vi o gesso ficar mole como massinha. O teto todo parecia tremer como gelatina, como se a sala toda tivesse, de repente, se tornado maleável.

A porta do salão se abriu e vi um cavalo branco relinchando e batendo as patas no chão. Parecia o rascunho de um desenho inacabado. Agarrei Xavier, batendo a mão em cima da sua mesa. Vi uma sela incrustada de joias quando o cavalo abaixou a cabeça, a crina branca descendo pelas suas costas. Em circunstâncias normais, teria sido bonito, mas não passava de um alerta precedendo a chegada dos seus mestres. Os outros alunos olhavam curiosos para a porta, alheios à sua presença. Os cavalos apareciam apenas para aqueles que sabiam o seu significado.

— Voltaram — sussurrei. — Xavier... são eles.

Assim que disse isso, as figuras mascaradas apareceram como fantasmas no anfiteatro. As mãos e os pés estavam escondidos sob a roupa preta. Se tinham um semblante, este estava escondido atrás das máscaras de gesso branco, que pareciam grudar nos rostos. Tinham aberturas para os olhos, mas as órbitas estavam vazias. Não havia nem uma abertura pela qual pudessem respirar; não tinham essa necessidade, já que não eram deste mundo. A única pele à mostra era a das mãos cheias de calos; uma cor escura, como a de carne em putrefação, parcialmente coberta pelas luvas de couro sem dedos. Eram os Setes do meu pesadelo, mas, no sonho, só tinha visto um deles. Agora, havia pelo menos uma dúzia.

Senti Xavier ficar tenso ao meu lado. Os outros alunos se ajeitaram e começaram a apontar, alguns preocupados, outros curiosos, e alguns riam do que acreditavam ser um truque de alta tecnologia talvez criado por garotos criativos da fraternidade. Poucos entenderam o tamanho da ameaça que enfrentavam.

No instante seguinte, Xavier estava de pé, empurrando-me para o chão de madeira, tentando me esconder. Não esbocei reação e me abaixei sob as cadeiras dobráveis, com as barras de metal pressionando os meus ombros; o meu coração estava cada vez mais acelerado. Estavam tão perto, seria possível que não tivessem me visto? Com certeza, não tinham escolhido aquela aula por acaso. Deviam saber que eu estava ali. Mas, se ainda não tinham me visto, talvez tivéssemos uma chance de sair vivos.

Ali, agachada, tinha uma visão fragmentada do que estava acontecendo. Escutei Xavier gritando, pedindo às pessoas que saíssem.

— Saiam! — gritava. — Não é seguro aqui. Corram!

Cada pessoa reagiu de um jeito diferente. Algumas se recusaram a seguir a orientação, determinadas a ver com os próprios olhos o que era aquilo. O professor Walker havia parado de falar e estava boquiaberto. A antologia pesada que estava lendo escorregou da mesa e caiu no chão. Os Setes estavam bloqueando as saídas; pareciam enormes e intransponíveis, com os roupões volumosos. O som da respiração difícil e ofegante podia ser ouvido por baixo das máscaras, e eles tomavam a sala. Os capuzes pretos que escondiam os rostos se remexiam com um vento invisível e batiam nas faces brancas.

Algumas meninas histéricas se voltaram para Xavier à procura de ajuda, desesperadas por uma figura com autoridade que lhes orientasse quando não encontraram ninguém útil.

— O que devemos fazer? — gritavam elas, agarrando-se umas às outras. — O que está acontecendo?

Xavier viu logo que não havia maneira segura de sair do anfiteatro. Pousou a mão no ombro de uma das garotas, a que parecia menos histérica, e olhou bem fundo nos seus olhos.

— Fique abaixada — disse ele, lançando um olhar para as outras duas que não paravam de chorar, borrando toda a maquiagem. — Cuide delas, elas precisam de você.

A menina concordou e engoliu em seco. Pediu às outras que ainda tremiam para que se abaixassem e observei quando elas rastejaram com mãos e joelhos no chão, tentando se abrigar embaixo das mesas próximas. Outros ainda tentavam passar pelos corredores e juntavam rapidamente as suas coisas dentro das mochilas.

Os Setes reagiram ao ouvir a voz de Xavier e começaram a avançar na nossa direção. Não conseguiam nos ver; eu sabia que eram animais cegos que dependiam dos outros sentidos finamente aguçados para caçar. Viravam a cabeça de um lado a outro enquanto observavam a sala. O que estavam usando para nos detectar? Seria o reconhecimento do odor ou da voz, ou será que conseguiam sentir a vibração das nossas almas e sabiam instintivamente onde estávamos? De qualquer modo, Xavier precisava sair de vista. Estiquei o braço e segurei o seu tornozelo. Ele quase gritou, mas se conteve ao ver o meu rosto olhando para ele de baixo. Xavier conseguiu se afastar silenciosamente e escorregar para baixo de uma mesa ao meu lado. Ficamos parados o máximo que conseguimos, prendendo a respiração, sem ousar mover um músculo.

Os Setes retiraram de dentro dos roupões pretos barras compridas de metal que brilhavam à luz. Precisei de alguns segundos para perceber que se tratavam de espadas os cabos incrustados de joias brilhantes que eles seguravam nas mãos enluvadas. Contra o branco das paredes da sala, vi uma sombra de asas escuras e finas, quase esqueléticas. As penas pareciam estar caindo, deixando as asas um pouco carecas, apenas a estrutura de ossos com poucas penas presas nela. Ao ver as espadas, não demorou muito para que o instinto humano de sobrevivência tomasse o lugar da curiosidade. Os estudantes começaram a correr em pânico, fugindo para todos os lados e protegendo o rosto com livros. As espadas empunhadas pelos Setes pareciam tremer levemente e emitiam um calor forte. Em pouco tempo, a sala parecia uma sauna.

Os Setes percorreram os corredores, de cima a baixo. Um deles passou pela mesa sob a qual me escondia, tão perto que consegui sentir o cheiro das folhas úmidas e podres presas à barra da sua roupa. Segurava a espada pelo cabo perto do peito, com a ponta virada para o chão. Senti o calor irradiado do metal como se tivesse sido atingida por chamas. Da ponta, vi sair um pequeno raio, como um laser, que parecia estar procurando algo. Não tive tempo de me afastar e o feixe passou pela minha mão, que não havia recolhido junto ao corpo depois de tocar Xavier. Senti uma forte dor na pele atingida, o calor ardendo profundamente na minha carne, deixando a minha mão queimada. Mordi os lábios para não gritar e senti os olhos marejados. Uma faixa de bolhas agora marcava a minha mão, desde o punho até as falanges. Tentei não olhar para as bolhas e para a carne vermelha e ferida. O Sete parou por um momento e pensei ter ouvido um farejar parecido com o de um lobo. Será que ele conseguia sentir o cheiro do machucado, do meu medo ou dos dois? Devagar, com muita dificuldade, virei a mão e a pressionei no carpete, esperando bloquear o que o Sete estava detectando. Rangi os dentes e tentei ignorar as fibras ásperas pressionadas contra a pele ferida. Um momento depois, o Sete se mexeu e o feixe da espada prosseguiu... mas, agora, estava indo na direção do tornozelo de Xavier. Ele se preparou, pronto para enfrentar a dor, mas nada aconteceu. O feixe passou por ele, sem causar nenhum dano. Percebi, naquele instante, que as espadas só teriam efeito comigo... e serviam para detectar o meu esconderijo. Se uma delas entrasse em contato direto com o meu corpo, machucaria toda a minha pele até que eu não tivesse saída e gritasse, revelando o meu esconderijo.

As criaturas mascaradas continuaram a analisar os rostos na multidão com olhos que não enxergavam. Escutei a respiração de um deles ao meu lado, ofegante, como se sofresse de enfisema. Fiquei surpresa com a capacidade que tinham de ignorar os gritos de medo e os movimentos desesperados dos alunos humanos ao redor deles e imaginei que não pudessem escutar tal reação por detrás de suas máscaras.

No meio da confusão, uma figura começou a caminhar em direção ao púlpito. A princípio, só consegui ver um par de botas pretas pesadas, e cada passo dado batia no chão como se os pés fossem de pedra. Pressionei o rosto contra o chão, tentando ver bem aquele novo sujeito misterioso. Era alto e forte como uma rocha. A sua pele escura tinha um leve brilho e longos *dreadlocks* desciam pelos seus ombros. Os olhos escuros não tinham expressão. Ele não tinha motivos para usar máscara... eu o reconheceria em qualquer lugar. Aquele era Hamiel, o líder dos Setes e profeta da condenação. Aonde quer que fosse, espalhava sofrimento. Olhou ao redor na sala e começou a esboçar um sorriso.

— Saia, saia de onde estiver — disse ele com a voz profunda e reverberante e com um certo ritmo. — Não pode se esconder para sempre.

A mão de Xavier cobriu a minha de modo protetor e virei a cabeça levemente para olhá-lo. O cabelo cor de mel cobria um lado do seu rosto. Não podia falar, mas os olhos azuis brilhantes expressavam todas as palavras não ditas. Apertou a minha mão como se dissesse *Não ouse. Nem pense em se entregar*.

Olhei, desesperada, para as botas de Hamiel. Ele não seria paciente por muito tempo. Se não me entregasse, tinha certeza de que ele mataria todas as pessoas na sala até me encontrar. Os olhos negros de Hamiel pousaram numa menina que tremia em um canto. Ela gritou quando ele se aproximou dela e a segurou pela parte de trás da blusa, como se ela fosse um cachorro. Eu não sabia o nome da garota, mas reconheci o cabelo ruivo e a pele clara como sendo de alguém do meu prédio. Susie? Ou Sally? Não consegui me lembrar e não importava. Só importava o fato de que Hamiel a mataria se eu não aparecesse. Ele a jogou no chão e girou a espada para que a parte achatada da lâmina brilhante encostasse no pescoço dela. Estava brincando conosco. Só precisaria mudar o ângulo e aplicar um pouco mais de força, e a garota morreria em um segundo.

Estava na hora de agir. Afastei a mão da de Xavier e me estiquei, desajeitada, para beijar o seu rosto. Não foi a despedida que teria escolhido, mas não tive alternativa. Não poderia deixar uma inocente morrer no meu lugar. Podia ser uma desgraça para o Céu, mas ainda era um anjo e era minha obrigação proteger a vida dos seres humanos. Não tinha me esquecido disso.

Não podia falar com Xavier e correr o risco de entregá-lo, por isso olhei para ele e torci para que esse olhar transmitisse uma fração do que sentia por ele. Foi difícil me separar; foi como se estivesse tentando deixar o meu corpo para trás. Mas o olhar petrificado no rosto da menina ruiva me fez agir. A dor de deixar Xavier me deu um aperto no peito, mas eu teria tempo para sofrer mais tarde. No momento, precisava ser forte. Saí de onde estava e cruzei os braços sobre o peito.

— Olá — disse casualmente a Hamiel. — Está me procurando?

15

A AULA ACABOU

Hamiel abriu um sorriso, com os dentes brancos em contraste com o tom escuro da pele. Não havia sinal de diversão na sua expressão, apenas de vitória. Ele havia vencido, conseguido me tirar do esconderijo diretamente para as suas garras. Fez um sinal batendo palmas e os Setes pararam, virando em formação para ele e esperando instruções. Eram como cães treinados, obedeciam cegamente ao comando do mestre. Ele só precisava dizer uma palavra e eu estaria acabada.

Senti um suave movimento no meu ombro e, então, Xavier apareceu do meu lado. Quase senti o coração quebrar ao ver que ele, de modo protetor, se colocou do meu lado. O que mais queria era vê-lo em segurança. Mas devia ter sabido que ele nunca permitiria que eu enfrentasse aquilo sozinha. A minha morte seria a morte dele. Não havia como nos separar agora. Senti vontade de chorar, mas não demonstraria fraqueza desabando na frente de Hamiel. Em vez disso, estiquei o braço e segurei a mão de Xavier, entrelaçando meus dedos nos dele e segurando com força. Ao sentir a minha reação, Xavier se recusou a se deixar intimidar. Ele se recostou numa mesa e tamborilou os dedos da mão livre na madeira.

— Vocês precisam sair mais — disse ele. — E, vem cá, qual é o lance das máscaras? Não estamos no filme *Pânico*.

Apesar dos horrores que podiam estar à nossa espera, me forcei a sorrir de modo desafiador. A situação toda era tão impensável que não havia mais nada a fazer além de mostrar a eles que não podiam nos vencer totalmente. Hamiel estreitou os olhos.

Estava claro que não esperava aquela reação de nós, e, apesar de manter o rosto calmo, consegui ver um brilho de raiva nos seus olhos escuros.

— Quem você pensa que é, garoto?

Xavier deu de ombros.

— Estou com ela.

Hamiel olhou para mim.

— Fiquei sabendo.

— O que vai fazer em relação a isso? — perguntei de modo quase provocador.

Ele abriu um sorriso malvado.

— Vocês já irão descobrir.

A sala ficou escura, o que causou mais gritos estridentes e aterrorizados dos alunos. Xavier e eu nos agarramos, prontos para enfrentar o nosso destino, independentemente de qual fosse. Estávamos preparados para a dor, para o vazio, até mesmo para a morte, desde que pudéssemos enfrentar tudo juntos. Por fora, parecíamos indefesos, mas éramos as maiores armas um do outro.

Quando as luzes voltaram a se acender, percebi que algo estava errado. Hamiel parecia bravo, quase confuso. Não fora ele quem tinha causado aquilo. Foi quando vi Gabriel de pé, descalço no corredor do meio, com o cabelo loiro esvoaçado para trás, como uma bandeira ao vento. Em geral, ele teria vestido uma roupa branca para mostrar a sua posição na hierarquia angelical, mas havia deixado de lado a conduta habitual e usava agora uma calça jeans desbotada. Uma luz forte irradiava da sua pele, fazendo com que os alunos mais próximos dele tivessem que desviar o olhar. A sua camiseta branca estava brilhando tanto que havia se transformado em algo parecido com uma armadura incandescente.

Fez-se silêncio enquanto todos observavam o recém-chegado. Os alunos pareciam ter percebido, ao mesmo tempo, que a ajuda estava ali. Ao olhar para Gabriel, dava para saber de que lado ele estava. Não havia qualquer vestígio de escuridão nele e o seu olhar era de proteção. Estava ali para ajudar as vítimas. Os gritos se tornaram murmúrios interrompidos por alguns pedidos chorosos de socorro.

Hamiel mexeu um dedo e o teto amplo se ergueu, com um ruído profundo, e então foi retirado do lugar, deixando um buraco. Ele partiu em direção a Gabriel, que apenas ergueu o braço e desviou o seu percurso, direcionando-o para que batesse contra uma parede, longe do alcance de todos. Durante muitos minutos, nada aconteceu enquanto Hamiel e Gabriel ficaram olhando um para o outro e o gesso caía no chão ao redor deles. Os Setes, que ainda esperavam por ordens, permaneceram imóveis como estátuas.

Pelo que pareceu uma eternidade, os dois guerreiros celestiais se entreolharam, um tentando calcular o movimento seguinte do outro. Eu sabia que a situação era dramática. Naquele instante, o equilíbrio de poder estava igual, mas, se pendesse um pouco na direção errada, as coisas poderiam terminar em desastre. Gabriel também sabia que, se a situação piorasse, a força dos dois combinadas poderia fazer o prédio desmoronar em cima de nós. Eu sabia que ele não arriscaria que isso acontecesse.

Olhei para os alunos, que não mais sabiam o que pensar e estavam apenas esperando a confusão terminar. Alguns dos garotos tentavam consolar as meninas chorosas, protegendo-as com o corpo, enquanto outros se encolhiam nas cadeiras, com as mãos no rosto. Não podia julgá-los; aquilo devia estar parecendo o fim do mundo.

— Você não tem autoridade para invadir este lugar — disse Gabriel com a voz grave. — A sua presença aqui não é justificável.

— Assim como a sua, irmão — disse Hamiel. — Diga-me, o que o Céu pensa dos traidores?

— Proteger inocentes não me torna um traidor. Quero saber sob a ordem de quem você está agindo.

— Trabalhamos para servir o Reino — disse Hamiel, com orgulho.

— Não minta para mim — atacou Gabriel. Ele ergueu a mão e fez um gesto para toda a sala, irritado. — Ele nunca permitiria uma coisa dessa.

Hamiel apontou um dedo para mim.

— Esse anjo infringiu a lei. As atitudes dela não serão perdoadas.

— Nem as suas — respondeu Gabriel.

— Vocês poderiam ter evitado essa brincadeira de esconde-esconde — disse Hamiel rindo. — Por quanto tempo pensaram que ficaríamos procurando?

— Isso aqui virou questão de honra para você, não é? — perguntou Gabriel, com raiva. — O orgulho é algo perigoso, irmão. Todos deveríamos saber disso.

— Tem a ver com justiça.

— Então, por que não sai de cena? — sugeriu Gabriel. — Deixe que Ele cuide disso como acha que deve. Garanto que não será dessa forma.

— Não — respondeu Hamiel. — Ele não pode resolver isso agora. Depende de nós aplicar o castigo.

Aquela conversa não estava levando a lugar algum. Hamiel estava evitando as perguntas de Gabriel sobre o Nosso Pai. Ele sabia que os Setes estavam pondo em prática a ideia distorcida que faziam da justiça. Eu só queria saber em que momento os grupos que deveriam manter a paz na Terra tinham se tornado rebeldes, sendo temidos em vez de respeitados.

Gabriel abriu as asas devagar e escutou os alunos se assustarem.

— Você não vai julgá-los — disse ele.

— Você não tem autoridade aqui — retrucou Hamiel, sem dar muita atenção.

— Sabe que posso destruí-lo — rebateu Gabriel.

— Sem dúvida, mas não sem a perda de vidas humanas. Sei que isso não é do seu agrado. — Para ter certeza de que havia sido claro, Hamiel olhou diretamente para os adolescentes indefesos no chão.

— Então, abra as portas e permita que apenas os envolvidos permaneçam — disse Gabriel. Mas o seu apelo ao senso de justiça do Sete não parecia estar funcionando.

— Tarde demais — disse Hamiel. — Todos devem morrer.

Alguns alunos começaram a chorar mais alto e a implorar por misericórdia. Outros fecharam os olhos, desejando que aquilo fosse apenas um pesadelo terrível.

— Essas pessoas são inocentes. — A autoridade parecia ter tomado a voz de Gabriel. Agora ele parecia surpreso com a indiferença de Hamiel à vida humana.

— A sua ligação com essas criaturas de argila o enfraquece — disse Hamiel. — Sugiro que pare de pensar nelas e comece a se preocupar com o seu futuro. Além disso, eles não são inocentes. Carregam a culpa do pecado de Adão.

— E por que você acha que Cristo foi enviado? — perguntou Gabriel. — Ele pagou as dívidas, os pecados foram redimidos com o sangue Dele. Por que você manipula a verdade?

— Vai mesmo tentar me deter? — desafiou Hamiel.

— Sim — respondeu o meu irmão. — Você vai se arrepender.

Enquanto ele falava, uma luz apareceu no ar ao lado dele e começou a tomar forma. Soube, antes de ver o cabelo loiro e os olhos azuis, que era Ivy. Ela pertencia às ordens angelicais mais altas e podia se transformar numa bola de luz e percorrer grandes distâncias em questão de segundos. Hamiel deu um passo para trás.

Ivy ergueu a mão e, da sua palma, saíram raios que explodiram pelo ar, atingindo cada Sete e incendiando as roupas pretas. As labaredas envolviam os rostos de gesso sem expressão. Eles se afastaram depressa, desaparecendo, um a um, dentro do buraco que havia surgido no teto acima de nós até Hamiel ficar sozinho. Era o líder deles e não se intimidava com facilidade.

— Vou destruir vocês — vociferou.

Ivy ergueu uma sobrancelha.

— Com que exército?

Hamiel rangeu os dentes e se lançou para a frente como um animal pronto para atacar. Então, inesperadamente, tirou um cetro de dentro da roupa. Tudo aconteceu tão depressa que mal tive tempo de reagir. Ele sabia que não podia tocar em Ivy e Gabriel, mas podia puni-los a seu próprio modo. Apontou o cetro para uma menina agachada à nossa frente e observou quando ela tentou esconder o rosto. Um raio de energia explodiu, sacudindo a sala. O garoto ao lado dela jogou o corpo sobre o dela, tentando protegê-la. Quando o feixe do cetro tocou a lateral do corpo dele, escutei o mesmo barulho que a carne faz ao tocar uma chapa quente. Os seus braços caíram sem vida e controlei um grito ao ver os membros queimados e retorcidos. Quando caiu para trás, sem se mover no carpete, percebi que o rosto, agora enegrecido e coberto por chamas ardentes, era de Spencer. Só ficaram intactos o cabelo loiro e os olhos, ainda abertos e voltados para o teto. Mas não vi medo no seu rosto, apenas determinação.

Xavier olhou para o corpo do seu irmão de fraternidade no chão.

— Não! Seu maldito! — Escutei Xavier gritar com a voz embargada. Spencer era seu colega de quarto, seu amigo, seu companheiro. E agora também estava morto por nossa causa. Xavier deu um passo para trás e se recostou numa mesa. Eu não sabia até quando ele continuaria aguentando tantas mortes. A minha coragem pareceu desaparecer naquele instante.

Vi que Gabriel estava prestes a derrubar o teto, de tão furioso que estava. Ivy pareceu se fechar por um momento e, quando abriu os olhos, abriu fogo contra Hamiel, lançando raios mortais na sua direção. Hamiel deu um salto mortal, desviando-se dos ataques com facilidade apesar do seu tamanho. Gabriel se preocupou em proteger os outros alunos e teias de luz azul começaram a se formar sobre cada corpo retraído, teias aparentemente frágeis, mas, na verdade, fortes e impenetráveis como uma jaula de aço. Hamiel, porém, não se importava mais com eles. Agora, estava de olho em nós.

Eu queria reunir a força que sabia estar adormecida em algum lugar dentro de mim, mas estava tão apática com o que havia testemunhado que não consegui fazer nada. Quando Hamiel esticou o braço para me tocar, ergui as mãos para me proteger. Ele me segurou pelos punhos com as mãos fortes e os torceu para trás, estalando os ossos como se fossem galhos fracos. O barulho foi alto e Hamiel me puxou. Voei no ar como uma boneca de pano, rolei por cima das mesas, com a cabeça batendo diversas vezes contra a madeira. Caí em cima dos punhos quebrados e gritei de dor. Gabriel me abraçou rapidamente, erguendo-me. A minha cabeça continuava confusa, mas consegui pensar no que era importante.

— Xavier — sussurrei, tentando me soltar dos braços de Gabriel e sendo lembrada da minha incapacidade de ajudá-lo pela dor latejante nas mãos. Xavier estava desprotegido.

— Beth! — Ele havia se esquecido da presença de Hamiel, preocupado apenas com a minha segurança. Estava do outro lado da sala e não conseguia me alcançar. Quando eu estava em perigo, ele se retraía e tinha apenas um foco. Mas, de onde eu estava, consegui ver tudo o que estava acontecendo. Vi o corpo enorme de Hamiel aparecer logo atrás de Xavier, com uma expressão faminta. A vitória havia ocorrido mais depressa do que o esperado. Havia muitas coisas que eu queria fazer: implorar, pedir, gritar para Xavier correr, lutar. Mas, quando abri a boca, só consegui chorar, porque tudo o que era importante para mim no mundo estava prestes a ser levado. Os olhos escuros de Hamiel encontraram os meus e ele sorriu, satisfeito, e casualmente estendeu o cetro, fazendo com que um raio atingisse Xavier nas costas.

Xavier parou e a sua mão foi direto para o coração. Demonstrou confusão antes de cair de joelhos. Os seus olhos ainda estavam grudados nos meus e percebi que eles refletiam choque, e então dor, e, depois, aceitação. Um momento depois, as pálpebras se fecharam e ele caiu no chão.

Gritei tão alto que os meus pulmões arderam quando Xavier caiu na minha frente. Tudo aconteceu quase depressa demais para perceber, mas o coração dele havia parado de bater e eu vira a luz se esvair dos seus olhos. Ivy se virou para Hamiel, com cara de ódio. Mas o líder da Sétima Ordem se abaixou e então partiu correndo com a velocidade de um raio, desaparecendo no buraco do teto. A última coisa que vimos foram a roupa balançando ao redor do seu corpo e o olhar triunfante no seu rosto. Pedaços de gesso continuaram a se soltar, caindo ao nosso redor como estilhaços e nos envolvendo numa nuvem de poeira branca.

Gabriel continuava me segurando com força, mas as minhas asas se abriram com tanta impetuosidade que o jogaram para trás e me levaram para onde Xavier estava deitado. Coloquei as mãos moles e quebradas sobre o seu peito e o chacoalhei, deixando de registrar a dor. Senti Ivy e Gabriel ao meu lado, conversando rapidamente, mas não compreendi o que discutiam. Eu me sentia longe, muito longe, e um som alto nos meus ouvidos abafava todos os pensamentos. O meu cérebro se recusava a compreender o que havia acontecido. A confusão me dominava, fazia minha cabeça girar. Senti um buraco enorme dentro de mim. Gabriel pousou a mão no pescoço de Xavier, procurando pulsação. Vi que olhou para Ivy e quase balançou a cabeça. Não podia ser verdade, mas, no fundo, eu sabia que era.

Xavier ficou deitado de costas, o rosto perfeito, tão lindo, mas, ainda assim, petrificado. Os olhos azuis que tanto amava estavam virados para o teto. Toquei a sua mão, que ainda estava quente, e escutei o clique familiar quando as nossas alianças se tocaram. Mas, quando o chacoalhei com mais força, ele não reagiu. Não recebi resposta depois de repetir o seu nome várias vezes. Quando encostei o rosto no dele e pedi para que voltasse para mim, percebi que ele não podia mais me ouvir.

Hamiel o havia matado de propósito e sem misericórdia bem na minha frente. Xavier estava morto.

16

OS ADORMECIDOS E OS MORTOS

Ivy e Gabriel levantaram Xavier e o levaram para o escritório vazio ao lado do anfiteatro. Eles o deitaram delicadamente num sofá velho de couro enquanto Gabriel virava o rosto para olhar os alunos traumatizados ainda ali dentro. Gabriel tinha o poder de apagar a memória de multidões. Não sabia como ele planejava explicar a destruição ou o corpo chamuscado de Spencer, mas aquilo parecia outro mundo para mim. Não conseguia parar de olhar para o corpo inerte de Xavier. Ele estava deitado no sofá, com a mão pendendo na direção do chão.

O coração já havia parado, mas talvez ainda houvesse tempo para fazer alguma coisa... qualquer coisa nos segundos preciosos antes de a sua alma sair do corpo. Mostrei os punhos quebrados a Ivy. Com um toque, as mãos tortas ficaram retas, os ossos se uniram e voltaram ao normal. Comecei a cuidar de Xavier imediatamente. Abri a sua camisa, estourando os botões, e coloquei as mãos sobre o peito macio, mas eu tremia tanto que não conseguia me concentrar. Tentei enviar as correntes de cura que poderiam reiniciar as batidas do coração de Xavier, mas o meu próprio coração estava tão acelerado que eu não conseguia me concentrar.

Olhei desesperada para Ivy, que estava ajoelhada do meu lado. Apesar de ter retomado a forma de ser humano, gotas brilhantes de luz ainda escorriam do seu cabelo liso, dissolvendo-se quando entravam em contato com o carpete. O que ela estava esperando? Ivy era curandeira. Eu sabia que ela era a única pessoa que poderia ajudá-lo agora. Mudei de posição para permitir que ela trabalhasse e me sentei no canto do sofá, com a cabeça de Xavier no colo. Quando afastei o cabelo dele dos olhos, vi que uma palidez moribunda já tomava conta dos seus belos traços.

Implorei para a minha irmã:

— Faça alguma coisa!

Ela olhou para mim com desânimo.

— Não sei o que fazer. Ele já morreu.

— O quê? — disse, quase gritando com ela. — Você já fez isso antes, já trouxe a pessoa de volta! Já vi você fazer isso!

— Pessoas que estavam quase morrendo — disse ela, assentindo. — Quase... Mas ele já passou desse ponto.

— *Não!* — gritei, inclinando-me e massageando o coração de Xavier com as duas mãos. Lágrimas quentes corriam pelo meu rosto e pousavam no seu peito parado. — Precisamos salvá-lo. Não podemos deixar que ele morra.

— Bethany... — começou Ivy, olhando para nós dois como uma mãe olha para os filhos machucados. A aceitação que vi no rosto dela me aterrorizava.

— Não... — Eu a interrompi. — Se ele morrer, também morro.

As minhas palavras pareceram tê-la tirado da passividade, levando-a de volta ao presente.

— Certo. — Ela prendeu o cabelo rapidamente num coque frouxo na altura da nuca. Já tinha visto Ivy curar muitas vezes e nunca tinha sido muito difícil. A sua testa começou a suar. Manteve os olhos fechados, mas percebi que se esforçava. Em silêncio, entoava uma invocação em latim da qual só entendi as palavras *Spiritus Sanctum*. A intensidade aumentava cada vez que repetia, até finalmente parar para retomar o fôlego. — Não está dando certo — anunciou, surpresa por fracassar. Ela parecia muito controlada, mas eu estava desesperada, como se o meu coração tivesse sido arrancado do corpo.

— Por quê? — perguntei sem forças.

— Ou a minha energia está acabando, ou Xavier está resistindo.

— Tente mais!

O corpo de Xavier podia estar resistindo? Talvez ele tivesse acreditado que dar a sua vida em troca da minha fosse um bom acordo. Talvez pensasse que a ira dos Setes, dessa forma, seria satisfeita. Imaginei o que ele diria: *Não me parece uma ideia tão ruim*. Talvez, até na morte, tentasse me proteger. Fazia sentido que, com um de nós morto, a separação estaria completa. A tarefa dos Setes estaria cumprida. Será que Xavier soubera, desde o início, que Hamiel o mataria? Será que ele podia ter se oferecido como um tipo de cordeiro de sacrifício? Não me conformaria com isso. Ele havia aberto mão do direito de agir de modo independente quando o padre Mel nos casou.

De repente, percebi outra presença no quarto. Virei para ver e era o mesmo jovem Ceifador que havia aparecido no nosso casamento. Estava na porta, com o mesmo olhar impertinente e levemente entediado no rosto afeminado. Virou a cabeça e começou a bater os pés de modo impaciente enquanto esperava um sinal para entrar. O bater das suas asas pretas criou uma brisa no escritório e emitiu um cheiro esquisito, como o de óleos perfumados.

— Perdão, cheguei cedo demais — disse ele, entediado.

Eu não tinha tempo para os seus comentários sarcásticos. Xavier estava se distanciando mais a cada segundo.

— Não chegue perto dele! — alertei, enquanto o corpo todo de Ivy ficava tenso com o esforço de tentar ressuscitá-lo. Torci para que ela continuasse firme, que não desistisse e o entregasse ao Céu. Uma luz dourada, cor de milho, cercou o local onde as palmas dela se apoiaram no peito de Xavier. Brilhou e apagou rapidamente. Sabia que ela precisava de tempo para restaurar o poder de cura; tempo que Xavier não tinha.

De repente, percebi que o que restava da sua energia não seria suficiente para ajudar Xavier a atravessar aquela crise.

— Não adianta — disse o Ceifador como se isso fosse óbvio. — Não conseguem ver? A alma dele já se soltou.

— Devolva-o a nós! — gritei. — Saia de perto dele!

— Você sempre me faz parecer o vilão — disse o Ceifador, suspirando.

— Por favor, não o leve — implorei. — Diga a ele que preciso dele, diga a ele...

— Por que não diz você mesma? — perguntou o Ceifador, e vi que olhou para o canto do sofá.

Olhei para a frente e fiquei boquiaberta.

Ele não passava de um contorno apagado, mas estava de pé bem na minha frente. Estava transparente e, se eu não tivesse me concentrado, não teria visto a sua presença. O espírito de Xavier estava de pé ao lado do sofá, com cara de perdido, como se estivesse tentando encontrar o caminho. Puxei o ar com tanta força, que Ivy se assustou, e o Ceifador revirou os olhos.

Ivy se aproximou do espírito, que estava de pé, parado.

— Xavier? Está me ouvindo? Você precisa voltar para nós. Não é a sua hora ainda.

O espírito de Xavier olhou para ela sem compreender e então se virou para olhar para o Ceifador.

— Tem certeza de que não quer vir comigo? — perguntou o Ceifador. — Não se preocupe, pode confiar em mim, sou profissional.

Ivy olhou para ele com fúria.

— Ei — protestou o Ceifador, sorrindo —, fico entediado nesse trabalho. Por que não posso me divertir um pouco?

O espírito permaneceu imóvel, como se não entendesse o que estava acontecendo. Eu sabia que Xavier estava preso entre o mundo dos mortos e o dos vivos. Era uma transição difícil. Para isso serviam os ceifadores e os anjos da guarda, para ajudar as pessoas a saírem deste mundo e a entrarem no próximo. Mas, naquele momento, precisávamos trazê-lo de volta, e não seria fácil.

— Olha para mim — disse Ivy, estendendo o braço. — Você sabe quem eu sou, pode confiar em mim. Vou levá-lo de volta à sua vida de antes.

Quando os dedos dela se entrelaçaram aos deles, pálidos e fantasmagóricos, Xavier pareceu assustado e deu um passo para trás.

— Que discurso mais patético — disse o Ceifador. Ele se virou para Xavier, inclinando a cabeça de uma maneira exageradamente teatral, e sorriu. — Posso fazer com que toda a dor se vá. Pode se esquecer de todas as preocupações que o pressionavam. Vou levá-lo a um lugar onde nunca mais terá que se preocupar. Sem morte, sem destruição, sem sofrimento. Só precisa me seguir.

Ele lançou um olhar triunfante a Ivy, claramente impressionado com a própria performance. O espírito de Xavier inclinou a cabeça como se as palavras do Ceifador o atraíssem, e o vento soprou quando se afastou de nós. Instintivamente, procurei o meu irmão ao redor. Eu estava muito acostumada a ser salva por Gabriel, que solucionava todos os nossos problemas. Mas hoje ele tinha os próprios problemas para resolver. O que eu poderia fazer? Não podia agarrar um fantasma. O corpo de Xavier agora estava abandonado e não havia como deter o Ceifador. Eu não podia matar a Morte.

O espírito de Xavier olhou para mim, confuso. Olhou ao redor como se estivesse tentando decidir qual caminho seguir. O Ceifador sorria.

— Está procurando a saída? Venha comigo. Posso mostrá-la a você. — A sua voz estava carregada de promessa.

— Não escute o que ele diz!

O espírito de Xavier olhou para nós dois, um de cada vez, sem saber em quem confiar. Eu sabia que ele estava muito vulnerável naquele momento, que poderia ser facilmente influenciado.

— Você não deve ir com ele — insisti. — Nunca voltará. Precisamos de você aqui.

— Ela está mentindo — disse o Ceifador. — Só quer prender você porque não quer ficar sozinha. Venha comigo e nada, nunca mais, vai atrapalhar você.

A situação havia se transformado numa competição entre mim e o Ceifador, e a alma de Xavier no meio. Mas eu não permitiria que ele o roubasse de mim.

— Segure a minha mão — pedi. — Vou mostrar como é fácil.

Mas não estava dando certo. Ele só parecia mais perdido e confuso. A qualquer momento, eu o perderia e ele desapareceria para sempre.

Senti os lábios de Ivy na minha orelha.

— Só você pode ajudá-lo agora. Faça isso!

Mas como? Senti vontade de gritar. Não tinha força nem poder. Comparada ao Ceifador, eu era fraca. Mas não tinha tempo para pensar nisso. Eu me lancei e me posicionei firmemente na frente do espírito, com as mãos no quadril. Ele parou quando me reconheceu.

— Escute bem o que vou dizer, Xavier Woods — gritei, tentando segurar os seus ombros. As minhas mãos passaram diretamente por ele e eu as abaixei. — Nem pense em nos deixar! Lembre-se de que *prometemos que estaríamos juntos nessa*. Fizemos um pacto: *aonde você for, eu vou*. Se você morrer agora, terei que encontrar uma maneira de acompanhá-lo. Está tentando me matar? Se não voltar agora mesmo, nunca vou perdoá-lo. Está me ouvindo? Não pode me deixar sozinha aqui!

A minha reação foi tão pessoal que percebi que Ivy estava se sentindo uma intrusa. Até mesmo o Ceifador ficou olhando para o teto enquanto esperava eu terminar. O espírito olhou para mim por um momento e então estendeu a mão na minha direção.

— Venha — sussurrei. — Volte.

Quando os dedos de Xavier entrelaçaram nos meus, estavam sólidos e consegui segurá-los com força. Sabia que não duraria muito tempo, mas não podia apressá-lo. Devagar, o afastei do Ceifador e o levei na direção do sofá, onde estava o corpo sem vida. Quando Xavier olhou para a cena da sua morte, Ivy agiu. Moveu as mãos brancas de modo a deixá-las pairando sobre as têmporas de Xavier. Isso criou uma rede de luz ao redor da cabeça dele. A luz começou a descer, espalhando-se pelo seu corpo como uma névoa fina. Ela continuou a se estender até chegar ao espírito, envolvendo-o, puxando-o para trás. De repente, Ivy caiu de joelhos e ergueu os braços. Surgiu um raio de luz quando a névoa se fundiu e então desapareceu, levando o espírito com ela.

No sofá, Xavier arfou como se estivesse voltando a respirar depois de um afogamento, de volta à superfície. Abriu os olhos e gemeu. Soluçando, me lancei a ele, com os braços envolvendo o seu pescoço, sem querer soltar. Na porta, vi o Ceifador ficar ressentido.

— Você venceu — disse, e fez uma breve reverência. Virou-se e desapareceu no corredor, dizendo algo sobre não se divertir mais como antes naquele trabalho.

Xavier ainda parecia desorientado, por isso Ivy precisou me tirar de cima dele.

— Está tudo bem, Beth — disse ela, entregando um lenço para mim. O meu rosto estava todo manchado de lágrimas, e o nariz escorria. Chorava tanto que senti a pele repuxar e os olhos incharem. — Ele vai ficar bem — repetiu Ivy para me acalmar. Ainda assim, eu observava o movimento do seu peito de perto, duvidando dos meus olhos e recusando-me a acreditar no que a minha irmã dizia.

— Beth? — perguntou Xavier um pouco grogue, sem conseguir focar o olhar direito.

— Estou aqui — disse a ele, chorando de novo.

— Você está bem? Está machucada?

— Estarei bem se você estiver — disse, deitando-me ao lado dele. — Como está se sentindo?

— O meu corpo está meio esquisito — disse Xavier, e eu automaticamente me recostei.

— Calma — disse Ivy. — É normal. Ele só precisa descansar.

Xavier murmurou algo incoerente e fechou os olhos, caindo num sono profundo. Envolvi o meu corpo no dele, sentindo o seu calor, e fiz uma promessa a mim mesma. Enquanto eu vivesse, e independentemente do que me custasse, nunca mais permitiria que alguém voltasse a feri-lo.

Agora que sabia que ele estava bem, Xavier poderia dormir por um mês seguido, não me importaria. Gabriel entrou na sala com as asas retraídas. Parou para bater a poeira da roupa e fragmentos de gesso do cabelo e sorriu quando viu Xavier.

— Como está o nosso Lázaro? — perguntou ele.

— Ficará bem — respondeu Ivy, sentando-se, exausta. — Não foi fácil.

— Com certeza não. — Gabriel observou o meu rosto molhado de lágrimas e os olhos vermelhos. Percebi que também parecia exausto, com o rosto esgotado.

— Como foi? — perguntei.

— Terminou — respondeu ele. — Os alunos estão culpando a Mãe Natureza e os serviços de emergência foram chamados.

— E o Spencer? — perguntei, com os olhos ardendo por chorar de novo ao lembrar o último olhar que havíamos trocado antes de ele morrer.

— Ele nunca esteve ali. — Pela maneira sucinta como o meu irmão falou, sabia que seria mais inteligente não pedir detalhes. Não sabia o que tinha feito com o corpo de Spencer, mas deve ter sido difícil para ele. Alterar estados mentais e apagar lembranças eram duas das coisas que ele considerava mais difíceis. Só fazia isso quando não tinha alternativa. Sabia que ele devia estar se sentindo muito desconfortável no momento. Ivy decidiu falar de coisas mais práticas.

— É melhor sairmos daqui — disse ela. — Antes que as pessoas comecem a chegar.

Pelo menos por enquanto, a crise havia sido controlada e saímos dela relativamente ilesos. Não sabia se os Setes estavam impondo a lei de Deus ou não, mas, ainda assim, fiz uma oração. *Obrigada, Pai, por tirar Xavier das mãos da morte e devolvê-lo para nós são e salvo. Mantenha-o afastado do mal e farei qualquer coisa que o Senhor pedir.*

Estávamos sentados num salão tradicional de uma pensão que ficava próxima à cidade onde havíamos nos escondido, deixando uma distância segura entre nós e o campus que os Setes haviam atacado. Não estávamos preocupados com a retaliação. Sabíamos que demoraria um pouco para que eles se recompusessem.

— Afaste-se da besta — disse Xavier, abrindo os olhos, e logo vimos que ele estava totalmente assustado.

— Seja bem-vindo — disse Gabriel, um pouco confuso. Xavier olhou para ele sem reconhecê-lo. O seu olhar estava um tanto perdido, como quem delira de febre. Toquei a sua testa e percebi que ardia em febre.

— A besta está surgindo do mar — continuou ele, remexendo-se na cama, não parando de olhar na direção da porta trancada.

— O que está acontecendo? — perguntei.

— Não sei bem — respondeu Gabriel. — Ele está dizendo frases do livro do Apocalipse.

— Está tudo bem, Xav — disse eu, pensando que ele podia estar sofrendo de estresse pós-traumático. — Não há besta nenhuma. Está seguro aqui.

Xavier encostou a cabeça de novo nos travesseiros, o peito começando a suar. Rangeu os dentes como se estivesse sentindo dor.

— Beth, não. — Ele estendeu o braço e segurou a minha mão com força. — Você precisa sair. Vá, agora! Promete que fará isso?

— Os Setes se foram — disse eu, com calma. — Gabriel e Ivy cuidaram deles. Não voltarão tão cedo.

— Você não consegue entender? — De repente, Xavier se sentou, assustado. — Ninguém está seguro. Ele está aqui.

— Ivy, sobre o que ele está falando? — Eu me virei para a minha irmã. Nada que Xavier dizia fazia sentido. — O que ele tem?

— Acalme-se, Beth. Dê um tempo a ele. Acho que só está desorientado. Estava morto, não lembra?

Xavier tentou ficar de pé e o seu rosto ficou pálido no mesmo instante. Ele se balançou perigosamente e precisou se segurar na cabeceira da cama para se estabilizar.

— Calma — disse Gabriel, preocupado. — Não precisa ter pressa.

Xavier olhou para cada um de nós, totalmente confuso. Então, de repente, a sua expressão mudou.

— Bom, foi divertido. Podemos repetir em breve? — A princípio, não entendi de onde estava vindo aquele tom de voz. Já havia visto Xavier ser sarcástico antes, mas não parecia ser a mesma pessoa falando naquele momento. Estiquei uma das mãos para ele, mas a recolhi em seguida. Nada havia mudado, mas, ao mesmo tempo, tudo era diferente. A suavidade havia desaparecido do seu rosto, como se alguém tivesse acabado de remodelar os contornos para fazê-lo ficar sério. O rosto ficou mais magro e nunca o vira estreitar os olhos de modo tão forçado. Gabriel e Ivy se entreolharam, um olhar de inquietação.

— O que foi? O que está acontecendo? — Olhei para um e depois para o outro, mas o que quer que estavam pensando decidiram não me contar.

— Você está se sentindo bem? — perguntou Gabriel com delicadeza. Parecia ter ideia do que estava havendo, mas queria ter certeza absoluta. Talvez não estivesse pronto para aceitar.

— Nunca me senti melhor! — Xavier sorriu, satisfeito. Saiu da cama e se sentou no sofá, sem parar de olhar para o meu irmão.

— Xavier? — Vi o seu sorriso desaparecer quando olhou para mim, de cima a baixo. Senti vontade de me aproximar dele e de chacoalhá--lo para que voltasse a si. Para mostrar que poderíamos vencer aquele obstáculo se voltasse a ser ele mesmo. Mas tive a sensação de que as minhas palavras não fariam sentido para ele e que qualquer gesto de carinho não seria bem-recebido.

— Estou a fim de correr. — Xavier começou a apressar o passo, a flexionar os braços e a dar pulos. Ele não era do tipo hiperativo. Não o reconheci agindo daquela maneira, comportando-se como um tigre enjaulado.

— Talvez fosse melhor você se deitar — disse eu, dando um passo incerto à frente.

— Beth, não faça isso — alertou-me o meu irmão.

— Não, não quero *me deitar* — disse ele, imitando a minha voz num tom mais fino, extremamente frio.

Dei um passo na direção dele e senti os dedos de Gabriel apertarem o meu ombro. Olhei nos seus olhos brilhantes.

— Xavier nunca me machucaria — protestei.

— Não — disse Gabriel. — O *Xavier*, não.

Algo na maneira como disse aquilo me deixou desconfiada.

— Ele só está cansado — disse em voz alta, recusando-me a aceitar qualquer outra alternativa. O meu limite emocional havia sido atingido ao ver Xavier morrer diante dos meus olhos. Não sabia quanto mais toleraria.

Aquilo só podia ser uma reação ao estresse extremo. Afinal, os seres humanos, assim como os anjos, não tinham reservas ilimitadas de energia. Xavier havia passado por tantas coisas nas últimas semanas que era um milagre não ter explodido antes. Mas todos tinham um ponto de ebulição, e o do Xavier acabara de ser atingido. Eu me lembrava de ter lido sobre isso nos livros de psicologia. Quando alguém era pressionado, começava a demonstrar estresse e a agir de maneiras bizarras. Mas não pensei que o surto de Xavier resultaria em raiva direcionada a mim. O que estava acontecendo com ele? A hostilidade na sua voz agora era pior do que a picada de um escorpião. Era difícil ignorar a maneira como estava olhando para mim, como se eu fosse a sua pior inimiga.

— Deve haver algo que eu possa fazer — sussurrei para enganar as lágrimas que ameaçavam rolar. Precisava me manter forte por nós dois naquele momento.

— Na verdade, há. — Xavier nunca havia falado comigo com formalidade. Será que tinha batido a cabeça com força ao cair no chão? Olhei para ele com ansiedade, disposta a atender qualquer pedido que fizesse. Caminhei até onde ele estava, atrás do sofá, afastado de nós. Ele inclinou a cabeça ao segurar o meu rosto com as mãos, observando-me como se me visse pela primeira vez.

— Diga o que posso fazer — pedi.

Xavier encostou a boca na minha orelha e sussurrou baixinho:

— Pode ficar bem longe de mim, sua vaquinha enjoada.

E então percebi. A voz que falava comigo pelo corpo de Xavier não era dele, reconheci na hora de quem era. Eu a reconheceria em qualquer lugar. Não havia mudado nada desde a última vez em que a escutara num lugar que eu queria esquecer desesperadamente.

A voz de Lúcifer continuava sendo aquela mistura estranha de aspereza e suavidade, uísque e mel.

17

INQUILINO RUIM

Levei as mãos ao estômago como se tivesse sido esfaqueada. Pode ter sido uma reação infantil, mas ouvir a ira na voz de Xavier foi como ser atacada fisicamente.

Eu me afastei dele e caminhei apática até a janela. Do lado de fora, o Sol ainda estava brilhando e os carros passavam num rastro de cor, os motoristas alheios ao que acontecia a poucos metros. Pensamentos confusos se chocavam na minha mente como uma tempestade de meteoros. Como isso podia ter acontecido? O que faríamos? Será que Xavier seria libertado antes que algo desastroso ocorresse? Mas o que poderia ser mais desastroso do que aquilo que já tínhamos encarado nas últimas 24 horas?

— Como isso pode ter acontecido? — perguntei em voz alta dessa vez, e me virei para olhar para os meus irmãos. — Não entendo.

— A possessão pode acontecer com qualquer pessoa — respondeu Ivy, com delicadeza.

— Não. — Balancei a cabeça vigorosamente. — Coisas desse tipo não acontecem do nada com pessoas como ele. Ele deveria ser protegido pela sua fé. Não deveria haver a possibilidade do seu corpo ser invadido assim!

— Bethany, pense bem — disse Gabriel, com calma. — O Xavier morreu... Aqueles minutos entre a vida e a morte foram mais do que o suficiente para deixar a escuridão entrar.

— Mas... — Senti o peito se contrair e os olhos arderem, porque sabia que o meu irmão tinha razão. — Eu o trouxe de volta.

— Não perca a esperança — aconselhou Ivy. — Isso só significa que a luta não terminou ainda.

Quase não estava escutando o que ela dizia. Pensar que Lúcifer estava nos observando, esperando uma oportunidade de atacar foi o bastante para me fazer tremer. Havíamos nos concentrado tanto em evitar a ira do Céu que havia me esquecido de que estávamos na mira de um predador mais perigoso. O Céu queria que ficássemos separados, mas, pelo visto, o Inferno queria vingança.

Os Setes sem rosto não eram nada perto do que estava prestes a enfrentar. Uma lembrança assustadora me ocorreu: a imagem do rosto da irmã Mary Clare, a freira do convento no Tennessee. Entre o sangue e os arranhões, o lábio mordido e os dentes quebrados, percebi um olhar totalmente vago — esse olhar sugeria que ela não estava ali. O demônio havia tomado o seu corpo, espírito e mente por completo. Aquela experiência tinha sido prejudicial o bastante para mim, mesmo estando presente apenas na forma astral e a pessoa envolvida sendo uma completa desconhecida. Dessa vez, estava acontecendo com Xavier. Não sabia se teria coragem para lidar com aquilo.

Mantive o rosto escondido de Gabriel e Ivy, sabendo que o decifrariam se o vissem. Não era ingênua o bastante para achar que podia esconder qualquer coisa deles — só precisava de um momento para absorver o que estava acontecendo e para controlar as minhas emoções.

— Vamos — disse Ivy. — Precisamos ir. Não podemos permanecer aqui. — Ela procurou parecer objetiva, mas havia algo novo na sua voz.

— Para onde vamos? — perguntou Xavier com animação. A sua alegria era quase infantil e não combinava com ele.

— Vamos levar vocês de volta para a nossa casa — respondeu Gabriel, observando Xavier. — Você poderá ficar lá até... se sentir melhor.

— Espere, vocês têm uma casa? — interrompi. — Onde?

— Aqui — respondeu Ivy. — Em Oxford.

— Desde quando? — perguntei.

— Desde que chegou aqui. Estamos mais próximos do que você achava, ficamos de olho nas coisas.

— Por que não me contaram?

— Achamos que seria mais seguro se não soubesse. Se mantivéssemos contato constante, poderíamos ser descobertos. Só queríamos manter uma base próxima, para o caso de você entrar em apuros. Ainda bem que ficamos por perto.

— Estou me sentindo bem agora — interrompeu Xavier, sem se preocupar em conversar. Para provar, começou a flexionar os membros como faz um atleta ao se aquecer para os exercícios. Ele queria se exibir, não estava agindo normalmente. Fiquei pouco à vontade.

Xavier se virou para mim. — Tenho muita sorte por ter uma namorada que não desistiu de mim. — Estava sendo um tanto forçado, e o sorriso malicioso não ajudou a melhorar muito as coisas.

— Vocês têm razão, precisamos tirá-lo daqui — disse. Tanta coisa estava errada que não tinha força para fazer nada além de concordar com os meus irmãos. — Antes que ele faça algo que chame a atenção.

— Que ótimo! — exclamou ele. — Não vamos ficar juntos. Que bela esposa.

Assenti para Gabriel, que atravessou a sala em duas passadas e segurou Xavier pelos ombros.

— Ivy... — chamou ele. — Talvez precise de sua ajuda.

— Opa, opa, vai devagar, paizinho — disse Xavier, cantarolando e erguendo as mãos para mostrar que estava cooperando. — Não vou fugir, isso está divertido demais para perder. — Riu e começou a cantar baixinho: — *Vou ficar do seu lado, juntinho, grudado.*

Gabriel o empurrou sem cerimônia em direção à porta, onde Ivy estava, um tanto confusa. Será que ele tentaria fugir? Eu não acreditava nisso. Os demônios queriam nos ferir e a melhor maneira de fazer isso seria continuar ali e nos obrigar a vigiá-lo. Enquanto Xavier caminhava até a porta, parou e olhou para mim, com os olhos azuis de repente tomados por uma familiaridade assustadora.

— Você vem, não é, Beth? — perguntou ele. — Não vai me deixar com eles?

Quando olhava para mim daquela maneira, com sinceridade nos olhos arregalados, era difícil saber quem estava falando.

— Estou indo — disse, tentando manter a voz normal, mas as minhas mãos inquietas me traíam. Segui os meus irmãos em silêncio até o estacionamento, com Xavier logo atrás, cantarolando uma música irritante. Era como se ele tivesse uma bomba-relógio nas mãos, pronta a explodir a qualquer momento. Percebi, naquele instante, que seria essencial tirá-lo de vista. Não podia ficar num hotel e não podíamos deixá-lo perto do campus. Não tínhamos ideia do que fazer.

O comportamento de Xavier continuou imprevisível durante o trajeto para a casa onde Gabriel e Ivy agora moravam. Apesar de antes ter demonstrado vontade de ficar comigo, Xavier agia como se eu fosse o seu pior inimigo. Sentou-se o mais longe que pôde de mim no banco de trás do carro, com o queixo apoiado nas mãos, o corpo curvado a ponto de ficar todo torto. Mantinha o olhar fixo nas construções pelas quais passávamos e apenas se virava para mim a fim de lançar olhares de raiva. Decidi testar a reação de Xavier estendendo o braço e apoiando a mão no seu joelho. Seu corpo todo ficou tenso e ele rosnou baixo, como um animal ferido. Pensei que fosse me morder e rapidamente afastei a mão.

Em pouco tempo, Gabriel entrou numa garagem e estacionou na frente de uma casa azul-clara com teto baixo e rodeada por uma cerca. Havia crisântemos em vasos do lado de fora. Olhei ao redor com certa curiosidade. Até aquele momento, não tinha visto onde os meus irmãos viviam. Na verdade, não havia pensado nisso. A casa era velha e, como a maioria das casas do Sul, parecia estar presa no passado, como se tivesse uma história própria. Quase conseguia ver a esposa do soldado se despedindo dele, que partia para lutar pelo Velho Sul. Mas também tinha uma atmosfera esquisita, como se fosse um amigo nos recepcionando. Passamos por um curto corredor até uma cozinha estilo campestre com armários e paredes azuis. Lâmpadas antigas ficavam penduradas sobre o balcão, no meio do cômodo, e estantes brancas acima da pia exibiam uma coleção de louças coloridas antigas. Vi o violão de Gabriel encostado numa penteadeira pintada. Por um instante, pensei na Byron e nos momentos felizes por que passamos lá. Depois, voltei a prestar atenção ao presente.

Eu me sentei num dos banquinhos da mesa e esperei alguém dizer algo que quebrasse a tensão, que só aumentava. Gabriel observava Xavier como um gavião.

— Bacana — comentou Xavier enquanto caminhava, pegando livros, xícaras e velas, virando-os nas suas mãos, algo que não fazia normalmente. — O que temos para beber aqui? Onde vocês deixam as coisas boas? — Ele se sentou na cadeira perto da janela, na mesa do café da manhã, ignorando o olhar de reprovação de Ivy.

— Não temos álcool aqui — disse ela, e caminhou até a geladeira para pegar uma garrafa de refrigerante. Sem avisar, lançou a garrafa como um disco, tentando acertar a cabeça de Xavier. Ela rodopiou no ar, mas, um pouco antes de acertá-lo, Xavier, casualmente, esticou o braço e a pegou. Nem sequer se mexeu na cadeira. Nenhum atleta mortal, por melhor que fosse, tinha reflexos como aquele para reagir assim.

— Belo lance. — Ele tirou a tampa e bebeu metade do líquido sem parar. Quando terminou, ficou de pé e jogou a garrafa no chão.

— Onde fica o banheiro? — perguntou com um sorriso vitorioso. — Preciso muito de um banho.

— No andar de cima, primeira porta à esquerda — explicou Ivy. Ela olhou para Gabriel de modo inseguro.

Mas Xavier não chegou a sair da cozinha. Um milésimo de segundo depois, as asas de Gabriel se abriram, derrubando no chão objetos que estavam em cima do balcão. Gabriel as dominou em poucos instantes, mas Xavier não se entregou facilmente. Com o que parecia ser uma demonstração de poder sobrenatural, usou as pernas para jogar Gabriel para o outro lado da cozinha. O meu irmão bateu no balcão com tanta força que uma rachadura se abriu no mármore. Um segundo depois, estavam de pé, encarando um ao outro, em posição de luta.

— Parem! O que estão fazendo? — gritei. Eu me lancei para a frente, esperando ficar entre eles e fazer com que retomassem o bom senso. Mas Gabriel se virou para mim e a intensidade do seu rosto me assustou.

— Afaste-se. Ele vai machucar você.

Sem querer, eu havia distraído Gabriel tempo suficiente para dar vantagem a Xavier. Ele se lançou para a frente e escutei um barulho forte quando acertou a mandíbula do meu irmão. O golpe o pegou de surpresa, ele ficou atordoado por um momento, porém devolveu com um soco nas costelas de Xavier, que se curvou, sem fôlego, mas se recuperando a tempo de desferir o golpe seguinte. Ao ver que a porta da frente havia sido deixada aberta, Xavier viu uma chance de escapar e correu pelo corredor, na direção da porta. Gabriel correu atrás dele, mas se viu impedido pelas suas asas, que batiam nas paredes. Ele as encolheu e partiu atrás de Xavier, segurando-o pelos tornozelos. Os dois bateram juntos na porta de tela, caíram por cima da grade da varanda e pousaram no tapete de folhas secas no quintal da frente.

Anjo e mortal brigavam na poeira enquanto eu e Ivy ficamos de pé, impotentes, assistindo. Do outro lado da rua, havia duas senhoras bebendo chá em cadeiras de balanço na varanda. Esticaram o pescoço como duas girafas ao perceberem o alvoroço e olharam para nós, sem acreditar no que testemunhavam. Eu duvidava que presenciassem muitas brigas naquele bairro. Na verdade, tinha a impressão de que aquela era a primeira vez que uma confusão acontecia naquela rua de pessoas de respeito. Uma delas ficou de pé, abismada, com a mão sobre o peito, e a outra fez uma careta e entrou depressa.

— A sra. Bishop vai chamar a polícia — alertou Ivy, dando a impressão de que também desejava pedir ajuda.

— Devemos ir até lá e tentar impedi-la? — perguntei, apreensiva.

— Não agora. Gabriel precisa de nós.

Observamos Gabriel pegar Xavier e jogá-lo de cara no chão de cascalho. Senti vontade de correr para ajudá-lo, mas Ivy me deteve.

— Gabriel está machucando ele! — gritei. — Faça-o parar!

— Ele está tentando ajudar. — Ivy me segurou pelos ombros e me sacudiu. — Se o Xavier fugir, não sabemos o que pode fazer... quantas pessoas pode ferir, incluindo a si mesmo. Você precisa confiar em nós, Bethany.

Olhei dentro dos seus olhos claros e concordei, tentando não ver a briga. Nunca havia me sentido tão dividida. Era capaz de fazer praticamente qualquer coisa que o meu irmão pedisse. Ao mesmo tempo, não podia abandonar o meu marido quando ele mais precisava.

Xavier se levantou com cara de perdido, o que deu ao meu irmão a chance de que precisava. Gabriel rapidamente se colocou atrás de Xavier. Tentei imaginar o que pretendia fazer, até vê-lo passar os dois braços pelas axilas de Xavier e unir as mãos na nuca dele. Nessa posição, Gabriel conseguiu imobilizar Xavier tempo suficiente para levá-lo de volta para dentro da casa. Fiquei pensando se as pobres irmãs Bishop do outro lado da rua se recuperariam dos sacrilégios gritados por Xavier.

— Vocês não passam de putas — gritou ele ao passar por nós. — Putas com asas! Vejo vocês no Inferno!

— É... ele é um primo distante — explicou Ivy à senhora boquiaberta na rua, que parecia prestes a ter um ataque. — Está num dia ruim. Sinto muito.

Então, Ivy entrou e fechou logo a porta.

— Abram o porão! — gritou Gabriel quando entramos. Ivy obedeceu e Gabriel e Xavier desceram os degraus estreitos de concreto que levavam ao porão da casa. Espiei pela escuridão com nervosismo. Não gostava de estar embaixo da terra.

— Não podemos conversar aqui em cima? — perguntei.

— Com essa bagunça que ele está fazendo? — Ivy balançou a cabeça. — Seria mais fácil anunciar no noticiário.

Desci os degraus atrás do meu irmão, mantendo uma distância segura das pernas de Xavier, que não paravam de dar chutes. As suas tentativas de lutar não tiveram efeito sobre Gabriel, cujo corpo, ao que parecia, havia se transformado em pedra.

Estremeci. O porão era frio e tinha cheiro de mofo.

O local, com o piso manchado e teias de aranha pendentes das ripas de madeira, parecia uma tumba. Não havia janelas, apenas uma pequena grade de ventilação, estreita demais para permitir que qualquer coisa além de um feixe de luz entrasse. As paredes e o piso do porão eram de concreto reforçado, como muitos na região, feitos para suportar a força de um tornado. Havia os itens normais: caixas para guardar coisas, uma máquina de lavar/secadora e uma geladeira. Mas também havia uma cama de ferro antiga e um colchão listrado roído por traças, com molas expostas entre o estofamento. Ver as algemas de ferro presas nas barras da cabeceira da cama me causou uma náusea que tomou todo o meu corpo. Parecia que Gabriel e Ivy tinham previsto tamanha emergência, porque sabiam exatamente o que fazer. Gabriel se esforçou para manter Xavier na cama tempo suficiente para Ivy conseguir prender os punhos e tornozelos. Xavier se debatia e rosnava como um animal selvagem. Por fim, os dois deram um passo para trás. Xavier devia estar cansado, porque se deitou na cama, imóvel, os olhos fixos no teto.

— Ivy, pode cuidar disso? — Fiquei tentando imaginar a que Gabriel se referia, até ouvir o som de sirenes segundos depois. Xavier riu baixinho, satisfeito por estar causando problemas.

— Tem certeza de que está tudo bem aqui? — perguntou ela, e o meu irmão assentiu.

— Mas vá depressa.

Ivy calou-se, mas Xavier, ciente da possibilidade de escapar, começou a gritar tão alto que Gabriel precisou tapar a sua boca com a mão. Escutamos portas de carro batendo e vozes na porta da frente. Ouvi a voz de Ivy desculpando-se. Entendi trechos da explicação; ela dizia que o primo estava sofrendo uma crise de abstinência depois de ter deixado a reabilitação. Ela sabia mentir, e fez um discurso sobre envolvimento com pessoas erradas, prometendo mantê-lo sob vigilância até que se recuperasse totalmente.

A voz do policial, por sua vez, era muito compreensiva. Era evidente que estava encantado com Ivy, e dizia que ela era uma "moça muito corajosa", a aconselhando a se manter firme nos momentos difíceis. Também disse que ela deveria telefonar para ele sempre que precisasse de ajuda. Ivy agradeceu de modo educado e fechou a porta.

Voltou com o rosto sério, trazendo vários saleiros da cozinha. Começou a espalhar o sal num círculo bem-feito ao redor da cama.

— O que está fazendo? — perguntei.

— O sal e o ferro repelem os demônios — explicou, de modo firme. — Usaremos todos os recursos que pudermos.

Senti vontade de dizer que aquele não se tratava de um demônio comum, mas achei que não ajudaria muito.

— Você se lembra por quê? — perguntou ela. Pensei no meu treinamento básico como anjo.

— Eles são compostos puros, e os demônios, por serem a essência da impureza, não podem chegar perto deles — respondi.

— Isso mesmo — disse Ivy.

— Mas não será o suficiente, certo? Não pode ser tão fácil.

— Infelizmente, não. O demônio já entrou nele. Mas isso o impedirá de escapar, até descobrirmos como destruí-lo.

— Posso ficar com ele?

— Definitivamente não — respondeu Gabriel.

— Por que não?

— Não entendeu ainda? Você está emocionalmente envolvida. Isso pode torná-la vulnerável. Não podemos correr o risco de você ser enganada.

— Não permitirei que isso aconteça.

— Bethany... — disse Gabriel, com um tom de alerta tão forte que percebi que deveria me calar.

— Tudo bem. Mas não podem me impedir de falar com ele.

Gabriel não tentou me impedir de me aproximar da cama. Os olhos de Xavier ainda estavam voltados para o teto e havia arranhões no rosto, por ter sido jogado contra o chão. Apesar do corpo surrado e dos olhos selvagens, ele continuava dolorosamente familiar e eu ainda me sentia emocionada perto dele. Inclinei-me com cuidado sobre ele para poder dizer um pouco do que sentia, mas as palavras não vinham. A pessoa deitada na cama era um desconhecido. O que poderia dizer a ele que fizesse diferença? Ainda tentava buscar as palavras certas quando Xavier, de repente, virou a cabeça e me fitou com um olhar tão penetrante que me prendeu. Eu me esqueci de Gabriel e

Ivy, que estavam ali, bravos comigo. Olhei profundamente para o azul cristalino dos olhos de Xavier à procura de um sinal de reconhecimento. Por um segundo, algo esquisito aconteceu. Pensei tê-lo visto. A expressão nos seus olhos ficou mais suave e vi o rapaz que amava. Mas também percebi como aquilo era difícil para ele. Foi como ver um homem se afogando tentando se agarrar à superfície, sendo puxado de volta para dentro da água por uma onda mais forte do que a sua vontade de sobreviver. No entanto, ele se foi e o olhar malicioso voltou. Mas não importava. Sabia que Xavier estava ali, em algum lugar. Era o único incentivo de que precisava. Apesar de todo o meu ser me mandar fugir, sabia que nunca o deixaria enfrentar aquilo sozinho.

18

CONFUSÃO

Gabriel franziu o cenho, perdido nos seus pensamentos. Percebi que estava escondendo algo.

— Vamos lá em cima — disse ele, de repente. — Precisamos conversar.

Olhei para ele decidida.

— Não vou deixar Xavier.

— Ele ficará bem.

— Você acha que ele está *bem*? — perguntei, sem acreditar.

— Não disse que ele *está* bem. Disse que ficará bem aqui embaixo por um tempo. Você vem ou não?

Decidi ser firme.

— Não — respondi com teimosia. — Você e Ivy sabem o que estão fazendo. Não precisam de mim.

Gabriel suspirou alto. Eu sabia que estava cansado e que eu estava testando sua paciência.

— E o que exatamente você espera conseguir ficando aqui embaixo?

Dei de ombros.

— Ainda não sei. Vou subir daqui a pouco. Só gostaria de passar um tempo sozinha com Xavier, se não houver problema.

— Há problema, com certeza — disse Gabriel irritado. — Ficou maluca?

— Já não está na hora de parar de me dar ordens?

— Ele só está preocupado com você — disse Ivy. — Não pode ajudar Xavier agora e provavelmente será mais seguro não ficar sozinha com ele.

— Ele está acorrentado! — exclamei. — O que poderia fazer?

— Bethany, agora não é hora de discutir. Xavier precisa que trabalhemos juntos. Quanto mais tempo perdermos, mais aquela coisa vai ficar dentro dele. E então? Vai nos ajudar ou não?

Diferentemente de Gabriel, que ainda precisava ter mais tato com as pessoas, apesar de meses de interação com seres humanos, Ivy sempre sabia dizer a coisa certa. Como sempre, conseguiu fazer com que me sentisse petulante e limitada. Com relutância, segui os dois, olhando para trás para ver Xavier. Ele não havia se mexido e ainda olhava para o teto sem piscar. Parei no topo da escada.

— E se acontecer alguma coisa?

— Garanto que ouviremos.

— Tudo bem — disse com mau humor. — Vamos depressa.

Mas não foi depressa. Devia conhecer os meus irmãos o suficiente para saber que não tomariam decisões precipitadas. Lidar com algo tão delicado era como andar na corda bamba. A vida dos seres humanos era frágil, e os demônios, destrutivos. Um pequeno erro poderia nos custar tudo. Fiquei de pé na cozinha, sentindo a frustração aumentar enquanto Ivy caminhava de um lado ao outro, preparando um chá. Com calma, tirava as folhas dos galhos e as misturava com água quente. Gabriel também estava procurando nos armários, pegando caixas de sal e colocando-as sobre a mesa. Estavam agindo como dois feiticeiros excêntricos e não como anjos com o poder de arrancar o demônio de dentro de Xavier se quisessem.

— Ele vai matá-lo, você sabe — disse Gabriel, lendo os meus pensamentos. — Se tentarmos arrancá-lo... seria como arrancar os pontos de uma ferida. Xavier não sobreviveria à dor. Precisamos enfraquecê-lo antes.

— Certo — disse. Não podia argumentar contra isso. Fiquei atenta a qualquer som que viesse do porão, mas só escutei a respiração de Xavier, que agora parecia mais ritmada. Só esperava que tivesse se cansado e enfim adormecido. Morria por dentro ao imaginá-lo assim, acorrentado lá embaixo, preso dentro do próprio corpo. Sabia que não podíamos apressar as coisas, mas também não tínhamos todo o tempo do mundo. Como Gabriel e Ivy não tinham qualquer compreensão sobre o amor humano, não entendiam a minha pressa. Não entendiam que o meu marido estava ali, sendo arrebentado de dentro para fora.

— Acho que precisaremos de reforço — disse Gabriel, pensativo. Disse isso casualmente, como se estivéssemos discutindo o que preparar para o jantar.

— Concordo — disse Ivy, mostrando-se menos à vontade com a ideia.

— Vocês não são bons? Não conseguem enfrentar isso?

— Se fosse algo comum, conseguiríamos, mas isso é bem diferente.

— Como? — perguntei, e Gabriel olhou para mim de modo impaciente.

— Acho que sabe como.

— Porque é *ele*?

Não sei por que não conseguia dizer o nome. Talvez o nome e tudo o que trazia à lembrança fossem tão desagradáveis que eu não conseguia dizê-lo em voz alta. Talvez também houvesse o medo de que reconhecê-lo pudesse trazer uma onda de lembranças que eu desesperadamente tentava esquecer. Parte de mim ainda se prendia à ideia infantil de que, se o mal não tiver um nome, podemos nos convencer de que ele só existe na imaginação. Independentemente do motivo, sabia que precisava manter o controle pelo bem de Xavier. Ver a pessoa que mais amava e a coisa que mais detestava dentro de um corpo só era impraticável. O que eu deveria sentir: amor ou ódio?

Gabe demorou um pouco para responder, como se tivesse que pensar bem nas palavras.

— Porque não podemos falhar.

— Como assim?

— Se falharmos, Xavier pode não sair dessa vivo.

O pensamento interrompeu o meu raciocínio, e o mundo escureceu por um instante, mas consegui me recuperar.

— Por que falhariam? O trabalho de vocês é expulsar demônios. É o que fazem, não é?

— Sim. — Gabriel hesitou. — Mas apenas com o poder que recebemos lá de cima.

De repente, entendi.

— Ah, já sei. — Cerrei os punhos. — Dados os acontecimentos recentes, você não tem mais certeza do apoio que receberia.

— Essa é uma das razões.

— Então, o Céu não está do nosso lado. Isso nos deixa numa posição muito vulnerável.

— Não sabemos ao certo — disse Ivy. — Ainda podemos encontrar aliados.

— Considerando que não temos mais nenhum — murmurei, e a minha irmã ergueu uma sobrancelha.

— Não pense assim.

— Somos párias. — Tentei não me alterar. — Ninguém virá nos ajudar! Por que ajudariam?

— Porque fazemos parte da mesma família.

— Estamos ferrados — disse.

— Você não tem mais nenhuma fé? — perguntou o meu irmão, surpreso.

— Como posso ter fé, se Deus parece ter nos abandonado?

— É nesse momento que você mais precisa ter fé — disse Gabriel. — Não quando tudo está indo bem, não quando tem muito a agradecer, mas, sim, quando a escuridão cerca. Ele está sempre presente, Ele está sempre observando, e, de um jeito ou de outro, Ele colocará você no caminho certo.

Às vezes, detestava o meu irmão por ser tão sábio. Tudo o que ele dizia fazia sentido, e eu sabia que ele estava certo, mas ainda não havíamos atravessado a tempestade. Eu, mais do que qualquer pessoa, devia ter tido fé, mas estava tão cansada e tinha aprendido rápido que nem mesmo os anjos podem errar. Mas, em algum lugar dentro de mim, apesar de toda a preocupação, mágoa e raiva, ainda sentia uma mão consoladora, como um sussurro no ouvido que me guiava adiante e me mostrava que não estava sozinha.

A porta do porão ainda me atormentava, e Ivy percebeu os olhares que eu lançava na direção dela. Por fim, ficou com pena de mim.

— Beth não vai ajudar muito se não vir como Xavier está.

Gabriel inclinou a cabeça levemente, mostrando que compreendia. Agradeci e me forcei a não correr pelo corredor.

— Cinco minutos — gritou Gabriel quando me afastei. — Deixe a porta aberta. Independentemente do que ele disser, não o solte.

— Entendi — disse.

— Espere! — disse Ivy, que me entregou uma caneca de louça de onde saía um cheiro estranho e forte. — Veja se consegue fazer com que ele beba isto.

— O que é?

— Chá de mandrágora.

— Não tem um cheiro muito bom. Para que serve?

— Espero que para fazer com que ele durma por um tempo. Assim, não teremos que manter vigília durante a noite. As coisas estarão melhores de manhã.

— Talvez — respondi.

— Até lá, saberemos se temos ajuda. — Ivy tentou parecer animadora. — Depois de ver Xavier, é melhor tentar dormir. Está abatida.

— Boa ideia. — Tentei esboçar um sorriso, sabendo muito bem que havia poucas chances de eu conseguir dormir. — Já volto. Só vou ver se Xavier está bem e vou dormir. — Fingiria obedecer a Gabriel e a Ivy até poder sair do quarto e ficar ao lado dele.

Ao entrar no porão pela segunda vez, achei difícil me controlar ao ver Xavier sem camisa, ensanguentado e preso à cama. Apesar do seu corpo bem-definido e forte, nunca aparentara tanta vulnerabilidade como naquele momento. O rosto parecia exausto, os lábios estavam rachados e a barba por fazer já era evidente. Mas a sua expressão perdida foi o mais difícil de aguentar. Eu sabia que devia ser enlouquecedor para ele saber o que estava acontecendo e não poder fazer nada. Xavier não era do tipo que se afasta dos desafios — sempre escolhia enfrentar os inimigos em vez de fugir deles. Mas como combater um inimigo que vive dentro de você?

Levei a bebida quente e a coloquei com cuidado em cima de uma velha vitrola ao lado da cama, para que esfriasse. Fui até a pia enferrujada e molhei uma toalha que Ivy havia trazido e a usei para cuidar dos arranhões no rosto dele.

Ao sentir o meu toque, ele abriu os olhos. A princípio, pareceu aliviado por me ver e então surgiu a lembrança das últimas horas e uma expressão de terror tomou conta do seu rosto.

— Beth! — disse ele. — Me desculpa!

— Xavier, o que foi? — Coloquei uma mão na sua testa, por força do hábito.

— Aquelas coisas terríveis que disse... não quis dizer aquilo... nada daquilo!

Foi difícil acreditar que estava realmente conversando com ele. Não sabia quanto tempo tínhamos até a escuridão nos envolver de novo. Vi que o seu esforço para lutar contra ela era grande, ele suava e rangia os dentes. Era admirável que quisesse vencer aquela luta, pois não era fácil tirar Lúcifer do caminho. Xavier devia ser mais forte do que todos nós pensávamos. Mas eu não podia perder tempo pensando naquilo àquele momento.

Coloquei o meu dedo sobre os seus lábios para silenciá-lo.

— Está tudo bem. Não foi você. Não pense nisso. Tome... — Segurei a caneca de chá perto dos seus lábios, sabendo que, em poucos minutos, talvez segundos, a criatura horrenda dentro dele ressurgiria e ele desapareceria de novo. — Você precisa beber isto, vai ajudar.

Xavier levantou a cabeça, obediente, e tomou alguns goles, fazendo careta.

— Sinto muito — disse eu. — O gosto é tão ruim quanto o cheiro?

— Sim.

As vozes abafadas dos meus irmãos conversando chegaram até nós.

— O que estão fazendo? — perguntou Xavier. Eu sabia que ele devia estar se perguntando por que não estavam ali, cuidando da situação com a autoridade de sempre.

— Estão tentando entender as coisas. — Apertei a mão dele. — Eles resolverão isso, prometo. Você só precisa aguentar esta noite.

Xavier fechou os olhos com força e gemeu de dor quando algo invisível se torceu dentro dele, lutando para retomar o controle.

— A noite? — repetiu ele, e percebi um tom de pânico na voz. — Por que precisamos esperar? Por que eles podem fazer algo agora?

— Eles estão cuidando disso, Xav — sussurrei, tentando encontrar algo mais animador para dizer. — Não vai demorar muito.

Esperava que minhas palavras o confortassem, mas Xavier virou o rosto.

— Você precisa ir. Não quero que me veja assim.

— Não vou a lugar algum — disse, aproximando-me dele para enfatizar. — O casamento é assim. As pessoas devem ficar juntas na alegria, na tristeza e quando as coisas ficam feias.

— Acho que elas estão feias demais — disse Xavier, com expressão de agonia.

— Não me importo, então pare de discutir comigo — disse, decidida.

— Beth... — Os dedos dele se entrelaçaram nos meus. — Não sei quanto tempo tenho até... ele voltar. Não consigo controlar, é como se alguém apertasse um botão no meu cérebro e perco o controle.

Eu me inclinei até nossos narizes quase se tocarem.

— Ninguém pode controlar você, Xavier. Você é forte demais para isso.

— E se não for? — sussurrou.

— Sei que é. Quer que diga como sei?

Olhou para mim com o primeiro brilho de esperança que via desde que o trouxemos de volta.

— Como?

— Porque é *você* que está falando comigo agora. Sabe como é difícil fazer isso? Como é quase impossível? Mas você lutou contra ele, e isso é uma grande vitória. Você é forte o bastante para vencer, só precisa acreditar. Pode fazer isso por mim.

Xavier sorriu de modo distante.

— Vou tentar, Beth.

— É assim que eu gosto.

— Mas quero que faça algo por mim. — Os olhos de Xavier pareciam mais brilhantes do que o normal. Estaria ele prestes a chorar? — Se as coisas não saírem do jeito que esperamos...

O restante da frase ficou engasgado na garganta.

— O que foi, Xavier? — perguntei, apesar de saber o que estava prestes a dizer. A emoção que tomava conta de mim foi quase grande demais para suportar.

— Promete que não vai ficar chateada?

— Hmm... — disse eu, sem querer falar mais nada.

— Eu sei que Gabriel e Ivy farão tudo o que puderem, mas, se não conseguirem me ajudar...

— Vão conseguir, Xavier — insisti. — É claro que vão.

Mas não ouviu o que eu disse, pois estava muito concentrado em dizer o que pretendia.

— Tem algo mortal dentro de mim, Beth. Vou lutar contra ele, mas, se não vencer, você tem que me prometer que vai me trancafiar em algum lugar, me manter num local onde eu não possa ferir ninguém.

— Não chegará a esse ponto.

— Mas se chegar... prefiro morrer.

— Não diga isso. — A minha voz estava embargada, mas Xavier continuou pressionando, determinado a terminar.

— Você vai ter que me deixar morrer.

— Não! — gritei.

— Se chegar ao ponto de ser a minha vida ou a de outra pessoa, você terá que abrir mão de mim, Beth. Não quero mais nenhuma morte nas minhas costas. Não saberia lidar com isso.

— Prometo que não deixarei você ferir ninguém — disse. — É o melhor que posso fazer. Por favor, não peça mais do que isso.

— Certo — murmurou Xavier. Parecia que estava perdendo a consciência. — Até mais. Não se esqueça de mim.

— O quê? — perguntei, mas ele já havia adormecido. O chá de Ivy era bem poderoso.

— Não vou me esquecer de você — sussurrei, pressionando os lábios na testa dele. — Seria mais fácil eu me esquecer de mim.

Fui para o andar de cima pegar um cobertor, para me cobrir, e sentei numa cadeira de balanço antiga do porão para ficar de vigília. Ivy e Gabriel não tentaram me impedir dessa vez — as lágrimas silenciosas que desciam pelo meu rosto devem ter sido um sinal para que me deixassem em paz. No escuro, comecei a cochilar, mas despertava com qualquer barulhinho de movimentação. Era como se, a cada vez que abrisse os olhos, estivesse testemunhando uma transformação física na cama à frente. O rosto de Xavier parecia mais magro e havia uma expressão de tristeza nele nem um pouco familiar. Mas disse a mim mesma que era a escuridão do porão aplicando truques na minha mente.

Só percebi que a manhã se aproximava por causa do canto estridente de um galo no quintal de alguém. Xavier despertou do sono e olhou para mim. Os olhos continuavam brilhantes, claros e azuis, mas não eram os dele. Quando começou a falar, era uma voz rouca tão diferente da dele que me sobressaltei.

— Um recipiente maravilhoso.

— O quê? — Não tinha certeza de que havia escutado bem e me aproximei um pouco.

— Este. — Ele abaixou o queixo para olhar para o próprio corpo. — Quase fico com pena de destruí-lo.

— Você... — comecei a falar num ataque repentino de raiva, mas todas as coisas que eu queria dizer, gritar para ele, pareciam presas na minha garganta, e não consegui dizer nada. Sabia que Xavier não estava ali, mas havia um novo inquilino ocupando o seu corpo e gabando-se do novo ambiente.

— O gato comeu a sua língua? — Sorriu e remexeu as correntes que o prendiam como se não passassem de brinquedos. A sua voz tinha um sotaque texano. — É bom vê-la de novo, anjinho. É bom estar aqui. Na verdade, gostei tanto que devo ficar.

— Você não vai ficar — disse eu, tão calma que surpreendi até a mim mesma.

— É mesmo? O que faz você ter tanta certeza?

— Você pode tentar, mas não vai vencer. Não de nós.

— Depende do que você chama de vencer. — A voz se tornou mais baixa e mais cheia de ódio. — Estou aqui, não estou?

— Não por muito tempo. — Dei de ombros, mas a minha atitude de "vá para o inferno" não o convenceu. Acho que não funcionava muito bem com o demônio.

— Você pode se surpreender com a minha força.

— Gabriel é um anjo muito poderoso — disse eu. — Vai cuidar de você em breve. Já pode ir desistindo, porque não terá a menor chance.

— *O meu irmão vai cuidar de você. Temos que ajudar o pobre Xavier, porque eu o amo muuuuiiito.* — A voz fina e a risada alta me atingiram como uma chicotada. — Ah, Bethany, minha cara, a sua ingenuidade é adorável. Agora, acho que tenho uma chance. Sabe por quê? Porque não vou desistir e, enquanto estiver aqui, o seu namoradinho estará sob o meu controle. Não aconselho você a tentar me afastar. Posso causar muitos danos aqui dentro, literalmente.

A cabeça de Xavier rolava de um lado a outro como se ele estivesse tentando despertar de um pesadelo. Os olhos estavam abertos, mas desfocados. De repente, o corpo foi sacudido por fortes espasmos, como alguém tendo um ataque.

— Está vendo o que quero dizer?

— Xavier! — gritei, levando as mãos ao peito dele.

— Desculpa, mas Xavier não está em casa agora, quer deixar recado?

Lúcifer riu da própria piada.

— Ele não consegue me ouvir — murmurei.

— Ah, ele consegue ouvir, sim — respondeu Lúcifer, satisfeito. — Só não consegue responder. Lembre-se de que este ainda é o corpo dele. Ele sente tudo... de modo agudo.

Observei o rosto de Xavier à procura de algum sinal, mas não recebi nenhum.

— O que está fazendo com ele? — perguntei.

— Apenas puxando as cordinhas.

As minhas mãos se fecharam em punhos. Não havia palavras que bastassem para expressar o tamanho do ódio que sentia por ele, mas pelo menos eu sabia que não faria bem algum a Xavier se deixasse isso transparecer. Precisava ser inteligente.

— Sei que está bravo comigo — disse, implorando. — Sendo assim, desconte a sua raiva em mim. Vingue-se de mim. Não faça isso com ele. Não é culpa dele.

— Ai, menininha — disse Lúcifer. — Estou me vingando de você. Quer uma maneira melhor do que esta? Fazê-la ver a pessoa que ama morrer diante dos seus olhos... e de modo tão lento e doloroso? — Ele balançou a cabeça. — É quase cruel demais.

— Não faça isso. Saia de dentro dele, deixe-o em paz!

Ele olhou para a minha aliança.

— Puxa vida, o que estou vendo? Você será uma viúva, anjinho? Que coisa mais trágica perder o seu jovem marido tão pouco tempo depois do grande dia.

— Se o matar, o meu irmão vai acabar com você — rebati. — Todos faremos isso. Pode ter certeza.

Lúcifer me ignorou e continuou falando.

— Acho que a vida de casada combina com você. Perdeu aquele olhar de coelhinha assustada. Está se tornando uma bela mulher. — Olhou para mim, observando-me, e, apesar de ser o rosto de Xavier, a sua expressão era tão maldosa que estremeci.

— Sabe de uma coisa? — disse de repente, sentando-me na cama ao lado dele. Lúcifer ergueu uma sobrancelha. — Minutos atrás, acreditava detestar você, mas não acho que seja raiva o que sinto... é pena.

— Isso é muito nobre de sua parte, mas você deve sentir pena de si mesma. Tem sido um caminho difícil, não é? Escolher amar um mortal. O seu namoradinho já morreu uma vez, os seus irmãos se ressentem de você, e o Papai colocou os micos amestrados atrás de vocês.

— Meu Pai não teve participação nisso. Não ouse citar Seu nome.

— Pode acreditar no que quiser — disse Lúcifer, dando de ombros. — Mas pensei que Ele soubesse de tudo... Ele não tinha que ser onipresente, coisa e tal?

— Ele tem muitas coisas para fazer — rebati. — Tem que arrumar a bagunça que você e os seus vermes espalharam por todo o planeta.

— Não é divertido? — disse Lúcifer, sorrindo. — Que pena que você está na lista negra do Papai agora.

— Você não consegue entendê-Lo, não é? — perguntei, abruptamente. — Deus é amor e a Sua misericórdia é enorme. Só porque expulsou você, não quer dizer que vai abandonar todos nós. Afinal, é esse o seu problema, não é? O menininho que se sente rejeitado pelo Papai.

Lúcifer olhou para mim por um momento e os seus olhos ficaram frios como gelo.

— Não fale de coisas sobre as quais não entende — disse ele em tom ameaçador.

— Compreendo mais do que você pensa — respondi. — E sei que nem sempre você foi assim, certo?

— Como assim?

— Todos sabemos as histórias. Você era uma das figuras principais do Céu. Nosso Pai amava você; Ele tinha grandes planos para você. Mas você estragou tudo. Colocou a culpa Nele, mas foi você quem errou.

Lúcifer mostrou os dentes para mim.

— Você deve parar enquanto ainda pode, menininha. Não vai querer me irritar.

— Já desejou ter feito as coisas de modo diferente? — perguntei. — Aposto que se arrepende todos os dias. Já deve ter sentido o amor alguma vez.

— E talvez você queira ver o seu queridinho com uma hemorragia interna.

— Não! — gritei. — Sinto muito! Não o machuque.

Lúcifer, que havia erguido o corpo e se inclinava para frente o máximo que podia, deitou-se de novo. Parecia estar respirando de modo mais ofegante. Estava claro que algo que eu havia dito tinha tocado fundo.

— Temos mais coisas em comum do que você pensa — disse ele por fim, lambendo os lábios rachados.

— Duvido muito disso — respondi.

— Não acha que sofre do pecado do orgulho? — perguntou ele. — Não vejo você obedecendo à vontade do Céu.

O comentário me pegou de surpresa, e senti que corei. Esperava que ele não percebesse.

— Ah, sim — continuou. — Sei muito mais coisas sobre você do que pensa.

— Não sabe nada sobre mim.

— Sei que nunca vi alguém tão pequena e indefesa colecionar tantos inimigos.

— Por que está perdendo tempo conosco? — explodi. — Não valemos a pena, você não tem nada a ganhar aqui.

— Não é perda de tempo, estou me divertindo horrores.

— O que você quer? — Eu me inclinei para ele, exigindo uma resposta.

— Só quero fazer parte da família — disse ele, de modo inocente.

— Sei que tem um plano. E não é só acabar com a minha vida. Mas pode acreditar quando digo que não vai conseguir. Não permitirei. — Observei o rosto de Xavier, lembrando como ele era. — Você está atrás do cara errado. Por ele, não há nada que eu não faria.

— Então vai ser interessante ver como isso vai se desenrolar. — Lúcifer sorriu satisfeito. — Estou aqui para ver tudo... até o fim.

19

VELHAS FERIDAS

Como se tivesse sido combinado, um estrondo foi ouvido, e a máquina de lavar/secadora começou a balançar tão violentamente que caiu no chão de concreto. Olhei ao redor assustada, sabendo que a máquina não estava ligada. O som de passos começou a soar pelas paredes, e a velha vitrola produziu um som de arranhão, enchendo o porão com um barulho rouco. Por fim, a lâmpada do teto tremeu e se apagou, deixando-nos na escuridão total.

Tentei parar de ouvir os sons e fechei os olhos, mas me recusei a fugir. Lúcifer podia lançar mão de todos os truques que tinha na manga, mas não me tiraria de perto de Xavier. Fiquei sentada; os meus membros pareciam pesados e o meu cérebro estava tomado pelo clamor que ameaçava me enlouquecer. De repente, tudo ficou em silêncio e, quando abri os olhos, entendi o motivo. Gabriel e Ivy estavam de pé no topo da escada, e a presença dos dois havia mudado os ânimos totalmente. Eles tinham a capacidade de afastar até mesmo a escuridão mais penetrante com as suas auras claras.

Ao vê-los, logo me senti melhor. De banho tomado e descansados, pareciam novos em folha, formidáveis e prontos para encarar qualquer coisa. Não sabia se tinham se vestido daquela maneira de propósito, mas estavam resplandecentes com roupas brancas: Ivy com um vestido que marcava a cintura e botas de caubói, e Gabriel com uma camisa branca e os jeans desbotados de sempre.

Desceram a escada lentamente, como se estivessem prestando atenção a mensagens secretas reveladas no ar que ninguém além deles poderia escutar.

— Há quanto tempo está aqui embaixo? — perguntou Gabriel de modo casual. Não havia acusação na sua voz, como se soubesse muito bem que me encontraria ali.

— Há algumas horas — disse, tentando ser vaga.

— Dormiu?

— Não muito — admiti.

— Por que não subimos? — perguntou com uma gentileza surpreendente. — Vamos conversar.

Queria ir, correr para cima e enfiar a cabeça embaixo de um travesseiro, na esperança de que, quando acordasse, tudo estivesse melhor. Mas não podia fazer isso, porque havia prometido a Xavier e a mim mesma. Além disso, se Lúcifer queria ficar até o fim, eu também queria. Estava abalada e esgotada, mas nada me convenceu a sair... Não poderia fazer isso sem ter a certeza de que Xavier estava seguro. Então, percebi que os meus irmãos estavam sozinhos. Será que os anjos tinham se recusado a nos ajudar?

— Vamos tentar sozinhos primeiro — disse Ivy, e balancei a cabeça por instinto, pensando que ela estava xeretando os meus pensamentos. Mas não estava, ela era a minha irmã e me conhecia perfeitamente bem. Gabriel estava concentrado demais na tarefa para prestar atenção em mim. Ele me olhou como se dissesse: *Se quiser ficar, permaneça calada.* Balancei a cabeça para mostrar que compreendia e que aceitava as condições.

Quando se aproximaram, vi Xavier ficar um pouco tenso. Manteve o olhar desviado, recusando-se a reconhecer a presença deles. Quando ergueram as mãos acima dele, foi banhado por uma luz amarela. A princípio, ele riu e então lutou violentamente contra as correntes que o prendiam.

Ivy encheu um balde cinza de plástico com água da pia e o colocou aos pés de Gabriel. Xavier parecia estar ficando cada vez mais assustado enquanto Gabriel murmurava as orações de renovação, abençoando a água e transformando-a em água-benta. Quando Ivy a pegou com as mãos pálidas em concha e se aproximou, era como se estivesse carregando uma arma letal, pela forma como Xavier olhou para ela. Mas Ivy não se deteve, mesmo quando ele mostrou os dentes e rosnou como uma fera. Com calma, espalhou a água em cima do peito nu de Xavier. As gotas pareciam estar caindo sobre uma chapa quente, e não sobre uma pele macia, pois evaporavam fazendo barulho. Xavier gritava de dor, um som tão insuportável que me apressei para ajudá-lo, mas Ivy me deteve.

— Ele não está machucado — disse ela com firmeza.

— Está!

— Faz parte do ritual de limpeza.

Gabriel me entregou uma garrafa de água e bebi metade do líquido sem parar para respirar. Precisava preparar os nervos para atravessar aquele momento. Um pouco depois, uma risada maquiavélica tomou conta do porão e a expressão sofrida desapareceu do rosto de Xavier. Agora, ele sorria de orelha a orelha.

— É sério? — disse ele entre risos que sacudiam o seu peito. — Água benta? Em mim? O que é isso? Um filminho chinfrim de terror?

— Ele estava fingindo! — gritei, esquecendo a minha promessa de me calar. — Não sentiu nada!

— Pode rir, se quiser — disse Gabriel com calma. — Estamos apenas começando.

Como uma vingança, a sombra de uma serpente apareceu acima da cabeça de Xavier. Começou a fazer uma dança macabra pelo porão, enrolando-se nos pés da cama, deslizando pelo chão e envolvendo a grade de ventilação, espalhando nuvens de poeira no ar. Enfim, parou aos meus pés, onde formou um redemoinho de névoa escura ao redor dos meus tornozelos. Sempre que a afastava com chutes, se dispersava por aguns segundos, mas voltava a se formar. Parecia estar mandando uma mensagem clara: *Você não pode me pegar*.

Os meus irmãos continuaram sem se abalar. Ivy acendeu velas e as organizou num triângulo no chão de concreto, para que lançassem sombras alongadas pela sala. De algum lugar, uma rajada de vento soprou e as apagou. Assim que isso aconteceu, Ivy balançou um dedo, e as chamas voltaram. Isso continuou por algum tempo, numa brincadeira tediosa de gato e rato. Por fim, as rajadas de vento pararam, e as velas permaneceram acesas. Ivy esboçou um sorriso. Será que havíamos conseguido uma pequena vitória? Ou Lúcifer só estava entediado e pronto para ver o próximo truque que tínhamos na manga? Não soube dizer. Só sabia que aquilo estava demorando demais. Eu estava esperando uma batalha longa, mas já começava a perder a paciência.

Gabriel enfim se aproximou da cama e tamborilou na estrutura de ferro forjado.

— Quem é você? Diga o seu nome — começou ele.

— Ela sabe. — Xavier fez um meneio de cabeça na minha direção. — Por que não pergunta a ela?

— Porque estou perguntando a você — respondeu Gabriel. Não era segredo quem era o demônio dentro do corpo de Xavier, mas era parte essencial de um exorcismo fazer com que admitisse a sua identidade. Eu sabia que Gabriel não poderia começar sem que isso acontecesse.

— Quem é você? — repetiu de modo áspero.

De repente, as portas dos armários da parede mais distante se abriram e diversos objetos — chaves de fenda, martelos e potes de vidro com pregos dentro — se espalharam pela sala. Precisei me abaixar e cobrir a cabeça com os braços para evitar o ataque. Vi um martelo indo direto na direção de Gabriel e me assustei. Porém, ao bater no seu ombro, o objeto quicou como se fosse feito de borracha e caiu no chão sem deixar nenhuma marca. Gabriel se aproximou da cama e segurou o queixo de Xavier, virando o rosto para o dele, mas Xavier se recusou a olhar nos seus olhos.

— Quero saber o seu nome — disse Gabriel, com menos paciência.

Uma língua sub-humana respondeu, sem qualquer semelhança com a voz tranquila de Xavier.

— Não brinque comigo, arcanjo. Você sabe quem sou. Olhe aqui dentro e vai me encontrar.

— Diga o seu nome — insistiu Gabriel e, de modo irreverente, começou a cantarolar: — A menos que não queira dizer porque tem medo de mim.

Se aquilo tinha sido uma atitude calculada, deu certo. A expressão no rosto de Xavier mudou de diversão para superioridade. Por fim, olhou diretamente para Gabriel.

— Atendo por muitos nomes, mas saiba que sou seu adversário, aquele que você ajudou a lançar no abismo.

Não era nenhuma novidade, mas, ainda assim, senti calafrios. Quando Ivy falou pela primeira vez, foi com sua voz de serafim, mas sem doçura.

— O que quer aqui?

— Estou colocando os assuntos em dia — respondeu a criatura, de modo misterioso.

— Fale com clareza.

— Tudo bem. — Xavier virou a cabeça de uma maneira pouco natural a fim de olhar para ela. — Estou aqui em busca de vingança. Acharam que não me vingaria pela perda que sofri? Qual é a expressão que os humanos usam? Ah, sim: *É preciso acertar as contas com o Diabo*.

— Não devemos nada a você — disse Gabriel.

— Vocês mataram o meu filho.

— Ele era um monstro.

— Com toda a sua ladainha sobre o amor de um Pai, deveriam entender como me sinto — vociferou Lúcifer. — Por falar nisso, onde estão os seus irmãos? Abandonaram vocês num momento de necessidade... Pobrezinhos. — Era desconcertante escutar a mudança de voz, agora com um tom infantil.

Gabriel revirou os olhos.

— Não desconte o seu complexo de inferioridade em mim. Você realmente esperava que nós o defendêssemos?

Fiquei um pouco confusa, até perceber que não estavam mais falando sobre o presente. Os dois tinham viajado para o passado em suas mentes, de volta ao começo, onde tudo havia começado.

— Esperava receber um pouco de apoio dos meus irmãos — respondeu Lúcifer. — Mas todos estavam mais interessados em me ver queimar.

— Você queria ser servido — argumentou Gabriel com frieza. — Servimos apenas a um Mestre. Você nunca entendeu a soberania Dele.

— Ele não devia ter favorecido os homens em nosso detrimento — disse Lúcifer. — Homens, seres tão fracos.

— Talvez seja exatamente por isso que Ele os tenha escolhido — respondeu Gabriel. — Porque todos os dias eles travam uma nova batalha que não conseguimos entender. A fé dos homens é mais forte do que a fé dos anjos, porque eles sofrem mais escolhendo caminhar com Ele. Além disso... — Ele cruzou os braços. — Não cabe a você questionar quem é favorecido aos olhos do Senhor.

— Achei que a experiência faria você mudar — disse Lúcifer. — Mas vejo que continua sendo o mesmo tolo certinho de sempre, entoando elogios a Ele como um bobo cego.

— Me poupe — murmurou Gabriel. — Nada do que você diz me afeta. Só estou aqui para devolver você ao fim do mundo, onde todos os pecadores devem ficar.

— Quero ver conseguir! — respondeu ele com a voz carregada de malícia.

Gabriel respirou fundo e fechou os olhos.

— Em nome de tudo que é sagrado, exijo que você deixe esse corpo!

O corpo de Xavier se sacudiu levemente na cama. Esperamos ansiosos, mas nada aconteceu. A risada baixa e rouca que se seguiu pareceu durar muito tempo.

— Mas é só o que tem? Não vai bastar, irmão. Ele ainda é meu.

Observei Xavier se revirar de dor, contraindo e soltando a mandíbula. Do canto da sua boca, escorreu um pouco de sangue escuro. Devia ter mordido a língua com força. Fiquei desesperada para ajudar. Aquilo devia estar acabando com o corpo dele. Xavier já tinha morrido no dia anterior e trazê-lo de volta uma vez já tinha sido um sacrifício. Até quando o seu corpo aguentaria antes de entrar em colapso? Sabia que deveria ficar calada, mas as palavras escaparam sem que eu conseguisse me controlar.

— Sinto muito pelo que aconteceu com Jake! — disse. Gabriel me olhou com um olhar de reprovação, mas fingi não perceber. — Não foi minha culpa. Não foi culpa de ninguém, só dele. Queria que as coisas tivessem sido diferentes, queria ajudá-lo... Tentei, mas não consegui. Sinto muito por ele ter morrido, mas não desconte em Xavier.

— *Sente muito?* — repetiu a voz maléfica. — Bem, acho que isso melhora tudo.

— Machucar o Xavier não vai trazer o seu filho de volta.

— Verdade. — Fez-se uma longa pausa. — Só você pode trazê-lo de volta.

— Como assim? — Quase caí para trás de susto.

— Ele voltará por você — disse ele —, se você o chamar pelo nome.

— O quê... — gaguejei. — Por que eu faria isso? De que adiantaria? Ele continuaria morto.

— Não tive a chance de me despedir. — Lúcifer pareceu quase sincero. — Quero dar a ele a chance de acertar as coisas, de deixar a sua alma em paz.

— Que alma? — perguntou Gabriel.

— Não faça isso, Bethany — alertou Ivy.

O corpo de Xavier balançou a cabeça desapontado.

— O único erro que ele cometeu foi amar você, e você retribuiu o matando.

— Não foi isso que aconteceu.

— Beth, não dê atenção a ele. Ele está tentando fazer você cair numa armadilha. — Gabriel olhou para Ivy muito preocupado. — É melhor a tirarmos daqui.

— Como assim, acertar as coisas? — perguntei, ignorando a movimentação dos meus irmãos atrás de mim.

— Tenho uma proposta — disse Lúcifer. — Você é a única conectada o suficiente para despertar o espírito dele. Por que não o chama e deixamos que ele decida o que é justo?

A sua voz parecia um laço, envolvendo-me e me atraindo para escutar. De um modo bizarro, fazia sentido. Talvez trazer Jake fosse a única coisa que acalmasse Lúcifer.

— Essa é a pior ideia que já ouvi — disse Gabriel. — Você acha que ela é idiota?

Mas eu estava me aproximando da lateral da cama.

— Quer que deixemos Jake decidir se Xavier deve viver ou morrer?

— Não — disse Lúcifer, irritado. — Todos sabemos como isso terminaria. Quero que dê a Jake algo que ele quer... e, em troca, devolverei o seu marido.

Ergui o queixo de modo desafiador.

— E se as condições não forem razoáveis?

— Você poderá não concordar com elas — disse Lúcifer, como se fosse a coisa mais simples do mundo. — Vamos trazê-lo aqui para ver o que ele tem a dizer.

Senti os dedos de Gabriel no meu ombro. Será que ele sabia que eu aceitaria a proposta?

— Não seja tola. — Ele se inclinou e sussurrou no meu ouvido. — Confie *em mim*.

— Confie nele o quanto quiser — insistiu Lúcifer. — Mas, até agora, ele não ajudou Xavier. Sou o único que pode libertá-lo.

Eu sabia que a ideia era arriscada, e uma parte de mim não conseguia acreditar que estava chegando a pensar em aceitar. E não aceitaria, se Ivy e Gabriel tivessem a situação sob controle. Mas pareciam não ter poder algum sem qualquer orientação do Céu. Será que fazer um acordo com o Diabo seria bom? Não importava muito, porque eu não tinha escolha. Era difícil pensar em trazer de volta alguém que lutei tanto tempo para tirar da minha vida. Jack Thorn havia me atormentado, me deixado maluca e quase me matara. Não queria ver a sua cara de novo pelo resto da vida. Mas, se não visse, talvez nunca mais teria Xavier. E eu sabia que o lado positivo pesava mais do que o risco na minha mente. Uma atitude desesperada era melhor do que não fazer nada.

— Bethany... por favor. — Gabriel estava quase implorando, mas eu estava obcecada, olhando dentro dos olhos azuis que eram tão familiares e tão desconhecidos ao mesmo tempo.

— Faça isso, Bethany. — A voz me envolveu como fumaça. — Ouça o seu coração. Chame-o. Que mal pode fazer?

— *Arakiel.* — Foi um sussurro que mal se ouviu, mas senti a palavra pairar no ar como um ser. Sabia que algo estava prestes a acontecer pela mudança no rosto de Gabriel e pela maneira como Ivy passava as mãos pelo braço, como se estivesse com frio.

O vento que soprou ali fora foi tão forte que conseguíamos ouvi-lo do porão. Assim que parou, a fumaça começou a passar pela grade de ventilação, espalhando-se pelo chão, assumindo, aos poucos, uma forma, até o corpo de Jack Thorn aparecer diante de nós. Apesar de estar quase transparente, estava exatamente como no dia em que nos vimos pela primeira vez. A mesma pele pálida, as mesmas faces protuberantes e olhos de gato, com o tom verde destacado pelas mechas escuras. A mesma boca bem-desenhada, rosada, quase afeminada, e o nariz fino e comprido. Estava vestido da mesma maneira de quando morreu: com camisa branca e fraque. A sua expressão era muito familiar: uma mistura estranha de beleza e crueldade.

— Bethany — disse ele com uma voz que parecia ser de alguém mais velho. — Que bom vê-la de novo.

A maneira casual com que ele falou me surpreendeu. Era difícil fingir que não estava impressionada e aterrorizada pelo que estava acontecendo. Estava bem ali, conversando com o fantasma de um demônio morto que eu mesma tinha ajudado a matar.

— Jake? É você mesmo? — Hesitei. — Hmm... como você está?

— Bem, tecnicamente, estou morto. — Cruzou os braços e lançou um sorriso amargo na direção de Gabriel. — Então, já estive melhor.

Lúcifer, encantado, observou o fantasma pelos olhos de Xavier. Jake flutuou em direção à cama e ergueu as sobrancelhas ao ver a situação de Xavier.

— Ah, que bom, o meu pai está aqui.

— Arakiel, seja bem-vindo.

— Devo dizer... — Jake balançou a mão indicando o corpo ferido de Xavier acorrentado à cama. — Gostei da sua ideia.

— Realmente — respondeu Lúcifer, mas um franzir de testa logo substituiu a sua expressão de prazer. — Fico triste por vê-lo reduzido a isto. — As palavras saíram estranhas da boca de Xavier, ásperas, como se fossem feitas de cacos de vidro.

— Ah, sabe como é — respondeu Jake. — Estou me virando... como você me ensinou.

— Chamamos você aqui por um motivo — disse Lúcifer. — Para dar-lhe um tipo de recompensa.

— É mesmo? — Jake inclinou a cabeça.

— Queremos que nos ajude numa decisão. — Xavier sorriu.

Jake concordou levemente com a cabeça.

— Fico feliz por poder ajudar. — Apoiou o queixo na mão, como se fosse um médico. — Qual é o problema?

— Eles querem que eu liberte este mortal. Ficarei feliz em fazer isso... mas não será de graça. Você deve determinar o preço, meu filho.

Como se fosse a sua deixa para falar, Gabriel surgiu das sombras.

— O que você quer em troca da vida do garoto? — perguntou ele.

De repente, senti um enjoo que não consegui explicar. Os meus irmãos pareciam estar se oferecendo em sacrifício e não gostei da expressão de vitória no rosto de Jake.

— Ora, ora... então agora o arcanjo está preparado para negociar?

— Diga quais são as condições — disse Gabriel sem mudar o tom de voz.

Lúcifer virou a cabeça de modo convidativo em direção ao fantasma de Jake.

— Vá em frente.

Fantasma ou não, Jake não deixaria de aproveitar aquele momento.

— Hmm... vejamos — disse ele de maneira teatral, tamborilando e aproveitando aquele retorno momentâneo à glória. — O que posso pedir?

— Seja rápido — disse Ivy, quase rosnando para ele. — Antes que mudemos de ideia.

— Não estou com pressa.

— Jake... — disse eu, para alertá-lo.

— Tudo bem. — Ele levantou a mão e riu. — Proponho uma troca.

— Que tipo de troca? — perguntei.

— Não com você — respondeu Jake. — Em primeiro lugar, você não é o foco aqui, Bethany. Além disso, não foi a sua mão que me matou.

Senti como se alguém me chutasse no peito quando ele olhou para Gabriel. Será que me pediria para entregar o meu irmão em troca do meu marido? Abri a boca para dizer que nunca faria isso, mas Gabriel parou na minha frente.

— Eu cuido disso — avisou. — Essa vingança é comigo.

— Mas Gabe... — Segurei a sua mão, e minha voz, de repente, ficou baixinha como a de uma criança. — Você é meu irmão.

— Sim. — Gabriel encostou a testa na minha e uma mecha de cabelo loiro caiu sobre os seus olhos. — Sou seu irmão, então me deixe fazer isso por você.

Da cama, Lúcifer soltou uma risada alta, e Jake sorriu.

— Se o melodrama já tiver acabado, estou pronto para dizer as minhas condições.

— Vá em frente — respondeu Gabriel em um tom mais sério.

— A vida dele... — disse Jake, sorrindo — em troca das suas asas.

A PRINCÍPIO, pensei que não tivesse ouvido bem. A exigência era absurda demais para ser levada a sério. Quase ri, mas Lúcifer riu primeiro.

— Ah, Arakiel — disse ele entre acessos de riso que reverberavam pela sala. — Em momentos assim, sinto orgulho de chamá-lo de meu filho.

— O que você disse? — perguntou Ivy, com os olhos arregalados numa mistura de ódio e surpresa. Lúcifer tentou fazer cara de pena.

— Não se preocupe, elas voltarão a crescer dentro de poucos séculos. Isso só significa que o seu irmão se tornará mortal por um tempo.

As esperanças que tive de estabelecer um acordo acabaram ali. Eles deviam saber que o pedido feito a Gabriel equivalia a acabar com a sua vida. Sem as asas, ele seria forçado a viver uma meia vida, sem propósito e sentido. Jake sabia muito bem o que estava fazendo — o pedido parecera sem sentido, mas eu sabia que ele havia pensado muito bem e escolhido aquilo para nos magoar da pior maneira. Com Gabriel sem poderes, Ivy perderia o parceiro, e Xavier e eu ficaríamos sem o nosso protetor, mentor e guia. Sem falar que o Inferno ficaria em polvorosa. Se um arcanjo abrisse mão das suas asas por causa de um demônio, seria como entregar a sua divindade de mão beijada... O maior sacrifício de todos. Significaria mais do que eu compreendia, além de impedir o retorno de Gabriel ao Céu. Ele estaria perdido.

— Você é tão idiota! — gritei para Jake. Teria dado um soco nele, mas não havia nada que eu pudesse acertar.

— Cuidado com o que diz. — Balançou um dedo na minha direção. — Acho que é um preço justo, já que ele tirou a minha vida.

— Você é o único responsável pela sua morte — rebati. — Por ser tão egoísta e destrutivo.

— O que vem de baixo não me atinge... — respondeu Jake, dando de ombros.

— Por que quer as asas dele? — perguntei, apesar de saber a resposta. — O que você ganha com isso?

— A vitória — disse Jake. — Satisfação.

— Ele sente muito prazer em ver um dos mais poderosos de Deus sem poderes — disse Ivy, respondendo por ele.

— Você me conhece bem — disse Jake, e piscou. — E então? Fechado ou não? Vamos logo com isso, tenho lugares para visitar, pessoas para assombrar...

— É claro que não — disse eu, de modo enfático. — Você enlouqueceu.

— Isso é um absurdo — completou Ivy. — Ele nunca permitirá algo assim.

— Eu aceito — disse Gabriel.

Parei na hora, sem acreditar no que ouvia. Parecia que ele estava falando outro idioma, e as palavras não faziam sentido.

Gabriel se virou, mantendo o rosto escondido, como se temesse mudar de ideia se olhasse para nós. A angústia tomava conta do seu rosto.

— Gabriel — sussurrou Ivy, aproximando-se dele. — Por favor, Gabriel, não faça isso.

Mas ele apenas ergueu a mão para detê-la. Eles se entreolharam por um momento e vi desespero no rosto da minha irmã e um tipo de aceitação trágica no de Gabriel.

— Não seja um mártir! — gritou Ivy. — Nem sabe se ele está dizendo a verdade!

— Acordo é acordo — disse Gabriel de um jeito tão simples que quase não o reconheci. — Ele vai cumprir o que prometeu.

— Os demônios mentem! — protestou minha irmã. — Você é nobre demais para isso. Não pode se submeter a Lúcifer!

— Não estou me submetendo a ele — respondeu Gabriel. — Estou protegendo o homem, como Nosso Pai desejaria. — Ele se aproximou da cama e colocou a mão no travesseiro ao lado da cabeça de Xavier. — O nosso amor pela humanidade já torturou você demais, não é, irmãozinho? Mas defenderei a criação do meu Pai até o fim.

Então, observei o meu irmão, arcanjo e guerreiro, reverenciado pelo Céu e pela Terra, cair de joelhos. Ele abaixou a cabeça em um gesto de submissão que nele mais parecia uma aberração da natureza. Devagar, abriu os botões da camisa e deixou que ela caísse. Na escuridão, o seu corpo brilhou suavemente. A sala ficou tomada por um cheiro de chuva quando Gabriel abriu as lindas asas. Elas tomaram o espaço, macias e com as pontas douradas. Pareciam pesadas como concreto, mas sabia que o peso era quase nulo. Eram tão leves como uma teia de aranha, mas, ao mesmo tempo, tão protetoras quanto um porto numa tempestade.

A luz do dia começou a entrar por uma abertura na parede acima dele, misturando-se ao cabelo como o luar na areia.

— Gabriel, por favor! — gritou Ivy. — Vamos encontrar outro jeito. — Mas os protestos dela não foram ouvidos. Eu quis falar, mas não conseguia encontrar as palavras. Queria lançar meu corpo sobre o dele e protegê-lo, mas sabia que não adiantaria. Então, não fiz nada, apenas cobri os olhos e chorei como uma criança. E foi quando eles vieram, uma massa rastejante de ghouls demoníacos foi solta no porão. A cara deles era como cera e tinha cor de camarão. Pareciam surgir por baixo, mas eu não tinha certeza. Tinham dentes parecidos com facas e línguas compridas. Notei que não conseguiam ficar de pé, mas percorriam o chão agachados, como enormes e monstruosos insetos. Atrás deles, asas atrofiadas se debatiam como papel amassado.

Por mais tenebrosos que fossem, o que traziam consigo me assustou ainda mais. Nas mãos curvadas, parecidas com garras, cada um empunhava um aparelho de corte no formato de serrote enferrujado.

20

RAFAEL

Gabriel nem sequer resistiu. Foi terrível e arrasador ver. O meu irmão, que para mim sempre havia sido uma fortaleza, estava de joelhos, sucumbindo à vontade dos demônios. Subiram nele, com as garras arranhando a pele das suas costas e do peito, até que só ficassem visíveis o cabelo loiro e o brilho prateado das suas asas.

As criaturas gostaram da mutilação — ficou óbvio. Tiraram as asas primeiro, espalhando pontas prateadas pelo ar. Depois, começaram a dilacerá-las, e o sangue de cor amarela correu sem parar, empoçando-se no chão sujo, onde brilhava como mirra. Isso pareceu incitar o fervor. O sangue de um arcanjo era conhecido por ter propriedades de vida; uma gota poderia tornar imortal quem o consumisse. As criaturas vis começaram a enfiar as mãos nele e o usaram para molhar o rosto. Sugavam-no, fazendo barulho com as línguas compridas. Durante todo o tempo, empunhavam as armas horrorosas, festejando a vitória, enquanto, no corpo de Xavier, Lúcifer olhava, aprovando.

Durante todo o processo, Gabriel se manteve imóvel, com a cabeça abaixada e os olhos fechados. As únicas mudanças foram a palidez no seu rosto e as olheiras agora aparentes. Deve ter sido doloroso, arrasador e tenebroso, mas ele se recusou a dar a eles a satisfação de emitir qualquer som. Os seus lábios se moviam em silêncio e eu sabia que devia estar rezando, pedindo força.

Ivy manteve-se paralisada, com lágrimas rolando pelo seu rosto macio. Gabriel era seu parceiro havia milhares de anos. O elo entre eles era profundo e inquebrantável. Eu não sabia como ela estava aguentando. Aproximei-me dela e segurei sua mão, o que pareceu tê-la assustado e tirado do transe. Não disse nada; só segui o exemplo de Gabriel, abaixei a cabeça e comecei a rezar. Numa situação como aquela, não havia nada que pudéssemos fazer, apenas contar com as forças superiores. Ivy olhou para mim por um momento, com os olhos tomados pela tristeza. Mas, então, senti seus dedos apertarem os meus, e as suas pálpebras se fecharam. Conseguia sentir a energia combinada das suas orações passando pelos nossos corpos. Eu me senti tomada por essa energia, como se estivesse forçando os limites do meu corpo, desejando se libertar. Toda oração tem uma força intensa e a nossa foi respondida quase de imediato.

Mais alto do que os sons da sala, escutei pneus cantando quando um carro estacionou do lado de fora. Bateram a porta da frente e percebi passos no corredor. O homem que apareceu no porão não se parecia com um anjo, mas eu sabia que era um. Na minha cabeça, sempre mantive a imagem dos anjos como uma variação do meu irmão, mas aquele era mais baixo, com cabelo ruivo e um rosto simpático — muito menos sério do que o de Gabriel. A maior diferença era a sua aparência surpreendentemente humana.

Olhei para ele descendo os degraus da escada e percebi as sardas sobre o nariz e o cachecol verde-esmeralda pendurado no pescoço. Senti um cheiro de perfume caro.

— Rafael — sussurrou Ivy. Apesar de não ser uma atitude muito comum, ela correu e encostou o rosto no peito dele. — Graças a Deus você está aqui.

— Olha, esta festa está uma porcaria — disse Rafael, afastando-se de Ivy para avaliar o estrago. — Não acredito que deixei um cruzeiro no rio Nilo para vir até aqui.

Eu não sabia se ele estava brincando, mas então ele piscou para mim. Os demônios, por sua vez, pararam o que estavam fazendo e permaneceram imóveis e assustados. Rafael sorriu para eles, apontou um dedo e começou a recitar algumas palavras. Os raios que saíram do seu dedo fizeram com que os demônios se desintegrassem violentamente diante dos nossos olhos, deixando para trás pequenos montes de cinzas. Quando os demônios se foram, Ivy correu até Gabriel, que parecia estar prestes a desmaiar. As mãos dela entraram em ação, gerando estalos enquanto correntes de cura passavam pela área onde antes havia as asas dele. Onde ela tocava, vi a pele se unir e as feridas se fecharem, interrompendo a perda de sangue, mas os membros arrancados não voltaram a crescer. Xavier estava deitado imóvel na cama. Será que Lúcifer o havia deixado?

Rafael se aproximou de mim com a mão estendida. Percebi que a sua gravata tinha estampa de peixinhos amarelos.

— Prazer em finalmente conhecê-la, Bethany.

— Igualmente — disse eu, apertando a mão dele e tentando entender como me conhecia e o que lhe fazia achar que havia tempo para amenidades. — Fiquei sabendo que você é meio rebelde. — Pela maneira como disse isso, a rebeldia até pareceu ser algo bom.

— Acho que é verdade — murmurei. Era estranho conversar com aquele desconhecido enquanto as vidas do meu irmão e do meu marido continuavam sem definição.

— Você é mais bonita do que pensei — elogiou Rafael.

— Ahn... obrigada. Mas eu não...

— Espere, espere — interrompeu ele. — É melhor alguém chamar Deus. Porque está faltando um anjo no Céu.

Começou a rir e deu um tapa na própria coxa.

— O quê? — perguntei.

— Encontrei um livro — explicou Rafael — com as cem melhores cantadas.

— Você sabia que Xavier e eu somos casados? — Dessa vez, semicerrei os olhos.

— E como anda o casamento?

— Será que você pode tentar se concentrar? O Xavier está possuído... se é que você ainda não percebeu.

Rafael continuou olhando para mim, sem pressa de agir.

— Sabe qual é a melhor maneira de se livrar de um demônio, não sabe? — perguntou com seriedade. Vi Ivy revirando os olhos quando neguei com a cabeça. — Com muitos *exorcícios físicos*!

Ivy viu a minha cara de espanto.

— Está tudo bem, Beth. Ele é conhecido pelas piadas sem graça. Ainda estamos esperando que cresça.

— E, assim como Peter Pan, espero evitar isso custe o que custar — disse ele.

Pensar num arcanjo com senso de humor era inusitado. Não estava a fim de piadas.

— Pode nos ajudar ou não?

— Claro que posso — disse ele. — Tenho jeito pra coisa.

— Ótimo — murmurei. — Seja lá o que isso quer dizer.

— Quer dizer — disse, caminhando na minha direção — que os seus irmãos estão agindo com uma força extra. Mas não se preocupe, estou com a bateria carregada.

— E tem certeza de que sabe o que está fazendo? — perguntei.

— Pode confiar. — Ele piscou. — Sou médico.

Em circunstâncias diferentes, eu o teria confundido com um universitário tentando impressionar as pessoas. Por fim, Rafael se concentrou na tarefa e caminhou com leve interesse em direção à cama.

— Lúcifer, e aí, cara?

Fiquei surpresa, sem acreditar na maneira descontraída com que Rafael se dirigia a ele.

Os olhos de Xavier se abriram, e ele sorriu.

— Não me diga que você é o reforço.

— Ficou surpreso?

— Surpreso? Um pouco. Você não está correndo risco se envolvendo nisso?

— Ah, tudo bem. — Rafael suspirou. — O que seria da vida sem alguns riscos?

— Eu que o diga — respondeu Lúcifer.

— Bom... — Rafael uniu as mãos. — Adoraria ficar para bater papo, saber das novidades, mas acho melhor acabarmos logo com isso.

Lúcifer ergueu uma sobrancelha.

— Vá em frente.

O fantasma de Jake só ficou olhando. Era estranho vê-lo presente e, ainda assim, tão passivo. Ele observava com olhos arregalados, como um menininho numa peça de teatro.

— Preciso do garoto de volta — disse Rafael.

— Desculpa, mas não posso lhe ajudar.

— Não vamos brincar. Seria uma ofensa a nós dois.

— Não é brincadeira. Fizemos um acordo. Pode perguntar para a Beth.

— Olha só. — Rafael ajeitou o cachecol de lã. — Podemos dar um jeito nisso numa boa ou podemos complicar tudo.

— Não estou com pressa, então vamos complicar tudo.

Rafael não se deixou irritar.

— Por mim, tudo bem, mas você está perdendo o seu tempo.

— Estou?

— Tem uma coisa que você não sabe. — O tom de voz de Rafael era levemente provocador.

— Por favor, me diga o que é.

— Nada que abalará as suas estruturas. — Rafael sorriu com simpatia. — Mas é que... bem, sou mais forte do que você.

— Tem certeza?

As palavras de Lúcifer pairaram no ar por um momento, e então Xavier começou a tossir. As veias do seu pescoço pulsavam durante o acesso de tosse. Ficamos esperando a tosse passar, mas não havia sinais de melhora. Xavier revirou os olhos e se segurou nas barras da cama. Um tom azulado tomou conta dos seus lábios. Apesar da estatura mediana, quando Rafael falava com a sua voz angelical, causava medo.

— Deixe o templo do Senhor! Não mostre mais o seu rosto.

— Ele está engasgado! — gritei. — Faça alguma coisa!

Rafael correu para tirar as correntes dos braços de Xavier e, juntos, nós o ajudamos a se sentar. Rafael bateu com a palma da mão com força nas costas de Xavier, várias vezes, até que a obstrução fosse desfeita.

A tosse se transformou numa respiração entrecortada, e Xavier se deitou na cama. Percebi como estava cansado quando a sua cabeça pendeu para o lado como se fosse feita de pano. Ao lado dele, no colchão, vi o problema: um monte de unhas manchadas de sangue por terem arranhado a garganta dele. Peguei uma delas e a examinei. Era cinza e curvada, com pontas afiadas, como se fosse feita para prender a presa. Parecia pertencer a uma ave de rapina.

Rafael parou o que estava fazendo para realizar o ritual de exorcismo, falando com a voz controlada, mas sem parar para respirar, como se a pausa pudesse interferir nos resultados:

— Ordeno, em nome do seu Criador, que deixe este filho de Deus. Vá embora, Alienador de Homens, Corruptor de Nações, Príncipe das Trevas. Você deve se submeter a um poder muito maior do que o seu.

— Não existe poder maior. — A voz de Lúcifer já estava mais fraca, entrecortada, como se chegasse a nós por meio de uma ligação telefônica ruim.

— Não resista. Os seus planos não darão em nada. Saia agora desse corpo sagrado. Dragão teimoso, quanto mais demorar, pior será a punição. Repelimos a sua força. Afaste-se, *afaste-se*! — Ele repetiu a última palavra como se fosse um mantra poderoso.

Fiquei arrasada quando a tosse de Xavier recomeçou. Isso era sinal de derrota? Mas percebi que a tosse estava diferente. Xavier não estava tossindo, estava tentando expelir algo. Da boca aberta, algo comprido, escuro e reptiliano apareceu. Era preto e escamoso, e tinha uma garganta pulsante como a de um sapo. Demorei um pouco para perceber que se tratava de uma serpente. Saiu do corpo de Xavier, onde devia estar enrolada. Escorregou pela cama para o chão de concreto até encontrar o que procurava. Ela se enfiou numa abertura que começou a aumentar imediatamente, fazendo um som de madeira rangendo. Quando ficou grande o bastante, a fenda engoliu toda a serpente com apenas uma sucção e logo se fechou, deixando apenas um cheiro de podre e uma mancha preta de óleo por onde a serpente passou. O fantasma de Jake desapareceu com ela.

— Beth? — A voz que cortou o silêncio era rouca, mas não havia dúvidas de que era a de Xavier.

Cai de joelhos ao lado dele e pressionei o rosto contra o seu pescoço.

— Estou aqui, amor. Acabou. Acabou.

— Conseguimos?

— Eu disse que conseguiríamos.

As minhas lágrimas e o meu riso se misturaram livremente, acionados pelo alívio. Ivy trouxe um copo de água para ele. Xavier agradeceu e bebeu tremendo — metade do líquido caiu no seu peito. Então, segurou as minhas mãos e as pressionou contra o coração, deitando--se na cama, mais do que exausto, mas enfim livre. Ao ver os seus olhos azuis de novo, me senti quase eufórica. Eu o abracei com força. Queria absorvê-lo dentro do meu próprio corpo para que ninguém mais o pudesse ferir.

Rafael pigarreou educadamente para nos lembrar da sua presença. Parecia sem jeito por invadir o nosso momento de intimidade.

— Este é o Rafael — apresentei. — Ele salvou a nossa vida. — Não havia mais a minha vida e a vida dele. As nossas vidas estavam totalmente entrelaçadas; quando um se feria, o outro sentia também, e se um morresse... Estremeci ao pensar o que seria daquele que ficasse.

— Obrigado — agradeceu Xavier. Falar devia ser doloroso, porque ele mantinha a mão na garganta.

— Não há de quê.

— Espere — disse Xavier, apoiando-se nos cotovelos para se erguer. — Rafael... o arcanjo? Santo padroeiro dos viajantes?

— Você entende de anjos. — Rafael mostrou-se impressionado.

— Já fui coroinha — explicou Xavier.

Vi os punhos marcados de Xavier. Estavam arranhados e inchados no local onde o ferro havia cortado a carne. Há algum tempo eu não praticava a cura. Será que ainda tinha esse dom? Ou esse poder tinha sido confiscado como castigo? Xavier fez uma careta quando toquei a pele ferida, mas não se afastou. Concentrei-me com firmeza para enviar vibrações de cura e logo a minha mão começou a tremer. Enquanto pousava as mãos nele, o inchaço diminuiu e então os ferimentos desapareceram devagar, deixando apenas a pele sem marcas no lugar dos ferimentos.

— Você ainda tem o dom — disse Xavier, e sorri para ele, feliz com a minha conquista. Decidi entender o fato de a minha habilidade não ter sido tirada como um sinal de que ainda havia esperança.

Um movimento no outro lado do cômodo chamou a minha atenção. Ivy estava ajudando Gabriel a ficar de pé. Ele ainda parecia instável. Vi a sua careta de dor ao recolher as asas rapidamente, para que nenhum de nós visse o seu estado deplorável. O rosto estava pálido e ele mantinha o braço apoiado nos ombros de Ivy para se sustentar. Eu o vi engolir em seco e erguer o queixo para falar com o seu irmão.

— O que fez você decidir vir? — perguntou ele a Rafael.

— Acho que curto uma causa perdida.

— Então, acha que podemos vencer essa? — Gabriel ficou um pouco zonzo e se desequilibrou, mas Ivy o segurou.

— Tenho minhas dúvidas — respondeu Rafael, sorrindo. — Mas tentar pode ser divertido.

Gabriel contraiu os lábios e, sem dizer nada, foi para o andar de cima, ainda apoiando-se em Ivy. Ajudei Xavier a sair da cama, e Rafael nos observou, com um sorriso nos lábios, mas tristeza nos olhos. E todos subimos os degraus de volta para casa, uma procissão de feridos e arrependidos.

21

VAMOS CONSEGUIR, PESSOAL

NA COZINHA, O CAFÉ E OS BROWNIES que Ivy preparou nos reanimaram. Eu ainda tinha a impressão de ter sido atropelada por um caminhão, assim como Xavier — e Gabriel devia estar se sentindo dez vezes pior. Sabia que me recuperaria do esgotamento físico, mas o trauma de quase perder Xavier duas vezes na mesma semana iria me assombrar para sempre. Comemos calados, com os ombros curvados e a cara fechada. Gabriel não comeu nada; apenas ficou ali, sentado, com as mãos cobrindo o rosto. Somente Rafael estava animado. Olhou para o corpo de Ivy quando ela foi até a geladeira para pegar leite.

— Continua sendo o anjo mais jeitoso que conheço — disse ele.

— Fico impressionada por você ainda fazer parte do quadro de servos — respondeu Ivy.

— Talvez porque Ele goste do meu senso de humor. Nem todo mundo deve ser tão sério. — Ele olhou ao redor, para nós. — Já tem bastante gente assim.

Apesar do nosso mau humor, a animação de Rafael era contagiosa. Nem mesmo Ivy conseguiu conter um sorriso.

— Você deveria sorrir com mais frequência — observou ele. — O seu rosto fica iluminado.

— Vocês querem parar de flertar? — protestou Gabriel, sem tirar o rosto das mãos. — É indecoroso.

— Bem, vocês todos não têm um parentesco? — perguntou Xavier.

— O lance de irmão e irmã é muito mais simbólico do que genético. — Rafael abriu um sorriso.

— Mas os anjos não costumam sentir... — Xavier coçou a cabeça, sem entender. — Eles não devem... ter esses sentimentos... uns pelos outros, não é?

— Não — respondeu Ivy com firmeza. — Mas, de vez em quando, nós ousamos. — Eu sabia que ela estava brincando, mas pensei que era daquela forma que ela e Gabriel me viam.

— Em geral, por fraternizarmos demais com os humanos — acrescentou Gabriel de modo seco.

— Considero os humanos bons companheiros. Beth e eu temos isso em comum. — comentou Rafael.

— É por isso que viaja com eles? — perguntou Xavier.

— Isso e também pelo fato de me entediar com facilidade. — Bebericou o café com calma. — Os seres humanos podem causar muitos problemas e nos deixar malucos. — Olhou para mim por cima da borda da caneca, com um sorriso nos olhos. — Mas valem muito a pena.

Um momento de silêncio se fez enquanto todos analisavam aquelas palavras. Rafael interrompeu o momento ficando de pé e enfiando as mãos nos bolsos.

— Alguém sabe que horas são? — perguntou ele. — Não consigo encontrar o meu celular.

— Passa das seis horas — respondeu Ivy, sem precisar checar. — Tem alguma festa hoje?

Rafael ignorou a piadinha.

— Diga-me que há uma televisão aqui.

— Sim.

— E... — Ele balançou as mãos de modo impaciente. — Onde ela está?

— Na sala de estar.

Seguimos Rafael enquanto caminhava para a parte da frente da casa e se dirigia ao sofá. Não se preocupou em tentar encontrar o controle remoto: com um estalar de dedos, ligou a televisão.

— Futebol? — perguntou Ivy. — Sério?

Na tela, a partida estava prestes a começar, o primeiro jogo da temporada, os Rebels contra os Razorbacks. As pessoas tinham passado a semana toda falando sobre aquilo.

— Vocês não curtem? — perguntou Rafael, surpreso. — Não sabem o que estão perdendo.

— Ótimo, ainda não começou — disse Xavier, acomodando-se na outra ponta do sofá. — Não se esqueça de conferir o placar do jogo do Alabama.

Fiquei olhando para Xavier, preocupada que aquele retorno repentino à normalidade pudesse ser sinal de que estava reprimindo sentimentos perigosos.

Ele sorriu quando viu o meu rosto.

— Relaxe — disse para mim. — O jogo vai me ajudar a esquecer as coisas. — Deu um tapinha no espaço ao seu lado. — Quer se sentar aqui comigo?

Olhei para a tela e para a imagem do estádio com a palavra REBELDES sendo formada no campo, com letras enormes. Reconheci alguns dos rostos quando a câmera passou pelo mar de fãs vestidos de azul e vermelho. Sabia que Molly devia estar entre eles, em algum lugar. Ela não havia parado de falar do jogo desde a sua chegada. Observei as rebeldetes com as suas roupas brilhantes balançando os pompons no ar. A frase VOCÊ ESTÁ PRONTO? brilhava no painel de luz, e a multidão entoava os gritos de guerra.

AO FIM DO PRIMEIRO TEMPO, estávamos perdendo. Deixei Xavier e Rafael gritando na frente da televisão e fui para a cozinha ficar com Ivy. Gabriel havia ido para o seu quarto e trancado a porta. Eu queria ver como ele estava, mas Ivy me disse que ele precisava de um tempo para pensar e se recuperar.

Quando o jogo terminou, Rafael reapareceu, espreguiçando-se lentamente. Xavier veio atrás dele, relaxado, mas um pouco envergonhado por ter se ausentado.

— Desculpa, não achei que fosse assistir ao jogo todo.

— Tudo bem. — Dei um tapinha no seu braço. — Você precisa relaxar um pouco mesmo.

— Vencemos? — perguntou Ivy.

— Não... mas fizemos dois pontos, o que não é ruim.

— Preciso ir — disse Rafael, pegando o casaco e caminhando em direção à porta. — Obrigado pela hospitalidade. Foi um prazer, como sempre.

Levamos Rafael até o carro. Perto da calçada, havia um Porsche verde-metálico estacionado. Era uma cor que eu nunca tinha visto num carro, mas tinha que admitir que combinava bem com o arcanjo extravagante.

— Bela máquina — disse Xavier, dando uma volta ao redor do veículo.

— Dê uma volta, qualquer dia desses.

— Esse cara — Xavier apontou com o polegar — é bacana.

— Está falando sério? — perguntou Ivy, surpresa.

— Homens sempre serão homens... — disse Rafael. — Não tente nos mudar.

— Futebol e carros — disse eu, sorrindo. — Na verdade, é bom mudar de assunto.

— Este não é apenas um carro — disse Xavier. — É uma obra de arte.

— Elas não entendem. — Rafael piscou para mim. — Talvez a levemos para dar uma volta. — Deu um pulo para entrar no carro e ligou o motor. Enfiou a cabeça pela janela e gritou: — A propósito, Xavier, a medicina ainda é o seu dom. Não se esqueça disso.

Então, ele partiu pela rua tão depressa que os pneus cantaram e o escapamento soltou uma bola de fumaça no ar.

— Ele adora chamar a atenção — murmurou Ivy, e Rafael buzinou no fim da rua como se dissesse: *Eu ouvi!*

Quando se foi, Xavier e eu já estávamos mais do que cansados. Ivy nos levou para o andar de cima, para o quarto de hóspedes, que ainda não tínhamos visto. Era bonito, com mobília polida e uma cama *king size* cheia de almofadas fofinhas. A janela era circular e dava para a mata. Quando me sentei na cama, pensei que Xavier e eu não dividíamos uma cama já havia algum tempo. Esperava que nada tivesse mudado entre nós.

Xavier se deitou e fui tomar um banho, deixando a água quente escorrer pelo meu corpo e embaçar o vidro. Parecia um ritual de purificação, como se estivesse deixando todos os meus problemas escorrerem pelo ralo. Usei metade de um frasco de sabonete líquido, ensaboei e reensaboei os músculos, massageando-os suavemente com os dedos e sentindo a tensão sumir. Por fim, saí do banheiro depois de secar o cabelo com a toalha e com o corpo todo quente e cheirando a lavanda.

Xavier estava dormindo, a exaustão do dia era visível em seu rosto. Ele se remexeu quando me deitei e me abraçou.

— Você está cheirosa. — Ele encostou a boca no meu pescoço, respirando profundamente.

Ri ao sentir a sua barba na minha pele.

— Você não está.

— Que deselegante! — respondeu ele, rindo. — Mas deve ser verdade.

Saiu da cama.

— Minha vez de tomar banho. Não saia daqui.

Tirou a roupa, jogou-a no cesto e entrou no banheiro. Eu me aconcheguei sob os lençóis e rocei os dedos do pé no tecido. Escondi o rosto no travesseiro limpo, que tinha um perfume suave de talco de bebê, e me espreguicei como um gato. O meu corpo estava prestes a se entregar ao sono. Estava me esforçando para manter os olhos abertos quando Xavier saiu do banheiro apenas com uma toalha enrolada na cintura. Sempre que via o seu corpo, me surpreendia. Ainda havia gotículas de água sobre os ombros, e a luz que vinha por trás dava um tom dourado à pele. Tinha o corpo tão bem-proporcionado que me lembrava uma estátua num pedestal de um museu.

— Que rápido! — disse, tentando não olhar tanto para o seu corpo.

— Quem tem irmãs aprende a não demorar muito no banho. — O seu sorriso diminuiu um pouco.

— Sente saudade delas, não é?

— Mais do que pensei que sentiria — respondeu. — Mas, mais do que tudo, odeio pensar que estão preocupadas comigo. Sei que Claire deve estar péssima com o meu desaparecimento e Nic deve estar me detestando por sumir desse jeito.

— Você pode se desculpar — prometi. — Quando tudo isso terminar.

— Acha mesmo que vai terminar? — perguntou Xavier, de modo distante.

— Sim — disse com toda a firmeza que consegui. — Isso não vai durar para sempre. Prometi a você.

— Ei — disse Xavier, olhando para o próprio corpo. — Acabei de me dar conta de que não tenho roupa limpa.

Joguei o cobertor sobre o lado dele na cama. Aquele não era o momento para discussões pesadas, já estávamos cansados delas. Era o momento de amar o meu marido.

— Você não precisa de roupa.

— É mesmo? — Xavier abriu um sorriso. — Essa porta tem tranca?

— E você se importa? — perguntei, desafiadora.

Xavier ergueu uma sobrancelha e deixou a toalha no chão, deitando-se na cama ao meu lado. Senti a sua presença me envolver, a sua pele ainda quente do banho. Ele me beijou com suavidade, indo da ponta do meu queixo até o fim do pescoço.

Passei os dedos pelos arranhões do seu corpo e instintivamente o abracei com mais força, afundando os dedos na sua pele quente. Lembrei-me do seu corpo amarrado à cama, dos olhos azuis tomados por uma crueldade que não pertencia a ele. Senti a garganta seca.

— Você está bem? — perguntou.

— Sim. — Mordi o lábio e tentei afastar as lembranças ruins.

Xavier percebeu que eu estava tensa e olhou para o meu rosto.

— Tem certeza de que não está cansada demais para fazer isso?

A sua consideração me tocou. Era o velho Xavier ressurgindo, aquele que colocava as minhas necessidades acima de qualquer coisa.

— Eu? — Sorri. — Acho que eu deveria estar perguntando isso a você.

— Estou bem — disse ele, surpreso. — Só não consigo afastar a sensação de que o meu corpo está sendo controlado por outra pessoa.

— Estava — disse, acariciando o seu peito com os dedos. — Mas não mais. Estamos aqui juntos, eu e você.

Xavier me ergueu com facilidade e me colocou deitada sobre ele. O seu corpo firme sob o meu parecia um porto seguro.

— Quer ouvir algo engraçado? — perguntou ele quando encostei a cabeça no seu pescoço, fazendo com que o crucifixo de madeira que ele usava deixasse uma marca no meu rosto. — O que aconteceu hoje foi muito difícil, uma das coisas mais duras pelas quais passei. Lúcifer estava dentro de mim. E, mesmo depois de ele ter saído, tive a sensação de que havia deixado uma marca, uma mancha na minha alma.

— Isso não é engraçado — disse a ele.

— Espera, você não me deixou terminar. Sempre que você me toca, parece que está me purificando, lavando a escuridão. Está curando o meu corpo com o seu e renovando a minha alma com a sua.

— Não tenho alma — murmurei.

— Tem, sim — insistiu Xavier, segurando o meu queixo. — Talvez não seja como a minha, mas está aí. Você tem tanta luz. Sinto isso sempre que olho para você. Foi assim que Deus fez você.

— Quer saber o que acho? — perguntei. — Acho que tudo pelo que passamos até agora pode parecer uma maldição, mas é, na verdade, uma bênção. O Nosso Pai nos colocou neste caminho porque queria nos levar a algum lugar... a um lugar maravilhoso. Ele nos deu tudo de que precisamos para a viagem... Temos um ao outro.

Xavier olhou para mim por um momento e então me beijou. O seu beijo dessa vez foi demorado e profundo. Era como se pequenas chamas internas tivessem aparecido em algum lugar dentro de mim e agora estavam acendendo todas as partículas do meu corpo. Essa vez foi diferente do nosso primeiro encontro na mata. O clima estava mais leve, havia menos pressa. Não sentíamos medo de sermos descobertos e tínhamos mais tempo para explorar. Era assim que imaginava a intimidade no casamento. Eu me senti segura, protegida e quente, da cabeça aos pés.

O SOL SILENCIOSO DA MANHÃ entrando pelas cortinas abertas dividiu-se entre nos acordar e a incerteza de atrapalhar o nosso descanso. Saí da cama, tentando não despertar Xavier, que estava deitado de barriga para baixo. Queria que dormisse o máximo que pudesse antes de ter que enfrentar os desafios que o novo dia podia trazer.

Eu me enrolei em um roupão cor-de-rosa e desci a escada para a cozinha, onde encontrei Ivy preparando um café da manhã para um batalhão. Havia muffins cheios de amoras, ovos e salsichas quentes no fogão e copos de iogurte com granola. Ivy virava panquecas com destreza e as colocava num prato. O cheiro de café moído tomou conta da cozinha. Gabriel não estava por perto.

— Espero que esteja com fome — disse Ivy. Vi que estava tentando aliviar o estresse dos últimos dias e valorizei os seus esforços.

— Que cheiro bom — disse.

— Onde está Xavier? Ainda dormindo?

— Sim. Cadê Gabriel?

Ivy deu de ombros de modo resignado.

— Já tinha saído quando acordei hoje.

— Como ele está? — perguntei.

— Não sei — disse Ivy. — Não quer falar sobre o assunto.

— Certo — disse, tentando esconder a minha ansiedade. — Acho que ele precisa de um tempo.

Quando voltei ao quarto, a cama estava vazia, sinal de que Xavier estava de pé. Espiei no banheiro e não me preocupei por não encontrá-lo lá. Mas, ao ver que não estava na varanda nem no corredor, o meu coração acelerou. Suspirei aliviada ao ver uma luz vindo por baixo da porta de um cômodo em frente ao nosso quarto. Abri a porta delicadamente e o encontrei no escritório.

Estava sentado a uma mesa ampla analisando um livro que havia retirado da estante. Com o barulho da porta, olhou para a frente.

— Bom dia.

— Estou atrapalhando?

— Claro que não, entre.

Eu me aproximei dele e espiei sobre o seu ombro. O livro que estava lendo era um Atlas da Anatomia Humana aberto na página em que havia o esqueleto do pé.

— Sabe quantos ossos tem um pé?

Eu deveria saber, mas a minha mente ainda estava um pouco confusa por ter despertado pouco tempo antes.

— Quantos?

— Vinte e seis. É incrível como não fazemos ideia de coisas assim.

— É, sim. Hmm... você está bem?

— Estou ótimo. — Sorriu. — É que o que o Rafael disse me fez pensar, só isso.

Franzi o cenho.

— O que ele disse?

— Que a medicina ainda era o meu dom. Acho que ele tem razão, é a minha maneira de colaborar. Quando tudo se resolver, quero voltar a estudar. Quero ser médico.

— Você sempre quis isso.

— Não. — Balançou a cabeça. — Antes eram os meus pais que estavam escolhendo por mim. Agora sinto que é o que quero.

— Que bom — disse. — Porque você será um médico maravilhoso.

— Um dia.

22

FALE AGORA OU CALE-SE PARA SEMPRE

Decidimos não voltar à faculdade por alguns dias. Xavier precisava de tempo para se recuperar fisicamente, e eu estava emocionalmente esgotada por causa do estresse. Nós nos escondemos na casa, passando a maior parte do tempo dormindo, e só íamos ao andar de baixo para comer e interagir com os meus irmãos por pouco tempo. Ivy parecia ter voltado rapidamente ao normal, mas eu não via Gabriel com frequência. Ele passava muito tempo trancado no seu quarto e quase não conversava conosco. Ainda estava surpresa com o tamanho do sacrifício que ele tinha sido capaz de fazer por nós. Rezava todas as noites por ele e agradecia ao Pai por ter poupado a vida de Xavier. Quando enfim me lembrei de checar o celular, encontrei um monte de ligações perdidas de Molly, Mary Ellen e até algumas dos amigos de Xavier, que queriam saber o que havia acontecido conosco. Eu me lembrei de Molly me contando sobre o noivado com Wade, mas não tinha espaço no meu cérebro para me preocupar com isso naquele momento.

Eu me deitei aconchegada a Xavier, encolhendo-me contra a sua camiseta cinza e sentindo os pelos finos fazendo cócegas no meu nariz.

— Me desculpa — disse-lhe pela centésima vez desde que havíamos acordado.

— Beth, por favor. — Rolou na cama e ficou olhando para o teto. — Não foi sua culpa. Eu é que preciso me desculpar por você ter me visto daquele jeito.

— Não era você — respondi. — Em nenhum momento.

— Mas o deixei entrar.

— Você estava morto. Ele invadiu o seu corpo. Você não teve como evitar aquilo.

— É muito estranho pensar que eu estava morto — murmurou ele. — Gostaria de poder dizer que vi uma luz forte ou algo assim, mas só via você.

— Eu?

— Sim — assentiu. — Variações diferentes de você: na varanda, com o Phantom dormindo no sofá na Byron, com o vestido na noite da formatura. Eu devia estar vendo o Céu, mas só queria ver o seu rosto. Acho que o meu Céu é você.

— Senti tanto medo. — Virei o rosto no travesseiro para olhá-lo. — Pensei que você fosse morrer. Isso me fez pensar que não existe lugar aonde eu não iria com você.

Xavier abriu um sorriso.

— Sabe de uma coisa? O Céu deve estar muito irritado conosco neste momento... Deveríamos ter morrido muitas vezes, mas ainda estamos aqui. Sabe o que isso significa?

— Que somos como gatos? — perguntei. — Temos sete vidas.

— Talvez. — Ele riu. — Mas acho que quer dizer que alguém está cuidando de nós.

— Espero que sim — disse, afastando o cobertor da perna para deixar o sol esquentar os meus dedos. — Quero acreditar nisso.

Quando o meu celular tocou pela quinta vez em menos de vinte minutos, suspirei e me inclinei para fora da cama para pegá-lo. Não foi surpresa ver que a ligação perdida era de Molly. Chamei Ivy, que estava no quarto ao lado, e ela espiou pela porta.

— O que devo fazer em relação à Molly? — perguntei. — Ela está enlouquecendo sem notícias.

— Deixe ela vir aqui — disse Ivy. — Deixá-la de fora dos acontecimentos geralmente é pior.

Era verdade. Molly detestava ser ignorada ou excluída e, quando ficava preocupada, era capaz de colar cartazes do tipo pessoas desaparecidas por todo o campus. Xavier cobriu o rosto com o cobertor.

— Não faça assim. Ela é nossa amiga. Deveríamos ficar felizes por vê-la — disse, dando um cutucão em Xavier.

— Oba — respondeu ele, sem ânimo.

Quando Molly chegou, parecia mais calma do que o normal, menos hiperativa e agitada.

— Fiquei preocupada — disse ela, sentando-se à mesa da cozinha enquanto Ivy servia um pouco de chá e colocava um prato de cookies na nossa frente. — Está tudo bem?

— Não — disse, com sinceridade. — Mas vai ficar. Estamos cuidando de tudo.

Molly assentiu e olhou para as próprias mãos.

— Posso fazer alguma coisa?

— Comer um cookie — disse-lhe.

— Beth, fala sério.

— Agradecemos o seu apoio — interrompeu Ivy. — Mas não há nada que possa fazer para nos ajudar. A situação já está bem complicada.

— Como assim, complicada? — perguntou Molly.

— Gostaria de não contar — disse Ivy, com delicadeza. — Odeio envolver você nessas coisas.

— Mas vocês ficarão bem, não é? — Molly apontou para Xavier. — Ele não parece estar muito bem. E, não me leve a mal, Beth, mas nem você.

— Ficarão bem — respondeu Ivy. — Só estão cansados.

Normalmente, contávamos as coisas a Molly, afinal, ela já conhecia as nossas verdadeiras identidades. Mas compreendi que o motivo do silêncio da minha irmã não era falta de confiança. Quanto menos Molly soubesse, mais protegida ficaria. Não queríamos ver mais amigos sofrendo.

— Não se preocupe — disse a ela com o meu sorriso mais convincente. — Voltaremos ao normal rapidinho.

— Tudo bem — disse Molly, mostrando-se surpreendentemente madura. — Não quero piorar a situação.

— Então, conte-nos sobre Wade — pedi, disposta a mudar de assunto.

Ao escutar o nome dele, os olhos de Molly brilharam.

— Ele é tão lindo — disse ela, suspirando. — Queria poder dizer a todo mundo, mas é claro que não posso.

— Por quê?

— Bem, não posso contar às pessoas que não foram convidadas para o casamento. Wade não quer convidar pessoas que não têm fé.

Xavier e eu nos entreolhamos, confusos. Até onde sabíamos, não era preciso ser religioso para ir a um casamento.

— Mas Wade não é cristão? — perguntei.

— Sim — disse Molly. — Bem, mais ou menos. A família dele fundou a própria igreja. Ainda é bem pequena, mas está crescendo. Não querem se associar a pessoas de fora, acham perigoso.

— Perigoso? — repetiu Xavier. — Como assim?

— Por causa de influências estranhas e tal — explicou Molly, de modo distraído. — Wade diz que a televisão é a voz do Diabo e que as mensagens negativas podem ser transmitidas por meio de grupos sociais também.

— De que tipo de mensagens negativas ele tem medo? — perguntei. Aquilo não estava me parecendo normal. — Você não acha que a fé precisa ser testada para ser comprovada?

— Não sei. Mas Wade diz que, se me isolar das coisas ruins, ficarei mais perto de Deus. — Ela parecia estar repetindo frases de um manual.

— Parece uma seita — disse Xavier, com sinceridade, expressando o que todos nós estávamos pensando.

— Não é — disse ela. — Eles podem não ser muito conhecidos, mas sabem bem o que estão dizendo.

— Sob que denominação eles se classificam? — perguntei.

— Ahn? — perguntou Molly.

— Eles são batistas, metodistas, presbiterianos...? — perguntou Xavier, com impaciência.

— Já disse. É uma religião de família.

— Então é inventada?

— Não — insistiu ela, irritada. — É só uma das muitas versões do cristianismo.

— Não se pode alterar o cristianismo! — exclamei. — Apenas a Bíblia é a Palavra... não se pode inventar as próprias regras!

— Olha. — Molly pousou as mãos na mesa. — Não me importa o que vocês pensam. Wade e a família dele me ensinaram muitas coisas. Mostraram tudo o que estava fazendo de errado na vida.

Não gostei nem um pouco daquilo. Qualquer um que pegava a Palavra de Deus e a manipulava para formar uma nova religião estava tentando fazer as coisas do próprio jeito e fingindo que isso era ter fé.

— O que disseram a você? — perguntou Ivy.

— Ah, coisas pequenas — disse ela. — Como devo me vestir e que não devo conversar com homens além do meu marido. — Ela balançou a mão para Xavier. — Não se preocupe, você tem esposa, por isso não tem problema.

— Molly... — disse Xavier devagar. — Você não deve acreditar em tudo o que eles dizem.

— Bem, Wade é meu noivo. Preciso ser obediente a ele.

— Obediente? — repetiu Xavier. — Como uma cachorrinha?

A antiga Molly ficaria irritada, mas ela simplesmente balançou a cabeça com tristeza.

— Você não entende mesmo. Wade está tentando salvar a minha alma do Inferno. Diz que o marido deve ser o Deus terrestre da esposa.

— O quê? — Os meus olhos quase saltaram das órbitas. — Isso é sacrilégio.

— Não é — disse ela. — Faz sentido.

— Está desobedecendo a um dos mandamentos: o de não adorar outro deus.

— Ele não disse que *era* Deus, apenas acha que... Olha, não importa, Wade sabe o que está falando.

— Acho que não sabe, não. — A voz veio da porta; nos viramos e vimos Gabriel ali. O cabelo loiro estava preso num rabo de cavalo, e o rosto parecia mais magro depois de todo o sofrimento pelo qual passara. Mas estava lindo como sempre. Escutei o coração de Molly acelerar quando o viu.

— O que você disse? — perguntou ela, de modo desafiador.

Gabriel não se mexeu, manteve os braços cruzados. Os olhos azuis não piscavam.

— Acho que você está cometendo um grande erro.

Molly soltou um suspiro.

— Bem, mas a minha vida não lhe diz respeito, certo?

— Não, mas o seu noivo parece ser um idiota completo.

Percebi Ivy levantar a cabeça. Gabriel nunca havia falado daquele jeito com ninguém. Era sempre distante e alheio, dizendo as coisas de modo claro e racional. Agora, parecia estar emocionalmente envolvido. Seria possível?

— Como ousa? — Molly ficou de pé, arrastando a cadeira para trás. — Você não tem o direito de julgá-lo.

— Não quero ver você triste — disse Gabriel. — Passando o resto da vida num casamento sem amor.

— Como sabe que seria sem amor?

— Vejo nos seus olhos. Está fingindo, tentando convencer a si mesma de que está feliz. Acha que, se Wade lhe der algo em que possa acreditar, a sua vida terá sentido. Mas Wade e as regras dele não preenchem o vazio que você sente, Molly.

— Você não se preocupa comigo! — gritou Molly de repente. — Você não me quis, não se lembra? Sou humana demais, tenho falhas demais para você se importar comigo, então por que não me deixa em paz?

— Acho que eu estava errado — disse ele delicadamente.

Nós três viramos para olhar para ele, surpresos.

— Você... — gaguejou Molly. — Você o quê?

— Não pensei que as coisas fossem acabar desse jeito — disse Gabriel. — Não era para terem acontecido assim.

— Do que está falando? — Molly olhou para mim e para Ivy. — Do que ele está falando?

— Gabe? — perguntou Ivy devagar. — O que está acontecendo?

— Estou cansado de lutar. — Gabriel deu de ombros. — Estou cansado dessa guerra sem fim entre anjos e demônios e de ver nada além de dor e de morte ao nosso redor. É preciso que haja algo melhor. É preciso haver outro jeito. Quando teremos paz, Ivy? A batalha já dura séculos. Quando vai terminar?

— Não sei — disse minha irmã. — Mas a nossa vida sempre foi assim, desde o começo.

— Então, talvez, a Bethany esteja certa desde sempre. Talvez seja melhor sermos seres humanos ou, pelo menos, nos permitirmos amá-los.

— O que está dizendo? — disse Molly, arregalando os olhos azuis.

— Estou dizendo que sim, você tem falhas. É impulsiva e tem pavio curto, é infantil e tola. O seu coração é sensível e o seu humor muda mais depressa do que o vento. Mas é *por isso* que é humana e essa é a sua beleza.

— Você me acha bonita? — Molly mal conseguia acreditar naquelas palavras.

Gabriel atravessou a sala com dois passos, e Molly ficou de frente para ele. Ele colocou as mãos sobre os ombros dela.

— Você não é de ninguém — disse ele. — Diferentemente de mim, você não tem dono. Foi criada para ser livre, para viver, amar e encontrar a felicidade. Não fui feito para a felicidade; fui feito para nada além da servidão. Mas você... você sente intensamente e de modo tão apaixonado que acho isso bonito.

— Isso é ruim — sussurrei para Xavier. — Ruim, muito ruim.

— O que está acontecendo? — perguntou ele.

— Um momento de dúvida. Com as asas feridas, nem mesmo Gabriel é infalível. Ele está questionando a sua fé... como faria um ser humano.

— Não estou gostando disso — disse Xavier, desconfortável. Molly e Gabriel permaneceram parados, olhando um para o outro.

— A minha vida é guiada por regras — disse Gabriel, quase para si mesmo.

Ainda confusos, observamos Gabriel segurar o rosto de Molly, inclinar-se e beijá-la. Foi como assistir a uma cena da mitologia antiga, o lendário herói e a donzela se unindo. Apesar de não ter durado mais do que dez segundos, era como se o tempo tivesse parado enquanto os dois se abraçavam. O corpo forte de Gabriel envolvendo o dela, pressionando-o, os seus dedos entre os cachos ruivos. Foi tão repentino que quase não acreditei que havia acontecido. Parecia que Molly estava se esforçando para entender também. Quando ele a soltou, ela estava encantada e se sentou na cadeira sem dizer nada.

— Uau. — Isso foi tudo o que ela conseguiu dizer quando, enfim, conseguiu recuperar o fôlego.

— Uau! — repetiu Xavier.

Ivy se aproximou de Gabriel e segurou o seu braço.

— Pare com isso! Sei que as coisas têm sido difíceis ultimamente, mas isso já é demais.

— Não — respondeu Gabriel com uma risadinha. — Ter as asas cortadas e ser obrigado a hospedar Lúcifer foi demais. O que estou fazendo é um alívio.

— Por favor — pediu Ivy, insistindo. — Você vai se arrepender. Eu sei disso.

— Não vou me arrepender — disse Gabriel. — Porque essa é a primeira coisa que já fiz para mim.

Ao ouvi-los, uma expressão estranha tomou conta do rosto de Molly. Enquanto continuavam a falar, ela se movimentou e ficou de pé, atrás do meu irmão. Então, lentamente, esticou a mão e levantou a ponta da camisa dele. Todos se calaram quando ela escorregou as mãos pelas costas dele e as pousou em cima das asas quebradas. Vi Gabriel estremecer e abaixar a cabeça. Ele não disse nada e era difícil determinar o que estava sentindo, mas não se mexeu nem se afastou. Nenhum dos dois pareceu perceber que estavam sendo observados. Ou talvez simplesmente não se importassem. Estavam envolvidos demais pelo momento.

— Tudo bem — disse Molly a ele, acariciando as asas sob a camiseta. — Vai ficar tudo bem.

— Me desculpa — disse Gabriel, sem olhar para ela.

— Não tem problema — respondeu Molly. — Você não tem que assumir a responsabilidade por tudo e por todos. Também pode errar, sabia?

Ivy, Xavier e eu nos entreolhamos. Estava claro que aquele momento era intensamente pessoal, por isso ficamos com a impressão de que não deveríamos estar ali. O telefone de Molly vibrou sobre a mesa da cozinha e ela pareceu sair do seu transe. O nome de Wade piscou na tela. Depressa, abaixou as mãos e recolheu as suas coisas.

— Preciso ir... — gaguejou. — Eu não... eu só queria... preciso ir.

Um instante depois, escutamos a porta da frente sendo fechada.

Todos olhamos para Gabriel.

— O que foi? — perguntou ele, irritado.

— Você... hmm... quer falar sobre isso?

— Não, obrigado, Bethany — disse ele de modo quase sarcástico. — Não preciso de conselhos amorosos dados pelo casal do ano.

Olhou para nós dois com hostilidade por um instante, e saiu pela porta dos fundos.

Xavier se virou para Ivy, sem saber o que dizer.

— Você... Ele precisa de um terapeuta?

— Gabriel tem visto todas as atrocidades humanas desde o começo dos tempos — respondeu minha irmã. — Seria um tratamento bem longo.

— Mas isso é temporário, certo? — perguntei, preocupada. — Quando as asas dele se curarem, ele voltará ao normal?

— Vai, sim — disse Ivy. — Devemos agradecer por não ter sido pior. A destruição das asas de um anjo pode causar danos difíceis de reparar. Mas Gabriel vai se curar.

— Não consigo entender como um problema nas asas pode fazer com que aja dessa maneira — disse Xavier. — Quero dizer... é sério?

— A nossa essência está nas asas — respondeu Ivy. — Elas são a fonte de todo o nosso poder, como as raízes de uma árvore. Quando as raízes estão envenenadas, a árvore toda sofre. Ele foi enfraquecido, se tornou suscetível à dúvida e à preocupação e a uma série de emoções às quais nunca tinha sido exposto.

— Então, o que devemos fazer?

— Nada — respondeu a minha irmã. — Ele só precisa de tempo.

— Mas e a Molly? — perguntei.

— Os novos sentimentos dele por ela desaparecerão, e ele voltará a ser o arcanjo Gabriel — disse Ivy.

— Que ótimo — disse Xavier. — Isso seria bom.

Deixei os dois conversando, abri a porta dos fundos e encontrei o meu irmão sentado nos degraus da varanda, olhando para a grama do quintal. Estava observando as folhas secas sob os sapatos, com o cenho franzido, demonstrando confusão. Qualquer um poderia ver que não estava no seu estado normal.

— Você sabe que não está bem — disse, sentando-me ao seu lado. — Tudo isso é apenas temporário, vai passar.

Era estranho eu dar conselhos a ele. Sempre tinha sido o contrário.

— Como você lida com isso? — perguntou. — Com a instabilidade da vida humana. Por que quer sentir o que eles sentem? É um caos. Não consigo encontrar paz para pensar.

Eu sorri.

— Não é assim com todo mundo.

Quando Gabriel olhou para mim, percebi que os seus olhos estavam mais escuros, como uma tempestade interna prestes a cair. Pela primeira vez, ele parecia me entender, como se conseguisse até se identificar comigo um pouco.

— Sei que as minhas atitudes foram descuidadas. Eu me odeio por isso.

— Não. — Pousei a mão no seu ombro largo. — Você fez um enorme sacrifício por mim. Gostaria que não estivesse sofrendo por isso agora, mas você salvou a vida de Xavier... e a minha. Ninguém está bravo com você. Estamos aqui para ajudá-lo a passar por isso.

— Obrigado — murmurou Gabriel. — Espero que a recuperação seja rápida. Eu não me reconheço.

— Você se conhece, Gabriel — respondi. — Sempre soube exatamente quem é e quais são os seus propósitos. — Apertei a mão dele. — Ele pode estar escondido agora, mas o Gabriel que conhecemos e amamos continua aqui. E não se preocupe, ele vai voltar.

23

SEI UMA COISA QUE VOCÊS NÃO SABEM

— Vocês não podem voltar para a faculdade — Ivy disse a mim e a Xavier.

Apesar de saber que o assunto teria de ser discutido, foi como levar um tapa. A Universidade do Mississippi representava a pouca normalidade que havia nas nossas vidas. Naquele momento, me senti como Peter Pan, com o nariz pressionado contra o vidro do jardim de infância, observando a vida da qual havia sido expulsa e as pessoas que logo me esqueceriam. Apenas Peter Pan permanecia jovem para sempre. Eu tinha a impressão de que Xavier e eu tínhamos cem anos, cansados do mundo, sem vontade de continuar lutando.

Desejava voltar para a faculdade e começar do zero. Queria estudar e ir aos jogos de futebol, ficar cercada pela movimentação das atividades humanas. Mas havia apenas o silêncio solitário e o peso das conversas que ainda precisariam acontecer pairando no ar. Xavier e eu sempre teríamos um ao outro, mas não sabia mais se isso significava que dividiríamos o peso ou se o teríamos em dobro. Havia destruição demais ao nosso redor para compreendermos. Eu queria fazer tudo aquilo desaparecer. Até sentia saudade de Mary Ellen e desejava ter uma conversa tediosa com ela sobre esmalte ou a seleção da irmandade — qualquer coisa que não envolvesse a bagunça em que a nossa vida havia se transformado.

Gabriel havia desaparecido em algum lugar da mata sem nos dizer aonde ia. Ivy disse que ele precisava de tempo para entender o que havia acontecido.

— Pode ser que não volte ao normal enquanto as asas não forem totalmente recuperadas — disse ela.

— É mesmo? — perguntei. — Vai demorar tanto tempo assim?

— As nossas asas são como a nossa alma — explicou ela de modo seco. — Imagine se alguém pegasse uma faca e a fincasse na sua alma. Demora um tempo para melhorar.

— Gostaria de poder ajudá-lo.

— Você não pode — disse a minha irmã, e acreditei ter notado um tom de amargura na sua voz. Não ficaria surpresa se ela colocasse toda a culpa em mim. Eu havia colocado a bola em jogo assim que enfiei a aliança no dedo. Mas já era tarde demais para mudar as coisas. Ivy suspirou.

— Vá pegar as suas coisas do campus e volte logo. Não converse com ninguém, se for possível.

— Certo — concordei. Já havia causado muitos problemas; o mínimo que podia fazer era obedecer àquele pedido.

De volta ao campus, entrei no meu quarto, rezando para que Mary Ellen não estivesse ali, e, pela primeira vez na semana, tive sorte. Peguei a minha bolsa no armário e comecei a tirar as roupas dos cabides, colocando-as dentro dela. Foi bom não ter muitos pertences e, dez minutos depois, já tinha terminado. Decidi que seria melhor deixar um bilhete para Mary Ellen, para o caso de ela querer registrar o meu desaparecimento na polícia. Fiquei pensando numa boa desculpa para explicar a minha ausência depois de um mês. Por fim, não consegui pensar em nada, então apenas escrevi: *Problemas familiares. Precisei partir. Boa sorte na correria!* Sabia que isso não era nem um pouco plausível, mas torci para que fosse suficiente para impedi-la de fazer qualquer registro na delegacia.

Encontrei Xavier do lado de fora e, juntos, rumamos para o estacionamento. Ele havia ido ao seu quarto para pegar as coisas e, assim como eu, tinha apenas uma mala cheia de pertences.

Eu sabia o porquê: qualquer coisa que não fosse necessária tinha que ser deixada. Era assim que viviam os fugitivos.

— O que você disse aos garotos? — perguntei.

— Nada. Eles não estavam lá.

Eu sabia que, para ele, era doloroso deixar os amigos daquela maneira, sem explicação. Havia vivido com eles e já conhecia a todos muito bem. Eu sabia que eles levavam a sério o elo da fraternidade. Mas que explicação ele poderia dar? Ninguém compreenderia a nossa partida tão repentina, nem mesmo os amigos mais próximos.

Enquanto colocávamos as coisas no carro, olhei para trás pela última vez, tentando reter o máximo que conseguisse da faculdade e gravá-la na memória. Fiquei imaginando se voltaria a ver o campus de novo, com os seus prédios antigos e alunos que adoravam se divertir — a mistura perfeita de passado e presente. Olhei para o monte onde as pessoas caminhavam sob a luz do Sol em direção à aula, com mochilas nos ombros e livros acomodados embaixo do braço. Paravam para conversar uns com os outros e enviavam mensagens de texto pelo celular. Era maravilhosamente normal. Mas me forcei a afastar o olhar.

Estávamos fechando o porta-malas quando ouvimos alguém nos chamando.

— Ei! Aonde vocês vão?

Era Clay, o ex-colega de quarto de Xavier. Eu me virei para pedir desculpas. Clay tinha sido um excelente amigo para nós, fizera com que nos sentíssemos bem-recebidos e gostávamos dele de verdade.

— Oi, cara. — Xavier mordeu o lábio. — Vamos viajar.

— Para onde? — perguntou Clay. — E por onde estavam?

— Queria poder contar — respondeu Xavier. — Mas não posso. Vai ter que confiar em mim.

— Cara — disse Clay, sem acreditar. — Vocês não podem simplesmente cair fora.

— Não temos tempo para explicar agora — disse eu. — Precisamos ir.

Olhou para a minha mala pelo vidro de trás. Eu estava com tanta pressa de sair que sequer havia me dado ao trabalho de fechar o zíper, e as minhas roupas estavam saindo da mala.

— Vocês não vão voltar, certo? — Clay pareceu chateado. — E não iam nos contar?

— Queríamos contar — expliquei. — Mas, quanto menos vocês souberem, melhor. Não queremos envolvê-los nos nossos problemas.

Clay arregalou os olhos.

— O que vocês fizeram?

Antes que eu pudesse responder, senti Xavier segurar o meu braço. Desviei o olhar de Clay por um momento e vi. O Sete estava de pé a poucos metros à direita. Usava a mesma capa preta e comprida, com as mãos enfiadas nos bolsos. As órbitas horrivelmente vazias pareciam direcionadas para nós. Não consegui me controlar: arfei com o susto, e Clay se virou.

— O quê? — perguntou ele, nervoso. — O que houve?

Percebi, assustada, que ele não conseguia ver. Estava bem atrás dele, e ele não tinha a menor percepção da sua presença. Depois do último confronto, os Setes estavam aparecendo apenas para aqueles a quem assombravam. Seria uma ordem dada pela Aliança? Ou será que só estavam sendo cuidadosos?

— Entre no carro! — gritou Xavier ao abrir a porta e girar a chave na ignição.

— Vá para casa, Clay! — gritei ao me sentar no banco do passageiro. — Você precisa ir embora agora!

— O que está havendo? — gritou Clay enquanto Xavier dava a ré e pisava no acelerador, saindo do estacionamento à toda velocidade. O Sete não correu atrás: nunca fazia isso. Apenas observou e esperou. Eu sabia que viria atrás de nós, mas com calma.

Xavier só desacelerou quando saímos de Oxford, na estrada. Mesmo assim, a tensão não diminuiu. Estávamos cansados de sermos perseguidos e, ainda assim, não podíamos baixar a guarda; sabíamos quais seriam as consequências.

— É melhor parar — disse a ele quando já tínhamos aberto uma distância segura da cidade. — Precisamos telefonar para Gabriel e Ivy, para dizer o que aconteceu.

Normalmente, teríamos ido para casa, mas não queríamos levar o Sete diretamente para o nosso esconderijo. Era mais seguro pedir ajuda e deixar os meus irmãos cuidarem do resto. Torci para que o estresse que a situação traria não piorasse o estado de Gabriel.

— Não posso parar aqui — disse Xavier. — A estrada é aberta demais.

— Bem-pensado. — Apontei para um celeiro desocupado mais à frente. — Está vendo aquele lugar? Pare na parte de trás e ligarei quando estivermos lá dentro, fora de vista.

Xavier tirou o carro da estrada e o estacionou perto do velho celeiro. Havia lotes de capim amarelado lá dentro e vi um maquinário enferrujado que parecia não ser usado havia anos.

— Vou ser rápida — prometi e entrei. Xavier caminhou de um lado a outro enquanto eu apertava as teclas.

— O que houve? — A voz de Ivy estava tensa de preocupação quando atendeu. Eles já deviam ter sentido que estávamos em apuros.

— Um Sete — respondi, sem fôlego. — Um deles apareceu quando estávamos saindo.

— Eu disse que vocês tinham que ser rápidos! — gritou Ivy.

— Não grite comigo — respondi. — Ficamos lá apenas meia hora!

— Tudo bem. — Ela suspirou alto. — Onde estão agora?

— Acabamos de sair da estrada depois de Oxford. Ainda estamos em Lafayette County.

— Fiquem exatamente onde estão — disse ela. — Vamos buscar vocês.

— Certo. — Passei a falar mais baixo. — Gabriel está vindo com você?

— Talvez seja o que ele precisa — respondeu — para sair dessa situação. Fiquem abaixados e escondidos. Não saiam ao ar livre. Até daqui a pouco.

A ligação foi encerrada e me virei para Xavier.

— Estão vindo — disse, forçando um sorriso. — Não devemos nos preocupar.

Xavier atravessou o celeiro, com palha presa nos sapatos, e chutou um monte de feno. Vestindo uma camisa xadrez e calça jeans surrada, parecia à vontade naquele ambiente. Uma ferramenta que estava pendurada fez barulho e balançou. Xavier olhou para cima e franziu o cenho. Tentei me aproximar dele, mas acabei tropeçando num balde cheio de água suja.

— Este local é uma armadilha da Morte — disse ele sorrindo ao me ajudar a ficar de pé, limpando as minhas roupas.

— Não ficaremos aqui por muito tempo — respondi.

— Estou quase torcendo para eles nos encontrarem — sussurrou. — Para podermos acabar logo com isso.

— Não vão nos pegar — disse. — Não permitirei que isso aconteça.

— Teremos que enfrentá-los em algum momento — disse ele. — Não podemos fugir para sempre.

— Não sabemos o que acontecerá se nos encontrarem. Não podemos nos arriscar.

— Olha, essa brincadeira de gato e rato já está ficando cansativa.

— Também acho — concordei.

Olhamos para a frente e vimos o Sete de pé, com o seu sobretudo preto, bloqueando a entrada do celeiro. Olhei ao redor, mas não havia como escapar.

Segurei o braço de Xavier com força, como se isso pudesse impedir a nossa separação.

— Finalmente — disse o Sete. — Vocês dois têm nos enganado há algum tempo.

— Sai fora — disse Xavier, com coragem. — Não queremos ser seus amigos.

— Que engraçado — disse o Sete, secamente.

— Por que não nos deixam em paz? — Parei na frente de Xavier, apesar de ele ser bem mais alto do que eu.

— Acho que isso será impossível.

— O que exatamente querem de nós? — perguntou Xavier, erguendo-me com facilidade para me colocar atrás dele.

— Queremos restaurar a ordem — respondeu o Sete com o seu tom áspero. — É nossa obrigação manter a ordem.

— Fizeram um bom trabalho por enquanto. — Xavier fez sinal de positivo, sarcástico.

— Olha, entendi — disse eu, cansada de tudo aquilo. — Sei que é contra todas as nossas leis se apaixonar por um ser humano, mas agora já foi. Não há nada que possa ser feito para mudar isso.

— Humano? — O Sete sorriu. — Você acha que ele é isso mesmo?

— Como assim? — perguntei.

— Ei! — Xavier se endireitou, um pouco ofendido. — O que quer dizer com isso?

— Vocês não sabem, não é? — disse o Sete, como se esse desconhecimento lhe causasse grande satisfação.

— Não, então por que não conta? — respondi.

— Há forças que cercam esse rapaz.

— Pode explicar melhor? — pediu Xavier. A atitude reticente do Sete era muito irritante.

— Perdemos você há muitos anos — começou o Sete. — Você desapareceu numa multidão caótica de seres humanos. Mas sempre soubemos que, um dia, você encontraria o caminho de volta. E encontrou mesmo.

— Do que está falando? — insisti. — Pensei que estivessem *me* procurando.

— Estávamos — respondeu o anjo. — Até descobrirmos a verdadeira identidade dele. Agora, ele deve nos servir.

— Ei, ele não é sua propriedade — respondi, tomada pela indignação.

Xavier se aproximou de mim, e ficamos lado a lado.

— Não sou seu servo.

Senti um aperto no peito ao me dar conta. Eles não estavam mais atrás de mim, não queriam me punir e me arrastar de volta para a minha antiga casa. Era pior... eles queriam Xavier.

— O que querem dele? — perguntei.

— Temos planos para ele — disse o Sete, virando a cabeça careca e apontando um dedo torto para Xavier. — O Céu precisa de você.

— Ficou maluco? A Terra precisa de mim. Tenho uma vida, tenho uma família. E não vou deixar a Beth.

— Logo imaginei — disse o Sete, e ergueu a mão na nossa direção.

Mas antes que o seu poder pudesse nos atingir, estiquei o braço e peguei na mão de Xavier, deixando toda a raiva e mágoa que tinha se acumulado dentro de mim sair do meu corpo.

— Somos só nós dois — disse a ele. — Nós dois contra o mundo.

Xavier apertou a minha mão e então, pela primeira vez, senti um poder diferente unir-se ao meu, e percebi que vinha dele. Não era angelical, como o poder de Ivy e Gabriel, mas com certeza não era humano. Passava a sensação de raio de Sol, e a minha mente foi tomada por um azul-claro lindo, que fez a minha preocupação desaparecer como uma onda recuando. Ela se remexeu e percebi que era água... água fria e refrescante, revigorante. Senti uma brisa bater no meu corpo, seguida por um calor pulsante e uma firmeza que parecia plantar os meus pés no chão, como se nem mesmo um tornado fosse capaz de levar-me.

E, então, lentamente, me dei conta: ar, fogo, terra. Eu estava sentindo todos os elementos de uma vez. Mas não era eu quem estava produzindo essas sensações — o meu poder parecia a luz: a luz clara e forte que me dava a impressão de estar flutuando. Tal poder vinha de Xavier. Ele era a personificação da terra, e era isso o que sentia na ponta dos seus dedos. Tudo de mais maravilhoso que a Terra podia produzir, as fontes mais fortes da natureza, parecia estar surgindo do seu corpo. O que aquilo significava? Os elementos estavam sob o controle dele? Eu só sabia que Xavier parecia ter a Mãe Natureza ao seu lado, como se o Nosso Pai estivesse comandando a Terra para que ela se erguesse e ficasse do lado dele. Os olhos de Xavier estavam fechados, e eu sabia que não podia perturbá-lo. Em vez disso, me concentrei em ajudar com cada porção de energia que tinha, a fim de que as nossas habilidades alimentassem umas às outras.

Então, quando o poder do Sete nos atingiu, foi como se batesse num escudo invisível e se desfizesse em mil pedaços de argila no chão. Ele formou uma bola brilhante alarajanda nas mãos e a lançou à nossa direita, como um tiro. Dessa vez, ela explodiu em chamas a um metro de nós, e as cinzas flutuaram como confetes brilhantes. A órbita seguinte explodiu num surpreendente arco de água, ensopando o Sete da cabeça aos pés.

— Que truque é esse? — perguntou o Sete.

— Afaste-se — disse Xavier. — Você não pode nos atingir.

— O meu poder é maior do que o seu — disse o Sete, apesar de não parecer mais tão confiante.

— É mesmo? Prove — desafiou Xavier.

— Garoto arrogante. — O Sete fez um som parecido com um rosnado.

— Sim, sou mesmo. — Xavier deu de ombros.

O Sete recuou alguns passos.

— Deveriam saber que a rendição de vocês é iminente — disse o Sete. — Não podem lutar conosco para sempre.

— Bem, faremos o melhor que pudermos.

— Muito bem — disse a criatura. — Mas estão apenas postergando o inevitável.

E, então, com um som parecido com o bater de asas, ele se foi.

Xavier soltou a minha mão e se curvou, apoiando as mãos nos joelhos. Vi uma camada de suor em sua testa.

— Caramba — disse ele. — O que foi aquilo?

— Eu... não sei — respondi. — Acho que foi você.

— Não. — Balançou a cabeça, ainda ofegante. — Fomos nós dois.

— Vencemos um Sete? — Quase ri diante do absurdo. — Sem ajuda? Nós o mandamos embora, mesmo.

— Sim, mandamos. — Os olhos azuis brilhantes de Xavier me observaram, e ele sorriu. — Acho que somos mais fortes do que pensávamos.

E parecia que de fato éramos. Quando Gabriel e Ivy chegaram alguns minutos depois, a crise havia passado. Não havia mais nada para eles fazerem. Nós havíamos nos salvado.

24

O SEGREDO MAIS BEM-GUARDADO

Havia uma conversa esperando para acontecer. Xavier e eu sabíamos disso quando entramos com os meus irmãos em casa. Podíamos estar contentes por termos derrotado um dos maiores caçadores do Céu, mas não conseguimos ignorar o que ele havia dito: *Humano? Você acha que ele é isso mesmo?* As palavras ressoavam na minha mente. O que significava aquilo? É claro que Xavier era um ser humano. Já o vira sangrar. Já o vira quase morrer. Isso o tornava um ser humano, não é? Concluí que o Sete só queria nos abalar. Ivy e Gabriel explicariam tudo quando chegássemos em casa. Na cozinha, Xavier hesitou na porta.

— Certo, podem me contar — pediu Gabriel. — O que ele disse a vocês?

Ele parecia melhor do que estivera alguns dias antes, mas ainda não estava normal. Demonstrava impaciência e não fazia rodeios para dizer a verdade. O Gabriel de antes colocava as palavras de modo mais cuidadoso, tentava desviar a conversa para a direção que queria. Mas não queria perder tempo e foi direto ao ponto. Foi um alívio, de certo modo.

— Disse que não sou humano. — Xavier cruzou os braços. — E que o Céu precisa de mim, que eles têm planos para mim, ou algo assim. Isso é maluquice, certo?

— Xavier, você precisa entender uma coisa — começou Ivy.

— Ah, por favor — interrompeu Gabriel. — Diga de uma vez. Já está mesmo na hora de eles saberem.

— Hora de sabermos o quê? — perguntei, alterada. Não gostei nada daquilo. — O que vocês têm escondido?

Ivy pressionou os dedos finos nas têmporas.

— Acho que devem se sentar. Não vai ser fácil para nenhum de nós.

— Certo. — Xavier riu de modo inquieto. — Vocês estão começando a me assustar de verdade. O que está acontecendo?

— Pode se sentar? — pediu Ivy. — Por favor?

Puxei Xavier para o sofá ao meu lado e segurei a manta de crochê. Gabriel olhava com seriedade pela janela, esperando Ivy começar.

Percebi que ela não conseguia manter as mãos paradas e que devia ser algo muito grave para abalá-la daquele jeito.

— Acho que vou começar do começo — disse ela, de modo distraído.

— Vai ser uma longa história? — perguntou Xavier. — Seria melhor se você resumisse as coisas.

— Escute — disse ela, séria. — Se não contar tudo, não terá sentido. — Olhou para Gabriel, que assentiu para encorajá-la. — A última vez em que estive na Terra foi há quase vinte anos. Estava indo a Charlotte, mas errei o caminho e fui parar em Birmingham. Não queria conversar com ninguém, mas conheci um casal cujo carro havia quebrado, e eles pediram o meu telefone emprestado. Começamos a conversar, e eles disseram que estavam se tratando numa clínica de fertilidade. Mas não estava dando certo. Não conseguiam engravidar.

— Muito interessante — disse eu. — Mas não entendo como isso pode ter a ver com nós dois.

Gabriel levantou a mão.

— Espere a sua irmã terminar. Precisamos ouvir a história toda.

— Não devia ter me envolvido. — Ivy balançou a cabeça. — Mas a mulher me disse que eles estavam rezando para que um milagre acontecesse. Eu não podia ir embora, pois tinha o poder de ajudá-los.

— O que você fez? — perguntei.

— Dei um filho a eles — disse ela. — Quando a mulher se despediu de mim naquele dia, ela estava grávida, mas não sabia. Restaurei o corpo dela para que voltasse a ser totalmente saudável e pudesse conceber no futuro.

— Você agiu sem permissão? — perguntei. — O Céu tentou castigá-la?

— Atraí o castigo para mim mesma.

— Como assim?

— Nada aconteceu durante muito tempo — disse ela, suspirando. — Mas, um dia, descobri que o casal havia dado à luz um filho e que, desde então, tinham tido mais cinco filhos saudáveis.

Percebi Xavier se remexer ao meu lado.

— O que aconteceu com a criança?

— O meu envolvimento parou na concepção — respondeu ela. — Eu o deixei em paz para viver uma vida normal. Pensei que não o veria mais.

— Não acredito — sussurrei. — Por que nunca nos contou?

— Estava envergonhada. E, depois de repreender você, por ter se envolvido demais na vida dos seres humanos, como poderia revelar o que eu tinha feito? Fui uma hipócrita.

— Ah, Ivy — disse. — Poderia ter confiado em mim. Eu teria compreendido.

— Bethany, não terminei. — A minha irmã me interrompeu. — Tem mais. O Céu me disse que eu veria o menino de novo, e que, de um jeito ou de outro, ele voltaria e se misturaria ao mundo dos anjos.

— Está dizendo que vamos encontrá-lo?

Gabriel se virou e me olhou diretamente nos olhos.

— Bethany, você já o encontrou.

A minha mente se esforçou para entender o que tinha acabado de ser dito.

— Não entendo... — disse.

— Eu, sim — disse Xavier com a voz rouca. — O que estiver tentando dizer, diga de uma vez.

A minha irmã olhou para a frente devagar.

— O casal que conheci tantos anos atrás... o nome deles era Peter e Bernadette Woods. A criança é você. Sinto muito, Xavier.

Fez-se um longo silêncio. Era como se a Terra tivesse parado. Xavier não se mexeu. Ficou sentado e calado, olhando para as próprias mãos. Esperamos que ele falasse. Gabriel se sentou e pousou a mão no seu ombro. Xavier se levantou.

— Xavier, por favor, tente se acalmar — disse minha irmã.

— Acalmar? — Xavier riu. — Você acaba de me dizer que sou uma espécie de milagre da Concepção Imaculada e tenho que me acalmar?

— Você continua sendo um ser humano — explicou Ivy rapidamente. — Você é de carne e osso, mas não como as outras pessoas.

— Há quanto tempo sabem disso? — perguntou Xavier de repente.

— Desde que vi você. — Ivy não conseguia olhar direto nos olhos dele. — No começo, não tivemos certeza, mas logo ficou claro. Em parte, foi por isso que tentamos afastar você de Beth. Um humano comum não seria capaz de lidar com a realidade do nosso mundo... teríamos apagado a lembrança dele e pronto. Mas você... você é diferente.

— Vocês sabiam disso todo esse tempo? — Xavier parecia verdadeiramente arrasado. — E esperaram para me contar só agora?

— Você estava preocupado com outras coisas — disse Ivy, tentando se desculpar. — O seu caminho não tem sido fácil. Não queria aumentar a sua carga de preocupação.

— E os meus irmãos e minhas irmãs? — perguntou Xavier, com certo receio. — Eles...?

— Foram concebidos naturalmente. Só participei da sua criação.

— Então... — Xavier parecia um pouco enojado. — Você... isso a torna... como... você é minha mãe?

O susto que levei foi incontrolável.

— Ai, meu Deus... — resmunguei. — Por favor, não.

— Não sou sua mãe — disse Ivy com firmeza. — Não tenho DNA que possa ser passado. Você é filho da Bernadette. Mas dei a você a nossa essência, o nosso espírito. O sangue dos anjos corre nas suas veias, assim como o sangue dos seus pais, seres humanos.

— Então, que diabos eu sou? Anjo ou humano?

— Acho que é as duas coisas — respondeu Ivy.

— Que ótimo. Isso é maluquice.

— Não queria que descobrisse dessa maneira.

— Não tem um momento bom o suficiente para se descobrir que se é um tipo de cruza maluca — disse ele.

— Não diga isso — disse eu. — Você é a mesma pessoa que sempre foi.

— Como você sabe, Beth? — perguntou ele.

— Você sempre soube que era extraordinário — respondi. — O destino não nos teria unido se fosse diferente. Você sobreviveu a muita coisa, tem muita força, e agora entende o motivo.

— O que os Setes querem comigo? — perguntou Xavier. — O que acham que posso fazer por eles?

— Os meios-anjos têm poderes — disse Gabriel. — Poderes que não entendemos muito bem. Acho que eles querem descobrir quais são.

— Então, querem me usar? — perguntou Xavier com a voz áspera. — Como uma cobaia?

— Provavelmente. — Gabriel não hesitou.

— Com certeza não sou o primeiro. — Xavier revirou os olhos ao dizer aquilo. — Meio-anjo.

— Você é o primeiro que eles encontraram — respondeu Gabriel. — Houve outros com o passar do tempo, mas os anjos que os criaram não souberam do paradeiro deles, e eles viveram como seres humanos normais. Assim, não fica fácil localizá-los.

— E agora que me encontraram... — disse Xavier, reticente.

— Agora que sabem a sua identidade, não o deixarão em paz — disse Ivy. — Mas nós faremos de tudo para proteger você.

— Querem que você e Bethany se separem — disse Gabriel. — Principalmente depois do que aconteceu hoje. Os seus poderes combinados são fortes demais. Eles se sentem ameaçados.

— Está dizendo que, se não estivéssemos juntos, nos deixariam em paz? — perguntei, sem acreditar

— Continuariam controlando Xavier de longe — respondeu Gabriel. — Mas ele não seria uma ameaça tão grande.

— Ele não é uma ameaça! — gritei. — Ele não fez nada!

— Os Setes são criaturas competitivas — disse Ivy. — Sabem que a sua união é maior do que os poderes deles e não conseguem lidar com isso.

— E se prometermos que não vamos atrapalhar?

— Dificilmente faria diferença — disse Gabriel. — Você já deve ter percebido como eles são.

— Tudo bem. — Mordi o lábio e tentei não remexer as mãos.

— O que faremos agora?

— Eles voltarão — disse Ivy. — Quando chegarem, estaremos prontos para eles.

Esperei Xavier falar. Devia haver mil coisas na sua cabeça naquele momento, coisas que ele precisava absorver, perguntas sem resposta, e acusações.

— Então, é... — Ele levantou a mão e deixou-a cair solta no sofá. — Não sei o que dizer.

— Xavier... — comecei, mas ele me interrompeu.

— Como posso não ter percebido? Devia haver sinais. Será que ignorei todos eles?

— *Houve* sinais — insisti. — Mas não foram importantes o bastante para você perceber. Pense em tudo o que aconteceu desde que nos encontramos. Quantas pessoas podem ver os seus amigos morrerem bem diante dos seus olhos, quantas pessoas podem testemunhar um exorcismo completo sem se traumatizar? Quantas pessoas poderiam invadir o Inferno para salvar alguém que amam? E quantas pessoas poderiam ser possuídas por Lúcifer, literalmente tê-lo dentro de si, e sobreviver? Você é especial, Xavier. Os anjos escolheram você.

Ele ficou olhando para o nada.

— Sinto que não sei mais quem sou.

— Não — disse eu, balançando a cabeça com veemência. — Não, é exatamente o contrário. Agora, você sabe quem é. É abençoado e está no caminho que o levará para coisas grandes. Deus está cuidando de você.

— Parece que eu O estou irritando — respondeu Xavier, com a voz séria.

— Os Setes — corrigi. — Você está irritando os Setes. Mas Deus ama você. Ele marcou você como um dos Dele.

— Então, por que é tudo tão difícil? — Xavier olhou para mim com persistência, precisando de uma resposta minha para entender. — Por que parece que estamos sendo punidos?

— Porque o caminho do homem justo nunca foi fácil — sussurrei. — Aqueles que são escolhidos pelo Senhor trilham um caminho difícil. As recompensas virão depois. E, se Ele é o Pai misericordioso que conheço, teremos a paz eterna juntos. Só precisa confiar Nele. Acredite no Seu plano e confie Nele com todo o coração. Sei que é difícil, mas veja a prova que você teve por meio de mim e dos meus irmãos. A maioria das pessoas precisa manter a fé cega, mas você, não. Você teve uma prova.

— Está bem. — Xavier olhou para mim, pensativo. — Está bem — repetiu. Eu sabia que devia ser muita informação para assimilar e que não deveríamos apressá-lo.

— Espere... — Um pensamento repentino me ocorreu. — Vocês sempre falavam que sou diferente, que *sinto coisas* que não deveria sentir por um ser humano. Seria por isso? Porque Xavier não é... — eu me corrigi a tempo: — totalmente humano?

— É a explicação mais provável — respondeu Gabriel. — O elo entre vocês vai além da experiência humana. Caso contrário, é improvável que o seu relacionamento tivesse sobrevivido a tantos problemas.

— Estão dizendo que eu não a amaria se eu fosse normal? — perguntou Xavier.

— Não. — A voz de Gabriel estava controlada. — Estou dizendo que talvez você não tivesse os recursos para lidar com as coisas que viu e com as verdades que lhe foram reveladas.

— Xavier. — Ivy colocou a mão no ombro dele. — O sangue dos anjos corre nas suas veias. Isso quer dizer que os anjos sempre estarão com você. Quer dizer que está protegido e está destinado a ser um protetor dos homens. Mas a escolha é sua. Você pode usar essa informação ou pode fingir nunca ter descoberto.

— Não acho que se trate de uma opção — respondeu Xavier. — Acho que só preciso de tempo para absorver tudo.

Eu não sabia por que a nova informação não havia me deixado abalada. Talvez porque Xavier já tivesse abalado o meu mundo e a ideia de que a sua criação era extraordinária parecia natural para mim. Na minha cabeça, ele nunca tinha sido um ser humano comum; a sua presença era como fogos de artifício, e a simples menção ao seu nome fazia as minhas pernas tremerem. Obviamente, ele era especial, como poderia não ser? Acredito que o fato de a minha irmã ter tido participação na concepção dele tenha sido um pouco esquisito, mas eu tinha que lembrar a mim mesma que Ivy não era minha irmã biológica. Estávamos ligadas a uma família do Céu, mas não havia DNA em comum. Essa característica era totalmente humana.

E, assim, aceitei o fato de que Xavier era meio-anjo sem questionar. Na verdade, senti orgulho.

25

VEJA-ME QUEIMAR

Todos concordamos que não fazia sentido tentar calcular quando o próximo ataque dos Setes aconteceria. Estávamos cansados de esquemas e estratégias. Sabíamos o que podíamos fazer e não sentíamos medo. Claro, a luta não estava terminada, mas eu duvidava que os Setes tivessem muitos planos na manga que pudessem nos derrubar.

Xavier ainda estava tentando entender o fato de que sangue de anjo corria nas suas veias e não parecia querer falar mais sobre isso. Não insisti no assunto, sabendo que ele precisaria de tempo para entender uma informação tão assustadora. Então, decidi me preocupar com Molly.

Na tarde do dia seguinte, arrastei Xavier para fora de casa para que fosse procurá-la comigo. Ela vinha nos evitando desde o espetáculo com Gabriel na cozinha, e eu estava preocupada com ela. Oxford era uma cidade pequena, não havia muitos lugares onde se esconder, e acabamos por encontrá-la sentada num canto do Starbucks, olhando para o celular, com um muffin intacto no prato ao seu lado. Decidimos agir como se nada tivesse acontecido.

— Notícias ruins? — perguntou Xavier, aparecendo atrás dela.

— Não — disse ela, virando o celular para baixo rapidamente. Molly nunca soube mentir.

— Então, por que essa cara triste? A sua manicure foi embora?

— Ha-ha. Que engraçado. — Ela abriu um sorriso forçado.

Percebi que Molly estava diferente. Os cachos rebeldes tinham sido domados numa longa trança que pendia por um dos ombros, como uma corda cor de fogo. Havia deixado o short e a camiseta de sempre e passado a vestir uma blusa florida de gola alta, calça jeans desbotada e tênis. A Molly de antes não usaria jeans e tênis nem morta.

Sem dúvida era um visual novo para ela, e pensei que devia ser uma tentativa de agradar Wade. Os seus grandes olhos azuis não tinham mais o brilho de sempre, porém pareceram brilhar ao nos ver. Ela nos observou com atenção quando puxamos as cadeiras para nos sentarmos com ela, e a velha Molly que eu conhecia pareceu surgir por um momento.

— Vocês estão péssimos!

— Nossa! Obrigado! — disse Xavier.

— Sinto muito, mas precisam dormir mais e transar menos.

Xavier sorriu.

— Não é bem assim.

Fez-se uma pausa, porque ninguém queria tocar no assunto da cena com Gabriel no último encontro deles. Molly parecia querer fingir que nada havia acontecido. Será que ela temia se machucar de novo?

— E aí, quais são as novidades? — perguntou ela. — Como estão as coisas?

— Estão um pouco melhores — respondi com cuidado.

— Vocês sempre passam por novas crises — disse ela, irritada.

— É — concordei. — Mas, olha, no momento, parece que não conseguiremos voltar para a faculdade.

— Não acredito! Vão desaparecer de novo!

— Claro que não — disse eu, rapidamente. — Ainda estaremos na cidade, só que não nos verá no campus. Dissemos às pessoas que tivemos um problema familiar, então, se alguém perguntar, foi o que aconteceu. Diga que não sabe de mais nada.

— Tudo bem. — Molly passou o dedo pela borda do copo. — Acho que vou rezar por vocês.

Xavier ergueu as sobrancelhas. Não era a frase que o surpreendia, mas, sim, o fato de ter sido dita por Molly. Ela manteve os olhos voltados para baixo ao dizer aquilo, como se simplesmente estivesse repetindo algo que Wade gostaria que ela dissesse.

— Obrigado — respondeu Xavier, deixando o estranhamento passar.

— Então, eu poderei visitar vocês? — perguntou ela.

— Claro que sim — respondi, de modo incentivador. — Sempre que quiser. Mas telefone com antecedência.

Molly concordou, mas parecia um pouco desconfortável, olhando para a entrada. Tive a impressão de que algo, além da nossa vida de nômades, a estava deixando ansiosa.

— Mas não pode contar a ninguém onde estamos — disse Xavier. — Nem mesmo ao Wade.

— Não se preocupem. Ficarei de boca fechada.

— Ótimo. Confiamos em você. — disse Xavier.

Estava quente dentro do café. Quando Molly, distraidamente, ergueu as mangas da blusa, vi hematomas ao redor de um dos seus punhos, como se alguém a tivesse segurado com muita força. Já estava sumindo, com uma mancha verde-amarelada nas bordas.

— Molly, o que aconteceu com o seu braço?

Ela abaixou a manga, subitamente tomando consciência do deslize.

— Sou uma estabanada. Caí da escada enquanto estava de salto alto.

— Onde você estava?

— Numa festa de uma fraternidade.

— Com Wade?

— Não! Ele não sabe, então, por favor, não contem a ele. Ele não aprovaria.

— Ele me parece meio controlador — disse Xavier. — Você não pode ser sincera com ele?

— Não, não, ele não é controlador — insistiu Molly. — Wade é bom para mim. Só preciso de tempo para alcançá-lo espiritualmente.

— Como vai fazer isso?

— Bem... — Molly franziu o cenho. — Não sei muito bem. Mas Wade tem uma ideia.

— Claro que tem — murmurou Xavier, olhando para mim. — Por falar nele...

Nós três olhamos para a frente e vimos Wade entrar com uma camisa polo abotoada até o pescoço.

— Ah, não. — Molly segurou a minha mão embaixo da mesa. — Não vai dizer nada, certo?

Era a primeira vez que ela dizia aquilo. Sabia que ela devia estar reprimindo muitas emoções e isso não era saudável. Mas cuidaríamos disso mais tarde.

— Eu nunca faria isso — disse eu, quase ofendida. — Que tipo de amiga acha que sou?

— Obrigada. — Molly mordeu o lábio e enfiou o celular na bolsa quando Wade se aproximou. Ela não conseguiu desfazer a cara de culpada e Wade, logicamente, percebeu. Mas ele nos cumprimentou com um sorriso simpático.

— Oi. Sobre o que estão fofocando?

— Coisas de menina — disse Molly.

— Com Ford aqui?

— Nós o consideramos uma das meninas.

— Geralmente me desligo — corrigiu Xavier, arrancando uma risadinha de Wade, que normalmente ficava sério. Deu um beijo no rosto de Molly, franziu o cenho e se afastou ab-ruptamente.

— Molly, senti cheiro de brilho labial?

— Você percebeu! É novo. Ele se chama Campos de Morango, ou Beijo de Morango, alguma coisa assim.

— Pensei que tivéssemos combinado que você deixaria de usar maquiagem. — O seu olhar de reprovação fez Molly corar.

— Wade, não chamaria brilho labial de *maquiagem*.

Ela olhou para nós para tentar obter apoio, mas estávamos surpresos demais para dizer qualquer coisa.

— Isso melhora a aparência natural dos seus lábios?

— Hmm... acho que sim. Sim.

— Então, Molly, você não precisa dele. Você é perfeita do jeito que Deus a fez. Por que mexer na obra Dele?

— Sinto muito. — Ela abaixou a cabeça. — Nunca analisei as coisas dessa maneira.

— Porque é fácil demais ser influenciada pelas mentiras que as empresas de cosméticos dizem às mulheres. Isso é obra do Satanás, você não acha, Xavier?

— Hmm... é. — Xavier e eu nos entreolhamos, sem entender. — Mas não tem nada demais. Molly sempre usou brilho labial.

— E agora ela está tentando melhorar — interrompeu Wade. — Está na sua bolsa?

— O quê?

— O brilho labial. — Pelo jeito como ele falava, mais parecia que ela estava levando drogas ilegais na bolsa. Molly pegou um frasco em forma de bastão com tampa dourada. Não consegui ver a etiqueta, mas vi que era de uma famosa linha de cosméticos. Provavelmente havia demorado muito para escolher. Wade esticou o braço.

— Me dê. Com certeza vai ser mais fácil para você se eu jogar no lixo.

Olhei de modo ansioso para Molly, esperando por um ataque de raiva ou pelo menos por um comentário cínico, mas não vi nenhum dos dois. Apenas manteve o olhar baixo enquanto Wade guardava o item no bolso.

— Mas a Molly gosta de maquiagem — disse eu. Era um desafio, e não apenas uma observação. — Por que precisa parar de usar?

— Beth, deixe — pediu Molly.

— Tudo bem, querida. — Wade olhou para mim com seriedade. — A Laurie tem direito a ter a opinião dela. Provavelmente é ingênua demais para perceber as mensagens prejudiciais por trás da publicidade.

— É só um brilho labial — disse eu, sem acreditar. Xavier balançou a cabeça quase imperceptivelmente, indicando que aquele não era o momento para dar início a uma discussão acalorada.

— Os cosméticos são feitos para transformar as mulheres em objetos — disse Wade. — Como justificar o seu uso?

Xavier se levantou de repente e olhou para todos nós.

— Vou pegar um frapê. Querem alguma coisa?

— Quero um café *latte* de baunilha — disse eu.

Wade balançou a cabeça para indicar que não beberia nada conosco.

— Acho melhor irmos embora. — E começou a ajudar Molly a reunir os seus pertences, mas ela pareceu relutante em nos deixar.

— Querem lanchar mais tarde conosco, ou algo assim? — sugeriu ela. — Estão com tempo?

— Claro — respondeu Xavier. — Laurie, você está a fim?

Wade tossiu de modo forçado para chamar a atenção de Molly.

— Hmm, amor, temos estudo bíblico. Não me diga que se esqueceu?

— Ai, caramba. — Molly pareceu triste por um momento. — É que faz muito tempo que não converso com os meus amigos.

— Não se preocupe — disse Wade. — Posso ir sem você. Pode ficar com os seus amigos. — As suas palavras diziam uma coisa, mas a linguagem corporal dominadora contava outra história totalmente diferente. Os braços cruzados e o pé batendo no chão indicavam que não queria que Molly o deixasse. Ela ficou indecisa.

— Não se preocupe — eu a tranquilizei. — Podemos lanchar outro dia.

— Tudo bem. — Molly correu para o lado de Wade, mas olhou para trás por um bom tempo. — Não esquece.

— Claro que não.

— Certo. Mando uma mensagem de texto para você amanhã.

— Molly... — interrompeu Wade. O som da sua voz estava começando a me irritar de verdade. — Precisamos ir embora se não quisermos nos atrasar. Você sabe como detesto ser o último a chegar.

— Estou indo!

Wade abraçou Molly e a levou para fora do café. Eu os observei partir, pensando que a mão dele sobre o ombro dela parecia pesada demais. Xavier voltou com as nossas bebidas.

— Nossa! Aquele cara é esquisito — disse ele, colocando o café na minha frente.

— Sem dúvida — confirmei. — Será que devemos nos preocupar?

— Não sei. Molly não é criança. Pode tomar suas próprias decisões.

— Você teve a impressão de que ela estava tentando... pedir ajuda?

Xavier franziu o cenho.

— Ela sabe que estamos aqui se precisar de nós, não é?

— Sim, mas e se ela estiver com problemas? — persisti.

— Acho que vamos descobrir — disse ele. — Mas você não chegará a lugar algum com Molly se tentar confrontá-la. Ela própria precisa tomar essa decisão.

Não entendi o tipo de relacionamento que Molly tinha com Wade, mas já tinha visto o suficiente para saber que não devia ser saudável.

O simples fato de eles estarem juntos não me parecia bom. Ele não era o tipo dela, e estava claro que ela tinha dificuldades para se expressar com ele. Eu não conseguia parar de pensar que ela havia se envolvido naquela relação para tentar esquecer Gabriel. E agora ela estava noiva. Devia ser confuso, no mínimo. Secretamente, me repreendi por estar tão preocupada com os meus problemas a ponto de não ter percebido o que estava acontecendo na vida da minha melhor amiga. Mas não deixaria Molly cometer esse grande erro. De um jeito ou de outro, precisava tirá-la daquela situação.

Mais tarde, em casa, abordei o assunto durante o jantar e contei sobre a conversa no café enquanto Ivy enchia o meu prato com carne e salada.

— Tenho um mau pressentimento sobre o namoro de Molly e Wade.

— Por que está dizendo isso? — perguntou minha irmã. Gabriel, que estava perto do banco, não olhou para mim.

— Acredita que ele a proibiu de usar brilho labial?

— Isso quer dizer que ele é controlador, não um psicopata — disse Ivy. — Não julgue de modo precipitado.

— O que devemos fazer?

— Nada. Não cabe a nós interferir nos relacionamentos dos outros. Molly dirá se precisar de ajuda.

— Foi o que eu disse — acrescentou Xavier, abrindo uma lata de Coca-Cola e lançando um olhar para mim, como se dissesse: *Eu disse*.

— E se ela estiver com medo?

— Você tem evidências de que ela corre perigo? — perguntou Ivy.

— Não.

— Então, acho que devia ficar fora disso.

— Vi alguns hematomas — disse eu. Por algum motivo estranho, falar sobre aquilo parecia trair a confiança de Molly.

Gabriel, por fim, levantou a cabeça.

— Hematomas?

Ele havia evitado comentar até aquele momento. Na verdade, eu mal conversara com ele desde aquela noite no porão. Algumas vezes, acordei no meio da noite, desci para beber água e encontrei o seu quarto vazio. Ele vinha se afastando enquanto tentava se curar e, assim como Molly, não voltou mais a falar sobre o encontro dos dois. Eu achava que eles não tinham conversado, decidindo fingir que nada havia acontecido. Porém, Gabriel parecia incomodado ao pensar que alguém poderia estar machucando Molly.

— Na parte interna do braço. Quando perguntei, ela disse que havia caído da escada por causa do salto alto.

— Parece plausível — disse Ivy.

Mas Gabriel estava de pé e balançava a cabeça.

— Não para a Molly — disse ele.

— Como? — Xavier não entendeu.

— Molly usa salto alto desde a quinta série — disse eu. — Nunca a vi nem sequer tropeçando. E, além disso, como alguém consegue cair e machucar apenas um dos punhos?

— Não sei. — Xavier mexeu as mãos em ângulos diferentes, tentando encontrar uma solução. — Acho que poderia acontecer.

— Talvez devêssemos ir vê-la — sugeriu Gabriel. — Só para termos certeza.

— Mas acabei de fazer o jantar. — Ivy pareceu irritada.

— Espere — interrompeu Xavier. — Como vão explicar uma visita assim, tão repentina? É meio esquisito, não acham?

— Não precisamos conversar com ela — disse eu. — Só quero ver como estão as coisas, ter certeza de que ela está bem. Depois disso, podemos ir embora.

— Onde eles estão agora? — perguntou Gabe.

— No estudo bíblico.

— Certo. Vamos lá.

Ao entardecer, a capela do campus ficava linda, com a torre do sino e passagens abobadadas. Funcionava como um santuário no centro do campus movimentado. Passar por suas portas era sempre como entrar em uma dimensão mais calma, em que as preocupações terrenas não penetravam. Fiquei pensando se Wade tinha permissão para usar aquele lugar para as suas reuniões.

A porta estava aberta e ouvimos uma estranha voz hipnótica. Não parecia estudo da Bíblia, e imaginei que aquela talvez fosse apenas a desculpa que Wade dera à universidade para poder usar o local.

— A única maneira de dominar a carne é humilhando-a — dizia a pessoa. — Pressioná-la, destruí-la.

Gabriel e Xavier se entreolharam, e o meu irmão fez cara feia. Caminhei na ponta dos pés para espiar atrás da porta, longe o bastante para ver o que estava ocorrendo ali dentro sem revelar a nossa presença. No interior, vi um grupo de cerca de dez pessoas reunidas. Wade era o orador e três outros homens estavam ao seu lado. O restante era formado por garotas, e elas estavam ajoelhadas. Mas Molly estava diante do altar e, por algum motivo desconhecido, estava praticamente nua, vestindo apenas uma camisola de seda, que parecia ser de outro século.

Mesmo à distância, percebi que ela sentia frio, pois a pele estava arrepiada e pálida por causa da baixa temperatura. Os olhos de Wade brilhavam, e ele estava tão envolvido no que dizia que não olhou na nossa direção. Parecia estar falando apenas com Molly.

— Você deve reconhecer a sua fraqueza diante do Senhor. Deve rejeitar aqueles que a tiram do caminho e dedicar a sua vida à contemplação.

— Eu sei — murmurou ela, concordando, mas parecia menos convencida do que as suas palavras demonstravam.

— Quero ajudá-la, mas você precisa trabalhar comigo, Molly — disse ele. — Está pronta a dedicar a sua vida a esta igreja?

— Estou.

— Está pronta para fazer o sacrifício necessário para servir como deve?

Será que aquilo era algum tipo de iniciação estranha?

— Estou — sussurrou ela, mas Wade ainda não tinha terminado.

— Está pronta para deixar de lado a vaidade terrena como sinal da sua dedicação?

— Sim. — A sua voz estava embargada, como se ela estivesse prestes a chorar.

Wade caminhou até onde Molly estava ajoelhada, aproximando-se dela como um executor. Segurava algo, mas só consegui ver o que era quando ergueu o braço acima da cabeça. Então, a luz que vinha dos vitrais refletiu no metal e percebi ser uma tesoura.

— Apenas quando dominarmos as fraquezas da carne poderemos ser verdadeiramente livres. — Segurou o cabelo dela com a mão livre como se os pesasse. Será que Molly realmente permitiria que fizesse aquilo com ela? Com o rosto limpo, sem maquiagem, suas sardas ficavam mais evidentes, e ela parecia uma criança. Olhei para Gabriel, cujo rosto estava sério e os olhos brilhantes pareciam duas fendas cheias de ira.

— Afaste-se dela. — A voz dele reverberou nas paredes da capela. Wade, pego de surpresa, abaixou o braço e olhou ao redor, procurando o invasor. Quando me viu, voltou a se recompor, mas a presença de Gabriel o havia abalado.

— Quem é você? — perguntou ele. E olhou para Molly. — Pediu a eles para virem?

— Não. — Ela gaguejou, levantando-se, trêmula: — Eu... eu... — Olhou ao redor de modo incerto, para Wade, depois para Gabriel. Então, Gabriel disse o nome dela, não como se a estivesse chamando ou pedindo que fizesse alguma coisa. Apenas disse o nome baixinho, como se estivesse triste de verdade por vê-la naquela situação. Então, Molly se mexeu. Ela se livrou das mãos de Wade e caminhou para a frente, correndo diretamente para os braços de Gabriel, onde começou a chorar.

Wade ergueu as mãos de modo impotente, como se não soubesse o que fazer. Molly continuava a chorar abraçada a Gabriel, e a mão dele permanecia apoiada na sua nuca, protegendo-a.

— O que você tem na cabeça? — perguntou ele.

— A oração e o jejum nos colocam mais perto de Deus — gritou Wade para se defender. — Apenas desse modo Ele revela o Seu verdadeiro propósito para nós, como fez com Daniel.

— Daniel era um profeta, seu idiota — respondi.

— Beth, já chega. Insultos não nos levarão a lugar algum.

— Mas ele é louco.

— Ele só está muito desorientado — disse Gabriel. — O caminho para Deus é uma trajetória pessoal. Wade, você não pode forçar alguém prendendo essa pessoa e cortando o cabelo dela.

Molly levantou a cabeça para olhar para ele, e a ponta do nariz estava vermelha de tanto chorar.

— Eu estava tentando me livrar dos meus pecados passados, porque pensei que era por causa deles que você não podia retribuir o meu amor.

Gabriel franziu o cenho por um momento.

— Molly, você se redime mudando a sua vida, não permitindo que alguém a mude por você.

— Você não se torna cristã só porque vai à missa, assim como não se torna um carro só porque fica na garagem — disse eu, citando uma frase de um livro que havia lido recentemente. — Depende de como você se sente por dentro, Molly, e, no momento, você está arrasada.

— Molly, não escute o que estão dizendo. Você é uma pecadora — disse Wade. — Você é má, e eu sou a única pessoa que pode redimi-la.

— Cristo é a única pessoa capaz de redimir alguém — gritei com ele. — Você pensa que é Deus, cara!

— Quem é você para julgá-la? — perguntou Gabriel, olhando fixamente para Wade. — Você é tão pecador quanto qualquer outra pessoa.

— Ela é uma mulher. — Wade balançou a cabeça. — Isso a torna corrupta e cheia de desejos por natureza. Foi Eva quem levou o homem ao pecado. Isso me torna menos pecador do que ela.

— É mesmo? — perguntou Gabriel. — Que interpretação interessante.

— Molly, você está cometendo um erro enorme — disse Wade, ignorando o meu irmão. — Estou tentando ajudá-la porque a amo.

— Não me faça rir — disse eu.

— Você. — Gabriel apontou um dedo para Wade. — Se vir você falando com ela de novo, terá que se ver comigo. Entendeu?

— E quem você pensa que é? — A autoconfiança de Wade estava de volta. Ele não entregaria Molly a um desconhecido sem resistir.

Gabriel sorriu levemente quando as luzes começaram a piscar e as janelas tremeram. A porta da capela se abriu e um vento forte o envolveu.

— Você não faz a menor ideia.

Wade deu alguns passos para trás, assustado, e a sua pequena congregação arfou. Talvez não soubessem exatamente quem Gabriel era, mas estava claro que estavam diante de algo grande. Gabriel segurou a presilha de metal que prendia a trança de Molly e a retirou. Ela permaneceu parada enquanto ele desprendia os seus cachos para que caíssem soltos. Então, sem dizer mais nada, ele a levou para fora.

— Íamos nos casar — disse Molly com tristeza quando entramos no carro de Gabriel.

— Aquela não era uma relação de amor — disse Gabriel —, mas, sim, de poder.

— Sou ótimo mesmo para escolher namorados. Qual é meu problema?

— Todo mundo toma decisões ruins de vez em quando — respondeu Gabriel.

Era estranha a maneira como se incluiu nessa observação. O antigo Gabriel poderia ter comentado que errar era da natureza dos seres humanos, mas, naquele momento, parecia que ele estava do nosso lado, e não apenas observando de fora.

— É mesmo? — Molly assoou o nariz com um lenço que Xavier havia lhe entregado. — Então, vocês não estão me julgando?

— Não, quem fazia isso era Wade — respondeu Xavier. — Não nós.

Ela fungou e olhou pela janela do carro.

— Tenho a sensação de que fracassei em tudo.

— Você não fracassou — respondeu Gabriel, sentado no banco do passageiro. — Só é jovem e está confusa. É normal.

— Quanto tempo levou para você se tornar tão sábio?

Gabriel olhou para ela pelo espelho retrovisor.

— Uns duzentos anos.

Mesmo chorando, Molly sorriu.

— Um dia, você encontrará o seu lugar no mundo — disse Gabriel. — E tudo isso não passará de uma lembrança distante.

Eu queria saber se ele se incluía naquela afirmação. Será que, dali a alguns anos, ele seria apenas uma lembrança na mente de Molly? Eu só sabia que o meu irmão não era fácil de se esquecer e; pela cara de Molly, percebi que ela também sabia disso.

26

LEVE-ME PARA CASA

MOLLY AINDA ESTAVA ABALADA por causa da cena na capela, e nem mesmo a presença tranquilizadora de Gabriel fez com que parasse de tremer.

— Está tudo bem, Molly. — Gabriel se inclinou para ela e sussurrou: — Acabou. Wade não vai mais machucar você.

— Molly deveria passar um tempo conosco — sugeri. — Só até as coisas se acertarem.

— Boa ideia — concordou Gabriel. — Não gosto de imaginá-la sozinha agora.

— Obrigada — disse Molly com a voz tímida. — Sinto muito por ter sido tão tola em relação a tudo.

— Não é culpa sua — disse Xavier. — Todos nós nos enganamos com as pessoas de vez em quando.

— Fiz coisa pior — disse eu. — Certa vez, achei que Jake Thorn só precisava de um amigo.

Xavier passou o braço pelos meus ombros, como se quisesse apagar aquelas lembranças ruins.

ANTES MESMO DE PARARMOS o carro diante da casa, percebemos que havia algo errado. A lata de lixo estava virada na calçada, com o conteúdo disperso no chão, como se alguém o tivesse espalhado aos chutes. Gabriel desacelerou. Quando nos aproximamos da casa, vimos algo ainda mais esquisito. A porta da frente estava escancarada e um pouco solta das dobradiças. Xavier me segurou com mais força quando vimos o vidro das janelas destruídas espalhado na varanda.

Quando saímos do carro, Gabriel analisou a rua, observando tudo rapidamente. Nós o seguimos para dentro da casa. O sofá havia sido virado e todos os armários remexidos. A maioria dos pertences de Gabe e Ivy estava caída e quebrada pelo chão. O vinho que havia vazado de uma garrafa virada tinha manchado o tapete branco na porta da frente.

— Não acredito nisso — gritou Molly. — Vocês foram roubados! Só para piorar o dia! — Ela rapidamente enfiou a mão no bolso, procurando o celular. — Vou chamar a polícia.

— Molly, espere. — Gabriel estendeu o braço e segurou as mãos dela para acalmá-la. — Isso não parece um assalto.

Xavier e eu olhamos para onde o meu irmão olhava, para o outro lado da sala de estar, onde uma palavra havia sido escrita na parede com uma caneta vermelha: PUTA.

— Ai, não — gemi.

Molly levou as mãos diante dos lábios e os seus olhos ficaram marejados.

— Molly, ele é louco. — Xavier tentou acalmá-la. — Você não pode levar isso a sério.

— Ai, meu Deus. — Ela começou a balançar as mãos ao lado do corpo. — Ele vai me *matar*!

— Ninguém vai matar ninguém — disse Xavier.

— Isso não é bem uma surpresa — disse Gabriel. — Sempre soubemos que Wade era instável.

— O que faremos agora? — perguntou Molly.

— Vamos sair daqui — respondi.

Quando disse isso, a porta do andar de cima bateu e uma sombra se moveu ali. Wade ficou imóvel ao nos ver — segurava um pé de cabra e estava com cara de louco.

— Sim — murmurou Xavier. — Eu diria que realmente está na hora de irmos.

Molly gritou quando Wade desceu correndo a escada na nossa direção. Com um mover do punho, Gabriel derrubou o corrimão, fazendo Wade tropeçar e bloqueando o caminho.

— Vamos — disse meu irmão, levando-nos para fora.

Enquanto corríamos para fora e entrávamos no carro, fiquei pensando por que Gabriel, um arcanjo poderoso, estava fugindo de um ser humano, ainda que fosse um ser humano maluco. Quando ele pisou no acelerador, uma preocupação ainda maior me ocorreu.

— Espere! Cadê a Ivy?

Xavier olhou para trás, assustado.

— Estava em casa quando saímos!

— Ivy consegue cuidar de si mesma — respondeu Gabe. Ele me pareceu tão certo disso que não duvidei dele nem por um segundo.

Quando descemos a avenida, não demorou muito para deixarmos as luzes de Oxford para trás. Enquanto a estrada escura e infinita nos envolvia, a tristeza por estarmos fugindo de novo me pegou com força.

— Para onde vamos agora? — gemi, sem tentar esconder o cansaço. — Não sei mais se consigo continuar.

— Sim, consegue — disse Xavier com firmeza. — Já fizemos isso antes e podemos fazer de novo.

— Por que estamos fugindo? — protestou Molly, mais confusa do que assustada. — Por que não podemos simplesmente chamar a polícia?

— Wade não é a única ameaça nesta cidade — explicou Gabriel. — Algo me diz que ele não causou todo o prejuízo sozinho. Pode confiar em mim. Neste momento, é mais seguro sairmos.

— Aonde vamos, dessa vez? — perguntei baixinho, entendendo agora por que Gabriel tinha fugido. — Temos mais algum lugar aonde ir?

Quando Gabriel olhou para mim pelo espelho retrovisor, foi como se conseguisse ler sua mente.

— Talvez esteja na hora de irmos para casa — disse ele.

Naquele instante, não havia nada que pudesse me animar mais. Casa. Ela parecia tão longe, como uma lembrança distante de um lugar sobre o qual eu havia apenas lido em histórias. Sabia que a batalha com os Setes estava longe de acabar, mas acreditava que seria uma vantagem estarmos na nossa área.

Senti o cheiro da nossa casa antes mesmo de avistarmos a cidadezinha de Venus Cove. O cheiro do mar chegou até nós. Entrou pelas janelas abertas e nos envolveu como os braços de um velho amigo. Quando passamos pela cidade, vi que nada havia mudado. Continuava calma e normal como da primeira vez. As vitrines da loja em estilo antigo e o prédio branco do Tribunal, com as suas colunas e a torre do relógio, pareceram apagar num passe de mágica a incerteza dos últimos meses.

Já era tarde quando paramos na rua principal, procurando um lugar onde comer. Queria ir ao Sweethearts, mas Gabriel disse que muitas pessoas nos reconheceriam ali e que precisávamos ser discretos por um tempo. Então, escolhemos uma churrascaria onde os garçons não nos conheciam. Mas os clientes ainda assim nos olharam com curiosidade quando entramos. Olharam para Gabriel e para mim com suspeita, como se tivessem nos reconhecido de algum lugar.

— Acha que eles são vampiros? — Ouvi o sussurro de uma mulher que limpava o balcão.

— Menina, você precisa parar de assistir a *True Blood* — disse a amiga, balançando a cabeça e fingindo preocupação. Molly e Xavier riram enquanto Gabriel e eu ficamos sérios.

Xavier deu um tapinha no meu joelho.

— Explico depois.

Depois do jantar, eu queria muito passar a noite no meu quarto na Byron, mas Gabriel tinha outra ideia.

— Acho que é muito perigoso agora. É o primeiro lugar onde procurariam.

— Quem está à nossa procura? — perguntou Molly, confusa.

— Vou contar tudo mais tarde — disse Gabriel, sério.

— Onde ficaremos, então? — perguntei.

— Vamos nos hospedar num hotel. Pelo menos até decidirmos qual será o próximo passo.

Por mais que eu não tenha gostado da ideia, o plano de Gabriel fazia sentido. Não podíamos nos arriscar voltando para Byron. Além disso, qual era o sentido de voltarmos para a nossa velha casa se seríamos expulsos mais uma vez de onde estávamos quando o ataque seguinte acontecesse? Não conseguiria passar por aquilo de novo. Já estava com a impressão de que não tinha lugar no mundo. Antes de irmos para o hotel, Xavier e eu nos oferecemos para passar numa farmácia para comprar algumas escovas de dentes e outros itens básicos que tínhamos deixado para trás, em meio a tanta pressa.

Gabriel e Molly foram acertar a nossa hospedagem no Fairhaven, na esplanada, e então tentariam saber o que havia acontecido com Ivy. Gabriel não parecia muito preocupado, mas eu sabia que ele se sentiria melhor quando a nossa irmã voltasse. Fomos até o mercado Walgreens com pressa, quase sem conferir o que colocávamos na cestinha de compras. Quando terminamos, Xavier me surpreendeu ao pegar um retorno da rua principal. Adivinhei o que queria fazer assim que estacionou do lado de fora do nosso antigo ponto de encontro, o Sweethearts.

— O que acha de relembrarmos o passado? — perguntou ele. Olhando para Xavier, com uma das mãos no volante e a outra apoiada no meu encosto de cabeça, voltei ao nosso primeiro encontro. Nada havia mudado. Consegui ver, ao fundo, o cinema Mercury pela janela de trás, tão antigo que parecia ser do começo dos tempos. O rapaz à minha frente também não tinha mudado. Ainda tinha o mesmo cabelo macio e castanho-claro que caía delicadamente sobre a testa, ainda usava o mesmo crucifixo que ia até logo abaixo da base do seu pescoço, e os olhos ainda tinham o mesmo brilho e pareciam refletir todas as cores do mar. Mas, agora, havia algo diferente neles. A sua expressão era de alguém mais sábio, talvez mais sério do que antes. Ele havia visto coisas, lutado pela sua vida e pela vida das pessoas que amava. Fiquei me perguntando se os outros também percebiam isso.

— Você acha uma boa ideia? — perguntei, com cautela.

— Não vamos demorar.

O Sweethearts não havia mudado nada. Mas nós, sim. Foi estranho ver rostos novos às mesas, tomando refrigerante e comendo batata frita. Muito tempo havia se passado desde a minha primeira chegada a Venus Cove. Os dias de Molly e de sua turma já tinham passado. O jukebox ainda tocava rock antigo, e as garçonetes ainda usavam patins, mas não reconhecemos ninguém ali. Os nossos amigos da escola tinham se mudado para universidades do país todo. Não tínhamos mais lugar ali.

— Sou só eu ou... — começou Xavier.

— Não. — Segurei a mão dele. — Isto está esquisito. Estou me sentindo velha.

Passamos perto da nossa mesa de sempre, mas já estava ocupada. Ficamos de pé sem saber o que fazer por um momento, e uma voz chamou a nossa atenção.

— Ei, querido, há quanto tempo! — Era uma das garçonetes mais antigas, que reconheceu Xavier. — É sempre bom quando os alunos antigos voltam para visitar.

— Oi. — Xavier lançou a ela seu melhor sorriso. — Senti falta deste lugar.

— E ele sentiu falta de você. — Ela piscou para ele de modo brincalhão. — Se está procurando a sua irmã, ela está nos fundos. — Apontou em direção à saída e ergueu as sobrancelhas para enfatizar.

Xavier franziu o cenho.

— A Nikki está aqui? — Ele conferiu o relógio. — Já passa das 11.

Reconheci a voz da irmã dele, Nicola, assim que passamos pela porta da cozinha do café. Era animada, estridente e autoconfiante demais. Saímos e vimos um monte de alunos do primeiro ano do ensino médio sentados na parte de trás de uma picape enferrujada, estacionada perto dos cestos de lixo. Todos falavam e enviavam mensagens de texto ao mesmo tempo. Alguns bebiam cerveja em lata e passavam cigarros uns para os outros. O garoto sardento ao volante mal parecia ter idade para dirigir, apesar das tatuagens que ostentava nos bíceps e do palito de dentes na boca.

Xavier cruzou os braços e fez cara feia para a cena.

— Não acredito — murmurou ele.

Se eu esperava um encontro emocionado, me enganei completamente. Nikki ficou paralisada ao ver o irmão e uma série de emoções ficou explícita no seu rosto: de surpresa a alívio e, então, pura raiva. Ela havia mudado durante o tempo em que ficamos afastados. Havia emagrecido e parecia mais alta. O cabelo encaracolado descia pelas costas, e as unhas roídas estavam pintadas de preto. A saia era curta demais, e os cadarços dos tênis estavam desamarrados. A sua atitude travessa havia dado espaço à autoconfiança. Olhou para Xavier com frieza e continuou fumando e balançando as pernas, sentada na lateral da picape.

Xavier se aproximou dela com calma, sem descruzar os braços. Eles se entreolharam por um longo instante. Eu teria desviado o olhar, mas Nikki tragou longamente o cigarro e soltou a fumaça no rosto dele, de propósito.

— Olha só quem voltou.

Xavier não reagiu. E eu o admirei por isso. Parecia saber como lidar com a irmã mais nova e rebelde. Tirou o cigarro dos lábios dela antes que ela pudesse protestar, e o apagou com a sola da bota.

— Sentiu minha falta? — perguntou ele, sorrindo.

A expressão de Nikki ficou séria.

— Você não pode simplesmente aparecer aqui bancando o irmão mais velho. Onde diabos você esteve?

— Beth e eu tínhamos alguns assuntos para resolver.

— *Assuntos para resolver?* Você desapareceu por seis meses. A mamãe ficou maluca.

— Não pude entrar em contato com ela. Nem com vocês.

— Que babaquice! É a desculpa mais absurda que já escutei!

Xavier suspirou quando os garotos riram, divertindo-se com o show.

— Nikki, é complicado.

Ela revirou os olhos.

— Claro que é. Você é inacreditavelmente egoísta.

— Não fale sobre o que você não sabe — rebateu Xavier. — Não faz ideia de onde estive nem dos motivos pelos quais tive que ir embora.

— Então, explique... Estou ouvindo — disse ela de modo sarcástico.

Xavier não soube o que dizer. Não seria possível dar a Nikki uma explicação que fizesse sentido.

— Não posso entrar em detalhes.

— Então, *cai fora*!

— Acho melhor eu levar você para casa.

— Não terminei o que estou fazendo aqui.

— Terminou, sim.

O motorista da picape cuspiu o palito de dentes no chão e se virou para Nikki, mostrando solidariedade.

— Posso dar uma carona para você — ofereceu.

Xavier olhou para ele, sério.

— Ela já tem carona.

O garoto se afundou no assento. Sabendo que o irmão não desistiria, e querendo evitar uma briga em público, Nikki saiu da caminhonete resmungando.

— Isto não terminou — resmungou ela, olhando de soslaio para Xavier. Mas nos acompanhou de volta ao carro.

— Sinto muito se envergonhei você — disse Xavier. Ficou claro que ele não queria brigar com a irmã tão pouco tempo depois do seu retorno. — Mas papai e mamãe devem estar preocupados com você.

— Isso é muito engraçado — disse ela. — Acho que chegar mais tarde do que o combinado bem se compara a sumir da cidade sem contar a ninguém.

— *Touché*.

— E *você*! — disse ela, virando-se para mim. — Não sei se é bom você aparecer lá em casa. A minha mãe não vai muito com a sua cara ultimamente.

Olhei para Xavier com ansiedade.

— Não se preocupe — disse ele. — Vou falar com ela.

— Tem certeza? — sussurrei.

— Ela provavelmente não vai nem notar a sua presença — disse Nikki. — Não depois do retorno do filho pródigo.

— Certo, Nikki. Já chega.

Eu me lembrei da casa de dois andares com jardim comprido na frente e janelas que brilhavam. Duas caminhonetes estavam estacionados lado a lado na garagem. Foi estranho ver como era normal estar ali.

Quando Bernadette Woods abriu a porta preta dos fundos, o pano de prato que segurava caiu da sua mão. Ficou rígida, com os olhos fixos em Xavier.

— Mamãe? — disse ele, tentando prever sua reação.

Esticou o braço para segurar o do filho, ainda sem falar. Nikki passou correndo por nós, subindo a escada com passos pesados. Ouvimos a porta do seu quarto batendo. Mesmo assim, Bernie não reagiu. Parecia não acreditar no que estava vendo. Nikki tinha razão; era como se eu não existisse ali. E fiquei feliz. Foi um alívio ver o pai de Xavier sair da cozinha para ver o que era aquele barulho. Quando Peter nos viu, arfou, e então sorriu. Pareceu entender a situação num instante.

— Não ligue para a sua mãe — disse ele, colocando-a gentilmente para o lado. — Entrem. Querida, por que não preparamos um chá?

Ainda sem nada dizer, Bernie deu um passo para o lado mecanicamente para permitir a nossa entrada.

— Então Nikki não mudou muito — disse Xavier, por fim.

— Ela está com pressa de crescer — respondeu o pai. Era como se eles tivessem se visto no dia anterior.

As coisas deveriam ter sido tensas, mas não foram. Os elos daquela família eram fortes demais para serem apagados pelo tempo. Assim como o meu amor por Xavier, que ultrapassaria a eternidade.

Ficamos sentados olhando uns para os outros nos sofás fofos, na sala de estar. Eu estava nervosa demais para olhar nos olhos de alguém, então fiquei olhando para os brinquedos que Madeline e Michael haviam deixado no chão. Um grande gato malhado estava dormindo num cesto, como na primeira vez em que fui àquela casa. Isso parecia ter acontecido há séculos.

— Pensamos que nunca mais veríamos vocês.

Bernie se atrapalhou com as palavras e os seus olhos ficaram marejados.

Precisei morder o lábio para manter as minhas emoções sob controle. Não ousei falar. Xavier precisava lidar com aquilo. Bernie secou os olhos com as costas da mão.

— Tenho rezado por vocês todos os dias. Tenho rezado para que você estivesse seguro e voltasse para casa.

— Eu sei, mamãe. Sinto muito.

— Onde vocês esta... — começou ela, mas Peter ergueu a mão, como se quisesse dizer que aquela não era a hora de perguntar. O alívio de ver o filho vivo e bem ultrapassava qualquer necessidade de explicação. Bernie entendeu o recado do marido, pigarreou e mudou o tom de voz.

— Tudo o que importa é que estão aqui agora. Vocês comeram? Querem alguma coisa?

— Não precisa.

— E estão em segurança? — perguntou Peter.

— Sim. — Xavier assentiu. — Quero que saibam que não quis magoá-los... nem a nossa família.

Esperei Bernie responder, mas ela havia voltado a se calar. Xavier olhou para onde ela estava olhando, para o brilho do diamante que eu estava usando no dedo anelar — o anel mais antigo da mãe dela. Ela pareceu mais séria, e me remexi no sofá, tentando esconder a mão entre as pernas.

— Mãe, pai, vocês precisam saber de uma coisa — disse Xavier, ainda que agora não tivesse como diminuir o choque.

— Ai, meu Deus. — A mãe dele levou a mão aos lábios. — Não, não pode ser verdade.

— Não se altere — pediu Xavier. — Sei que não estavam esperando isso.

— Vocês se casaram? — Bernie parecia arrasada. — O meu filho se casou?

— Queríamos contar a vocês — disse ele. — Mas não tivemos tempo.

Bernie, de repente, se virou para mim, falando comigo pela primeira vez naquela noite.

— Você está grávida? É isso o que está acontecendo?

— Não! — exclamei, sentindo-me corar. — Nada disso.

— Então, por quê? — Ela apontou para o anel. — E por que não nos contaram?

— Tenho certeza de que eles tiveram um bom motivo — disse Peter, com delicadeza.

Fiquei impressionada com a maneira como o pai de Xavier estava lidando com as coisas. Ele próprio devia ter milhões de perguntas, mas estava se esforçando de verdade para ser nosso aliado e para tornar aquele encontro o mais tranquilo possível. Ele se levantou e pegou a mão de Xavier.

— Parabéns, filho — disse ele, e então me puxou para que eu ficasse de pé e me deu um abraço vigoroso. — Bem-vinda à minha família, Beth. É um orgulho dizer que você é uma Woods.

— Hmm... obrigada — agradeci, surpresa. Com certeza, eles devem ter me culpado por ter levado o filho deles embora. Mas não vi sinais de raiva nem de acusação no rosto de Peter, apenas receptividade e felicidade sincera. O calor da mão de Xavier na minha foi o incentivo de que eu precisava. Era a esposa de Xavier, parte dele agora, parte da sua família. Enfim eu tinha a sensação de fazer parte de algum lugar, e nada mudaria isso.

— Precisamos comemorar com champanhe — disse Peter, esfregando as mãos.

— Pai, não podemos ficar.

Bernie mostrou-se irritada.

— Mas vocês acabaram de chegar!

— Voltaremos assim que pudermos.

— Ah, não gosto disso — disse Bernie. — Não gosto de todos esses segredos. O que está havendo? Por que não nos deixam ajudar?

— Vocês dois são a minha vida — disse Xavier com sinceridade. — E é claro que confio em vocês. Mas a Beth e eu temos que cuidar disso sozinhos. E preciso que confiem em mim. Nunca menti para vocês; nunca os decepcionei. Confiem em mim, está bem?

A mãe dele concordou sem dizer nada. Percebi nos seus olhos que ela nunca entenderia o que havia feito o filho abandonar a sua casa, mas sabia que não podia discutir com ele.

— Você ficará na cidade? — perguntou ela, ansiosa.

— Por enquanto, sim.

— Tem alguma coisa que seu pai e eu possamos fazer? Se estiver com problemas, conhecemos pessoas...

— Não é esse tipo de problema, mãe.

— Deve haver algo! Eu me sinto tão inútil.

— Tem — disse ele, ficando de pé e beijando a minha cabeça. — Devem ficar em segurança.

Além de mim, não havia mais nada com que Xavier se preocupasse mais no mundo do que com a sua família. Era um dos motivos pelos quais eu o amava. Então, naquele momento, não me importava que os Setes pudessem estar nos rondando. Não me importava o fato de o nosso futuro ser incerto e de saber que tudo poderia nos escapar num piscar de olhos. No momento, nada era mais importante do que aquela reunião e o que ela representava para aquela família. Valia a pena correr o risco.

No carro, Xavier e eu ficamos sentados por um momento, olhando para a rua familiar. Pela primeira vez em algum tempo nos sentimos muito à vontade. Não sabia por quanto tempo a sensação duraria, apenas que queríamos aproveitá-la. Era possível que nunca ficássemos verdadeiramente livres dos nossos perseguidores. A nossa união havia perturbado muitos do Céu e do Inferno. Talvez nunca houvesse um tempo em que poderíamos relaxar. Não sabia. Só sabia que todos os dias em que acordávamos juntos eram bênçãos. Então, se o destino nos estava oferecendo um momento breve de felicidade, nós o agarraríamos. E, pela primeira vez em meses, a expressão de culpa que vira no rosto de Xavier havia desaparecido. Pelo menos por enquanto, ele parecia feliz.

27

REFÉM

O CÉU DA NOITE PARECIA VELUDO e estava repleto de estrelas. A Lua cheia iluminava as ruas com um brilho suave. Era bom estar em casa, onde tudo parecia familiar, onde todos os lugares tinham uma lembrança relacionada a eles. Caminhávamos de mãos dadas até chegarmos ao píer onde eu o havia visto pescando e de onde os meus irmãos tinham me tirado. Será que já sabiam quem ele era naquele momento? Será que tinham sentido alguma coisa? Fiquei imaginando se sabiam como a nossa vida seria, se imaginavam a saga na qual nos envolveríamos.

Ainda não queríamos voltar para o hotel. Aquela era a nossa cidade e já estávamos distantes havia muito tempo. Precisávamos de tempo para redescobri-la, visitar os nossos lugares preferidos, mas, principalmente, para termos a certeza de que a cidade não tinha mudado muito durante a nossa ausência.

— Está tão calma como sempre foi — disse eu. — A boa e velha Venus Cove.

— Nada para fazer e nenhum lugar para ir — respondeu Xavier. — Até você aparecer.

— Sei. — Revirei os olhos. — Me desculpa por isso.

— Não precisa se desculpar. — Ele me abraçou e me puxou para mais perto dele. — Não trocaria isso por nada.

Quando chegamos à praia, tirei os sapatos e deixei os pés tocarem a areia. Já fazia um tempo desde a última vez em que pudemos nos desligar de tudo. A praia era mais surreal do que as lembranças que eu tinha. As ondas negras quebravam e se espalhava na areia. Ficamos sentados na areia fria em silêncio por um tempo. O horizonte e a água haviam se misturado há muito tempo, formando uma massa de ondas escuras. Alguns iates atracados ao píer balançavam graciosamente na superfície.

Xavier parou de repente.

— Vem. Vamos caminhar até o Precipício.

— Sério? — perguntei, hesitante. — Tem certeza? Já faz muito tempo que não vamos lá.

— Exatamente — respondeu ele. — E muitas coisas aconteceram ali. Acho que precisamos... de uma despedida, ou algo assim. Vamos mais uma vez e então nunca mais voltaremos.

— Tudo bem. — Fiquei de pé para me juntar a ele. — Combinado.

Caminhamos por uma extensão da praia até chegarmos às piscinas naturais, que pareciam pequenos aquários formados pelo mar. Mesmo no escuro, ainda conseguia ver os peixes na água rasa e os atóis de coral como belos esqueletos na areia.

Seguimos uma curva e então os vimos. Chegamos a eles. Monólitos enormes e pretos banhados pela luz da Lua. Tive a sensação de estar de pé lado a lado com a Bethany de dois anos antes. Quase consegui nos ver — parecíamos muito mais jovens, tão livres, sem imaginar o que o futuro nos reservava. Éramos uma mistura de animação e nervosismo. Mal podíamos esperar pelo desenrolar de nossa história. Acreditávamos que muitas coisas nos aguardavam. E agora nos sentíamos muito mais velhos, mais pesados, sobrecarregados por tantas preocupações.

O Precipício estava deserto, como sempre. Ninguém ia até lá, exceto aqueles que queriam se afastar do mundo ou que estavam atrás de um lugar onde pudessem pensar sem serem incomodados. Todos os sons eram encobertos pelas ondas que batiam nas rochas e o vento uivando ao entrar e sair das cavernas ao nosso redor. Apesar do tempo quente, estava frio sob a sombra do Precipício, num local onde a luz do Sol não chegava. Dei um passo para trás, pressionando o meu corpo no de Xavier e absorvendo o seu calor. Ele me abraçou por trás.

Em algum ponto muito distante, escutamos os sinos da igreja marcando a hora. Será que já era meia-noite?

— Gabriel e Ivy ficarão bravos — resmunguei.

Xavier riu ao esfregar os meus ombros.

— Você ainda acha que está no ensino médio — disse ele. — Está na faculdade agora e é uma mulher casada. Pode fazer o que quiser.

— Hmm. — Parei para analisar aquela frase. — Acho que sim.

— É engraçado ver que você enfrenta um Sete sem problemas, mas ainda teme os seus irmãos.

— Eles são assustadores! — protestei. — Você já viu a Ivy zangada? É capaz de cuspir fogo!

— Isso não assusta — disse Xavier. — É legal.

— Você me achava legal — disse a ele, provocando. — Desculpa se não tenho truques celestiais para mostrar.

— Pois é. — Xavier balançou a cabeça. — É muito decepcionante. Você precisa dar uma variada.

— Ah, é mesmo? — Cruzei os braços. — Nesse caso, nada de amor para você esta noite.

— Já está usando o sexo como arma — respondeu ele. — Também posso entrar nessa dança.

— Você não consegue fazer greve de sexo, porque é homem.

— Um homem com muita força de vontade. — Ele sorriu. — Aposto que você cederia antes.

— Pare com isso — respondi. — Sou um anjo.

Xavier piscou para mim.

— Eu também sou.

Ficamos em silêncio por um tempo, observando as nuvens cobrirem a Lua.

— Vamos. — Segurei a mão dele. — Já passa da meia-noite, é melhor voltarmos.

Xavier concordou e ficou de pé para bater a areia da calça jeans. Estávamos pegando as nossas coisas quando um estalido, como o barulho de um fio entrando em curto-circuito, tomou conta do ar. No mesmo instante, a praia toda se acendeu, como se alguém estivesse estourando fogos de artifício. Quando o clarão diminuiu, vi algo muito familiar. Setes. Estavam ao nosso redor na areia, em cima das rochas, como estátuas, alguns até esperavam dentro da água. Dessa vez, todos usavam ternos pretos, como uma imitação chinfrim de agentes do FBI. Alguns estavam sozinhos e outros em pares. Como sempre, Hamiel ocupava a posição mais alta, no topo rochoso do Precipício, conseguindo ver claramente o que acontecia ao redor. Ele saltou, parando de pé como um gato. Xavier e eu não reagimos para nos defender. Dessa vez, ficamos parados, esperando. Fiquei tentando decidir se deveria usar os mesmos poderes do último ataque, mas eles estavam ali em grande número; certamente seríamos derrotados.

Pensei em tentar entrar em contato com Ivy e Gabriel, mas já os havia colocado em muitas batalhas, e Gabriel já tinha perdido as asas por minha causa. Será que ele tinha força suficiente para vencer um exército como aquele? Não queria correr riscos.

— Olá de novo. — Hamiel uniu as mãos diante do corpo.

— Vocês voltaram? — perguntei. — Sério? Pensei que já estivessem cansados de brincar de gato e rato.

— Na verdade, acho que se trata de um jogo de xadrez — respondeu Hamiel.

Eu já não sentia medo nenhum dele. Apenas o mesmo ódio de sempre. Estava olhando para o homem que havia matado Xavier apenas para provar o que dizia. Eu sabia que aquilo ia contra a minha natureza, mas eu só queria vingança.

— E o que concluíram? — perguntei.

— Bem — Hamiel parecia estar mais tranquilo —, percebemos que não fazia sentido tentar lutar.

— Sim, porque nós venceríamos — respondi. — E vocês sabem disso.

Hamiel riu.

— Porque as consequências fariam com que não valesse a pena. Então, decidimos fazer uma troca.

— Vocês não têm nada que nos interesse — disse Xavier, enojado.

— Será? — Hamiel apontou para alguém que estava de pé, escondido pela sombra de uma caverna. Dois Setes caminharam para a frente, arrastando com eles uma menina. Estava descalça e um saco de pano cobria o seu rosto.

— O quê... — disse Xavier. — Não podem pegar pessoas desconhecidas desse jeito. Solte essa garota.

— Ah, mas ela não é uma desconhecida — respondeu Hamiel, e caminhou em direção à menina que se debatia, com as botas pesadas dele deixando profundas pegadas na areia. Esticou o braço e arrancou o saco de pano, revelando o rosto até então escondido.

A princípio, não a reconheci. O cabelo castanho estava despenteado e o nariz sangrava. Mas era a mesma pessoa esguia e de ombros estreitos que havíamos visto mais cedo, no Sweethearts. Era Nicola Woods, a irmã mais nova de Xavier.

Os meus pulmões doeram quando subitamente puxei o ar gelado. Nikki ainda se debatia. Estava de pijama: short e camiseta de algodão.

Sem a maquiagem nos olhos e as botas, ela aparentava ter a idade que realmente tinha. E parecia assustada.

— Nikki? — Xavier ficou pálido e deu um passo à frente, até um dos Setes segurar Nikki pelo pescoço.

— Não se mexa — ordenou Hamiel.

Xavier se lançou à frente, mas se controlou a tempo. Parou, erguendo as mãos como sinal de derrota. Foi como se tivesse se dado conta de que seria maluquice fazer qualquer movimento naquelas circunstâncias.

— Certo — sussurrou ele. — Mas não a machuquem.

— Xav — disse Nikki. — O que está acontecendo? — Percebi que ela estava tentando ser corajosa, mas a sua voz falhava.

— Está tudo bem, Nic — respondeu Xavier. O seu ímpeto era socorrê-la, percebi que era o que queria fazer desesperadamente: o seu instinto gritava para que ele fizesse alguma coisa. — Vai ficar tudo bem. Prometo.

Nikki virou o rosto para quem a segurava e torceu o corpo violentamente.

— Me solta!

— Fique quieta, Nikki — escutei Xavier murmurar. — Seja esperta.

— Xavier, o que está acontecendo? — gritava ela. Os Setes a seguravam pelos braços; ela tentava dar chutes para se livrar, mas era como bater numa barreira de ferro, pois não conseguia causar nenhum dano. Os Setes não pareciam perceber aqueles movimentos. — Estão me machucando! — dizia ela, e Xavier fez uma careta quando uma onda de frustração tomou conta do seu corpo.

— O que vocês querem? — perguntou ele. — Digam o que querem!

— Queremos que vocês dois se separem — respondeu Hamiel. — Foi o que sempre quisemos.

— Então, estão pedindo para que nunca mais nos encontremos? — perguntou Xavier, como se aquela fosse a coisa mais estúpida que já tinha escutado.

— Não. — Hamiel balançou a cabeça devagar. — Você deve vir conosco.

— Tudo bem. — Xavier não hesitou, e senti o meu coração bater forte. — Vou com vocês. Mas soltem a minha irmã.

— Não você. — Hamiel apontou um dedo grosso na minha direção. — Ela.

— Não — disse Xavier entre os dentes. — Deixe Beth em paz.

Percebi que ele estava pensando, procurando uma solução desesperadamente. Era uma situação impossível: a sua irmã ou a esposa. Mas eu não queria que ele escolhesse. E não podia deixar que Nicola fosse ferida. Xavier já tinha perdido uma namorada, o seu melhor amigo, Henry, o padre que conhecia desde pequeno e um colega de quarto. Já tinha visto mais mortes do que deveria e tinha apenas 19 anos.

Nikki ainda se esforçava e, para controlá-la, o Sete torcia o braço dela atrás das costas, fazendo com que sentisse dor. Senti o corpo de Xavier ficar tenso de raiva e se lançar à frente por instinto. Parecia estar usando todo o autocontrole que tinha para não entrar de cabeça na briga.

Até aquele momento, a ameaça sempre tinha sido direcionada a nós dois; alguém sempre tentava nos prejudicar. Mas, dessa vez, era diferente. Acreditava que não havia nada que Xavier e eu não pudéssemos enfrentar, éramos nós contra o mundo, nós contra o que pareciam ser condições insuportáveis. Sempre escolhíamos lutar, correr riscos, porque o fato de estarmos juntos era mais forte do que tudo. Mas não agora. Estávamos preparados para qualquer eventualidade, menos aquela.

— Não! — repetiu Xavier. — Ela, não. Levem-me no lugar dela. Por favor.

— Não podemos — disse Hamiel com seriedade.

— Por quê?

— Porque você é um dos escolhidos. O Nosso Pai tem grandes planos para você. Não podemos interferir. Se fizermos isso, as consequências podem ser graves. — Os seus olhos negros pararam em mim.

Xavier deu um passo à frente.

— Ela é minha esposa. Não podem levá-la.

Em resposta, Hamiel puxou uma espada prateada do casaco e encostou a ponta no pescoço de Nikki. Ela deu um grito que se tornou um grunhido quando um dos Setes pousou uma das mãos sobre os seus lábios. Mas os olhos dela estavam arregalados de medo. Xavier levou a mão à boca como se estivesse com vontade de vomitar. Havia muita dor nos seus olhos, eu não conseguia aguentar. Sabia que ele nunca me entregaria a Hamiel, mas, ao mesmo tempo, não podia deixar a sua irmã morrer.

— Chega. — Dei um passo à frente dessa vez, sentindo-me oca como um tambor. — Já basta.

Aquela era a gota d'água para mim. Já tinha visto destruição suficiente. Ninguém mais morreria por nossa causa. Se havia algo que me faria deixar de lutar, os Setes tinham acabado de descobrir. E eles sabiam disso. Além disso, não poderíamos continuar fugindo e lutando pelo resto da vida, deixando corpos se amontoarem ao redor. Quem seria o próximo? Alguém precisava pôr fim àquilo. E eu tinha a chance de fazer isso. Olhei para o rosto de Xavier, e todo o pesar que ele havia sofrido, de certo modo, estava refletido no olhar. Eu só queria que aquilo terminasse.

— Sou sua — disse eu a Hamiel. — Eu me entrego.

Atrás de mim, escutei Xavier arfar, um som que parecia um gemido e um grito.

— Não — sussurrou ele. — Beth, não.

Mas me forcei a não dar ouvidos.

— Soltem a garota antes — disse, tentando manter a calma. — Soltem-na e vou com vocês.

— Por quê? Não confia em mim? — Hamiel parecia estar se divertindo.

— Nem um pouco — respondi.

— Temos um código de honra — disse ele. — Os soldados do Céu cumprem os acordos. Mas não sabemos se você faz o mesmo. Como poderei ter certeza de que não está mentindo?

— Porque sei que você poderia matá-la num piscar de olhos — respondi. — Então, você venceu. Mas solte a garota, sim? Não vou tentar fazer nada.

Hamiel pensou por um instante e então assentiu para os Setes que seguravam Nikki. Eles a soltaram, e ela correu na direção de Xavier, caindo nos seus braços. Ele a segurou e a abraçou forte contra o peito, mas continuava olhando para mim. Era tarefa de Xavier cuidar da irmã mais nova e da sua esposa. Percebi o fracasso refletido nos seus olhos. Eu me aproximei dele.

— O que você pensa que está fazendo? — vociferou Hamiel.

— Preciso de um minuto para me despedir — respondi. — Apenas um minuto.

— Depressa.

Foi o minuto mais difícil de toda a minha vida. Ali no Precipício, olhando para Xavier, era como se o mundo tivesse acabado. Pelo menos, o meu mundo tinha acabado. Aquele era o lugar onde tudo havia começado, era adequado que terminasse ali também. Segurei a mão dele, tentando gravar a sensação da sua pele contra a minha, e inclinei a cabeça para beijar o metal frio da sua aliança de casamento.

— Beth... — começou ele.

— Shhh... — pressionei um dedo sobre os seus lábios. — Não diga nada. Apenas saiba que eu amo você. — Passei as mãos pelo cabelo dele mais uma vez. Nunca tinha percebido quantos tons de azul havia em seus olhos. As lágrimas pareciam gotas de cristal no seu rosto.

— Não posso perder você de novo — disse ele.

— Não vai me perder — respondi. — Sempre estarei observando. Serei o seu anjo da guarda.

— Não. — A sua voz estava rouca e embargada. — Não era assim que tinha que terminar.

— Sempre soubemos que eu não poderia ficar para sempre. — Eu escutava o meu coração bater com tanta força que quase encobria a voz dele. Mas não podia mostrar a Xavier quanto isso me custava. Ele já estava sofrendo demais.

— Íamos encontrar uma maneira — disse ele. — Íamos lutar.

— Lutamos — respondi com delicadeza, olhando para Hamiel. — Mas não vencemos esta.

— Por favor — disse ele, fechando os olhos. — Não faça isso comigo. Não vou conseguir viver sem você.

— Se precisar de mim, feche os olhos — sussurrei.

Era como se o meu peito estivesse sendo rasgado e eu mal conseguisse me manter de pé.

— Você vai me encontrar no Ponto Branco.

Xavier de repente arregalou os olhos e segurou os meus ombros com tanta força que chegou a doer.

— Você precisa encontrar uma maneira de voltar.

— Encontrarei — disse, tentando parecer convencida disso. Como conseguiria escapar do Céu?

— Promete? — perguntou ele. — Promete que vai voltar para mim?

— Prometo — sussurrei. — Se houver uma maneira, vou encontrá-la.

A voz de Hamiel nos interrompeu.

— Acabou o tempo — disse ele, com frieza.

Imagens do passado começaram a surgir em minha mente. Vi a nossa chegada a Venus Cove, o meu antigo quarto na Byron, Molly chorando, Jake rindo, Phantom dormindo em minha cama. Vi os meus irmãos numa luz dourada. Vi labaredas do Inferno e os corpos dos condenados. E, então, vi Xavier: Xavier no píer, Xavier dirigindo o Chevy, Xavier na aula de francês esboçando um sorriso. Eu o vi na praia, no balanço da varanda e de pé no altar, esperando por mim. Pensei que estivesse me afogando no azul dos seus olhos.

A minha realidade começava a ruir. Sabia que ainda segurava as mãos de Xavier, mas, de repente, elas não estavam mais ali, e as mãos seguravam o nada. A areia sob os meus pés começou a mudar, como se me afogasse, e vi uma luz à distância, cada vez mais clara. Tudo ao meu redor se tornou embaçado e desbotado como uma fotografia estourada. Os rostos ao meu redor perderam a definição, as vozes se misturaram e se tornaram apenas um uivo estridente nos meus ouvidos. A luz estava mais forte, absorvia tudo ao redor. Em pouco tempo, me absorveria. Então, não consegui mais ver meus pés no chão. Não mais sentia, via nem ouvia nada além de um vento uivando e do meu cabelo despenteado sobre o rosto.

Intuitivamente, percebi que a Terra estava longe e que os céus se abriam para me receber. E pronto. O momento que temia desde a minha chegada à Terra. Eu estava indo para casa.

28

THEY TRIED TO MAKE ME GO TO REHAB

TUDO FICOU RUIM assim que cheguei. Apesar de saber que não me sentiria feliz em retornar, não pensei que me sentiria num exílio.

Quando enfim abri os olhos, estava dentro dos portões do Céu. Eram altos, muito mais altos do que eu, desapareciam na brancura dos céus. Eu me virei e me segurei às barras douradas, olhando para o mundo que havia deixado para trás. A Terra já estava muito distante. Daquele ângulo, parecia uma bola de gude azul-escura, suspensa no espaço e coberta por um véu branco. Era tão linda que era difícil imaginar os seus continentes sendo destruídos por guerras, fome ou desastres naturais. Parecia pacífica e protegida, como se coubesse perfeitamente na teia da vida do Nosso Pai. Queria muito poder voltar. Mas não havia retorno.

Eu me virei de novo, dessa vez para ver a terra das maravilhas brancas diante de mim, o ar em tom pastel e leves tons de verde como espuma no mar. Mas não sabia mais como me comportar. Via outros anjos ao meu redor, aparecendo como globos de luz na névoa de um lado a outro enquanto guiavam almas e transmitiam mensagens pela rede de comunicação do Reino.

Todos pareciam ter um propósito... menos eu. O único lugar aonde eu queria ir era para trás.

Não tinha certeza de estar em apuros. Esperava algum tipo de reação, fúria, punição ou castigo, mas todos estavam agindo como se eu não existisse. Então, fiquei ali sem reação, sem saber o que fazer, até que ouvi uma voz.

— Bethany — dizia ela. — Você chegou. Seja bem-vinda.

Ergui o olhar e vi uma mulher diante de mim. Usava um terninho branco, e o cabelo estava preso num coque. As unhas estavam pintadas e os óculos de aro dourado, apoiados na ponta do nariz.

— Quem é você? — perguntei, sem perceber que aquilo poderia parecer grosseiro.

— Sou Eve — disse a mulher, pegando uma prancheta para fazer anotações enquanto me observava por cima dos óculos.

— Venha comigo.

Segui Eve porque não tinha escolha. Não podia ficar parada ali, nos portões, e não sabia a qual divisão pertencia. Será que eu ainda era um anjo de transição, que recepcionava as almas recém-chegadas ao Céu? Duvidava que me considerassem psicologicamente estável para lidar com as almas. Então, o que podia fazer? Aquela era a única vida que eu conhecia.... além da minha vida na Terra. Então, segui Eve a um lugar que se parecia muito com um consultório.

Num momento, eu estava no salão de mármore do Céu e, no seguinte, estava sentada num sofá branco com um tapete de pelo também branco aos pés e um gato gordo ronronando no colo de Eve. Ela estava sentada do outro lado, numa cadeira de encosto de couro, ainda me olhando silenciosamente.

— Então... — disse ela com um leve sorriso, como se fosse um prelúdio para uma conversa que precisávamos ter. Será que esperava que eu dissesse alguma coisa?

— Então... — repeti de modo teimoso.

— Foi uma mudança interessante nos acontecimentos, não foi? — perguntou ela, assentindo como se pudesse entender a situação, como se tivesse empatia. — Conte-me, como se sente em relação a tudo agora?

— Está brincando? — perguntei. — Como acha que me sinto?

— Entendo. — Eve sorriu de novo e fez algumas anotações no bloco de papel. — Bem, acredito que temos alguns assuntos para resolver!

Ela parecia um líder de acampamento tentando motivar os seus alunos.

— Quero ir para casa — disse eu em voz alta, como se isso pudesse tocá-la.

— Não seja tola. — Eve bateu a ponta do lápis na prancheta. — Você está em casa.

— Quem é você? — perguntei de novo. — Por que estou aqui, conversando com você? Se vai me excomungar, faça isso logo.

— Excomungá-la? — repetiu, fazendo uma anotação no bloco. — Ninguém vai ser excomungado hoje. Estou aqui para ajudar você.

— É mesmo? — perguntei com desconfiança. — E como, exatamente, pretende fazer isso?

— Nas nossas sessões — respondeu Eve, abrindo uma gaveta que parecia invisível na madeira branca da mesa de canto e me ofereceu uma tigela de doces listrados. — Aceita um?

— Você disse "sessões"? — perguntei, ignorando a oferta, e empurrei a tigela. — Vamos fazer isso regularmente?

— Ah, sim, todos os dias — respondeu. — Você deve me ver como sua mentora.

— Você é psicóloga, não é? — perguntei com raiva. — A versão celestial de uma médica de loucos?

— Prefiro o termo mentora — respondeu ela, de modo simpático.

Estava claro que eles não sabiam muito bem o que fazer comigo. Meu caso não tinha precedentes, não havia no que se basear. Eu era uma anomalia e, assim, decidiram me colocar em terapia com Eve, que estava se tornando cada vez mais irritante. Ela se recusava a responder às minhas perguntas e esperava que eu respondesse a todas as dela. Dizia que o seu trabalho era me ajudar a me *readaptar*, até me sentir pronta para retomar as minhas antigas responsabilidades. Ela fazia tudo parecer claro e simples. Logo, tudo voltaria a ser como antes, exceto por um grande problema. Eu não queria que as coisas voltassem a ser como eram. Queria voltar para a Terra, para Xavier. Era o meu único objetivo e a minha única ambição.

— Sei que você vivia com um serafim e com um arcanjo, é isso mesmo? — perguntou Eve.

— Não finja que não sabe — rebati, e ela ergueu as sobrancelhas finas.

— Tente responder à pergunta, por gentileza.

— Sim — respondi de modo sarcástico. — Eu vivia com eles e com o meu marido. Você se lembra dele?

— Hmm — disse ela de modo pensativo, e passou a informação para o bloco de anotações.

— Pode parar com isso? — pedi.

— Só estou fazendo observações — respondeu ela, simpática.

A nossa conversa transcorreu dessa forma, em círculos, com Eve não revelando nada e eu tendo acessos periódicos de raiva. Depois do que pareceram horas, ela me dispensou e disse que me chamaria para a sessão do dia seguinte. Se houvesse um penhasco no Céu, eu teria pulado de cabeça. Mas estava de volta à minha forma verdadeira e, claro, não tinha como morrer. Também não podia dormir, logo não havia qualquer maneira de escapar. Não comia. Não fazia nada. Apenas existia. E ser um anjo no Céu sem nada para ocupar o tempo era uma ótima maneira de enlouquecer. A nossa existência tinha o objetivo de servir e de proteger o Reino e as criações do Nosso Pai. Estávamos sempre ocupados porque sempre havia um ser humano em necessidade. Mas me proibiram de interagir com qualquer um além da minha mentora até ser considerada apta para trabalhar. Assim, não tinha nada que preenchesse o tempo infinito que se estendia à minha frente. Queria arranhar as paredes da minha mente. O tédio era insuportável. Sentia vontade de gritar, correr, chorar, lutar, mas não podia fazer nada disso. Queria parar de existir. Além do enorme abismo no meu peito, que clamava por Xavier, eu sentia falta de tudo na Terra: o cheiro de café ou a grama recém-cortada, o resplendor romântico entre o entardecer e o amanhecer, o toque de outro corpo humano ou a sensação da água sobre a minha pele. Percebia a presença de outros anjos ao meu redor, fazendo as suas tarefas, mas nenhum se aproximava para tentar conversar comigo. Será que tinham medo de mim? Ou será que tinham sido instruídos a permanecer distantes? Sabia que dava a impressão de ser uma peça perdida, vagando, falando sozinha e totalmente deslocada, relembrando a minha vida passada.

Todos pensavam que eu estava me perdendo, e era verdade, eu estava. Mas não me importava. Não havia nada nem ninguém que dependesse da minha sanidade no momento. Então, me tornei a maluca do Céu. Tinha certeza de que, se Eve conseguisse o que queria (e ela parecia ser do tipo persistente), me reabilitar, não restaria qualquer vestígio do ser humano que eu tinha sido. Mas, na minha cabeça, eu continuava sendo a garota de Venus Cove. Não estava pronta para deixá-la para trás e acreditava que nunca estaria.

— Queria saber se Xavier tem visto os pais dele — disse eu numa sessão com Eve. Havia me habituado a interromper a análise com comentários aleatórios, porque percebi que isso a incomodava.

Ela havia feito uma pergunta que eu não tinha ouvido. Já estava me irritando mesmo quando calada. Detestava a sua aparência sempre bem-cuidada, com o cabelo loiro preso num coque na altura da nuca. O terninho branco estava sempre perfeitamente asseado, e o seu rosto estava sempre calmo, com olhos bondosos. É claro, Eve não era o seu nome de anjo, era como eles queriam que eu a chamasse para que pudéssemos estabelecer uma "conexão". Pelo padrão dos seres humanos, ela parecia ter cerca de quarenta anos, com o rosto parecido ao de uma diretora de escola.

— Não faz sentido falar sobre o seu período na Terra — disse ela com firmeza. — Já é passado.

Olhei para ela, sentada ali, com a sua beleza nórdica. Por sorte, Eve parecia ter resposta para tudo, e eu achava que poderia fazer a mesma pergunta vinte vezes e, ainda assim, receber a mesma resposta calma e controlada. Mas havia um ar autoritário nela que não me deixava me abrir. Não acreditava que ela de fato estava do meu lado e não gostava dos seus olhos que não piscavam. Ela estava do lado da ordem e eu, de acordo com o seu manual, representava o caos.

— As suas lembranças são pesos. Você deve se livrar delas.

— Cala a boca — disse eu a ela. Eve contraiu os lábios e escreveu algo, decidida, no seu bloco. — Estou quase achando que o Inferno era melhor — comentei baixinho.

— O quê? — perguntou ela. — O que você disse?

— Disse que sinto saudade do Inferno — respondi. — Pelo menos sempre havia algo para fazer lá.

— Acho que você não sabe bem o que está dizendo.

— Acho que você não sabe bem o quanto é chata — rebati.

— Não é chato estar em paz — Eve me informou. — Estar em união com uma energia cósmica coletiva que é maior do que qualquer coisa que você possa entender.

— Que se dane — murmurei. — Não quero fazer parte da sua baboseira cósmica. Você não assistiu ao *Senhor dos anéis? Eu escolho uma vida mortal.*

— Quem está lhe dando essa opção? — perguntou Eve, e mudou de tática quando lhe lancei um olhar de ódio. — Às vezes, você precisa confiar que os outros saibam o que é melhor para você. Estamos tentando ajudar.

— Por que eu ainda tenho um corpo? — perguntei. — E por que você também tem? Não era assim que me lembrava do Céu.

— Estamos fazendo concessões — respondeu ela. — Tentando adaptá-la lentamente de volta a esta vida. Acreditamos que, depois de você ter passado anos com um corpo, tirá-lo logo de você pudesse ser prejudicial.

— Quanta consideração — disse eu. — Você é casada?

Eve franziu o cenho, tentando acompanhar os assuntos que eu mudava de minuto a minuto.

— Claro que não. Não podemos nos casar. Sabe disso.

— Vocês não podem me prender para sempre — disse eu a ela. — Vou encontrar uma maneira de sair daqui. Mesmo que tenha que me explodir com kriptonyta cósmica.

— É mesmo? — perguntou ela, confusa.

— Sim — respondi. — Se não conseguir sair daqui, vou causar tanto transtorno que se arrependerão de terem me trazido de volta.

— Percebo que ainda temos bastante trabalho pela frente. — O seu jeito de falar me incomodava. Fazia com que ela parecesse condescendente.

— Até quando? — perguntei com sarcasmo.

— Até você compreender que os prazeres terrenos não são nada se comparados às riquezas eternas do Céu.

— Bem, nesse caso, acho melhor você se esforçar mais — disse eu. — Porque os prazeres terrenos estão vencendo no momento.

— Não se sentirá dessa maneira para sempre — respondeu ela.

— Por que estão fazendo isso? Por que simplesmente não me castigam? Por que não me jogam num buraco com Lúcifer? Seria mais fácil.

— Estamos tentando consertar você — respondeu ela. — Duvido que Lúcifer ajudaria.

— E se eu não quiser ser consertada?

— Você não pode viver dessa forma para sempre.

— Não — concordei. — E essa não é a minha intenção.

Eve e eu claramente tínhamos soluções diferentes em mente. Mas eu tinha algo a mais: indiferença total ao que fosse acontecer comigo. Eles não podiam fazer nada para me assustar. Eu tinha escutado os Setes: a vida de Xavier era valiosa, eles não podiam feri-lo. Então, eu podia dificultar as coisas o quanto quisesse. E tinha a intenção de ser terrível. Só não tinha decidido ainda como fazer isso.

Pensei em começar com alguns jogos psicológicos.

— Os demônios me contaram algumas coisas, sabia? — disse eu a Eve, recostando-me para me aconchegar nas almofadas de seda bordadas. — Várias coisas.

— Como o quê? — perguntou ela, remexendo o nariz como se estivesse com coceira. Pela cara que fazia, percebi que, se o Céu dava cruzes para as pessoas carregarem, eu era a dela.

— Por exemplo, como entrar no Céu. — Abri o sorriso mais angelical que consegui. — Como abrir um portal para eles.

— Isso é um absurdo — disse ela. — Nunca ouvi nada mais ridículo.

— Como sabe? — perguntei a ela. — Estive no Inferno. Vivi ali por meses. Acha que eu não aprendi nada? Eles sabem das coisas. Só precisam de alguém daqui de dentro.

— Não diga mentiras — disse Eve. — Os demônios não podem entrar no Céu.

— Sou um anjo e entrei no Inferno — respondi, olhando casualmente para as minhas unhas. Percebi Eve remexendo-se na cadeira e ajeitando a gola da blusa. É claro que eu estava mentindo. Nunca chegaria ao ponto de pedir ajuda aos demônios, de colocar o Reino do meu Pai em risco. Mesmo que não me adaptasse mais ao Céu, sabia que ele continuava sendo a Terra Prometida sagrada. Mas, se pudesse convencer Eve de que era maluca o suficiente para isso, talvez ela começasse a me levar a sério.

— Bem... — disse Eve. — Então, você deveria ser exilada no Inferno.

— Faça isso — disse eu. — Gabriel vai encontrar uma maneira de me tirar dali. Pode ser que ele não possa questionar o Céu, mas o Inferno não pode detê-lo.

— Isso tudo é muito decepcionante, Beth — disse Eve, como se estivesse repreendendo uma criança mimada. — Muito decepcionante, mesmo.

Quem era ela para me julgar? Como ousava ficar aqui, com o seu terninho asseado, e presumir que entendia tudo da minha vida? Quando me dei conta, estava de pé, gritando com ela, todos os palavrões de que consegui lembrar, mandei-a para o Inferno e fiz todos os tipos de ameaça. Só conseguia pensar na ira que tomava conta de mim. A raiva era incontrolável. A minha vida tinha sido prejudicada por aquelas pessoas. Havíamos lutado tanto, mas fomos vencidos e separados.

Eve ficou de pé e se aproximou de mim. Nem sequer parecia assustada. Precisei admitir que ela estava se controlando muito bem, afinal, eu estava fazendo um escândalo. Mas, quando então esticou o braço para me tocar, algo aconteceu. Ao entrar em contato com a minha pele, faíscas azuis voaram e as pontas do seu cabelo queimaram. Ela gritou assustada e se afastou. Fiquei tão surpresa que interrompi uma frase pela metade. Antes que pudesse dizer algo para me defender, dois homens que pareciam guarda-costas apareceram na sala e me seguraram com os braços musculosos. Segundos depois, eu estava sozinha dentro de uma sala branca.

Não havia nada a fazer além de me deitar no chão e esperar. A brancura parecia um peso sufocante. Aquele não era o Céu do qual me lembrava. Eu me lembrava de uma pirâmide brilhante de cores, espaço, liberdade, e da sensação de que a terra, o céu, e a água se uniam em perfeita sincronia. Mas, agora, tinha a sensação de que alguém havia tentado me enfiar numa caixa pequena demais. Apesar de toda a vastidão do Céu, era como se eu estivesse dentro de uma cela de prisão.

Ouvi a voz de Eve falando comigo por meio das paredes, como num *Big Brother*.

— Pensei que estávamos nos dando bem. Não é legal eletrocutar aqueles que querem nos ajudar.

— Não fiz de propósito — disse eu, sem levantar o rosto do chão.

— Bem, não estou brava. Só vou dar a você um tempo para esfriar a cabeça.

— Que ótimo. Obrigada.

— Você não precisa se castigar, sabia? — disse ela.

— Na verdade, acho que eu estava tentando castigar você.

Ouvi Eve suspirar, mas, em seguida, voltou a demonstrar bom humor.

— Vamos colocar você nos trilhos rapidinho.

— O que você é! Uma palestrante motivacional? Vá embora.

— Tudo bem — disse ela. — Volto mais tarde.

— Não precisa — respondi.

Ouvi os passos de Eve pelo chão do lado de fora enquanto se afastava. Então, de repente, silêncio.

— O que você está fazendo aqui? — perguntou ela para um invasor que eu não conseguia ver. — Você não pode entrar aqui. Tem permissão?

— Onde ela está?

A voz tranquila era do meu irmão, Gabriel.

29

EU VEJO GENTE MORTA

Eu me sentei tão depressa que senti a cabeça girar. Será que Gabriel podia estar ali? Será que havia chegado para me libertar? Escutei a voz de Eve de novo, parecendo irritada agora.

— Você não tem autorização! Pare! Não pode entrar aí!

Não havia portas na minha sala de isolamento. Gabriel atravessou a parede, mais iluminado do que a sua forma terrena. Nunca havia me sentido tão feliz ao ver alguém. Fiquei de pé e me agarrei a ele, absorvendo a sua presença. Fiquei com medo de que ele desaparecesse se eu o soltasse.

— Eles prenderam mesmo você — disse ele.

— É terrível. É um grande nada. Estou enlouquecendo. Você precisa me tirar daqui.

— Não posso — disse ele.

— O quê? — Eu me afastei dele, chocada, sentindo a dor no meu peito, que havia passado por alguns instantes, mas que voltava agora com força total. — Então, o que está fazendo aqui?

— Não posso simplesmente levá-la comigo — explicou ele com a voz baixa, falando rapidamente, como se soubesse que não tínhamos muito tempo. — Mas vim dizer que há pessoas que podem ajudar.

— Quem? Eve, por exemplo?

— Bethany, está claro que este não é mais o seu lugar. Há pessoas que entendem isso. Você precisa encontrá-las.

— Onde? — perguntei, desesperada. — Onde elas estão?

— Pense — insistiu ele. — Os aliados podem vir de qualquer lugar. — Estava confusa demais para entender o que Gabriel estava tentando dizer.

— Não pode me contar?

— Quero que você fique bem.

Ele olhou ao redor e captei a mensagem: ele não sabia quem podia estar ouvindo.

— O que devo fazer agora?

— Entre no jogo — murmurou ele. — Seja esperta.

— O que isso quer dizer? — insisti.

— Você está fazendo um ótimo papel de doida — disse Gabriel. — As mudanças repentinas deixam as pessoas desconfiadas. Tenho certeza de que você está entendendo.

Precisei de um tempo, mas entendi. Tinha que continuar agindo como maluca para que ninguém suspeitasse de nada.

Concordei com a cabeça.

— Como está o Xavier? Ele está bem?

Gabriel olhou para o teto.

— Ele está lidando com a situação.

— Como assim?

— Ele está lidando assim como você.

— Diga a ele que o amo muito. Diga que não paro de pensar nele.

— Se você acha que isso vai ajudar...

Antes que eu pudesse fazer mais perguntas, um corredor brilhante surgiu na parede e Eve entrou, seguida por um grupo de guarda-costas. Gabriel esboçou um sorriso.

— Nós dois sabemos que vocês não podem me prender, Eve — disse ele. — Vamos deixar o teatro de lado.

Gostei de como ele a tratou, como se ela não fosse nada. Percebi que Eve se irritou.

— Talvez não. — Eve se estufou. — Mas posso fazer uma reclamação.

— Pode fazer isso — disse Gabriel, sem dar muita atenção. — Estou indo embora, mesmo.

— O que você queria? — perguntou Eve, olhando para mim de modo suspeito.

— Queria ter certeza de que ela está bem — explicou Gabriel, como se aquilo fosse óbvio. — Ela não está, o que quer dizer que você não está fazendo o seu trabalho direito.

Eve não fazia ideia de que Gabriel a estava enganando.

— Estou fazendo o meu melhor — disse ela. — Não é fácil.

— Bem, faça mais — disse Gabriel. — Ela está péssima. E é o seu trabalho que está em jogo. — Ele se virou para mim. — Sinto muito por não poder ajudá-la mais, Beth.

Ergueu uma sobrancelha indicando a deixa, a hora de eu mostrar as minhas habilidades de atriz. Hesitei um pouco, tentando pensar na melhor reação. Então, caí no chão aos pés de Gabriel e segurei os seus tornozelos.

— Não vá embora! — gritei. — Por favor, não me deixe aqui!

Fiquei aliviada quando o meu cabelo cobriu o meu rosto, pois não sabia muito bem como fazer cara de desespero depois de Gabriel ter me dado esperança.

— Está vendo? — perguntou ele a Eve. — Precisa dar um jeito nisso.

Ele se livrou das minhas garras e deu alguns passos para trás.

— Cuide-se, Bethany. E lembre-se dos seus amigos — disse ele.

— Ela não é minha amiga — disse eu, olhando para Eve e fingindo pensar que era a ela que Gabriel se referia. Mas queria muito saber de quem ele estava falando.

— A sabedoria de Deus é infinita, Bethany. Confie no julgamento Dele. — Gabriel sorriu e foi embora. Eve dispensou os guarda-costas e me analisou com os olhos semicerrados.

— Foi bom vê-lo?

— Não. Ele vai voltar para a Terra e eu, não.

— E isso deixa você numa posição muito melhor — disse ela.

— Pode ir embora? Já aguentei demais as suas bobagens por hoje.

— Bem, pelo menos está sendo sincera — respondeu ela. Fiquei imaginando se haveria alguma coisa que ela não conseguisse transformar em algo positivo.

— Você pode parar agora — disse eu, de modo amargo. — Nunca vou gostar de você.

Eve ergueu as sobrancelhas e foi embora pelo corredor de luz, que se fechou assim que ela passou.

Pensei no que Gabriel dissera: *Os aliados podem vir de qualquer lugar*. Será que isso significava que eu precisava analisar além do que me cercava? Quem estava do meu lado no Céu? Não tinha amigos. Os anjos não se reuniam. Claro que havia Miguel, mas ele sempre seguia as regras. Havia Rafael, mas pelo que eu sabia, ele estava na Terra cuidando de assuntos do seu interesse. Não sabia como chamá-lo, mesmo se quisesse. Era preciso ter poderes mágicos para chamar um anjo. Eu podia rezar, mas milhões de orações eram enviadas ao Céu a todo minuto. Todo anjo tinha uma lista enorme de afazeres. E, além disso, os arcanjos não cuidavam das orações, isso era tarefa dos anjos de ordem inferior — era quase como num correio, havia a separação das orações e elas eram posicionadas em ordem de prioridade. Assim como havia o envio de cartas de modo expresso, havia a priorização das orações. Pensei em entrar em contato com Rafael daquela maneira, mas, de certa forma, não acreditava que isso era o que Gabriel queria. A pessoa de quem ele falara já estava ali.

Ninguém no Céu entendia como eu me sentia. Ninguém ali já havia se apaixonado perdidamente por um mortal. Ninguém compreendia a nossa situação. Mas, quando pensei em quem no Céu poderia entender o nosso sofrimento, a dor da nossa separação, uma pessoa me veio à mente: Emily.

A primeira namorada de Xavier, a primeira garota com quem fez amor, a primeira que ele sentiu que devia proteger. Ela estivera com ele na Bryce Hamilton muito antes de eu aparecer. Eles se conheciam desde pequenos, todos em Venus Cove conheciam uns aos outros. Achavam que se casariam. E, então, ela foi queimada viva na própria cama, assassinada por demônios, ainda que, na época, ninguém soubesse disso. Havia sido separada dele contra a própria vontade, assim como eu. Mas será que ela aceitaria nos ajudar? Será que a sua alma ainda nutria sentimentos por ele? Talvez estivesse feliz com o fato de enfim estarmos separados.

Só havia um jeito de descobrir.

Ainda que fosse difícil chamar um anjo, eu tinha a habilidade de chamar uma alma através da minha mente. Havia milhões delas no Reino e não devíamos procurar entre todas até encontrarmos a pessoa certa. Mas tive que me concentrar. Estava desacostumada e já fazia tempo desde a última vez em que tentara fazer isso. Fechei os olhos e deixei a mente sair da prisão branca e entrar na vastidão do Céu. Consegui sentir a energia das almas dançando na minha mente. Era claro que eu não via o mesmo que eles. Todas as almas viviam no seu Céu pessoal. Estavam lado a lado, mas o Reino permitia que tivessem acesso a lembranças boas do passado ou a um lugar que elas gostavam de visitar quando crianças. Eu sabia que havia muitos jardins e praias tranquilas, mas cada pessoa era diferente. Havia um homem cujo Céu era o interior do seu armário. Ele se escondia ali dentro quando era criança, quando as coisas ficavam difíceis demais, e aquele continuou sendo o seu porto seguro. Foi isso o que a sua alma desejou. Os anjos achavam um pouco estranho, mas não podíamos julgar ninguém.

— Emily. — Eu disse o nome muito delicadamente, bem baixinho. — Emily, preciso da sua ajuda.

Repeti o nome diversas vezes. Conforme a minha mente ficou mais clara e concentrada, a sala branca começou a ruir e as passagens com as cores do arco-íris se abriram diante de mim. Passei por elas sem me mover, como se estivesse sendo sugada através de uma bela piscina de cores, e quando cheguei do outro lado... estava no quarto de Xavier.

A princípio, fiquei confusa, e a emoção me tomou de repente. Então, vi uma garota sentada de pernas cruzadas na cama, e percebi... Aquele era o Céu de Emily. O quarto de Xavier estava diferente, com artigos esportivos espalhados pelo chão e havia uma caixa de doces aberta, em cima da mesa. As fotos das prateleiras também eram outras — mostravam a equipe de natação do primeiro ano e um grupo de amigos que eu não sabia quem eram, e Xavier e Emily estavam entre eles. Logo que vi, não o reconheci, mas então o encontrei entre uma garota de tranças e um menino que usava um boné com a aba virada para trás. Não tive certeza, mas o menino parecia o seu amigo Wesley, porém mais jovem. O cabelo de Xavier estava mais claro e mais curto; não caía na sua testa como agora. Ele não tinha o corpo tão desenvolvido, era mais magro e tinha aparência mais infantil. Estava usando aparelho nos dentes? Já era bonito, mas parecia uma criança, muito diferente do homem que se tornara.

A cena toda foi muito surpreendente. Eu estava de pé no quarto de uma criança. Mas era um quarto de apenas quatro anos antes. Quanta coisa havia mudado em tão pouco tempo... Olhei para os rostos na foto — dava para ver que eles não tinham preocupações na vida. Eram crianças calmas que iam ao cinema e andavam de bicicleta, frequentando as casas uns dos outros.

— Acho que não é assim que você se lembra dele, certo?

Apesar de eu ter invadido o seu Céu, fiquei assustada quando Emily falou comigo, e me virei para vê-la. Eu havia visto apenas fotografias desbotadas de álbuns antigos da escola. Xavier havia se livrado de todas as fotos que tinha — ou as havia colocado num lugar onde não tivesse que vê-las. Emily não era bem como eu esperava, ainda que não soubesse exatamente o que esperar. Era baixa, loira e tinha olhos castanhos. O nariz era levemente arrebitado e as sobrancelhas, arqueadas, fazendo com que ela aparentasse um ar julgador.

Vestia uma blusa preta larga e calça jeans, e estava sentada no meio da cama de Xavier, segurando um ursinho de pelúcia.

— Oi — disse eu, sentindo-me estranha. — Sou...

— Sei quem você é — interrompeu ela.

— Certo. — Mordi o lábio. — E aposto que não está contente em me ver.

— É, estou meio brava com você. — Ela assentiu e se recostou nas almofadas.

— Entendo — disse eu. — Acho que ninguém gosta da namorada seguinte.

— Não é por isso. — Emily franziu o cenho. — Ele acabaria conhecendo alguém e se casaria. Eu queria que isso acontecesse.

— Mas...?

— Mas você fez mal a ele — disse ela, fechando a cara. Percebi que as suas unhas eram roídas. — Ele ia estudar medicina, deveria ter conhecido uma garota legal, casado e ter vivido tudo o que merecia.

— Eu sei — foi tudo o que consegui dizer. Ela estava certa.

— Você o enfiou numa confusão da qual ele nunca vai sair — disse ela, afastando o cabelo loiro que caía diante dos olhos. — Você não sabe quanta coisa ele fez por mim. Começou a cuidar de mim quando tínhamos 14 anos.

— Ele nunca me contou muito sobre vocês dois. Não falava de você... pelo menos, não comigo.

— Ele é um garoto. — Emily deu de ombros. — Os garotos escondem o que sentem.

— Por que Xavier precisou cuidar de você? — perguntei.

— O meu pai foi embora quando eu tinha dois anos — disse ela. — Então, no primeiro ano do ensino médio, a minha mãe perdeu o emprego e ficou numa situação difícil, e a minha irmã mais velha começou a se drogar. Eu não tinha nada de bom na vida, apenas Xavier. E, depois que morri, não quis mais que ele continuasse assim. Ele já havia feito a sua parte. Havia salvado a menina cheia de problemas. O relacionamento seguinte precisava ser diferente, precisava ser normal.

— Emily, sou o mais distante que existe de algo normal — disse eu. — E talvez tenha sido egoísta por deixar isso acontecer, mas não sabia até onde as coisas chegariam. Se soubesse em que o estava envolvendo, eu o teria deixado. Você precisa entender que também o amo.

— Não me importa como você se sente — disse Emily. — Mas me importo com ele. E, para sua sorte, ele também ama você. Continuo brava com você, mas não quero vê-lo perdendo outra pessoa. Ele já perdeu o suficiente, não acha?

— Está dizendo que vai me ajudar?

— Estou dizendo que vou ajudar *Xavier* — corrigiu ela. — E, se isso significa ajudar você, que seja.

— Obrigada. Emily?

— Sim? — Ela olhou para a frente.

— Sinto muito pelo que aconteceu com você. Não foi justo. Ele morreu... o demônio que matou você. Não sei se isso ajuda, mas o meu irmão o matou.

— Sim. — Emily olhou para as unhas roídas. — Fazia parte do plano, certo?

— Não — balancei a cabeça. — Não era parte do plano que Deus tinha para você. Os demônios interferiram porque é o que eles fazem. Mas a sua história não devia ter acabado assim.

— Tudo bem — disse Emily, suspirando. — Não estou mais chateada. Fiquei durante um tempo, mas não havia motivo. Mas é difícil... não poder conversar com a minha família. E então você percebe que a vida continua sem você.

— A vida continua, mas as pessoas não se esquecem — disse a ela. — Você não foi esquecida, Emily.

— Você está enganada — disse ela, com os olhos repletos de tristeza. — As pessoas superam... Precisam fazer isso, é a única maneira de seguirem em frente. Espero que você volte... antes que Xavier supere você.

30

ZACH

Emily teve uma ideia.

— Você precisa ir conversar com Zach — disse ela sorrindo, claramente satisfeita consigo mesma.

— Zach?

— Isso mesmo.

Eu me lembrei do anjo que já tinha conhecido, aquele que guiava as crianças quando entravam no Reino. Pensei que nunca mais o veria desde que havia mudado de função.

Franzi o cenho.

— Mas Zach é um Sete.

— Não mais — disse ela. — Saiu quando eles começaram a perseguir você.

— É mesmo? Ele deixou o trabalho por minha causa?

— Ele não combinava muito com aquele estilo de vida. O Zach é um guardião, sempre foi.

— Como você sabe disso? — perguntei, curiosa.

— Porque ele é o meu guardião — respondeu Emily. — Eles o mandaram de volta para trabalhar com as crianças. Ele me ajudou na minha transição quando cheguei aqui.

— Mas você tinha 16 anos. Não era mais criança.

— Tive dificuldades para me adaptar — disse Emily. — Então, pediram a ele que me ajudasse. E deu certo. Zach fez uma grande diferença, até entrar para os Setes. Ninguém achou aquilo uma boa ideia. Mas ele voltou.

— E você sabe onde encontrá-lo?

— Claro — disse ela, como se fosse óbvio. — Tenho acesso direto a ele.

Em um piscar de olhos, Emily se colocou ao meu lado. Segurou a minha mão e os seus dedos estavam frios e frágeis, como se feitos de vidro. Escutei-a sussurrando e, um momento depois, o quarto começou a se desfazer. A cama de Xavier com a manta azul, a sua mesa e a bola de futebol perto da porta começaram a ficar embaçadas nas pontas. Segurei firme a mão de Emily — aquele chacoalhar todo me deu um pouco de enjoo. Enquanto o quarto continuava a se desfazer, com itens voando de um lado a outro, as mesmas passagens multicoloridas que Eve havia usado começaram a se abrir ao redor, e a luz refletia de todos os ângulos. Emily parecia saber exatamente aonde estava indo e fomos para a frente, deixando os corredores das cores do arco-íris nos engolirem.

Quando abri os olhos, estava num jardim. Olhei para o meu corpo para ter certeza de que estava inteira, percebi que os meus braços e minhas pernas estavam com as cores do arco-íris.

— Elas vão sair — comentou Emily, passando as mãos sobre as coxas, que ficaram cobertas por pó colorido, que ela soprou para longe.

Quando a minha tontura passou, olhei ao redor e vi um lago brilhante à nossa frente e fileiras de árvores altas desaparecendo entre as nuvens. O ar estava quente e tomado pelo canto dos pássaros. Vi Zach sentado a poucos metros de nós, com as pernas cruzadas no chão, num círculo de crianças. Estava como eu me lembrava, forte e com cabelo escuro, pele morena. Os olhos tinham um tom verde brilhante e sempre apresentavam um brilho travesso, como se ele soubesse de algo desconhecido pelas outras pessoas. O nariz era arrebitado e o sorriso, amplo — ele era muito simpático, por isso as crianças gostavam tanto dele. Eu não compreendia por que ele havia se unido aos Setes.

Quando olhou para a frente e me viu, pediu licença para o grupo. As crianças protestaram baixinho, sem querer dividir o seu líder. Um caminho branco se estendeu diante dele, que se aproximou de nós, descalço.

— Você está bonita, Emily. — Ele piscou para ela. — Oi, Beth. Há quanto tempo.

— Verdade — concordei. — Bom ver que nada mudou.

— Ah, eu não diria isso — respondeu ele. — Mas tudo sempre volta ao lugar.

— Você deixou mesmo os Setes? — perguntei. — Não sabia que era possível fazer isso. Pensei que fosse uma prisão perpétua.

Zach olhou ao redor e deu de ombros.

— Senti saudade das crianças. O exército não é o meu lugar.

— Por que se uniu a eles?

Ele me olhou com os olhos cor de esmeralda.

— Ah, sei lá, estava bêbado, tomei uma decisão ruim. — Emily riu, muito impressionada com tudo o que Zach dizia. — Pode chamar isso de jornada da autodescoberta — continuou. — Eu precisava saber onde era o meu lugar. Tive um momento de dúvida, digamos assim.

— Mas ele está de volta agora. — Emily o abraçou.

Zach riu e mexeu no cabelo dela.

— Esta menina é especial. E então... — Zach me analisou. — Acho que você não passou aqui só para bater papo.

— Precisamos da sua ajuda — disse Emily, antes que eu conseguisse responder. — Foi ideia minha.

Ela parecia uma criança ansiosa pela aprovação dele. Não era sua culpa. Ela seria uma criança para sempre: a sua alma tinha a sabedoria que os seus 16 anos permitiam.

— Hmm... — Zach uniu os dedos sob o queixo. — E como posso ajudar?

— Beth quer ir para casa — disse ela.

— Quer ir agora? — Zach ergueu uma sobrancelha para mim. — Imaginei que fosse algo assim. Mas por que acham que tenho o poder de ajudá-la?

— Não sabia que você tinha — respondi. — Mas talvez possa indicar a direção certa. Precisa haver uma maneira de sair daqui.

— Olha, a maioria das pessoas não quer ir embora do Céu — disse Zach. — Aqui é meio que um destino final.

— Não sou como as outras pessoas. Não mais. Detesto estar aqui.

— Não, não detesta. O que você detesta é estar sem Xavier — Zach me corrigiu. — Mas ele virá para cá um dia também.

— Não quero ver Xavier de novo como espírito — disse. — Quero ter uma vida com ele... na Terra.

— Bem... só há uma maneira de fazer isso — disse Zach. — Você teria que perder a sua divindade.

— Perdê-la? — repeti. — Quer dizer, abrir mão dela?

— Sim — disse Zach. — Tudo que a torna um anjo desaparecerá. Se quiser viver como um ser humano, precisa se tornar humana.

— E como, exatamente, devo perder a minha divindade? — perguntei, com cautela.

— Só conheço uma maneira. E você não vai gostar de saber — disse ele com seriedade. — Você precisa arrancar as suas asas.

Na hora, me lembrei de Gabriel e de como as asas arruinadas haviam trazido à tona a sua natureza humana. Porém, as asas dele não tinham sido totalmente arrancadas: Rafael havia aparecido e impedido os demônios de completarem o trabalho. Mas eu sabia que tinha sido extremamente doloroso e causado muitos danos ao meu irmão. Era como pedir a um ser humano que cortasse as próprias pernas.

— Não existe outra opção? — perguntei. — Nada?

— Pode ser que tenha — respondeu ele. — Mas não sei qual é.

— Não posso fugir?

— Você já tentou isso. Não dá muito certo. Não se pode fugir do Céu.

— Estava indo muito bem — disse eu. — Estávamos enfrentando os Setes e vencendo. Só estou aqui porque eles jogaram sujo.

— Sim, a menina — disse Zach. — Eles quebraram muitas regras envolvendo-a na história.

— Quebraram muitas regras aparecendo numa sala repleta de alunos — disse eu, irritada com a lembrança. — Mataram o nosso amigo Spencer!

— Eu sei — disse Zach. — E sinto muito. Eles não tinham autorização para isso.

— Não podemos denunciá-los, ou algo assim?

— Você precisaria contar a alguém que passaria a mensagem ao Nosso Pai. E ele anda ocupado ultimamente. Os humanos estão perdendo a fé, o mundo está caindo nas mãos das pessoas erradas. — Olhou para mim com intensidade. — Tem certeza de que quer voltar?

— Sim — respondi com ênfase. — Prefiro viver num mundo imperfeito com Xavier a passar uma eternidade aqui, sozinha.

— É você quem decide. Mas pense bem. A decisão é irreversível.

— Você pensou na outra possibilidade? — perguntou Emily. — Sei que está tentando voltar para Xavier... mas já pensou que ele talvez pudesse vir até você?

— Como disse? — perguntei a ela. — Está dizendo o que penso que está dizendo?

— Ele vai acabar vindo para cá, mesmo — respondeu ela.

— Xavier tem *19 anos* — disse eu, irritada. — Tem a vida toda pela frente.

— Que não tem sentido para ele sem você — explicou ela. — Vocês dois são tão codependentes que um não pode sobreviver sem o outro.

— Como sabe? — perguntei.

— Tenho uma conexão — respondeu ela de modo seco. — Consigo ver o que acontece na vida das pessoas que deixei para trás.

— Então tem nos espiado?

— Não estou espiando, só observando.

— Bom, isso é assustador, então pare.

— Meninas... — disse Zach com calma. — Não estão ajudando. E, Bethany, Emily tem razão. Ou você encontra uma maneira de voltar para Xavier, ou ele encontrará uma maneira de ir até você. É só uma questão de tempo.

— Acha mesmo que ele faria algo assim? — perguntei.

Zach olhou para mim com atenção.

— Você faria?

— É diferente! — respondi.

— Não, não é. Independentemente do que estivesse disposta a fazer, pode ter certeza de que Xavier faria também.

— Certo. — Respirei profundamente. — Então, está dizendo que é melhor eu voltar depressa... antes que Xavier encontre uma maneira de morrer?

— Sim — respondeu ele. — É isso mesmo o que estou dizendo.

Pensei que nada mais poderia me assustar, mas aquela ideia conseguiu. Estava tão presa na minha depressão que não pensei que Xavier pudesse estar se sentindo da mesma maneira. É claro que ele devia estar tentando encontrar uma maneira de voltar para mim — não era o tipo de pessoa que fica parada sem fazer nada. Já tinha ido ao Inferno e voltado, então por que acreditaria que não podia ir ao Céu? Então, agora, além de ter que perder a minha divindade, eu tinha um prazo, por isso precisava agir depressa.

— Espere — disse eu. — Com certeza Gabriel e Ivy vão mantê-lo em segurança.

— Não podem cuidar dele 24 horas por dia — respondeu Zach. — E você mais do que ninguém deveria saber que, se alguém quer algo demais, acaba conseguindo uma maneira de ter. — Emily observou o meu cenho franzir quando tentei absorver as novas informações.

— Relaxe — disse ela, revirando os olhos. — Ainda temos tempo. Nossa, nunca fui assim tão dramática.

— Fique quieta — respondi. — Com certeza você já teve problemas.

— Certo. — Zach ergueu as mãos. — Parem as duas.

Dei as costas para Emily e tentei me recompor. Discutir com ela não nos levaria a lugar algum. Precisávamos trabalhar juntas.

— Diga o que preciso fazer — disse a Zach. — Diga e eu farei.

— Você precisa encontrar Joseph — respondeu ele. — Ele pode nos ajudar.

Olhou para baixo quando uma criança se aproximou e puxou a manga da sua camisa, tentando levá-lo de volta ao círculo. Todas as crianças esperavam com ansiedade.

— Preciso ir — disse Zach.

— Espere! — gritei. — Quem é Joseph? E como posso encontrá-lo?

— Você não pode — respondeu. — Ele encontrará você. Avisarei que você o está procurando.

— Ele já... — hesitei. — Ele já tentou... enviar alguém de volta?

— Sim.

— E conseguiu?

— Não sei.

— *Não sabe?* — repeti, irritada. — Fala sério!

— Sinto muito, Beth, não tenho nada a dizer. Só sei que é arriscado.

Zach desviou o olhar e se calou. Uma parte de mim queria acabar a conversa ali e pronto. A última coisa de que precisava era de um plano maluco que pudesse dar errado a qualquer minuto. Mas não tive escolha. Não estava temendo pela minha integridade física. É que eu tinha uma chance ali, e, se errasse, nunca mais veria Xavier.

— Então, não há outra maneira? — perguntei baixinho.

— Não que eu conheça.

— Não posso simplesmente fugir?

— Beth, você não pode arrombar as portas do Céu — disse Zach. — E, mesmo que conseguisse escapar, para onde iria? Você correu muito na Terra e não chegou a lugar algum. Ele está por aí desde o começo — explicou Zach ao permitir que as crianças o levassem de volta.

— Desde o começo do quê? — Eu já estava ficando frustrada.

— Desde que o mundo é mundo. Eles ainda estão mantendo você numa cela?

Assenti, percebendo que o nosso tempo estava no fim.

— Saia o mais rápido que conseguir — disse ele com a voz baixa. — Aquele lugar vai enlouquecer você. — Deu um passo para trás, deixando as crianças o puxarem. — Boa sorte, Beth. Rezarei por você.

— Espere! — gritei. — Você ainda não me disse quem é Joseph.

— Ele é o líder de um grupo dissidente.

— Zach! — exclamei. — Não é hora de brincadeiras.

Ele já estava se afastando, voltando para o gramado, guiado pelos seus companheiros de olhos arregalados.

— Não é brincadeira — disse ele. — Eles se denominam a Sociedade dos Anjos Negros. Há muito mais deles por aí do que você pensa. — Ergueu a mão, despedindo-se. — Lembre-se, muitas coisas acontecem aqui em cima que não ficamos sabendo.

E, então, ele se foi.

31

ANJO NEGRO

NÃO QUERIA OUVIR MAIS NADA. Senti as pernas começarem a tremer e as mãos ficarem molhadas de suor. Qualquer ato de violação ao próprio corpo era um ato contra a Criação. Ia contra tudo o que deveríamos ter como verdade. Era sabido que os seres humanos podiam recorrer ao comportamento autodestrutivo quando as coisas ficavam difíceis demais: bebiam muito ou se perdiam nas drogas. Mas eles eram imperfeitos, podiam errar. O perdão era a prerrogativa deles. Era diferente no caso dos anjos; devíamos ser infalíveis. Não havia como voltar atrás do que Zach havia sugerido.

Lembrei-me de Gabriel no porão da casa em Oxford. Eu me lembrei de como as asas arruinadas o haviam mudado, trazido à tona qualidades humanas nele. Apesar da minha cabeça estar rodando, tentei manter os pensamentos em ordem. Mantive a imagem do rosto de Xavier na minha mente e senti o medo encolher, como um vampiro exposto à luz do Sol. Joseph. Por um momento, vi o nome assumir forma e brilhar no ar diante de mim como uma joia. Zach havia dito o nome com tanta autoridade que quase acreditei que a ajuda estava por vir. Então, a frustração tomou conta e suspirei irritada. Quem diabos era Joseph? Onde eu deveria encontrá-lo? Aquilo parecia, cada vez mais, uma perseguição sem fim. Primeiro, eu tive que encontrar Emily, que me levou a Zach, e agora ele estava tentando me direcionar a alguém de quem nunca tinha ouvido falar. Eu não estava mais perto de conseguir o que queria e, a cada segundo, Xavier parecia mais e mais distante.

EU ME AFASTEI SEM OLHAR PARA TRÁS. Ainda me sentia confusa e irritada, mas havia outro sentimento nessa mistura: a esperança. Havia descoberto três coisas que antes não sabia: era possível um anjo renunciar à sua divindade, Zach conhecia alguém que podia me ajudar a fazer isso, e eu não era a única revoltada com o sistema. Pela primeira vez desde o meu retorno, o meu peito parecia mais leve, e esbocei um sorriso.

— Nossa! Muita coisa para absorver — disse Emily, olhando para mim com atenção. — Você está bem?

— Estou — respondi. — Agora sei que posso encontrar uma maneira de voltar para ele... para Xavier, quero dizer.

— Não está mesmo pensando em passar por isso, não é? — perguntou ela, assustada. — Vai arrancar as próprias asas?

— Não tenho escolha.

— Não sabe nem se vai sobreviver.

— Se não sobreviver, pelo menos tentei. Melhor do que ficar aqui, esperando por um milagre.

Emily segurou o meu braço.

— Xavier não iria querer que você fizesse isso, de jeito nenhum.

— Então, ainda bem que ele não está aqui para tentar fazer com que mude de ideia.

— Por que você não está morrendo de medo? — perguntou Emily.

— Você não sabe pelo que já passei — disse a ela. — Já vi coisas mais sombrias do que os seus piores pesadelos e nenhuma delas é mais assustadora do que pensar em viver sem ele.

— Uau! — Emily parecia estar pensando. — Você o ama mesmo, não é?

— Muito.

— Sabe, em alguns momentos, pensei que você era egoísta por se aproximar dele sabendo que teria de partir um dia. Mas você não planejava ir embora, não é?

— Não — disse baixinho. — Desde o dia em que o conheci, sabia que não voltaria.

Percebemos ao mesmo tempo que estávamos na beira do campo, no ponto onde os corredores tinham se aberto no ar e nos levaram ao nosso destino. Eu permaneci ali, sem me decidir.

— O que foi agora?

— Zach disse para não voltar — disse Emily, pensativa.

— Preciso voltar. Se não fizer isso, Eve sairá à minha procura.

— E daí? — Emily deu de ombros.

— Você não a conhece — disse eu. — É totalmente controladora.

— Certo — concordou Emily. — Então, volte e a convença de que você está bem. Peça o seu cargo de volta ou algo assim. Pode dar certo.

Aquela era a maneira de Emily de propor uma trégua?

— Certo — disse eu, incerta. — Vou tentar.

Assim que falei, os túneis coloridos se abriram diante de nós, espalhando feixes brilhantes de luz na grama. Era incrível como eram rápidos, como se alguém tivesse apertado o botão de um elevador.

— Quer que eu vá com você? — perguntou Emily. — Para o caso de a maluca estar esperando do outro lado?

— Obrigada. — Eu ri. — Mas acho que sei lidar com ela.

Eu me mexi para que o corredor pudesse me puxar, mas Emily esticou o braço e segurou o meu cotovelo.

— Espere!

— O que foi?

— Você ouviu isso? — perguntou ela, sussurrando.

— Não ouvi nada... — comecei a falar, mas de repente parei.

Havia um murmúrio que parecia estar aumentando no ar, cada vez mais alto. Seria Eve? Será que já havia mandado um exército atrás de mim? Emily e eu nos agarramos quando uma abertura apareceu no ar, como se feita de tecido. E então partiu na nossa direção, ou nós partimos na direção dela — não soube ao certo, e aconteceu tão depressa que mal tivemos tempo de reagir. Então, batemos de cabeça num piso de mármore.

— O que... — Emily se esforçou para se sentar, com os braços balançando ao afastar as barreiras invisíveis.

— Não precisam se assustar — disse alguém. Olhamos para a frente e vimos três figuras informalmente vestidas sobre nós, entre os enormes pilares. O mais alto deles deu um passo à frente e eu, de certa forma, soube quem era. Eu me senti estranha, como se tivesse chegado para uma entrevista de emprego sem levar o currículo.

Joseph era diferente de todos os anjos que eu já tinha visto. Tinha cabelo castanho ondulado, curto e grosso, e um olhar intenso e afiado, mais assertivo do que distraído, como eu estava acostumada a ver nos anjos. Ele não percebeu a presença de Emily, mas me analisou de cima a baixo e então mostrou-se pouco impressionado. Era compreensível, pelo estado em que eu provavelmente estava.

— Oi, Bethany.

— Você me conhece.

— Já ouvi falar de você.

— Então, acho que Zach contou sobre mim. — Tentei parecer casual, mas as minhas mãos não paravam quietas. — Você não perde tempo.

— Por que perderia?

Percebi que ele não perderia tempo com amenidades. Notei que os seus lábios sérios mal se mexiam quando ele falava. Percebi as botas pesadas — aquele cara realmente estava no lugar errado. Talvez ele ficasse mais à vontade caçando codornas com um rifle apoiado no ombro. O seu olhar era levemente defensivo, como se estivesse se preparando para lutar a qualquer momento.

Olhei rapidamente os rostos dos dois homens ao lado dele. Eles eram fortes e grandes, prontos para a luta. Mas não senti medo deles... No fundo, sabia que aqueles eram os anjos que eu estava procurando.

— Então, o que posso fazer por você? — perguntou Joseph.

Era uma pergunta idiota... Ele obviamente sabia por que eu estava ali. Mas talvez aquela fosse a sua maneira de me testar. Não queria que pensasse que eu estava desperdiçando o seu tempo.

— Zach disse que você poderia me ajudar — disse eu, decidindo ser o mais direta possível.

— É mesmo? — Ele ergueu apenas uma das sobrancelhas.

— É verdade? — perguntei. — Você sabe mesmo como mandar alguém de volta à Terra?

— Sei — respondeu ele, de modo seco.

— Então, por que ainda está aqui?

Ele suspirou, como se a pergunta o decepcionasse.

— Se não estivesse, quem cuidaria da causa?

— Talvez eu pudesse responder a essa pergunta se soubesse qual é *a causa* — disse eu. Joseph riu com dificuldade.

— Você e eu — disse ele. — Nós somos a causa. Há anjos por aí que tiveram experiências como as nossas.

— É mesmo? — Eu estava desconfiada.

— Sim — respondeu Joseph. — Não está certo recebermos a humanidade e depois perdê-la. No mínimo, deveriam nos dar opções. É por isso que estamos lutando.

— Parece... nobre — disse eu, tentando encontrar a palavra certa. Queria dizer *bacana*, mas não queria parecer infantil.

— Não é nobre — respondeu Joseph. — É prático. Os anjos que viveram como seres humanos não conseguem mais ser bons anjos.

— Então... — comecei com cuidado. — Já deve ter estado na Terra. Há quanto tempo foi isso?

Parecia que estava me intrometendo, mas precisava saber mais antes de deixar o meu futuro nas mãos dele.

— Há muitos milênios.

Olhou para mim com os olhos intensos e escuros, sem se preocupar em explicar mais. Fiquei pensando que aquele podia ser um assunto delicado.

— Como era a sua vida? — insisti.

Joseph contraiu os lábios e soltou o ar pelo nariz.

— Durante um tempo, foi feliz. Fiz tudo o que pude para ficar. Eu era casado... assim como você.

— Era? — Não consegui acreditar no que escutei. — O que houve?

— Não pensei nas consequências de envolvê-la numa vida tumultuada.

Podia ser a minha história, narrada com nomes e datas diferentes.

— Então, a sua esposa... Ela deve estar aqui agora.

— Está. Mas em algum lugar onde nunca poderei encontrá-la. É o meu castigo. — Ele fez uma careta de dor ao se lembrar de algo que o tempo não havia apagado.

— Isso é muito cruel.

Ele deu de ombros.

— O Céu é justo, mas nem sempre gentil.

— Então, se eu esperar Xavier vir para cá...

— Será bem provável que o mesmo aconteça com ele — disse Joseph. — O Céu é como um labirinto: há muitas partes e algumas dimensões as quais nem os mais poderosos têm acesso.

— Por que não voltou quando pôde? — perguntei, confusa.

— Porque não sabia naquela época o que sei agora. Mas não estamos aqui para falar de mim. Acredito que você queira ajuda para voltar.

— Sim — disse eu, rapidamente. — Por favor, antes que seja tarde demais.

— E você tem consciência do que é exigido?

Assenti, sentindo um tremor percorrer a espinha. Esperava que Joseph não tivesse percebido.

— E não está com medo? — perguntou ele. Balancei a cabeça com veemência, mantendo o rosto perfeitamente sério. Joseph me analisou com cuidado. — As experiências que você teve a tornaram forte. Ainda assim, quero que pense bem nisso. E me procure.

Estaria ele tentando se livrar de mim? Será que havia me considerado sem valor? Será que eu havia fracassado ao tentar convencê-lo da minha sinceridade? Quase entrei em pânico. Senti lágrimas encherem os meus olhos, mas as afastei e mordi o lábio inferior. Se Joseph era a minha única chance de voltar a ficar com Xavier, eu não podia desperdiçá-la. Ajeitei os ombros e levantei o queixo.

— Não preciso pensar nisso. Preciso que me ajude *agora*.

— Sinto muito. Não ajudo pessoas que tomam decisões repentinas.

Aquilo me irritou. Como ele podia fazer esse tipo de avaliação sobre alguém que havia acabado de conhecer? Eu não queria nem saber se os instintos dele eram afiados, ele não sabia nada a respeito de mim e de Xavier.

— Então, não me ajude! — disse, dando as costas para ele e começando a me afastar. Não conseguia me lembrar de um momento em que havia me sentido mais sozinha. Mesmo nos momentos mais sombrios em Hades, eu tivera aliados para me guiar. — Vou cuidar de mim mesma. Farei tudo sozinha!

O meu acesso de raiva pareceu ter mudado algo em Joseph.

— Você sofrerá uma dor terrível. — Essas palavras me fizeram parar. — Uma dor inimaginável sobre a qual nós, anjos, não temos conhecimento.

Eu me virei devagar para olhá-lo e dessa vez não fugi do olhar sério e inflexível. O seu modo de agir era muito direto e profissional.

— Estou preparada para isso.

Ele se mostrou interessado na minha determinação cega.

— E não tem perguntas?

— Só uma: vai dar certo?

— O que acontecer com você depois não está sob o meu controle.

— Mas é a melhor chance que tenho?

— Sim.

— E existem anjos vivendo como seres humanos agora?

— Apenas aqueles que sobreviveram à transição. — A sua sinceridade era desconcertante. Quase desejei que ele pudesse colorir a verdade. — Se não der certo, não vai ser nada bonito. O trauma físico pode ser fatal. Se você não se transformar, vai sofrer.

— Que tipo de *sofrimento*?

— Ficará na Terra, mas num estado de paralisia. Não servirá para nada.

Aquilo era mais assustador do que qualquer castigo que eu conseguia imaginar. Estar na Terra e viver como um peso para os meus entes queridos... Não poderia haver nada pior.

— Ainda assim você quer continuar?

Engoli o nó que se formou na minha garganta.

— Vamos nessa.

— Prepare-se — disse Joseph. — Voltaremos para buscá-la.

— Aonde iremos?

— Para as regiões mais distantes do Céu, onde não seremos perturbados.

— Você está tentando estabelecer uma conexão entre o Céu e a Terra. Como esconderemos isso?

— Somos muito bons no que fazemos — respondeu ele.

— Não acredito que nunca soube de você antes.

— Você achava que as lutas por poder eram restritas aos seres humanos? Quem você acha que ensinou a eles sobre o poder, para começo de conversa?

— Nunca pensei nisso.

— Estamos lutando para diminuir a distância entre o Céu e a Terra. Já ouviu falar da Terra Prometida? Queremos expandir o Reino... Deixar as almas e os anjos se misturarem livremente. A escuridão será exterminada. Independentemente de você viver até esse dia ou não, decidiu fazer parte. Faça a sua participação valer a pena.

32

TORMENTA

JOSEPH E OS COMPANHEIROS PARTIRAM instantes depois, prometendo que me encontrariam quando a hora chegasse. Não me deram nenhum indício de quanto tempo eu teria que esperar. Emily ainda estava ao meu lado, apesar de quase ter me esquecido da sua presença. Ela se fez lembrar ao pigarrear. Olhei para ela, tentando pensar na maneira mais educada de me livrar dela. Precisava de um tempo sozinha para me preparar psicologicamente para o que me esperava. Emily pareceu ler a minha mente.

— É a minha deixa para ir embora? — perguntou ela.

Sorri, sem querer parecer mal-agradecida, pois ela havia me ajudado até então.

— Me desculpa, mas preciso ficar sozinha.

— Tudo bem. — Ela esboçou um sorriso. — Posso fazer alguma coisa?

— Mantenha Xavier em segurança até eu voltar.

— Farei o melhor que puder — disse ela.

— Obrigada. E obrigada por me ajudar. Não teria conseguido sem você.

— Foi bom finalmente conhecê-la — disse ela. — Você não é tão ruim quanto pensei. — Emily parou e olhou dentro dos meus olhos. — Pode me fazer um favor quando chegar em casa?

Gostei de perceber que ela acreditava que eu voltaria inteira. A sua confiança fazia com que me sentisse mais forte.

— Claro.

— Pode dizer a Xavier que estou bem? — Pisquei, surpresa, e ela continuou. — Durante todo esse tempo, ele tem se culpado pelo que aconteceu comigo. Só quero que fique tranquilo.

Concordei sem dizer nada. Naquele momento, o passado e o futuro de Xavier pareciam estar se unindo. A morte de Emily não fizera com que ela deixasse de amá-lo. Pensei que, se as coisas saíssem conforme o planejado, um dia, todos nós nos reuniríamos de novo.

Emily me abraçou de um jeito estranho e então se virou para ir embora. Paramos ao escutar saltos batendo no mármore. A passagem se formara no ar antes de podermos pensar em fugir.

Quando Eve apareceu, olhou para Emily de soslaio e passou por ela como se a garota fosse insignificante demais para merecer atenção. Eve caminhava de modo tão decidido que quase parecia mecânico.

Naquele dia, ela usava sapatos brancos, um macacão bege e brincos de pérola. O cabelo loiro estava perfeitamente penteado, e senti vontade de bagunçá-lo.

Ela parou com os pés levemente afastados e os braços dobrados, os olhos claros me analisavam com desconfiança. A sua postura me fazia lembrar a de uma carcereira, e ela ocupava bem essa função.

— Poderia me dizer o que fez hoje? Hmm? — O seu tom de voz era o de uma professora que adoraria aplicar a palmatória.

— Nada de mais — respondi. — Pensei que você ficaria feliz em me ver passeando.

Eve corou levemente, como sempre fazia quando recebia críticas.

— Você está em um estado muito frágil — disse ela. — E eu, por acaso, sou responsável por você.

A minha boca tremeu ao me esforçar para engolir o comentário maldoso que estava na ponta da língua. Emily lançou para mim um olhar de alerta.

— Não brigue com a Beth, senhora — disse ela. — Foi minha culpa.

Eve virou o pescoço para olhar para Emily, acalmando-se um pouco com o tom de voz respeitoso dela. Eve passava a gostar de qualquer um que a respeitasse.

— Emily, não é? — disse ela, com delicadeza. — Talvez você possa me dizer o que está acontecendo.

— Não há muito o que dizer. — Emily era a personificação da inocência. — Fomos visitar Zach. Ele e Beth são velhos amigos.

A expressão de Eve ficou azeda.

— Por quê, posso saber?

— Pensei que ele pudesse ajudar — respondeu Emily. — Sabe, fazer a Beth se lembrar de como as coisas eram.

Tinha que admitir: ela era boa em argumentar. Eve mostrou-se levemente mais calma. Eu sabia, no fundo, que ela mal podia esperar que me "recuperasse" para deixar de ser sua responsabilidade. E a minha atitude de maluca estava fazendo com que ela fosse malvista pelos seus superiores.

— Bem, esse foi um ato de grande consideração — disse ela, rapidamente. — Mas você deveria ter falado comigo primeiro.

— Sinto muito. — Emily abaixou a cabeça, com cara de cãozinho sem dono. — Não me dei conta.

— Não importa — disse Eve com um tom mais suave. — Cuide para que isso não volte a acontecer.

Virou-se para mim, com os olhos brilhando de interesse.

— E então... como foi?

Vi Emily franzir o cenho para mim atrás de Eve, um sinal para que engolisse meu orgulho e continuasse fingindo.

— Foi bom ver Zach de novo. Acho que me ajudou. Ele me fez lembrar como é gratificante ser um mentor.

— Que ótimo! — exclamou Eve.

— Haveria algum problema se o visitarmos de vez em quando? — perguntou Emily, cruzando as mãos e arregalando os olhos, de um jeito que seria quase impossível dizer não.

— Bem... — começou Eve. — É um tanto incomum, mas acho que não será ruim.

— Obrigada, senhora. — Emily sorriu respeitosamente para ela, mas Eve ainda não tinha terminado de falar.

— Então, Bethany... Você disse que consegue se ver trabalhando de novo?

— Acho que sim — respondi entre os dentes. Não gostava nem um pouco de Eve, ela era intromedita demais e eu nunca tinha conhecido alguém mais falso. Só queria que eu melhorasse para que a sua reputação não fosse manchada. Mas eu estava interpretando e sabia que só daria certo se fingisse ser sua amiga. — É esse o objetivo — continuei, tentando imitar os modos educados de Emily. — Quero melhorar e sinto falta da minha antiga vida.

Era uma mentira enorme, mas Eve não percebeu.

— E o tal do seu marido? — continuou ela. — Aquele sem o qual você acha que não consegue viver?

Senti a raiva ferver por dentro. Como ela ousava citar Xavier? Não tinha o direito de falar sobre ele. Além disso, eu podia mentir sobre a maioria das coisas, mas mentir sobre ele? Não parecia certo. Mas me lembrei de que estava fazendo aquilo por ele. Se precisasse mentir, enganar e roubar para voltar à Terra, eu faria tudo isso.

Não consegui olhar nos olhos de Eve, por isso olhei para o chão enquanto falava.

— Ele é só um ser humano.

— É mesmo? — Eve ergueu uma sobrancelha.

Será que eu tinha exagerado? Decidi recuar um pouco:

— Bem, sempre vou amá-lo — disse, com desconforto. — Mas vejo agora que não devíamos ter ficado juntos. Preciso deixá-lo em paz para que siga com a sua vida e preciso seguir com a minha.

Fez-se silêncio enquanto Eve analisava o meu rosto. Então, ela riu alto. A princípio, olhei ao redor para ver quem havia se aproximado. Eve riu revelando os dentes brancos e começou a dizer:

— Vocês duas devem pensar que nasci ontem.

— O que disse?

— Boa tentativa, mas a brincadeira acabou. — Apontou um dedo para Emily e a observou. — Esta aqui é excelente atriz. Não sei o que vocês estão aprontando, mas acabou agora. Não conseguirão levar isso à frente.

— Não estamos aprontando nada — respondi, irritada. — Você está imaginando coisas.

Eve riu.

— Certo, Bethany, não importa — disse ela. — Mas, a partir de agora, será vigiada o dia todo. Vou prendê-la: ninguém entra, ninguém sai, entendeu? — O seu tom profissional havia desaparecido. O rosto agora estava sério, revelando a sua real personalidade. — Eu tentei — continuou ela. — Deus sabe que tentei. Mas há coisas melhores que eu poderia estar fazendo em vez de monitorar um anjo na reabilitação. Francamente, não estou nem aí. Quer morrer na sua própria infelicidade? Vá em frente. Daqui a alguns anos, conversarei com você para saber se mudou de ideia.

— O quê? — gritei. — Não pode me prender para sempre!

— Quem disse que não? — perguntou ela. — Você sabe o que acontece com anjinhos teimosos que não largam o seu vício na Terra? — Os seus olhos estavam arregalados, o que a deixava ainda mais assustadora. — Acabam na pilha de lixo celestial. Nós os trancamos até virarem poeira cósmica e ninguém se lembrar do nome deles. Mas não se preocupe, você ainda tem alguns séculos até que isso aconteça.

— Por que está me dizendo isso agora? — perguntei.

— Eu estava guardando o melhor para o final — disse ela, sorrindo. — Quando eu sair daqui, preencherei um formulário recomendando isolamento em razão de instabilidade mental.

— Isso é mentira! — O pânico tomou conta de mim como um incêndio. Seria possível que, depois de tudo, o meu plano estava prestes a dar errado?

Eve procurou um equipamento no bolso. Eu sabia o que estava fazendo. Ia chamar reforços. Quando os guardas chegassem, tudo estaria acabado. Eu nunca mais me livraria deles e não poderia ser ajudada por Joseph. Dei alguns passos para a frente, determinada a fazer com que ela mudasse de ideia, ainda que não soubesse como. Mas, antes de conseguir pensar em algo, Emily pulou em cima de Eve e a derrubou no chão. Eve gritou e tentou se livrar. Dei um pulo para trás, totalmente surpreendida. Eve era grande e forte, mas não uma lutadora, não conseguiria se livrar de uma menina impetuosa de 16 anos. Rapidamente, Emily colocou Eve de bruços no chão, pressionando os joelhos nas costas dela.

— Como uma ratinha de esgoto como você conseguiu vir para cá? — perguntou Eve, ofegante.

— Não é da sua conta — respondeu Emily. Eve fez uma careta, e a ira distorcia os seus traços normalmente calmos. Ela perdeu um dos sapatos e o cabelo estava despenteado, dando a ela uma aparência mais patética do que perigosa. Mas a sua voz, quando começou a falar entre os dentes, havia perdido toda a frieza. — Acho que vocês não têm noção do problema em que acabaram de se meter. Solte-me agora para que não a jogue num poço.

Emily a ignorou.

— Saia daqui, Beth! — gritou ela. — O que está esperando?

— Mas... — hesitei. — Você ficará bem?

— Não se preocupe... Sei me cuidar.

— Sua menina insolente e inútil! — gritou Eve. — Vai se arrepender disso. Quando eu acabar com você... — Ela decidiu parar de falar para canalizar o seu poder angelical. Partes do seu corpo já brilhavam como uma lâmpada. Podia ter sido pega de surpresa pelo ataque, mas o equilíbrio de força estava prestes a favorecê-la. Eu tinha uma única oportunidade antes que tudo mudasse. Não perdi mais tempo.

— Obrigada, Emily — disse.

— Pode me chamar de Em — respondeu ela, sem fôlego. — Todos os meus amigos me chamam assim.

Abri as asas e subi ao céu, para a grande expansão do Reino. Elas vibravam com energia, como o motor de um carro sendo acionado. Todos os músculos do meu corpo se alongaram, mas não pude aproveitar a sensação. Sabia muito bem, e foi doloroso perceber, que aquela podia ser a minha última vez voando. Voar no Céu era muito diferente de voar na Terra. Não havia atmosfera para combater, então era mais livre, sem esforço, como se eu fosse um balão subindo cada vez mais alto, sem destino. Só esperava que alguém contasse a Joseph o que havia acontecido. Éramos nós contra eles agora.

Uma névoa densa me envolvia. Não conseguia ver nada a alguns centímetros à frente, mas voava às cegas mesmo. De repente, percebi dois anjos ao meu lado, e fiquei aliviada ao ver que eram os companheiros de Joseph. Os dois seguraram as minhas mãos e me guiaram na direção certa.

Voamos pelo que pareceram horas. Ninguém falava nem dava sinal de que desaceleraria. Quando pensei que estava cansada demais para prosseguir, a névoa diminuiu o bastante para eu ver uma escada à nossa frente. Os degraus eram transparentes, como se a luz tivesse se materializado apenas para nos ajudar a sair. Não havia corrimão, e cada degrau que subíamos se dissolvia logo depois. Eu me segurei com firmeza nas mãos dos anjos ao meu lado. Quando chegamos ao topo, vi que estávamos de pé no meio de um anfiteatro de vidro suspenso no espaço. Não mais consegui ver os caminhos brancos do Céu acima de mim. A estrutura emanava uma estranha energia que parecia tirar o medo de dentro de mim. Tinha um ar de beleza e grandiosidade, fiquei tentando imaginar qual seria o seu propósito. Será que os outros anjos sabiam daquele lugar? Parecia clandestino, como um tesouro escondido que poucos pudessem encontrar.

Senti uma rajada de vento e, quando me virei, vi uma figura galopando silenciosamente na nossa direção. O cavalo era preto com crina trançada, e a sela brilhava como prata. Os cascos não faziam barulho em contato com o chão. O cavaleiro apeou e caminhou com firmeza até onde estávamos. Joseph vestia uma roupa diferente. Tinha um ar majestoso com a capa esvoaçante e calçava sandálias. O cabo ornamentado de uma espada embainhada no seu cinto era visível, tornando a sua presença ainda mais imponente.

— Ajoelhe-se onde está — disse ele. — Não temos muito tempo.

Obedeci sem hesitar. Ajoelhei-me e cobri o rosto com as mãos. Senti o cheiro de chuva e de gotas de orvalho na grama. Era o cheiro das minhas asas. Eu me despedi delas no meu coração e disse, em voz alta, o que ecoava em minha mente.

— *Pai, me perdoe.*

Eu precisava ficar em paz com Ele. Eu O amava muito e, ainda assim, estava abrindo mão de uma vida eterna no Seu Reino. Havia sido desobediente e fracassei na tarefa que Ele designou para mim. Ou será que não? Uma coisa da qual tinha certeza era que o meu Pai conhecia cada um dos seus filhos profunda e pessoalmente, assim como conhecia todos os homens e mulheres da Terra. Ele sabia qual seria o nosso destino antes de nos criar, então, talvez, a estrada dura pela qual eu passara, todos os obstáculos e testes... talvez tivessem servido para me levar aonde eu estava. Eu acreditava Nele infinitamente e, no fundo do coração, sabia que Ele não me machucaria. Naquele momento, em vez da ira de Deus, como eu vinha esperando, não senti nada além de misericórdia e amor ao meu redor. Foi um momento de pura clareza. Não seria rejeitada pelo que estava prestes a fazer. O meu Pai não me deserdaria. Apesar de toda a minha determinação, eu não havia dado as costas para Ele. Ainda O amava de todo o coração e queria servi-Lo. Como teria conseguido chegar até ali se não fosse a vontade Dele?

De repente, deixei de me sentir inadequada no Céu e passei a me sentir uma filha de Deus, assim como qualquer outra pessoa.

— Vai ser melhor se mantiver os olhos fechados. — Escutei a voz do anjo atrás de mim. — Não espere sentir dor. Não existe dor no Céu. Isso virá depois.

Suspirei aliviada. Pelo menos, Xavier estaria ali para me ajudar a enfrentar a dor, como sempre estivera. Tinha que acreditar que voltaria para ele. Rezei para não ser um peso, para não chegar transformada a ponto de não ser reconhecida.

Estremeci quando Joseph cuidadosamente levantou e arrumou o meu cabelo comprido, para que ele caísse por um ombro, deixando as minhas asas expostas e pulsando levemente depois do longo voo. Ele colocou a mão em cima da minha cabeça em reverência e abaixou a dele. Quando me tocou, uma visão iluminada pela luz da Lua apareceu na névoa dos assentos vazios. Nela, vi Xavier. Ele vestia uma camisa de flanela que reconheci, além de botas sujas de lama nas solas. O rosto estava diferente, mas não entendi por quê. Ele parecia mais velho, estava com a barba por fazer e o olhar parecia ausente. A sua vitalidade havia sido apagada pela tristeza. Parecia cansado e totalmente derrotado. O rosto ainda era lindo, mas era uma beleza cansada, não tendo o charme e o frescor do jovem do qual me lembrava. Esse rosto mostrava o homem que ele estava destinado a se tornar... o homem que ele já era. Quanto tempo havia se passado? Um ano, talvez mais. No Céu, o tempo não era como na Terra. Eu não sabia ao certo. Ele ainda usava a aliança de casamento.

Uma tempestade caía, e Xavier estava de pé, ensopado, no meio dela. Olhava para baixo, para o mar revolto. Observei o ambiente e reconheci a paisagem familiar do Precipício. Ele estava no mesmo lugar onde eu havia ficado ao me revelar para ele. As ondas quebravam forte nas rochas abaixo e movimentavam os pequenos barcos ancorados no cais como se fossem marshmallows. Xavier parecia encantado com a altura. Pela expressão no seu rosto, vi que já não se importava com o que podia acontecer com ele. Estava inclinado para a frente, a chuva o acertava como finas flechas.

Enfiou a mão no bolso da camisa e cerrou o punho ao tirá-la. De alguma forma, eu sabia o que ele segurava. Uma pena perfeitamente branca, com a ponta rosada. Era uma pena que eu havia deixado no carro dele depois do nosso primeiro encontro, que ele guardou como um prêmio importante todo aquele tempo. Queria que ele voltasse a guardá-la no bolso. Era tudo o que ele tinha de mim. Mas, em vez disso, ele estendeu a mão e a ofereceu à natureza. Segundos depois, a chuva molhou a pena e o vento a levou embora. Eu a vi cair em espiral. Xavier a acompanhou com os olhos, inclinando-se ainda mais.

Eu me assustei quando Xavier se transformou num borrão. Então, percebi que isso estava acontecendo apenas porque uma massa de nuvens bloqueara a Lua. Quando ela reapareceu, vi que ele havia mudado de posição. Agora estava de pé na beira do abismo. As suas botas faziam pedras soltas rolarem e as lançavam à escuridão abaixo.

Senti o peito apertado de medo. Ele não podia se jogar! A tempestade o envolvia, o vento batia no seu peito. O menor movimento na direção errada poderia ser fatal.

— Não faça isso! — sussurrei. — Espere por mim. — Então, olhei como se implorasse para Joseph. — Vamos, *agora*.

— Há uma última coisa antes de você ir. — Falou depressa, percebendo a urgência. — Você deve fazer um juramento enquanto ainda está na sua forma celestial. Se você sobreviver e acordar como ser humano, fará tudo o que estiver em seu poder para contribuir para a melhora da humanidade e para a glória de Deus?

— Claro que sim — gritei. — Eu juro! — Nem pensei naquilo. — Juro pela vida de Xavier. Agora faça!

A PRINCÍPIO, NÃO SENTI nada além de um leve calor a me formigar, como se as asas tivessem sido queimadas pelo Sol. Então, o anfiteatro todo se encheu de uma luz ofuscante. Ela refletia na superfície brilhante de vidro, e os feixes de luz nos envolveram numa dança maluca.

Joseph tinha razão. Não senti dor, apenas uma união com a luz. Ela me consumiu. Senti quando penetrou todas as células e as encheu de vida nova. A minha mente se esforçou para entender o que estava acontecendo. Escutei um som agudo e repentino tão ruim que me fez querer mudar de ideia. Era um rosnado profundo e assustador, como o grito de uma baleia.

Abri os olhos por um segundo e vi Joseph segurando uma lâmina incandescente. Só tive tempo de expressar apenas mais um pensamento antes do meu eu ser transformado. Reuni a força para gritar, esperando que o apelo ressoasse pelo tempo e pelo espaço.

— Xavier... estou indo!

33

METAMORFOSE

O TEMPO PAROU SEGUNDOS ANTES do golpe da espada de Joseph. O anfiteatro se encheu de crianças. Eu conseguia ouvi-las cochichando, apesar dos seus rostos estarem congelados. Soube na hora quem eram; as almas de todas as crianças que eu havia ajudado a entrar no Céu durante o meu período como guardiã. Tinham vindo para dizer adeus. Murmuravam palavras de incentivo. *Seja forte. Não tema. Siga o seu coração e não vai errar.* Elas tinham fé em mim.

Queria agradecer, mas não tive tempo... Tudo aconteceu rápido demais. Senti um calor forte nas costas e logo depois estava olhando para o anfiteatro do lado de fora. Vi o meu corpo se curvar para a frente, sem me mexer. Joseph e as crianças ficaram borrados, como uma foto antiga. Os pilares de vidro se espatifaram ao meu redor. Eu não era mais um corpo sólido, mas, sim, um milhão de fragmentos minúsculos girando no espaço. Tentei prender a respiração para me fortalecer, mas não havia ar para prender. Também não havia dor, como Joseph prometera.

No caminho, vi imagens da beleza inefável do Céu. Passei por uma queda-d'água que parecia cristal líquido. Passei por uma piscina azul com lírios flutuando na sua superfície numa explosão de cores que não conseguia distinguir. Passei por uma árvore antiga com flores e por salas cheias de tronos tão resplandecentes que me fizeram pensar por que desejara sair. Mas tudo derreteu como gelo ao Sol quando o rosto de Xavier apareceu. Eu me lembrei de tudo o que havíamos compartilhado até aquele momento e de como havíamos lutado com unhas e dentes pelo direito de ficarmos juntos. Precisava voltar a tempo de impedi-lo de cometer o maior erro da sua vida. Jurei dedicar a minha vida a Deus se Ele mantivesse Xavier seguro até eu chegar lá. Apesar de não ter sido um anjo exemplar, sabia que o meu Pai me atenderia. Ele não nos daria as costas. Mas, mesmo no meu estado sem corpo, senti o pânico me percorrer. E se eu já estivesse atrasada? E se eu chegasse e Xavier já tivesse partido, perdido numa tentativa desesperada de se unir a mim? Todos os nossos esforços teriam sido em vão. Eu ficaria presa na Terra sem ele, fadada a uma vida de solidão e recolhimento. Por fim, Xavier acabaria indo para o Céu, mas eu nunca o encontraria. Havia milhões de reinos, e ele ficaria escondido de mim para sempre.

Mas não podia me concentrar naquilo agora. Precisava me manter firme. Voltar inteira era o meu primeiro objetivo. O que aconteceria depois da minha volta estava além do meu controle. Mas Xavier e eu encontraríamos uma maneira, como sempre fizemos. Pensei em Gabriel e em Ivy. O que pensariam de mim agora? Será que ainda me considerariam sua irmã?

Quando Joseph concordou em me ajudar, eu havia me imaginado sendo levada de volta à Terra na velocidade da luz. Não pensei que a viagem demoraria tanto tempo. Quando achei que ela nunca mais terminaria, formas começaram a aparecer no espaço. Consegui ver grandes expansões de verde e cadeias montanhosas... Era como olhar para um mapa topográfico por cima. A velocidade com que eu passava pelo espaço começou a diminuir, e eu também tomei forma. As partículas espalhadas do meu antigo eu se reconfiguraram. Percebi que os meus membros começaram a reaparecer como contornos brilhantes. Com certeza a espera estava quase no fim. Eu estava prestes a voltar para Xavier.

Pousei de joelhos na grama macia à beira de um lindo jardim.

Uma espada em chamas guardava a entrada, rodando e cobrindo todas as quatro direções da Terra. Eu sabia onde estava, porque era a imagem da perfeição. Céus vívidos se estendiam acima, flores enchiam o ar de perfume e frutas maduras pesavam nos galhos das árvores. No centro do jardim, estava a mais linda de todas as árvores, com os galhos nodosos estendendo-se na minha direção como centenas de braços, com os frutos brilhando. Por que eu estava vendo aquilo? Quando a pergunta se formou na minha mente, a resposta veio sem qualquer esforço meu. Aquele lugar marcava uma encruzilhada na minha jornada. Eu ainda podia mudar de ideia. Atrás de mim, estava a paz eterna do Céu se eu a desejasse. A coluna de luz que havia me carregado ainda estava presente, esperando pela minha decisão. Se desse as costas para ela, a minha antiga vida desapareceria para sempre e nada seria simples nem calmo de novo. Uma vida de mortal com todas as suas atribulações estava à minha espera adiante: uma estrada cheia de pedras, mas com recompensas. Olhei de novo para a luz que se apagava na atmosfera leitosa, então fiquei de pé com as pernas trêmulas e dei passos incertos pelo jardim. Então, tudo ficou escuro.

Acordei com uma dor dilacerante. Sabia que estava na praia porque escutava o ronco do mar e sentia o sal nos meus lábios rachados. O meu cabelo estava espalhado pelo meu rosto como algas marinhas. A roupa de anjo havia desaparecido. Eu usava um vestido branco, rasgado e sujo por causa da viagem. Senti algo estranho obstruindo a minha visão. Meu rosto e os meus braços estavam cobertos por uma proteção parecida com um casulo. Senti que ela já se dissolvia na água salgada. Quis rasgar o restante com as unhas, mas qualquer movimento causava uma dor forte, a ponto de eu ser forçada a ficar totalmente parada. Não era uma dor superficial... Era profunda, como se todos os meus músculos e ossos estivessem tentando se unir depois de uma cirurgia enorme. Eu me sentia mole, com os músculos ainda fluidos e o sangue ainda frio. Tinha a sensação de que, a qualquer momento, eu podia me dissolver na areia molhada. A única coisa da qual tinha certeza era que tudo em mim havia mudado. Quando consegui abrir os olhos por completo, vi algo brilhando na água, como tinta dourada. Era sangue de anjo... o meu sangue. Quanto eu havia perdido? Teria força para andar? Será que aquele era o estado de torpor do qual Joseph me alertara? Eu não sabia o que viria em seguida. De repente, percebi como a minha urgência havia me deixado despreparada. Tive tanta pressa de deixar o Céu que não havia sequer perguntado a Joseph o que deveria fazer quando voltasse à Terra. Não esperava uma festa de boas-vindas, mas não pensei que enfrentaria tudo sozinha. E agora a praia estava deserta. A noite estava muito fria e as pessoas estavam dentro de suas casas. Até quando eu teria que esperar até ser encontrada? Senti o peito sacudir involuntariamente, tomada por soluços. Mas cada respiração me dava a impressão de estar inalando fogo.

Depois de um tempo, me acalmei o suficiente para analisar as opções. Até onde sabia, havia apenas duas. Esperar alguém me encontrar ou tentar reunir força para chegar a um lugar onde me veriam. Nenhuma das duas parecia possível. Tentei mexer os dedos, mas eles estavam tão duros quanto a madeira que via ao meu redor. Tentei usar os meus poderes angelicais e me dei conta de como estava sendo tola. Eu havia cortado as conexões, havia me desligado da fonte. Não podia fazer nada agora... Eu era completamente humana.

Então, algo me ocorreu. Isso significava que eu havia conseguido? Eu havia feito o impensável e sobrevivido à metamorfose? Não sabia se devia rir ou chorar.

Acima de mim, surgiu o majestoso Precipício, a luz da Lua o cobria com um manto prata. Virei a cabeça o máximo que consegui e gritei de dor. Observei o topo, delineado contra o fundo do céu, como torres tortas. Senti alívio. Não havia ninguém ali. Só podia significar que Xavier havia tomado juízo e ido para casa. Eu precisava acreditar que ele estava seguro. Com certeza eu sentiria se o seu corpo estivesse jogado nas pedras abaixo. Conseguia escutar o seu coração batendo na minha mente. Sentia o cheiro da sua colônia. Xavier estava vivo e não muito distante.

Escutei risadas e fiquei paralisada. De repente, um grupo de adolescentes apareceu na praia. E pensei na minha situação. Como explicaria o meu estado atual? Algumas das vozes pareciam conhecidas, apesar de estarem alteradas pelo álcool.

De onde estava, só via manchas escuras, mas consegui perceber que eles mantinham a gola das blusas levantada para se protegerem do vento. Alguns ainda levavam garrafas. Conforme se aproximaram, o vento da noite carregou as suas vozes e consegui escutar a conversa com clareza.

— Aquela festa estava horrorosa. Lembre-me de nunca mais ir a uma festa da Beta de novo — disse uma garota cuja voz não reconheci.

— Ei, eu estava me divertindo.

Eu conhecia o garoto que respondeu. Era Wesley, um dos amigos mais próximos de Xavier da época antes de sermos forçados a fugir de Venus Cove. O que ele estava fazendo de volta? Eu me lembro de ter escutado alguém dizer que ele tinha ido para Stanford para estudar engenharia. A sua presença ali só podia indicar que era época de férias. Quanto tempo haveria passado? Quanto eu havia perdido?

— Você se divertiu com o jogo da cerveja? — perguntou a garota.
— Que jogo nojento.

— Você só está irritada porque Colt passou a noite dando uns amassos em outra menina.

— Até parece! Não dou a mínima para o Colt. Ele obviamente não tem classe se gosta de alguém tão fútil como Anna-Louise.

— De quem foi essa ideia? Está frio demais aqui.

— Ei, aonde a Molly foi? Ela não estava bem atrás de nós?

Fiquei atenta quando disseram o nome de Molly. Será que ela estava ali?

— Talvez ela tenha mudado de ideia — respondeu a menina, como se não desse a mínima importância.

— Melhor voltar para procurá-la — disse Wesley.

— Cara, você ainda está a fim dela? — perguntou a amiga. — Precisa se conformar que aquela menina não é para você.

— Cale-se, Cooper. Não estou *a fim* de ninguém, só quero ser um bom amigo.

Alguém diplomaticamente mudou de assunto.

— Pensei que Xavier viria esta noite.

— Ah, ele não sai mais com a gente — disse o rapaz chamado Cooper.

— Dá um tempo para ele, tem muita coisa na cabeça dele agora — disse Wesley.

— Muita coisa na cabeça? — repetiu o amigo. — Aquele cara tem mais problemas do que um livro de matemática.

— Isso é pouco — disse a garota desconhecida. — Mas é culpa dele. Você faz o seu caminho e precisa trilhá-lo, é o que meu avô sempre dizia. É o que dá se apaixonar por alguém de fora.

— Você é uma idiota, Leah. — A voz de Molly soou como um sino. — O que sabe sobre Xavier e as coisas pelas quais ele tem passado? Você nem o conhece. — Leah se sobressaltou como se tivesse sido flagrada. A autoridade de Molly no assunto fez com que ela se sentisse desconfortável.

— Não o conheço pessoalmente, mas já ouvi muita coisa.

— Pois é, mas fofoca não é uma fonte confiável de informação.

Senti orgulho de Molly por defender Xavier. Eu a teria abraçado, se pudesse.

— Relaxa, não estou falando mal. Só acho que ele precisa sair mais.

— Ele vai sair quando estiver pronto — rebateu Molly.

— Vou voltar para a festa — anunciou Wesley de repente, interrompendo a conversa sobre Xavier. Percebi que o assunto ainda o incomodava. — Façam o que quiserem.

Escutei reclamações, mas todos voltaram, e as vozes começaram a se distanciar. Com uma urgência repentina, ergui a cabeça e disse o nome de Molly. Saiu como um sussurro fraco; ela não conseguiria me ouvir. Tê-la tão perto e ao mesmo tempo tão inalcançável foi a gota d'água. Perdi toda a motivação. A vontade de sobreviver me abandonou e me senti um lixo. Não fazia sentido lutar por algo que o Universo não queria que acontecesse. Xavier e eu estávamos fadados ao azar desde o começo. Eles tinham permitido que eu chegasse até ali, me provocaram com o sonho de um novo começo e então o afastaram. Acho que era assim que a minha história tinha que acabar. Estava cansada demais para ficar aborrecida. Em vez disso, fiquei feliz por ter conseguido voltar. Se a minha vida ia acabar, pelo menos seria num lugar que eu amava. Com a aceitação, senti paz. Até mesmo a dor começou a diminuir. Só queria poder dormir.

Os meus olhos se abriram e vi uma mulher vestida com uma camisola antiga e olhando para mim. Por um momento, pensei que estava de novo no Céu, mas percebi que nada havia mudado ao meu redor. A mulher sorriu. Usava um xale de franjas e o cabelo grisalho caía pelos ombros. Eu sabia que ela não era de verdade, porque conseguia ver através do seu corpo. Ela parecia vagamente familiar. Lembranças dela me ocorreram: uma mulher num banco dizendo adeus ao seu querido cachorro, as camas de metal e o cheiro de desinfetante de uma casa de repouso, uma figura fantasmagórica na janela do meu quarto.

— Alice? — chamei. — O que está fazendo aqui?

— Vim ajudá-la, querida. — Ela parecia saída de um conto de fadas. — Você chegou até aqui. Não pode desistir agora. Não vou permitir.

— Por que não a encontrei no Céu? — perguntei.

— Você não tinha permissão para receber visitas — respondeu ela.

— Eve... — Eu me lembrei da prisão na sala branca. A minha voz estava carregada de amargura quando disse o seu nome.

— Não importa mais — disse Alice, com delicadeza. — Você voltou. Eu sabia que conseguiria.

— Não adiantou muito. Acho que estou morrendo, Alice.

— Não diga bobagens. Você precisa se levantar agora.

— Não consigo. Dói muito. Só quero dormir.

— Pode dormir quanto quiser quando chegar em casa. Agora, venha. Vou ajudar você a passar por isso.

— *Não consigo.*

— Xavier está à sua espera.

Ouvir o nome dele mexeu com algo dentro de mim.

— Está?

— Claro, querida. Já está esperando há algum tempo. Mas você terá que se recompor para vê-lo. Sei que ele quer muito ver você.

E aquele foi o incentivo de que precisava. Alice sabia exatamente o que dizer. Eu me concentrei e me apoiei nos joelhos. Consegui me virar melhor do que esperava, mas ainda assim precisei fazer um grande esforço para ficar de pé.

— Devagar — alertou Alice. — Um passo de cada vez. — Segui o seu conselho e esperei um pouco antes de dar um passo à frente. Eu parecia criança dando os primeiros passos incertos. Virei para Alice, esperando a sua aprovação, mas ela não disse nada, porque não estava mais ali. O resto dependeria de mim. Centímetro por centímetro, atravessei a praia, incentivada apenas pela ideia de Xavier esperando por mim.

No píer, encontrei um caminhoneiro sentado do lado de fora do Greasy Joe's — o único restaurante de Venus Cove que ficava aberto a noite toda. Ele pareceu assustado ao me ver, apesar de ele ter os braços cobertos por tatuagens.

— Olá, querida — disse ele de modo incerto. — Precisa de ajuda?

— Estou tentando ir para casa.

— Teve uma noite difícil? — Percebi que ele achava que o uso de substâncias ilegais podia ser responsável pelo meu estado. Assenti. Era mais fácil deixá-lo pensando isso do que tentar explicar.

— O que acha de passarmos no hospital primeiro? Para ver se está tudo bem?

— Por favor, só preciso ir para casa dormir. O meu irmão vai cuidar de mim. Ele mora aqui perto.

Ao falar do meu irmão, consegui o que queria. O rosto dele ficou mais relaxado... Agora estava livre da responsabilidade.

— Certo, você precisa me ensinar o caminho — disse ele, jogando o restante do seu hambúrguer no lixo. Segurou o meu cotovelo e me ajudou a sentar no banco do passageiro na boleia do caminhão. Havia latas de refrigerante vazias e embalagens espalhadas no chão. Senti o cheiro de batata frita misturado ao de couro e tabaco. Não ajudou muito na minha situação. Agora, podia incluir náusea à lista de sintomas. Desci o vidro e deixei o ar da noite entrar. Isso fez o enjoo passar, apesar de saber que não havia nada no meu estômago.

— Como se chama, querida?

— Beth.

— Bonito nome. Me chamo Lewis.

Ele viu a minha cara e me ofereceu a garrafa de água sem tampa que mantinha no porta-copos.

— Tome, você provavelmente está desidratada. Beber demais pode fazer mal.

— Obrigada. — Aceitei a água e bebi tudo. Ela lavou a areia da minha garganta e me fez pensar melhor.

— Quem são os seus amigos? Por que a deixaram sozinha desse jeito?

— Eu saí sozinha.

— Problemas com o namorado?

— De certa forma, sim.

— Ouça o conselho de um cara mais velho, senhorita. Não me importa se esse cara é o rei da Inglaterra, ele não vale a pena.

Felizmente, Lewis conhecia a cidade. Por fim, entramos na Byron Street. Estava vazia, exceto pelas mariposas dançando sob a luz das lâmpadas da rua. Lewis desacelerou, esperando por um sinal para que eu pedisse para ele parar. Passamos pelas ruas de casas com jardins bem-cuidados e caminhos de cascalho. Eu me ajeitei, os meus olhos direcionados para a subida familiar na rua. Quase me esqueci de pedir para Lewis parar, pois fiquei encantada quando vi a casa, bem no topo da ladeira. A casa com varanda ampla e cercas cobertas de hera no quintal da frente parecia uma velha conhecida. Os arbustos cheios de rosas de Ivy estavam enfileirados dentro da cerca de ferro forjado. As cortinas na sala de estar não tinham sido fechadas. Sob o brilho suave da lâmpada da rua, vi grandes prateleiras, um tapete antigo e desbotado e um grande piano também antigo. Os vestígios de uma lareira ainda ardiam na grade.

O meu coração parou quando vi um Chevy de 1956, restaurado, cor do céu, estacionado do lado de fora. Senti a mesma onda de excitação da primeira vez em que vi o garoto de olhos azuis pescando na beira do píer. Parecia ter acontecido muito tempo atrás.

Mas eu sabia de uma coisa: independentemente do que acontecera, não importava mais.

Eu estava em casa.

34

NASCER DO DIA

Foi estranho ficar diante dos portões da Byron de novo. Parecia que o tempo não havia passado. Todas as dificuldades desapareceram, e tive a sensação de que aquela noite marcava o início de uma vida nova. Respirei o ar limpo da noite para acalmar o coração acelerado. Queria me lembrar daquele momento: seria o começo de tudo.

Agora que estava a poucos metros de Xavier, de repente me dei conta do meu estado deplorável. Passei os dedos pelo cabelo e bati a areia dos pés descalços. Então, passei pelos portões de ferro forjado e segui pelo caminho que havia atravessado tantas vezes com o meu corpo de anjo. Agora, eu o atravessava como um ser humano de verdade.

Senti a pedra fria sob os meus pés e senti a primavera no ar. Era estranho como as coisas podiam não mudar e ao mesmo tempo ficarem totalmente diferentes. Entrei na varanda e escutei o ranger do terceiro degrau, como sempre acontecia. De dentro da casa, Phantom começou a latir. Alguns instantes depois, escutei as suas patas arranhando a porta.

— Oi, menino — sussurrei, e Phantom começou a gemer. Escutei passos no corredor.

— Phantom, volte para dentro. O que deu em você? — Prendi a respiração. Conhecia aquela voz, baixa e suave, com um sotaque suave da infância passada na Georgia.

Esperei, paralisada pela ansiedade, incapaz de falar ou de me mover. Por um terrível momento, medos irracionais dominaram a minha mente. E se eu tivesse mudado tanto que não fosse reconhecida? E se Xavier já tivesse me esquecido? Eu tinha o direito de aparecer agora, desejando que ele estivesse me esperando? Na minha cabeça, o nosso encontro seria repleto de paixão, não medo. Por que estava perdendo a coragem agora?

— Venha, garoto, não tem ninguém aí fora. — Havia um cansaço na voz de Xavier que eu nunca tinha percebido antes. — Não acredita em mim, não é? Certo, vou mostrar.

A porta se abriu, e Xavier e eu finalmente ficamos cara a cara. Ele estava descalço, com uma calça de moletom e uma camiseta branca larga. O cabelo loiro caía suavemente sobre os olhos, que tinham um tom azul incrível como o mar e o céu juntos.

A reação dele não foi a que eu esperava. Ele abriu a boca e deu um passo para trás como se eu fosse um fantasma.

— Você não é de verdade. — O jeito como balançava a cabeça sem acreditar era sinal de que ele andava tendo visões, criações da sua mente. Percebi que eu devia estar com uma aparência muito longe da de um ser humano. A luz da varanda não estava acesa e eu estava de pé na sombra.

— Xavier, sou eu — disse com a voz falhada. — Voltei.

Ficou parado, em silêncio. A mão que segurava a porta estava tremendo.

— Não acredito.

— Eu sou humana agora — disse a ele. — Eu me tornei humana... por você.

— Estou sonhando — murmurou ele, quase para si mesmo. — De novo, não.

— Olha! — Estiquei o braço e segurei a mão dele, fazendo carinho com as unhas. — Se não fosse de verdade, você conseguiria sentir isso?

Xavier, hesitante, olhou para mim com uma expressão confusa de cortar o coração.

— Como isso pode estar acontecendo? — perguntou ele. — É impossível!

— Você me disse, certa vez, que um homem apaixonado pode fazer coisas extraordinárias — disse. — Bem... uma mulher também. Estou aqui, sou de verdade, e amo você mais do que nunca.

A expressão de Xavier mudou quando estendeu o braço para segurar meus ombros, sentindo a pele firme sob as mãos. Ele os pressionou e me puxou para ele num abraço desesperado. Nós nos abraçamos com tanta intensidade que pensei que pudéssemos nos transformar em líquido e formar um novo e único corpo. Xavier segurou o meu rosto, e juntos balançamos de um lado a outro, em silêncio. Quando me soltou, o mundo todo girou e me lembrei da dor que tomava o meu corpo.

Fiquei zonza e a minha visão começou a ficar embaçada.

— Ei, ei. — Xavier me segurou. — O que foi? Você está bem?

— Estou. — Sorri. — Estou com você.

— Venha, vamos entrar. — Dei alguns passos incertos atrás dele, e Xavier me pegou no colo e fechou a porta da frente com o pé. — Você está bem agora — murmurou ele, contra o meu cabelo. — Vou cuidar de você.

Ele me deitou no sofá da sala de estar.

— Pensei que nunca mais a veria — disse Xavier. — Pensei que a única maneira seria... — A sua voz ficou embargada, e ele começou a chorar.

— Calma — respondi, acariciando o seu cabelo e percebendo que estava mais comprido. — Sei em que você pensou.

— Não tinha certeza de que daria certo. — A sua voz ficou séria quando ele reviveu o sufoco dos últimos meses. — A vida perdeu o sentido quando você foi embora. Gabriel e Ivy ajudaram, acho que eu não teria conseguido sem eles.

— Onde eles estão? — Olhei para a casa vazia, um pouco menos arrumada do que como a minha irmã a mantinha. Havia uma caneca no chão e uma jaqueta pendurada no corrimão da escada.

— Partiram numa missão... na Romênia — disse ele. — Gabriel tentou trazer você de volta durante meses.

— Tentou?

— Claro. Ele entrou em contato com os arcanjos, tentou fazer um acordo com eles, implorou, mas não funcionou. Acho que isso estava acabando com os dois. Então, eles partiram. Devem voltar nos próximos dias.

Senti os olhos marejados, emocionada com a possibilidade de rever os meus irmãos.

— Mas, Beth... — Xavier parecia cauteloso. — Você precisa me contar... Como voltou? Você fugiu? — O corpo dele ficou tenso. — Eles virão atrás de você de novo? Preciso avisar Ivy e Gabriel...

Fechei a mão com delicadeza sobre a dele, enquanto ele mexia no celular.

— Ninguém virá atrás de mim. Dessa vez, não. Voltei para sempre.

Observei o seu rosto enquanto ele me olhava como se fosse pela primeira vez, percebendo o meu estado. A dúvida nos seus olhos desapareceu e foi substituída pela preocupação.

— O que aconteceu com você? Parece que esteve numa guerra.

Senti o cansaço dentro de mim aumentar quando me aconcheguei nos braços dele, sentindo-me inútil como uma boneca de pano. Queria que ele pudesse me ver radiante e saudável, e não como uma inválida que precisava da sua ajuda para recuperar a saúde.

— Isso vai passar. Só preciso de tempo para que a transição se complete.

— Podemos falar sobre isso mais tarde. — Escorregou um dos braços sob as minhas pernas e o outro ao redor da minha cintura, e me levantou com facilidade. — Venha, vou dar um banho em você e colocá-la na cama.

Xavier me levou escada acima e fomos para o meu velho quarto, onde ele agora dormia. A sua mochila da academia estava atrás da porta e uma pilha de livros se amontoava sobre a mesa branca sob a luminária. À exceção dos novos objetos, o meu quarto estava exatamente como eu o havia deixado. A familiaridade dos móveis brancos e da cama de ferro me confortou. Phantom nos seguiu e decidiu ocupar o seu lugar de sempre, enrolado no tapete. Não fechou os olhos. Manteve o olhar vigilante como se temesse que eu pudesse desaparecer de novo.

— Você dormiu no meu quarto? — perguntei, feliz.

— Era a única maneira de me sentir perto de você — disse ele. — Espero que não se importe.

Balancei a cabeça, negando. Adorava saber que ele havia dormido ali durante o tempo em que estive fora. Xavier me colocou na beira da cama.

— Já volto.

Escutei os seus movimentos no banheiro e o barulho da água. Ele voltou um instante depois com uma pilha de toalhas limpas.

— Xavier, preciso perguntar uma coisa. Quanto tempo fiquei fora?

— Algum tempo... mas vamos falar sobre isso depois, tudo bem?

— Preciso saber. Está me assustando. — Ele se ajoelhou ao meu lado e me ajudou a baixar as alças do vestido imundo.

— Você esteve longe por dois anos, completados hoje — disse ele, suavemente.

— *Dois anos!* Não pode ser.

— Beth, não importa agora...

— Não, não, não pode ser...

— Sinto muito — disse ele. — Tenho quase 22 anos, vou me formar na faculdade no ano que vem.

— Mas... eu perdi tanta coisa. — Eu me senti totalmente enganada. Perder uma hora da vida de Xavier teria sido demais. Dois anos pareciam uma vida inteira. — Você precisa me contar tudo.

— Não tem muita coisa para dizer. Continuei estudando — disse ele casualmente. — A minha irmã teve um bebê. Sou titio.

— Ah, Xavier, estou tão feliz por você. Era o que você sempre quis.

— Beth, você não entende — disse ele. — Eu estava vivendo por viver. Por dentro, não sentia nada, apesar de saber que deveria sentir.

— Mas estou de volta agora — disse eu.

— Sim — disse ele, sorrindo. — Você está inteira. Tudo completo. Você sabe que não tivemos a nossa lua de mel. Acho que deveríamos ir para Paris.

— Está bem — disse eu, sonhando.

Xavier riu.

— Talvez depois que você tomar um banho.

Eu me sentei no banquinho do banheiro e observei os espelhos embaçarem enquanto Xavier enchia a banheira. Ele tirou os restos de alga marinha do meu cabelo.

— Foi um voo difícil? — perguntou ele.

O meu corpo todo estava arranhado e todos os músculos doíam quando me mexia. Mas tentei não deixar Xavier perceber como sofria.

— Você está com dor, não é? — perguntou ele.

— A dor é temporária — respondi. — Nada doeu mais do que perder você.

— O que fizeram com você?

— Nada que eu não tenha pedido.

Xavier olhou para mim desconfiado.

— Vire-se — disse, por fim. — Quero ver as suas costas.

— Por quê?

— Você sabe por quê.

Eu me inclinei para a frente. Xavier ergueu o tecido lentamente e gemeu. Senti os seus dedos contornarem as cicatrizes finas e brancas nas minhas costas. Quando voltou a falar, percebi a raiva crescente na sua voz.

— O que é isso? Quem feriu você desse jeito?

— Ninguém. Foi minha decisão.

— Onde estão as suas asas?

— Elas se foram.

— *Como assim?* — Ele ficou pálido. — Eles tomaram as suas asas?

— Eles não as tomaram. Eu abri mão delas.

— *O quê?*

— Precisei fazer isso.

— Como pôde fazer isso?

— Foi a decisão mais fácil que precisei tomar.

— Como isso aconteceu...

— Não importa — interrompi. — O que importa é que estou aqui.

Xavier olhou para mim por muito tempo.

— Está dizendo que você...

— Sou tão humana quanto você.

— Não acredito.

— Nem eu, no começo. Não tinha certeza de que voltaria inteira. Tudo estava contra mim, mas, de alguma forma, deu certo. Alguém devia estar olhando por nós.

Uma onda de culpa caiu como uma cortina sobre os olhos de Xavier.

— Fico arrasado ao pensar no que você teve que dar.

— Não — rebati. — Apesar de saber que um dia vou morrer, pelo menos terei vivido. No Céu, eu podia ter uma vida eterna, mas estava morta por dentro. Você me deu a vida. É um presente.

Xavier se inclinou para beijar a minha testa. Então, me ajudou a tirar a roupa molhada e me colocou na banheira. No começo, a água quente queimou o meu corpo, fazendo os meus olhos marejarem, mas, um tempo depois, o calor tomou conta de mim, ajudando a diminuir a dor nos ossos. Ainda estava preocupada com a minha aparência, mas Xavier não parecia notar, pois estava muito concentrado cuidando de mim. A água quente e perfumada me fez relaxar.

Ele pegou uma jarra de cerâmica azul de cima da penteadeira e a usou para tirar o sal do meu cabelo. Ele me lavou com delicadeza, da cabeça aos pés, até eu ficar totalmente limpa. Depois, me sentei na cama, enrolada num roupão, enquanto Xavier procurava uma das suas camisetas compridas e uma calça de moletom para eu vestir. Quando levantei os braços para ajudá-lo a me trocar, ele parou por um momento, olhando para a minha barriga.

— Olha, isso é novo — disse ele.

— O que é? — perguntei, assustada. Será que alguma parte do meu corpo estava desfigurada?

— Você ganhou um umbigo... Assim como todos nós.

— Uau. — Olhei para a minha barriga, e ele estava certo. Onde antes era liso, agora havia uma abertura na pele. Xavier circulou o umbigo com a ponta do dedo. Mesmo naquele estado debilitado, o seu toque tinha o poder de fazer o meu corpo se arrepiar.

Deitei na minha cama antiga, afundei a cabeça no travesseiro macio. O meu corpo relaxou instantaneamente quando os cobertores macios me envolveram. Apesar de estar muito cansada, não consegui fechar os olhos.

— Está com fome? — perguntou ele. Pensei e percebi que estava, sim. — Fique aqui. Vou buscar algo para você.

Devo ter cochilado enquanto ele estava no andar de baixo, mas acordei com o cheiro de café feito na hora e bacon. Eu me sentei e olhei para a bandeja cheia que ele posicionou com cuidado no meu colo.

— A famosa omelete dos Woods? — perguntei.

— Claro. Cura tudo. E, por favor, repare: ovos mexidos dessa vez, como você gosta. — Dei uma garfada nos ovos. O sabor explodiu na minha boca e senti o alimento me reanimar.

— Está muito bom — disse eu. — Vai ficar sentado aí, me vendo comer?

— Nunca mais vou tirar os olhos de você — disse ele. — É melhor você se acostumar.

Enquanto eu comia, Xavier observava o meu rosto.

— Tem mais alguma coisa diferente em você. Não sei o que é.

— Muitas coisas mudaram.

— Não, é a sua pele — disse ele. — Não brilha como antes.

— Que bom — respondi. — As pessoas normais não brilham.

— Virou humana, mesmo — disse ele.

Pela porta francesa, vi que o céu estava mudando. Havia apenas um reflexo da Lua e o céu se alterava, iluminado com feixes de luz vermelha e dourada.

— Pode abrir as portas, por favor? — perguntei.

— Tem certeza? Pode ficar doente.

— Quero escutar o mar.

Eu me lembrava de como o som das ondas me fazia dormir no passado.

Xavier ficou de pé e fez o que pedi. O vento soprou as páginas dos livros sobre a mesa e fez as cortinas balançarem.

Xavier se sentou na beira da cama, perdido em pensamentos.

— Está bravo comigo? — perguntei.

— Claro que não. Estou impressionado com você.

— É mesmo?

— Sim. Você disse que encontraria um jeito e encontrou. Salvou a minha vida quando voltou.

— É o que devemos fazer — disse a ele. — Cuidarmos um do outro.

— Você acha mesmo que terminou? — perguntou ele. — Estou quase com medo de acreditar que é verdade.

— Acabou — respondi. — Consigo sentir.

Eu acreditava sinceramente que nada poderia nos atrapalhar de novo. Pela primeira vez na vida, me senti incrivelmente abençoada. Apesar de ter desafiado a vontade do Céu, eu havia recebido misericórdia. Não tinha sido abandonada. O meu Pai havia me levado para casa com segurança.

Xavier se deitou ao meu lado e o seu calor passou pela minha pele como um raio de Sol. Juntos, esperamos pelo nascer do dia. Quando olhava para ele, esquecia o meu cansaço. Não me preocupava quanto tempo a minha recuperação poderia levar. Só sentia uma felicidade pura e infantil. Mas Xavier estava franzindo o cenho. Um olhar de preocupação passou pelo seu rosto e apagou o brilho dos seus olhos.

— O que foi? — perguntei.

Ele suspirou.

— Tem certeza de que sabe do que abriu mão?

— Sei.

— E você não se arrepende?

— Nem por um segundo.

— Não gostaria de ter as duas coisas: o meu amor e a imortalidade?

— Escolheria você mil vezes seguidas.

Xavier segurou a minha mão e senti a superfície dura da sua aliança de casamento contra a palma.

— Acho que você não entende — sussurrou ele, com os olhos azuis cheios de luz. — A partir de agora, você vai sentir dor, vai envelhecer e acabará morrendo, como todos nós.

Apesar do olhar de preocupação dele, eu sorri de orelha a orelha.

— Eu sei — disse. — É o paraíso.

AGRADECIMENTOS

Obrigada, mamãe, por ser a minha melhor amiga — amo você para sempre.

Obrigada, Mississippi, por ser a minha casa e o meu lugar favorito no mundo.

Obrigada, Katie Anderson, por ser uma grande amiga e cuidar de mim.

Obrigada, Clay McLeod. Não me esquecerei das nossas aventuras malucas em Memphis, onde nós duas inspiramos uma à outra. Não perca o seu arco-íris.

Obrigada, May Katherine Breland e Jordan Lee Phillips, por serem como a minha família. Vocês são demais!

Agradeço a Jill Grinberg e à equipe da Feiwel and Friends, por terem embarcado nessa viagem de três anos comigo.

Obrigada, Deus, por inspirar essa série e me inspirar o tempo todo.

Produção
Adriana Torres
Ana Carla Sousa

Produção editorial
Luana Luz
Rachel Rimas

Revisão de tradução
Camila Dias da Cruz

Revisão
Eni Valentim Torres
Guilherme Semionato

Diagramação
Elza Maria da Silveira Ramos

Este livro foi impresso em São Paulo, em agosto de 2013,
pela Vida e Consciência, para a Editora Agir.
A fonte usada no miolo é Iowan Old Style, corpo 10,5/14,5.
O papel do miolo é Avena 80g/m², e o da capa é cartão 250g/m².
Visite nosso site: www.ediouro.com.br